国家社科基金重大委托项目
"中国少数民族语言与文化研究"

本书系国家社科基金青年项目"苗族史诗《亚鲁王》社会功能研究"
（项目编号：15CMZO17）的阶段性研究成果

中国社会科学院创新工程学术出版资助项目

· 中国社会科学院民俗学研究书系 ·

朝戈金　主编

# 苗族史诗《亚鲁王》形象与母题研究

A Study of Characters and Motifs in the Miao's Epic of King Yax Lus

肖远平　杨　兰　刘　洋｜著

中国社会科学出版社

## 图书在版编目（CIP）数据

苗族史诗《亚鲁王》形象与母题研究／肖远平等著.—北京：
中国社会科学出版社，2017.9

（中国社会科学院民俗学研究书系）

ISBN 978 - 7 - 5203 - 0441 - 2

Ⅰ.①苗…　Ⅱ.①肖…　Ⅲ.①苗族—英雄史诗—诗歌研究—中国
Ⅳ.①I222.7

中国版本图书馆 CIP 数据核字（2017）第 117324 号

| | | |
|---|---|---|
| 出 版 人 | 赵剑英 | |
| 责任编辑 | 张　林 | |
| 特约编辑 | 蓝垂华 | 全太顺 |
| 责任校对 | 朱妍洁 | |
| 责任印制 | 戴　宽 | |

出　　版　中国社会科学出版社
社　　址　北京鼓楼西大街甲 158 号
邮　　编　100720
网　　址　http://www.csspw.cn
发 行 部　010 - 84083685
门 市 部　010 - 84029450
经　　销　新华书店及其他书店

印　　刷　北京明恒达印务有限公司
装　　订　廊坊市广阳区广增装订厂
版　　次　2017 年 9 月第 1 版
印　　次　2017 年 9 月第 1 次印刷

开　　本　710×1000　1/16
印　　张　22.5
插　　页　2
字　　数　359 千字
定　　价　106.00 元

# 总　序

自英国学者威廉·汤姆斯（W. J. Thomas）于 19 世纪中叶首创"民俗"（folk-lore）一词以来，国际民俗学形成了逾 160 年的学术传统。作为现代学科意义上的中国民俗学肇始于"五四"新文化运动，近百年来的发展几起几落，其中数度元气大伤。从 20 世纪 80 年代开始，这一学科方得以逐步恢复。近年来，随着国际社会和中国政府对非物质文化遗产（其学理依据正是民俗和民俗学）保护工作的重视和倡导，民俗学研究及其学术共同体在民族文化振兴和国家文化发展战略中，都正在发挥着越来越重要的作用。

中国社会科学院曾经是中国民俗学开拓者顾颉刚、容肇祖等人长期工作的机构，近年来又出现了一批较为活跃和有影响力的学者，他们大都处于学术黄金年龄，成果迭出，质量颇高，只是受学科分工和各研究所学术方向的制约，他们的研究成果没能形成规模效应。为了部分改变这种局面，经跨所民俗学者多次充分讨论，大家都迫切希望以"中国民俗学前沿研究"为主题，以系列出版物的方式，集中展示以我院学者为主的民俗学研究队伍的晚近学术成果。

这样一组著作，计划命名为"中国社会科学院民俗学研究书系"。

从内容方面说，这套书意在优先支持我院民俗学者就民俗学发展的重要问题进行深入讨论的成果，也特别鼓励田野研究报告、译著、论文集及珍贵资料辑刊等。经过大致摸底，我们计划近期先推出下面几类著作：优秀的专著和田野研究成果，具有前瞻性、创新性、代表性的民俗学译著，以及通过以书代刊的形式，每年选择优秀的论文结集出版。

那么，为什么要专门整合这样一套书呢？首先，从学科建设和发展的角度考虑，我们觉得，民俗学研究力量一直相对分散，未能充分形成集约效应，未能与平行学科保持有效而良好的互动，学界优秀的研究成果，也较少被本学科之外的学术领域所关注、进而引用和借鉴。其次，我国民俗学至今还没有一种学刊是国家级的或准国家级的核心刊物。全国社会科学刊物几乎都没有固定开设民俗学专栏或专题。与其他人文和社会科学的国家级学刊繁荣的情形相比较，学科刊物的缺失，极大地制约了民俗学研究成果的发表，限定了民俗学成果的宣传、推广和影响力的发挥，严重阻碍了民俗学科学术梯队的顺利建设。再者，如何与国际民俗学研究领域接轨，进而实现学术的本土化和研究范式的更新和转换，也是目前困扰学界的一大难题。因此，通过项目的组织运作，将欧美百年来民俗学研究学术史、经典著述、理论和方法乃至教学理念和典型教案引入我国，乃是引领国内相关学科发展方向的前瞻之举，必将产生深远影响。最后，近些年来，国内外非物质文化遗产保护工作的大力推进，也频频推动国家文化政策的制定和实施中的适时调整，这就需要民俗学提供相应的学理依据和实践检验，并随时就我国民俗文化资源应用方面的诸多弊端，给出批评和建议。

从工作思路的角度考虑，"中国社会科学院民俗学研究书系"着眼于国际、国内民俗学界的最新理论成果的整合、介绍、分析、评议和田野检验，集中推精品、推优品，有效地集合学术梯队，突破研究所和学科片的藩篱，强化学科发展的主导意识。

为期三年的第一期目标实现后，我们正着手实施二期规划，以利我院的民俗学研究实力和学科影响保持良好的增长势头，确保我院的民俗学传统在代际学者之间不断传承和光大。本套书系的撰稿人，主要来自民族文学研究所、文学研究所、世界宗教研究所和民族学与人类学研究所的民俗学者们。

在此，我代表该书系的编辑委员会，感谢中国社会科学院文史哲学部和院科研局对这个项目的支持，感谢"国家社科基金"以及"中国社会科学院哲学社会科学创新工程"。

朝戈金

# 目　录

# 绪　论

## 一　研究缘起与选题意义

《亚鲁王》，苗族第一部英雄史诗，涵括广泛，集亚鲁（Yax Lus）及其先祖的创世史、征战史及迁徙史于一体，具有神秘小众、雄厚悲壮、禁忌肃穆、完整活态的特征。2012 年 2 月 21 日，《亚鲁王》在人民大会堂正式面世，在学界掀起了一股研究热潮，也将苗族这段尘封的历史公之于众。《亚鲁王》从被发现到面世并非一蹴而就，其至少经历了开始、停滞、起步、步入正轨、大力推动五个阶段，① 是十余年集体智慧的结晶。

《亚鲁王》最早是以"苗族古歌"的形式申报为 2009 年贵州省非物质文化遗产的，后受到行内专家普遍认可，其史诗身份得以界定。史诗篇幅宏伟，涉及人物上万、地名上百、战场无数，展现了苗族古代社会的生产、生活及风俗习惯，承载了麻山苗族的社会历史记忆，是了解、认识和探索苗族古代社会可供参考的重要素材。

《亚鲁王》是活态的，不仅由于其内嵌于婚丧嫁娶、祛病禳灾、祈福

---

① 本书认为《亚鲁王》的发展经历了五个阶段：一是开始阶段，2003 年起，有学者开始对史诗进行调查。二是停滞阶段，2003—2009 年，史诗尚未有系统性的研究成果。三是起步阶段，始于 2009 年，史诗成为贵州省非物质文化遗产，引起社会关注。四是步入正轨阶段，2010年 4 月，第一篇公开发表的学术成果面世；2011 年 5 月，史诗被列为国家级非物质文化遗产；同年 11 月史诗文本正式出版。五是大力推动阶段，2012 年 2 月在人民大会堂举行发布会至今，学界开始广泛研究；2011—2013 年，紫云苗族布依族自治县亚鲁王文化研究中心完成了 1778 名东郎的普查登记并建立了电子档案。

祭祀等民俗中，更因为史诗文本伴随葬礼补充和延续。[①] 史诗是麻山苗族在生命结束时，亲人对亡者的一种缅怀。随着东郎（史诗唱诵者）的展演，亡者沿着东郎诵唱的迁徙路线返回祖地，而亲人们也在聆听史诗的过程中，牢记历史，不忘祖训。

母题是文学研究的一种重要方法，一部文学作品往往通过若干母题组合表现。母题研究通常采用比较研究法，运用母题研究的方法来研究《亚鲁王》史诗，将史诗置于异文中比较，分析其"不变"与"变"之内核，把握其发展规律，对于挖掘《亚鲁王》文化内涵来说具有重要意义。

本书强调用脚[②]做学问，特别重视田野调查与文献研究的有机结合，以杨正江搜集整理翻译的《苗族英雄史诗〈亚鲁王〉》为蓝本，分析史诗重点人物形象，通过比较史诗异文及与他民族史诗之间的异同，归纳演绎蕴藏于史诗的文化内涵，同时，围绕其稳定传承的精神内核，结合田野作业资料，对"亚鲁王"民俗仪式的"坚守"与"变迁"进行分析，挖掘其对民俗变迁和传承的重要意义。

鉴于此，研究意义体现在两个方面。第一，当前《亚鲁王》研究成果少，研究范围小，研究深度不够，从母题切入《亚鲁王》，能够把握史诗发展演变规律，能够探寻史诗稳定传承核心。第二，"亚鲁王"民俗已然遭受经济社会急剧变迁的巨大冲击，作为非物质文化遗产，学人理应观照其传承及保护，厘清其在经济社会急剧变迁下的发展路径，探索其在变异中求稳定、在发展中求传承之路径。

## 二　研究现状与文献综述

《亚鲁王》面世伊始，便受到学界广泛关注，引起研究热潮。但现实

---

① 在麻山，史诗具备家族谱系功能，主持丧葬仪式的东郎会将亡者编（唱）入《亚鲁王》中。

② 从2011年作者进行《亚鲁王》研究起，前后在麻山进行了200余天的田野调查工作。麻山地区位于贵州省黔南布依族苗族自治州的惠水县、长顺县、罗甸县、平塘县，安顺市的紫云苗族布依族自治县和黔西南布依族苗族自治州的望谟县这六县的交界接壤处。

困境阻碍了史诗研究进展,一是史诗诵唱语言为西部苗语,且以古苗语居多,即使当地苗族也难通晓其意;二是当地人民受限于自然地理环境,居住分散导致实地调研交通困难;三是展演场域的特殊性导致调研的不可预见性以及调研场景的不可回溯。通过梳理已有可查文献,认为《亚鲁王》研究历经五年,成果仍偏少,且未有系统性的研究。但从研究广度而言,《亚鲁王》研究取得了可喜的成绩。

一是《亚鲁王》史诗类型的探讨。《亚鲁王》以英雄史诗的身份面世,尽管大多学者认可了这一观点,但仍存质疑之声,朝戈金[①]提出,《亚鲁王》兼具创世、征战、迁徙三种史诗类型,认为其当属于复合型史诗。事实上,伴随田野调查的逐步深入,史诗翻译的逐步完善,更多能承受时间考验的研究成果也将逐步面世。

二是史诗翻译的研究。此类成果多见于早期研究,重点探讨史诗在翻译整理过程中所用到的翻译理论和方法。较早进行研究的是吴正彪,其《麻山次方言苗文方案的设计与使用——兼谈苗族英雄史诗〈亚鲁王〉的记译整理问题》[②]就对史诗《亚鲁王》的记译与整理问题进行了梳理和探讨,提出了收集整理中的苗语规范性使用问题。同时,他强调在翻译过程中必须秉承科学严谨的态度。[③]继吴正彪之后,张忠兰、曹维琼[④]提出了民族史诗整理、保护与研究的视角应当转换的观点。杨杰宏[⑤]则认为《亚鲁王》在翻译整理过程中存在着较多不足之处,主要体现在文本的不完整性、史诗唱诵场域的不真实性、面世文本译注的不准确性等,他强调尽可能完整地保留异文版本,突出演述语境的真实性,采用四对照译注与影

---

① 朝戈金:《〈亚鲁王〉:"复合型史诗"的鲜活案例》,载《中国社会科学》2012年3月23日。

② 吴正彪、杨光应:《麻山次方言苗文方案的设计与使用——兼谈苗族英雄史诗〈亚鲁王〉的记译整理问题》,载《民族翻译》2010年第3期。

③ 吴正彪:《苗族英雄史诗〈亚鲁王〉翻译整理问题的思考》,载《民族翻译》2012年第3期。

④ 张忠兰、曹维琼:《论民族史诗整理研究的视角转换——以〈亚鲁王书系〉为典型案例》,载《贵州民族研究》2014年第6期。

⑤ 杨杰宏:《苗族史诗〈亚鲁王〉翻译整理述评》,载《贵州师范大学学报》2015年第4期。

像、录音、图片、民族志相结合的文本整理方法来达成译注文本的准确性；其《口头传统文本翻译整理的三个维度——以〈亚鲁王〉为研究个案》，① 提出在整理和研究史诗的时候自觉实践文本的完整性、翻译的准确性、语境的真实性，不仅可以最大限度地避免整理工作中的诸多失误，而且会有力地推动民族口头传统和典籍文献翻译整理范式的可持续发展。余未人②、王小梅③等学者均对史诗的搜集、整理及其翻译过程进行了讨论。尽管关于《亚鲁王》搜集翻译方面的研究成果不多，但仍是值得关注的重点。值得一提的是，亚鲁王中、英文翻译已受到学界重视，国家哲学社会科学规划办公室批复的《苗族英雄史诗〈亚鲁王〉英译及研究》已开始探索性的研究，但多语言的转换仍是其重点难点。

　　三是《亚鲁王》历史及文学视域的研究。此类研究成果颇多，成果大多观照《亚鲁王》中苗族先民的社会生活。一方面是史诗历史视域的研究，吴正彪④根据史诗文本中呈现的经商贸易、盐井争夺等问题进行多重证据法的研究，并以此讨论史诗历史断代。同时，刘锡诚就《亚鲁王》的产生时代也进行了探讨，认为《亚鲁王》产生于农耕时代。⑤ 麻勇斌⑥、曾雪飞、马静、王君⑦等学者均认为"亚鲁王"仪式是苗族历史重大事件的映射，是苗族古代部族国家的礼制。另一方面是文学视域的研究。此类研究成果研究视角多，研究对象多体现在三个方面：一是以仪式

---

① 杨杰宏：《口头传统文本翻译整理的三个维度——以〈亚鲁王〉为研究个案》，载《民族翻译》2015 年第 3 期。

② 余未人：《〈亚鲁王〉的搜集、翻译和整理》，载《当代贵州》2015 年第 40 期。

③ 王小梅：《地方叙事、文化变迁和文本研究——人类学视野下的〈亚鲁王〉搜集整理和保护传承》，载《原生态民族文化学刊》2014 年第 2 期。

④ 吴正彪、杨龙娇：《民间口头文学叙事中的"历史真实"——关于苗族英雄史诗〈亚鲁王〉中几个"史事"问题的探讨》，载《百色学院学报》2012 年第 5 期。

⑤ 刘锡诚：《〈亚鲁王〉：原始农耕文明时代的英雄史诗》，载《西北民族研究》2012 年第 3 期。

⑥ 麻勇斌：《〈亚鲁王〉唱颂仪式蕴含的苗族古代部族国家礼制信息解析》，载《贵州社会科学》2014 年第 2 期。

⑦ 曾雪飞、马静、王君：《祭祀音乐中的权力文化与社会秩序——以麻山苗族地区丧葬仪式中〈亚鲁王〉演唱为例》，载《贵州大学学报》2012 年第 4 期。

为主；二是以文本为主；三是文本与仪式融合。丁筑兰①通过观察史诗仪式，认为仪式中的寻根观念是苗族仍保持万物一体的原始信仰的体现。此外，母题作为民间文学研究的重要方法之一，受到了研究者们的关注，杨兰、刘洋②认为母题是史诗流传过程中稳定不变的核心要素，对其研究可深入了解史诗的文化内涵，并通过史诗异文及他民族史诗的比较研究，深度解读史诗各类母题，探索史诗母题的"变"与"不变"，揭示隐藏于其中的文化内涵。郑迦文③则从叙事学角度出发，认为史诗叙事杂糅了创世、征战以及迁徙的程式，史诗英雄因人格特征鲜明而更倾向于"人的英雄"，史诗通过叙事的回环往复，强调了苦难主题，以此构建民族想象。徐新建④从文学功能的角度出发，认为史诗当是为亡灵唱诵的"送魂歌"。杨春艳⑤从史诗的仪式出发，提出麻山苗族对祖先故地的坚守是"亚鲁王"中情感、责任意识的重要依据，是史诗家园遗产的重要特征。杨柳⑥则对《亚鲁王》的诗性内蕴试做探讨，认为《亚鲁王》寄托了该民族的深情记忆与美好愿景，表现出对个体生命极为细致的体恤与关怀。吴正彪⑦结合田野调查资料，对麻山次方言区苗族古经在史诗中传承的形

---

① 丁筑兰：《从〈亚鲁王〉看苗族寻根意识及其生态意义》，载《贵州师范学院学报》2014 年第 11 期。

② 杨兰：《苗族史诗〈亚鲁王〉英雄母题研究》，硕士学位论文，贵州民族大学，2014 年；杨兰：《苗族〈亚鲁王〉史诗母题研究》，载《参花》2013 年第 5 期；刘洋、杨兰：《〈亚鲁王〉英雄征战母题探析》，载《遵义师范学院学报》2014 年第 5 期；杨兰：《论〈亚鲁王〉中的女性悲剧命运——基于被骗母题的研究》，载《贵州民族大学学报》2014 年第 2 期；刘洋、杨兰：《苗族史诗〈亚鲁王〉心脾禁忌母题探析》，载《原生态民族文化学刊》2015 年第 1 期；刘洋、杨兰：《苗族史诗〈亚鲁王〉英雄对手母题探析》，载《凯里学院学报》2014 年第 5 期。

③ 郑迦文：《民间故事与史诗建构——从叙事模式看〈亚鲁王〉的民族、民间构成》，载《贵州社会科学》2014 年第 6 期。

④ 徐新建：《生死两界"送魂歌"——〈亚鲁王〉研究的几个问题》，载《民族文学研究》2014 年第 1 期。

⑤ 杨春艳：《从唱述到仪式：论麻山苗族"亚鲁王"的家园遗产特征》，载《百色学院学报》2015 年第 4 期。

⑥ 杨柳：《生命的吟唱：〈亚鲁王〉诗性意蕴浅析》，载《北京民俗论丛》2016 年第 4 辑。

⑦ 吴止彪：《田野中的苗学语境：〈亚鲁王〉史诗中的苗语古经研究》，载《贵州大学学报》2015 年第 6 期。

态进行了初步的概括和分析。王宪昭①从神话母题出发，认为史诗保留了大量具有鲜明文化特征的神话情节和母题，具有十分重要的文化价值。此外，龙仙艳②、陶淑琴③等也从文学视域开展了研究。不可否认，经过几年的积淀和探索，史诗《亚鲁王》文学及文化背景的研究已经有了提升。

四是《亚鲁王》保护及传承研究。此类研究成果较为普遍，且跨专业研究较多。事实上，史诗独特的文化生境让学者们意识到史诗传承面临巨大的机遇和挑战，并提出了诸多对策。中国民间文艺家余未人④针对史诗的唱诵进行了较为细致的阐述，认为在史诗传承中如果一直强调"不变"，则会束缚东郎的创造力，余未人陆续发表了多篇文章⑤对史诗保护与传承问题进行了相关论述。唐娜⑥则认为史诗的传承方式由最初的比较松散的方式逐渐趋向于严苛，对史诗的传承有一定的影响，要对东郎进行保护就必须确立东郎的社会身份。此外，黄莎莎⑦、龙立峰⑧、陈永娥⑨、郑向春⑩、徐玉挺⑪、孙向阳⑫均对《亚鲁王》的保护和传承进行了研究和探讨。必须指出的是，受限于研究深度，史诗保护及传承研究成果同质

① 王宪昭：《神话视域下的苗族史诗〈亚鲁王〉》，载《贵州民族大学学报》2014年第2期。

② 龙仙艳：《江山是主人是客——以〈亚鲁王〉为例探讨苗族丧葬古歌的生命观》，载《宗教学研究》2015年第4期。

③ 陶淑琴：《从中华文化的整体视角看苗族史诗〈亚鲁王〉的文化内涵》，载《贵州民族研究》2015年第6期。

④ 余未人：《〈亚鲁王〉的传承和唱诵》，载《当代贵州》2015年第32期。

⑤ 余未人：《读品苗族英雄史诗〈亚鲁王〉》，载《民间文化论坛》2011年第2期；余未人：《〈亚鲁王〉的民间信仰特色》，载《民间文化论坛》2012年第4期。

⑥ 唐娜：《谈〈亚鲁王〉演述人东郎的传承机制与生态》，载《民间文化论坛》2012年第4期。

⑦ 黄莎莎：《从〈亚鲁王〉看如何繁荣少数民族文化》，载《当代贵州》2012年第7期。

⑧ 龙立峰：《文化生态视域下〈亚鲁王〉的传承措施》，载《安顺学院学报》2013年第1期。

⑨ 陈永娥：《苗族乡愁——〈亚鲁王〉的传承研究》，载《学术探索》2015年第8期。

⑩ 郑向春：《奖励制度与非遗传承研究——以苗族〈亚鲁王〉传承为例》，载《文化遗产》2014年第3期。

⑪ 徐玉挺：《苗族史诗〈亚鲁王〉的传习方式研究》，载《河西学院学报》2015年第6期。

⑫ 孙向阳：《数字化技术视野下非物质文化遗产的传承与保护——以苗族史诗〈亚鲁王〉为中心》，载《贵州民族研究》2016年第3期。

性强，创新观点不多。

五是《亚鲁王》词汇的相关研究。马国君、吴正彪①从《亚鲁王》中找到与金筑土司历史文献典籍中地名、人名相互对应的名称，这对当前开展土司文化研究、建构国际土司学都将有着重要的积极意义。袁伊玲②则通过苗族史诗中的母语词研究同源词，对语言学学科理论建构空间建设具有十分重要的意义。此类研究成果虽少，但其价值不可忽略，史诗语言所蕴含的信息，还须深度发掘和广泛研究。

六是史诗文化生境的田野调查报告。此类成果主要出现在史诗研究初期，成果不多，但为研究者们提供了重要的研究素材。相关成果主要有吴正彪的《仪式、神话与社会记忆——紫云自治县四大寨乡关口寨苗族丧葬文化调查》③、《民族身份认同与文化遗产保护——苗族史诗〈亚鲁王〉田野调查札记》④及唐娜的《贵州麻山苗族英雄史诗〈亚鲁王〉考察报告》⑤、《西部苗族史诗〈亚鲁王〉传承人陈兴华口述史》⑥等，这类报告均是在研究初期研究者们对《亚鲁王》的生存环境进行实地调研后经过梳理形成的成果，对《亚鲁王》的研究具有一定的参考价值。

七是《亚鲁王》仪式与文化研究。此类研究主要通过史诗的唱诵仪式来解析其文化内涵，叶舒宪⑦从神话学研究视角出发，认为《砍马经》具有古老的民间信仰的活化石特征，对其解读可获得天马神话社会功能的

---

① 马国君、吴正彪：《金筑土司历史文献典籍梳理概述——兼谈所载的地名人名与〈亚鲁王〉史诗中的名称对应问题》，载《三峡论坛》2016 年第 3 期。

② 袁伊玲：《史诗〈亚鲁王〉中的苗语同源词举隅》，载《三峡论坛》2013 年第 5 期。

③ 吴正彪、班由科：《仪式、神话与社会记忆——紫云自治县四大寨乡关口寨苗族丧葬文化调查》，载《贵州民族研究》2010 年第 6 期。

④ 吴正彪：《民族身份认同与文化遗产保护——苗族史诗〈亚鲁王〉田野调查札记》，载《黔南民族师范学院学报》2015 年第 2 期。

⑤ 唐娜：《贵州麻山苗族英雄史诗〈亚鲁王〉考察报告》，载《民间文化论坛》2010 年第 2 期。

⑥ 唐娜、马知遥：《西部苗族史诗〈亚鲁王〉传承人陈兴华口述史》，载《民族艺术》2015 年第 3 期。

⑦ 叶舒宪：《〈亚鲁王·砍马经〉与马祭仪式的比较神话学研究》，载《民族艺术》2013 年第 2 期。

整体认识。肖远平、杨兰①以"亚鲁王"仪式为研究对象，厘清其纵、横向的变迁历程，探索其如何在社会变迁中实现调试与重构。相关研究还有单菲菲、韦凤珍的《苗族英雄史诗〈亚鲁王〉文化的简析——以贵州紫云麻山地区苗族的丧葬仪式为例》②、路芳的《生产性保护下的仪式化展演——以国家级非物质文化遗产〈亚鲁王〉为例》③ 等。

八是对史诗生态学视域的研究。此类研究成果大多认为史诗中的生态伦理观念是麻山人民在生态如此脆弱环境下得以长足发展的关键，并提出文化生态的保护有利于史诗的传承与发展。张希媛④从文学的生态主义立场出发，提出史诗中"万物和谐"观念，有利于促进民族文学中的生态批评的发展。何圣伦⑤则认为对非物质文化的保护尤其是活态史诗的保护与传承，必须重视其文化生态环境的保护。此外，万雷⑥、龙立峰⑦、巴胜超⑧、刘心一、郭英之⑨、吴正彪、刘忠培⑩、马静、纳日碧力戈⑪均从这一视角开展了研究。

九是人物形象的研究。此类研究成果较少，蔡熙的《〈亚鲁王〉的女

---

①　肖远平、杨兰：《文化调适与民俗变迁——基于麻山苗族民俗转型的实证研究》，载《贵州社会科学》2015年第7期。

②　单菲菲、韦凤珍：《苗族英雄史诗〈亚鲁王〉文化的简析——以贵州紫云麻山地区苗族的丧葬仪式为例》，载《凯里学院学报》2015年第5期。

③　路芳：《生产性保护下的仪式化展演——以国家级非物质文化遗产〈亚鲁王〉为例》，载《贵州社会科学》2013年第11期。

④　张希媛：《苗族史诗〈亚鲁王〉叙事的生态内蕴》，载《大众文艺》2014年第10期。

⑤　何圣伦：《文化生态环境的建构与苗族史诗的当代传承——以〈亚鲁王〉为例》，载《贵州社会科学》2015年第8期。

⑥　万雷：《〈亚鲁王〉传承生态保护略谈》，载《安顺学院学报》2013年第2期。

⑦　龙立峰：《文化生态视域下〈亚鲁王〉的传承措施》，载《安顺学院学报》2013年第1期。

⑧　巴胜超：《心信的养育：以〈亚鲁王〉的传播与传承为例》，载《贵州社会科学》2013年第11期。

⑨　刘心一、郭英之：《苗族史诗〈亚鲁王〉产生时间及文化生态刍论》，载《贵州社会科学》2015年第10期。

⑩　吴正彪、刘忠培：《试论苗族史诗〈亚鲁王〉的生态文化特点》，载《贵州民族研究》2015年第1期。

⑪　马静、纳日碧力戈：《创世史诗中苗族社会秩序构建与地域生态文化——以〈亚鲁王〉文本分析为例》，载《中南民族大学学报》2016年第2期。

性形象初探》① 将史诗《亚鲁王》女性形象概括为四类，分别是：通古文化的殉道者、善于征战的女英雄、具有神力的女性形象、管家型的妇女形象，认为每一类型女性形象都蕴含着丰富的苗族历史文化信息。史诗所描绘的人物众多，其中创世英雄、射日月英雄、造日月英雄到女性英雄等可圈可点的人物形象都是我们研究将要关注的重点，希望在今后的研究工作中，此领域的研究更为深入。

从已有研究成果来看，研究范围较广，但创新性的成果不多；研究内容较单一，缺少整体系统的研究；研究方法则多以规范研究为主，实证调研不够，多学科联动性不强。

## 三　研究内容的界定

《亚鲁王》内容丰富，涵盖面广，2011 年出版的《苗族英雄史诗〈亚鲁王〉》仅是史诗内容的一部分，更多的史诗内容仍在搜集、补充和整理。根据田野调查资料，《亚鲁王》涵括了五个部分的内容：一是创世纪；二是亚鲁王；三是亚鲁王与自然万物；四是亚鲁子辈业绩；五是亚鲁孙辈业绩。梳理史诗五部分，发现史诗涉及麻山苗族社会生活各个方面，已然成为麻山苗族社会生活的一部分。

一是麻山苗族的道德标准、伦理规范依存于创世纪部分。创世纪部分于麻山苗族而言，正如汉族的“三纲五常”一样，是麻山苗族日常生活的总纲领，是社会秩序的维护者。这部分内容主要涉及伦理道德方面，也是最贴近人民的日常生活的，是人民生活中不可分割的一部分。田野调查资料表明，创世纪内容碎片化程度极高，且种类繁多，要进行整理、归纳、翻译难度极大。

二是亚鲁王部分。亚鲁是史诗的精神和骨干，亦是史诗的核心部分。在调查中，东郎们反复强调该部分内容绝不可随意增加或删减，已正式出版的史诗便是该部分内容，主要讲述了亚鲁王带领族人征战迁徙的英雄业绩，蕴含了古代苗族礼仪制度、风俗习惯、经商贸易等史料。

---

① 蔡熙：《〈亚鲁王〉的女性形象初探》，载《湖南工业大学学报》2014 年第 3 期。

三是亚鲁王与自然万物。此部分着重于史诗对自然万物的认知，体现了古代苗族的世界观，对客观事物的认知，对社会的朴素阐释，是我们研究《亚鲁王》文化内涵的关键点。对其研究可发现麻山苗族"天下同源"的价值观与史诗不谋而合，虽然在其异文中有着不同的唱诵，但其内核不变。正如，苗族人对金银的崇拜、对龙神的崇拜等。

四是亚鲁儿子部分。此部分作为亚鲁王英雄业绩的传承载体，亚鲁王精神的延续，是我们研究《亚鲁王》的重点之一。这部分主要讲述了亚鲁儿子对亚鲁事业的继承，将亚鲁精神发扬光大的各种事迹，也为麻山后世苗族提供了精神支柱和文化支撑。

五是亚鲁孙子部分。这部分内容是《亚鲁王》的扩散，是亚鲁及其儿子的继承和发扬，是历经三代人之后的成熟与稳定。这一部分主要讲述了亚鲁后辈为坚守亚鲁信念所付出的努力，在此过程中亚鲁文化得以稳定和固化，成为我们研究和探索史诗的重要素材。

同时，《亚鲁王》内嵌于麻山苗族各类仪式之中，尤其以葬礼仪式最为重要，在葬礼仪式中《亚鲁王》呈现得最为完整，也最具活态性。整个仪式程序、符号具有多元意义，是我们深入探索《亚鲁王》文化的最为直观的呈现。

一是"亚鲁王"仪式是麻山苗族沟通神人的重要场域。在麻山苗族的观念里，死亡具有特殊的意义，并不具有生命终结的意思。史诗讲述了麻山苗族从遥远的东方迁徙而来，麻山脆弱的生态环境与极为不便的交通使得人们对祖地的向往意识十分强烈。他们希望通过葬礼仪式的举行，亡者能够跟随先祖迁徙而来的路径返回祖地与祖先团聚，过上富足的生活。因此，葬礼仪式被赋予了神圣的使命，极为严肃和庄重。

二是"亚鲁王"仪式是维护麻山苗族内聚力的重要保障。任何一部史诗都与该民族的历史文化生活相关联，《亚鲁王》也不例外，它承载着麻山苗族的历史。在"亚鲁王"仪式中，史诗的唱诵是不可或缺的，葬礼仪式上的人们认真聆听东郎的唱诵，对民族历史不断加强记忆，因而"亚鲁王"仪式是增强民族认同感、维护内聚力的重要保障。

三是"亚鲁王"仪式是《亚鲁王》得以完整流传至今的重要载体。在整个葬礼仪式中，东郎必须唱诵整部《亚鲁王》史诗，保证亡者能够顺利沿着迁徙路线回归，且史诗与仪式相辅相成，缺一不可。因为麻山苗族的信仰，葬礼仪式中内嵌的《亚鲁王》史诗才能完整流传至今。考虑到麻山区域目前仍然保存着完整的葬礼仪式，所以本书中的部分研究将通过仪式作为切入点来进行研究。

## 四　研究思路与方法

《亚鲁王》的研究还只是刚刚起步，研究的深入性还存在很大的不足，为弥补现有研究的不足之处，笔者从 2011 年至今，深入麻山开展田野调查两百余天，注重调查的真实性和有效性，掌握了丰富的第一手资料，以保证研究的系统性、全面性。

本书以杨正江搜集、整理、翻译的《苗族英雄史诗〈亚鲁王〉》为蓝本，以史诗人物形象为切入点，重点结合史诗异文及他民族史诗母题，进行分类比较，梳理其同质性与异质性，获取内蕴于史诗中的文化内涵。通过母题研究的方法，发现其稳定传承的精神内核，结合田野作业资料，对"亚鲁王"民俗仪式的"坚守"与"变迁"进行分析，力图挖掘其对民俗变迁和传承的重要意义。

本书运用了民族学、社会学等学科的理论与方法，通过文献研究与实地调研相结合、定性研究与定量研究相结合、规范研究与实证分析相结合、重点分析与整体观照相结合、纵向梳理与横向比较相结合的研究方法，并在各个层面与侧面上有所侧重。

第一，文献研究与实地调研相结合。课题在搜集和梳理前人的研究成果上，以实证调查为重要手段，在麻山地区的水塘镇、猴场镇、大营镇、四大寨乡、宗地乡等乡镇进行田野调查，采用访谈、问卷、参与观察的形式分别对东郎和群众代表进行采访，对史诗的个体记忆与集体记忆进行第一手资料的搜集，结合人们的历史记忆与史诗叙事的相关性，强调史诗的现实性，揭示史诗中的现实意蕴。

第二，定性研究与定量研究相结合。本书在母题研究及文化调适两个方面侧重于定量研究与定性研究的结合，定量研究重视刚性数据的获取，定性研究弥补定量研究的不足。通过对麻山地区五个乡镇代表性东郎及群众进行采访，获取关于风俗习惯、宗教信仰、生活环境等的第一手资料，论证、补充完善书中提出的观点。

第三，规范研究与实证分析相结合。本书通过梳理相关研究成果，结合实地调研，以实证分析为主要手段，在现状分析及问题的归纳上进行论述。并在理论总结、对策建议上重规范研究，意图理论与实践结合，更深入地探索分析问题，旨在探索史诗各母题所蕴含的原始信息。

第四，重点分析与整体观照相结合。本书以史诗母题为重点研究对象，以麻山区域为重点调研对象，通过对史诗中的 11 个母题进行研究，揭示史诗内蕴的历史信息，并结合其异文及他民族史诗进行纵向和横向的比较，探索出史诗《亚鲁王》的独特性，发现其稳定传承的精神内核。

第五，纵向梳理与横向比较相结合。以时间为界限，将史诗内容、仪式的变化作为重点研究对象，结合田野作业资料及现代社会背景，对"亚鲁王"民俗仪式的"坚守"与"变迁"进行分析，力图挖掘其对民俗变迁和传承的重要意义。

# 第 一 章

# 《亚鲁王》英雄人物形象

人物是传说、故事、史诗等文学作品的灵魂，而人物形象的塑造不仅能牵引故事脉络，还能丰富文本内容，以此引发读者兴趣。英国小说家兼批评家戴维·洛奇曾指出："人物是小说最重要的一个因素。"① 作为麻山苗人西迁的领袖，英雄亚鲁形象的塑造是史诗的重中之重，亦是史诗磅礴气势的重要缘由。

一般而言，人物形象的刻画分正面描写和侧面描写，正面描写从肖像、语言、行为、心理和细节切入，侧面描写则重视对比衬托。亚鲁的形象贯穿史诗始终，本章以时间为线索，以成长为脉络，从幼年、青年和中年切入亚鲁形象。

## 一 幼年亚鲁形象

### （一）特异诞生的幼年亚鲁形象

史诗开篇交代了亚鲁的出生，叙述了他出生时的各种异象，竭力展示其诞生之神奇，不仅为亚鲁未来之成长埋下伏笔，还丰富了史诗文本内容，引发听者无尽的幻想和期待。

深夜，亚鲁变油蚱在木板上跳蹦唱歌，亚鲁变蟋蟀在席子上舞动叫唤。油蚱唱着夜歌钻入木板，蟋蟀唱着跳着躲进席子。亚鲁像油蚱悄悄附着到母亲身上，亚鲁像蟋蟀忽地钻进母亲下体。亚鲁母亲即刻

_____

① ［英］戴维·洛奇：《小说的艺术》，王峻岩等译，作家出版社1998年版，第76页。

倒地，亚鲁母亲昏沉睡去。

人家怀儿子九月去九天，亚鲁母亲怀上亚鲁十二月去十二天。亚鲁母亲临盆七个白天，亚鲁母亲叫唤七个黑夜。她流淌三盆眼泪，她淌干三盆泪水。她生下亚鲁，她抱起亚鲁。亚鲁三声大叫哇哇出世，天空震荡，回响远方。亚鲁三声大喊呱呱落地，大地震动，山岭摇晃。如三声炸雷惊落地上。三阵狂风翻卷，飞沙走石，天昏地暗。黑天黑地，昏昏沉沉。风掀动屋顶，茅草漫天飞舞，卷起的烟灰飘飞旷野。房梁倾斜，房柱摇晃。山上的木叶卷向天空，旷野的草叶刮进山谷，狗守城门惶惶吼叫，牛马嘶鸣响遍山野。瓢泼大雨漫天泼泄，洪水滔滔四处横流。山山岭岭都知道这是帝王降世，村村寨寨都传这是王子降生。①

史诗采用了正面的肖像描写和侧面的环境衬托刻画亚鲁诞生之异象。一方面，通过正面的肖像描写刻画其诞生之奇异。从亚鲁母亲的孕育过程来看，亚鲁诞生前的形象是蟋蟀或油蚱。"亚鲁变油蚱在木板上跳蹦唱歌，亚鲁变蟋蟀在席子上舞动叫唤。油蚱唱着夜歌钻入木板，蟋蟀唱着跳着躲进席子。"② 因此，亚鲁诞生前的形象是异于常人的，他的首次出场具有神秘色彩，是一个可以幻变的神奇人物。此处反映了麻山苗人对亚鲁的神奇想象，也为之后亚鲁英雄事迹的叙述做了铺垫。

另一方面，通过侧面的环境烘托刻画其诞生之神奇。史诗从怀孕周期、分娩时间和出生异象三个方面诵唱了亚鲁诞生的神奇异象。一是亚鲁的孕育周期多达"十二月去十二天"，异于常人的十月孕期。二是亚鲁母亲的分娩时间长，生产时忍受了七天七夜的疼痛，异于常人的分娩时间。三是亚鲁诞生时有天地异象，亚鲁诞生时，大地震动、山岭摇晃、狂风大作、浊浪滔天。三种异象反差巨大，渲染了史诗磅礴大气之气氛，并极为自然地推动了情节发展。

---

① 紫云苗族布依族自治县《亚鲁王》工作室杨正江翻译整理：《苗族英雄史诗〈亚鲁王〉》，贵州省文化厅、贵州非物质文化遗产保护中心内部资料2011年版，第60—61页。

② 同上书，第58页。

### (二) 遭遇坎坷的幼年亚鲁形象

叔本华认为悲剧是以表现人的不幸为主，人的痛苦与生俱来。《亚鲁王》开篇即展现了亚鲁的悲剧命运。幼年亚鲁三次陷入险境，尽管每次均化险为夷，但史诗关于亚鲁争斗的诵唱，关于战争残酷和凶险的展演，无不彰显幼年亚鲁坎坷之人生际遇。

诞生礼是众民族的重大民俗。一般而言，在小孩出生后三天至一百天，为小孩摆酒庆贺，以期亲朋好友的祝福，而在苗族社会，小孩出生之后，需要给外公外婆"报喜"。① 在亚鲁出生后，史诗详细诵唱了亚鲁诞生"报喜"过程，"亚鲁母亲背亚鲁追赶外婆报送喜事，亚鲁母亲背亚鲁追赶外公报告大喜。外婆做琅诃送亚鲁带回，外公制琅忒护佑亚鲁转家"②。史诗注释，"亚鲁的外婆外公的族群在远走他乡的迁徙途中"③，交代了外界环境变化未能冲击"报喜"民俗，从侧面强调了"报喜"的重要性，点明了亚鲁出生便遭遇坎坷。

值得一提的是，"报喜"返程途中，亚鲁及其母亲遭遇敌人袭击。"亚鲁的命矮，亚鲁的命短。亚鲁母亲背亚鲁走到三岔河，母子在三岔河遭受敌兵伏击。亚鲁母亲跳入三岔河，亚鲁母亲沉进了波涛。亚鲁的琅诃在三岔河熄灭了。亚鲁母亲带着亚鲁来到三岔路，亚鲁母亲在三岔路遇到敌兵埋伏。亚鲁母亲钻进刺蓬里，亚鲁母亲躲在草丛中，亚鲁的琅忒又在三岔路熄灭。"④ 在此，亚鲁的坎坷形象起于母亲与敌人的战斗，丰富于外婆和外公赠予护身物的遗失。史诗通过诵唱亚鲁得以保命源于母亲的智慧、勇气和力量，强调了亚鲁一出生便充满坎坷。

此外，亚鲁学成技艺（文化知识、经营技巧、狩猎本领）返程途中，遭到猛兽雄狮的攻击，"亚鲁倒下昏昏入睡，亚鲁躺下沉沉睡去。山风一

---

① 报喜民俗是指婴儿诞生后，父亲要到娘舅家去汇报这个好消息，为孩子讨得长辈的祝福。

② 紫云苗族布依族自治县《亚鲁王》工作室杨正江翻译整理：《苗族英雄史诗〈亚鲁王〉》，贵州省文化厅、贵州非物质文化遗产保护中心内部资料 2011 年版，第 63 页。

③ 同上。

④ 同上书，第 63—64 页。

阵阵狂吹，树木呼啦啦折断，亚鲁翻身跳起，亚鲁跃身而立。一头好大的野物，一头凶猛的雄狮，张开嘴如黢黑的岩洞，撑开掌像一只大簸箕，雄狮晃动身子，身过处大树呼啦啦倒地"①。经过一场激烈的打斗，"亚鲁一箭射进雄狮大嘴，亚鲁一箭射中雄狮脖颈。山山岭岭的人都来看，坡坡坎坎的人都在望"②。亚鲁用智慧和勇气战胜了雄狮。

但战斗并未结束，纳经的卢呙王听说亚鲁杀死雄狮的事情，内心恐慌，担心亚鲁将来会占领自己的国土，于是诱骗亚鲁并企图将其杀害。亚鲁对卢呙王辩解无效。"亚鲁说，我不射倒你的老熊，那头老熊会咬杀我。我不射死你的雄狮，那头雄狮会吞吃我。我回家迷路，走到你的疆域，我行走迷路，来到你的王国。亚鲁说，我不是来败坏你的英名，我不是要毁坏你的声望，我的父王是翰玺鹜，我的名字叫亚鲁"③，只能奋起抗争，"亚鲁挥舞衣裳抵挡，飞箭向卢呙王的兵士射去。亚鲁挥舞衣衫阻隔，卢呙王将领的镖竿嘭嘭断落地上。亚鲁反掷一箭击倒三个兵，亚鲁反射三箭击倒九个将"④。尽管亚鲁武艺高强，勇猛无比，但双拳难敌四手，处于弱势的亚鲁被卢呙王的将领夯弩所救，保住了性命。史诗关于幼年亚鲁的三次坎坷，不仅展现出亚鲁的坚韧品质，更强调了亚鲁的战斗是被迫应敌，是正义的。

### （三）天生聪慧的幼年亚鲁形象

在民间文学作品中，超于常人的智慧往往是英雄人物的基本特征。在劳动人民看来，武力和智慧能带给他们希望。藏族英雄史诗《格萨尔王》中，英雄格萨尔极具智慧，他与王妃夹罗珠毛的婚恋过程展现了其聪明才智，在偶遇夹罗珠毛时，格萨尔见珠毛生得美丽便故意刁难，使其答应了与自己的婚约，且巧妙通过了珠毛的考验俘获了珠毛的芳心。

《亚鲁王》亦如此，史诗以较多篇幅诵唱了亚鲁的智慧。一方面，通过正面描写展现亚鲁极高的学习效率。他三岁就去读书学本领，一年便学

---

①　紫云苗族布依族自治县《亚鲁王》工作室杨正江翻译整理：《苗族英雄史诗〈亚鲁王〉》，贵州省文化厅、贵州非物质文化遗产保护中心内部资料 2011 年版，第 69 页。

②　同上。

③　同上书，第 71—72 页。

④　同上书，第 75 页。

完了所有的知识。"亚鲁三岁跟人家去读呀，亚鲁三岁随别人来读书。亚鲁的聪明盖过疆域，亚鲁的才智盖过王国。别人一天认字三个，亚鲁一个时辰读三本书。先生讲天下，他知晓天上。先生讲天上，他知晓天外祖奶奶的故乡。先生讲今生，他就知前世。先生讲前世，他就知晓后世。读书读过了一年白天，读书读了一年夜晚。亚鲁知晓了万物，亚鲁明白了世事。"① 回到家乡，亚鲁四岁就跟着母亲博布能荡赛姑学做生意。"亚鲁母亲带亚鲁回宫，亚鲁母亲领亚鲁转家。龙回到龙，亚鲁母亲带亚鲁开辟嵩当龙集市……兔轮回道兔，亚鲁母亲带亚鲁建造丐若兔集市。"② 九岁就会舞弓射镖，"师父说了，亚鲁哩亚鲁，我的弓术教会了你，我的镖术全教了你，你去远方寻求高师，你去他国拜访高人"③。亚鲁从知识的学习、技艺的学习以及经商的学习都展示了其先天超强的学习能力。

另一方面，通过侧面的烘托对比展现亚鲁的学习能力。史诗中"别人一天认三个字，亚鲁一个时辰读三本书"④。通过亚鲁与常人之对比体现亚鲁异于常人、高效的学习能力。

# 二 青年亚鲁形象

梳理史诗，系统分析青年亚鲁形象，认为青年亚鲁具有风流潇洒、上天眷顾、命途多舛的形象特征。

## （一）风流潇洒的青年亚鲁形象

青年亚鲁情窦初开，不仅涵括了麻山苗人的恋爱观和婚姻观，也反映了其浪漫情怀。亚鲁的初恋始于他与波尼桑的一场相遇，"亚鲁抬头看一眼波尼桑，波尼桑对亚鲁低头抿笑。白天，波尼桑带亚鲁在村边游玩，波

---

① 紫云苗族布依族自治县《亚鲁王》工作室杨正江翻译整理：《苗族英雄史诗〈亚鲁王〉》，贵州省文化厅、贵州非物质文化遗产保护中心内部资料 2011 年版，第 64—65 页。

② 同上书，第 66—67 页。

③ 同上书，第 68 页。

④ 同上书，第 65 页。

尼桑领亚鲁到寨上玩耍"①。史诗巧妙地为波尼桑和亚鲁的恋情埋下了伏笔，波尼桑与亚鲁眼神碰触那一刻的低头抿笑，刻画了波尼桑初次与亚鲁相见便情愫暗生。同时，史诗用"村边游玩"和"寨上玩耍"表述了两人的亲密，由于亚鲁不能久住夯驽家，思乡之情促使他不得不离开了夯驽和波尼桑。"亚鲁说，我待了很多天，我宿了好多夜，我要转回我疆域，我得回归我王国。"② 波尼桑听说亚鲁要离开的消息后十分难过，"波尼桑的悲情是由那阵开始，波尼桑从那时开始流下眼泪……波尼桑送别亚鲁走了一弯又一弯，亚鲁告别波尼桑过了一坡又一坡。波尼桑送亚鲁到布杜，波尼桑站在土坡看亚鲁渐渐远去，波尼桑呆立坡上望亚鲁天边消失"③。在波尼桑与亚鲁恋情初生之际，亚鲁却毅然离去，可见亚鲁在男女之情中仍保持理智。

亚鲁在收复疆域的途中巧遇美丽的波丽莎、波丽露两姐妹。"两个清亮的倒影迷住了亚鲁王双眼，两个美貌的女子勾住亚鲁王目光……亚鲁王提起波丽莎坐马前，亚鲁王扶起波丽露夹中间……亚鲁王士兵说王迎王后到，亚鲁王将领都讲王娶王妃来。"④ 在一番摆谈之后波丽莎、波丽露便追随亚鲁，成为亚鲁王妃。

从亚鲁与波丽莎、波丽露两姐妹交谈的语言方面可知，亚鲁的情感非常直接。亚鲁在与波丽莎、波丽露谈情时所说的话语非常直白。"亚鲁王说，会削竹篾就会编篓，要会说话才会答话。会削竹篾就会编筐，二位会说就会应声。亚鲁王说，你们真好看，你们多鲜亮……我一天征战一个地方，我一夜露宿一个村寨。不得一口热饭吃，没得一口滚水喝。"⑤ 刚刚见面，就将对波丽莎、波丽露的爱慕之情袒露。在苗族人的婚姻中，男女婚事由自己做主，双方只要互相倾慕，相互表露衷肠之后便可以定终身。

史诗在描写亚鲁婚姻的语句中，表现出的亚鲁是一个多情潇洒的亚

---

① 紫云苗族布依族自治县《亚鲁王》工作室杨正江翻译整理：《苗族英雄史诗〈亚鲁王〉》，贵州省文化厅、贵州非物质文化遗产保护中心内部资料 2011 年版，第 77 页。

② 同上。

③ 同上书，第 78—79 页。

④ 同上书，第 110—115 页。

⑤ 同上书，第 112—114 页。

鲁。"亚鲁王环征到哪方，就有情人跟到哪里。亚鲁王环征到哪村，就有王妃随往哪寨。许多地方许多情人，好多村寨好多王妃。许多情人治理许多地方，好多王妃照顾好多村寨。"① 他在与波丽莎、波丽露结合之后又找了许多情人，又娶了许多王妃，"七十个王后料理七十坝平展水田，七十个王妃打理七十坡肥土肥地"②，句中所用到的"七十"并不是具体的数字，而是形容亚鲁的王后、王妃很多。

**（二）上天眷顾的青年亚鲁形象**

"翰玺鹜王备上七十妮砂绕，翰玺鹜王备齐七十妮砂绒，迎博布能荡赛姑，她当上做菜的王后，娶博布能荡赛姑，她当上了煮饭的王妃。"③ 从史诗文本看，亚鲁是国王之子，还未出生就注定是王公贵族，必定受到众人爱戴。亚鲁出生之时出现了各种奇异的自然现象，惊雷大雨、狂风地震、天昏地暗，都预示着亚鲁的不凡。

亚鲁这一代有六个王子，亚鲁是最小的一个。"亚鲁是幺王子，亚鲁是小王子。大王子归属父亲，小王子跟随母亲。"④ 亚鲁父王留下疆域给亚鲁，其他兄弟则走出疆域迁徙到遥远的地方定都、发展。亚鲁从小聪慧伶俐，小小年纪就精通文化知识，"读书读了一年白天，读书读了一年夜晚。亚鲁知晓了万事，亚鲁明白了世事"⑤。在知晓了天上、地下之事，获得了骑射技艺在身，精通了生意技巧之后，亚鲁便开始了他称王掌事的生涯。

亚鲁继承王位之后便召集兵士收复失地，勇猛的亚鲁很快将失去的土地收回。亚鲁在开场坝建集市之时，视察稻田生长情况，发现稻田被破坏，在询问原因之后，就去捕杀踩坏稻田的野兽。亚鲁用尽全力将野兽射死，并将其抬回王宫与王妃们分享，但是野兽的心却怎么煮、怎么烤都弄不熟，用钢刀、斧头也砍不开，亚鲁担心它是带来灾祸的东西，就带着这

---

① 紫云苗族布依族自治县《亚鲁王》工作室杨正江翻译整理：《苗族英雄史诗〈亚鲁王〉》，贵州省文化厅、贵州非物质文化遗产保护中心内部资料 2011 年版，第 115 页。

② 同上书，第 116 页。

③ 同上书，第 49 页。

④ 同上书，第 57 页。

⑤ 同上书，第 65 页。

颗心去问耶偌和耶婉，① 才知道这颗心是神物龙心，"亚鲁哩亚鲁，你第一个到这里来，你头一个来到这里。回去用红布包裹龙心挂上宫梁，它会保住你领地，它会繁盛你疆域。你儿孙后代拥有王室尊贵，你后代子孙保有传世王位"②。亚鲁获得龙心后，领地繁荣昌盛、无人来犯，在几个兄弟中亚鲁是唯一获得龙心的人。

即使亚鲁失去领地之后，也在阴差阳错之际发现生盐井，流离失所的亚鲁部族因此又过上了富足的生活。亚鲁虽多次颠沛流离，但上天的眷顾以及自身的努力总是能将窘迫的境遇扭转。

### （三）命运多舛的青年亚鲁形象

亚鲁获得龙心的消息传到了他的两个哥哥赛阳、赛霸的耳朵里，在几位王妃气愤的言语下，战事就这样发动了。"赛阳王后博布嫩阳莺说，大王哩大王，我们是兄长，我们没得龙心。我们是长子，我们不得兔心。亚鲁是兄弟，亚鲁是幺弟，亚鲁怎么会得龙心？亚鲁为何会有兔心？……我们得进攻亚鲁，我们得发动战争。"③ 龙心的争夺导致亚鲁长期颠沛流离的迁徙生活。

在龙心大战中，亚鲁极不愿与赛阳、赛霸开战，善良的亚鲁一度忍让自己的兄长们。"赛阳赛霸说，今天我们要开战，赛阳赛霸说，战争就从此刻起。赛阳拔出宝剑三剑飞刺，亚鲁挥舞梭镖三竿抵挡。亚鲁王说，哥哥哩哥哥，我们要留下儿女吃糯米。赛霸挥动梭镖三竿斜杀，亚鲁王射三箭急急招架。亚鲁王讲我们要，哥哥哩哥哥，我们要留得子孙吃鱼虾"④。亚鲁的苦苦哀求并未打动兄长，赛阳、赛霸没有顾及兄弟情义，泄闸洪水似地冲向亚鲁的疆域。"赛阳赛霸吹响牛角号冲向亚鲁王疆域，赛阳赛霸擂起战鼓朝亚鲁王领地进攻。"⑤ 在这场战争中亚鲁利用龙心将赛阳、赛霸打败，保住了疆域，守住了领土。

---

① 董冬穹的先祖，智者，性别待考。
② 紫云苗族布依族自治县《亚鲁王》工作室杨正江翻译整理：《苗族英雄史诗〈亚鲁王〉》，贵州省文化厅、贵州非物质文化遗产保护中心内部资料2011年版，第128页。
③ 同上书，第129—130页。
④ 同上书，第134页。
⑤ 同上。

龙心大战的失败并未让赛阳、赛霸甘心，他们仍想得到那颗能让国土繁荣安定的龙心，于是派探子去亚鲁领地刺探情况。赛阳、赛霸在了解亚鲁部族内部情况之后，暗暗想出了让人不齿的计谋——派人诱骗亚鲁王妃波丽莎、波丽露，抢夺龙心。"赛阳赛霸思量派谁去和波丽莎交朋友，赛阳赛霸苦思派哪个与波丽露做伙伴。"① 波丽莎、波丽露被赛阳、赛霸派去的诺赛钦、汉赛钦欺骗，并让她俩将亚鲁的龙心偷出来给他们瞧。"波丽莎拿来龙心，波丽露拿出兔心。揭开红布，龙心一闪，揭开红绸，兔心一晃。那绿光如芭蕉叶一样绿茵茵，那白光像白牛角一般白生生"。② 确定亚鲁拥有龙心之后，赛阳、赛霸抵挡不住诱惑再次发起攻击，由于龙心的保护，亚鲁再次保住了疆域。

诱骗之计得逞，但攻打失败，赛阳、赛霸心中的怨愤日益剧增，挑起了争夺龙心神战，他们再次派诺赛钦和汉赛钦去和波丽莎、波丽露交朋友，用自己准备的假龙心换走真龙心。"亚鲁王的龙心如芭蕉蕊，赛阳赛霸的龙心像蛇心。亚鲁王的兔心如白牛角，赛阳赛霸的兔心像钢刀。蛇心与芭蕉蕊相比，钢刀和白牛角相试。亚鲁王的龙心见光那一瞬，赛阳的箭镞立即跟踪射去。亚鲁王的兔心还没有见光，赛霸的钢刀瞬间砍去。"③ 战事又重新挑起，亚鲁失去了龙心不能与赛阳、赛霸抵抗，亚鲁守不住领地带领族人开始逃亡。

盐井之战，亚鲁带领族人迁徙到岜炯阴居住下来，但是怪兽踩坏他们播种的小米，亚鲁为保护庄稼将怪兽射杀，在吃烹饪好的怪兽肉时，发觉肉的盐味很重，再次询问耶偌和耶婉后得知盐井的地址，终获得生盐，"井里生盐颗果真如黑色牛眼珠，井中盐巴粒特别像紫色羊眼球"④。亚鲁开始冶炼生盐，在制好盐巴后亚鲁去集市卖盐，他的盐价比赛阳、赛霸的便宜，因此战事也就再次挑起。赛阳、赛霸派出务去打探消息，得知亚鲁获得了盐井，赛阳、赛霸十分生气。"赛阳赛霸说，我们是长兄，我们没得生盐井。赛阳赛霸说，我们是长子，为啥得不到盐井？亚鲁是兄弟，亚

---

① 紫云苗族布依族自治县《亚鲁王》工作室杨正江翻译整理：《苗族英雄史诗〈亚鲁王〉》，贵州省文化厅、贵州非物质文化遗产保护中心内部资料2011年版，第138—139页。

② 同上书，第140—141页。

③ 同上书，第148—149页。

④ 同上书，第177页。

鲁哪来生盐井？亚鲁是幺弟，亚鲁咋能有盐井？我们得去争夺盐井，我们要发动战事。"① 经过赛阳、赛霸的轮番攻打，亚鲁不得不带族人再次迁徙，逃离赛阳、赛霸的攻打范围。

血染大江讲述的是亚鲁在盐井之战后，迁徙路途中与公龙的战斗，亚鲁带领族人过江遭遇公龙的袭击，"公龙猛撞亚鲁王船底，三队兵立马滚进江涛。公兔撞翻亚鲁王竹筏，三队将瞬间翻入浪底"②。聪慧的亚鲁王并没有被公龙震慑，亚鲁寻找计谋将公龙射死。"亚鲁王用钢钩拴在船头，亚鲁王拿铁钩绑在筏尾。亚鲁王用钢刀拴在船底，亚鲁王拿铁刀捆在筏底……亚鲁王连射十七箭，公兔中箭立时身死"③，继续寻找定居的疆域。

亚鲁在迁徙的途中经历了八次大型战争，小型战争更是不计其数。亚鲁并非不能在原有疆域居住发展，而是不愿与兄长自相残杀，因此他选择了迁徙远去并一次次的忍让，但这样的谦让并没有感动兄长赛阳、赛霸。可以说，亚鲁的一生是充满坎坷的。

# 三　中年亚鲁形象

## （一）足智多谋的中年亚鲁形象

在步步侵占荷布朵王国一节的叙述中，充分体现了英雄亚鲁的足智多谋。首先，以弱者的身份赢得荷布朵的同情。"亚鲁王说，我被人一路追打，我遭人追杀一路，我战败了才逃来这里，丢失领地才来到这方。你们疆域还有空地吗？你们王国还有空城吗？我请求借我一片住家地方，我祈求借我一个安室去处。"④ 荷布朵与亚鲁结为兄弟，将亚鲁留在自己的疆域打造铁具，于是亚鲁部族获得留在荷布朵王国居住的机会。

其次，以霸占荷布朵王妃为由挑起与荷布朵的战争。"每个早晨做菜，每个早上煮饭。晌午时分，亚鲁王伸手搂过霸德宙，亚鲁王剥开她贴

---

①　紫云苗族布依族自治县《亚鲁王》工作室杨正江翻译整理：《苗族英雄史诗〈亚鲁王〉》，贵州省文化厅、贵州非物质文化遗产保护中心内部资料 2011 年版，第 193 页。

②　同上书，第 203 页。

③　同上书，第 203—204 页。

④　同上书，第 325 页。

身衣裳。霸德宙身子油光水滑，霸德宙双乳山峰挺立。圈里的母猪拱猪圈，发情的母猪刨食响，亚鲁王抱着霸德宙，像母猪刨食蹦蹦响。"① 亚鲁侵占霸德宙，不仅由于霸德宙的美貌，更在于桃色事件最易引发战争。

最后，亚鲁与荷布朵矛盾公开化后，亚鲁并未与荷布朵硬碰硬展开刀枪之战，而是通过比赛确定疆域归宿。在这场比拼智力的战争中，亚鲁通过自己的智慧赢得了战争，也赢得了族人生存的领地。在首次比拼中，亚鲁以供奉领地的祭品为比拼项目，在问清荷布朵的祭品之后，亚鲁的儿子立刻将荷布朵的祭品换成了亚鲁的祭品，获得了这次比赛的胜利。"冈塞谷听懂了父王的意思，冈塞谷明白了父王的心思。王子如父王一样智慧，王子像父王一般聪明。冈塞谷匆忙去岚邑舵扯下荷布朵的香烛，冈塞谷急忙到岚邑姆收掉荷布朵的纸钱。"②

第二次比拼的是喊祖奶奶和祖爷爷，谁应声了这疆域便是谁的疆域。在这次比赛中亚鲁就与他的七十个王妃商量，让她们晚上去睡在荷布朵的祖坟边，于是在亚鲁喊祖奶奶和祖爷爷的时候就有应答的声音。

第三次比拼的是射箭，规定谁射中白岩就是谁的疆域，在这次比赛中，"亚鲁王拿竹篾削箭头，亚鲁王打粑粑粘箭镞。荷布朵先射，荷布朵一连数箭射不中。亚鲁王后射，亚鲁王一串箭命中白岩"③，亚鲁王又再一次凭借自己的才智获得了胜利，通过数十次的比赛，亚鲁获得了最终的胜利，赢得了王妃霸德宙和荷布朵疆域。智慧的亚鲁在赢得荷布朵的过程中没有伤害一兵一卒，不仅获得了生存的土地，同时还抱得美人归。

### （二）王者风范的中年亚鲁形象

英雄亚鲁受麻山苗人的爱戴源于爱惜族人、敢于担当、勇于开拓，亚鲁的王者风范在史诗中得到充分反映。

一是爱惜族人的英雄形象。亚鲁找到了族人适合定居的疆域，便安定下来开始重新修建宫室，确保族人们吃饱穿暖。"亚鲁王说，瓢中水泼洒

---

① 紫云苗族布依族自治县《亚鲁王》工作室杨正江翻译整理：《苗族英雄史诗〈亚鲁王〉》，贵州省文化厅、贵州非物质文化遗产保护中心内部资料 2011 年版，第 334 页。

② 同上书，第 342 页。

③ 同上书，第 353 页。

收不回，碗中食抛洒捡不起。我只有修筑王城，我必须定都立国。要让王国女儿有菜吃，要使领地族人吃饱肚。"①

二是敢于担当的王者胸怀。在定都后，亚鲁向族人和儿女表明自己的态度，希望族人和家人不要焦虑、忧愁，他希望所有人在自己的保护下幸福、快乐。"亚鲁王带来七十个王后，亚鲁王引来七十个王妃。带她们来照料儿女，引她们去安顿族人……亚鲁王集合士兵，亚鲁王召集将领。亚鲁王集合儿女，亚鲁王召集族人……亚鲁王对士兵讲，亚鲁王向将领说。亚鲁王对儿女讲，亚鲁王向族人说，儿女们哩儿女们，我焦急你们不要跟我焦急，我忧愁你们不能随我忧愁。"②

三是勇于开拓的勇者形象。在安抚完族人的情绪后，亚鲁便立即下令，派自己的儿女们去收复故土。"亚鲁王说，儿女们哩儿女们，到如今，兵士已开进疆域，将领进入了领地。儿女们迁徙到疆域，族人已安居在领地。我驻扎疆域带兵栽糯谷，我守护领地率将种小米。带儿女驻守疆域撒下麻种，领族人守卫领地种构皮麻。要让王国儿女有菜吃，要使领地族人吃饱肚。你们带兵杀回故土，你们率将回征故国。"③ 亚鲁不仅希望为族人们寻得生存之地，更希望收复失地，为族人们和子孙们谋求发展之福。

> 儿哩儿，你带兵杀回故土栽糯谷，你率将回征故国种小米。你的兵如同根蔸，你的将就是根桩。树高分枝丫，鸟大飞出窝。树木成林，枝叶遮天，竹子发蔸，竹根相连。十二棵树木同一个根桩，十二株竹子是一个根蔸，十二只鸟从一个窝分飞。④

亚鲁的七十个王妃生了许多的儿女，为了让自己的子孙都有自己的疆域，为了让自己的子孙都能有土地养活自己的族人，有领地可以安置自己的家人，亚鲁在定居荷布朵王国之后，就让儿女们去征收自己的领地，去

---

① 紫云苗族布依族自治县《亚鲁王》工作室杨正江翻译整理：《苗族英雄史诗〈亚鲁王〉》，贵州省文化厅、贵州非物质文化遗产保护中心内部资料2011年版，第369页。

② 同上书，第369—371页。

③ 同上书，第373—374页。

④ 同上书，第374页。

建立自己的家园。

### （三）殚谋勤力的中年亚鲁形象

亚鲁将太阳与月亮全部射落，导致亚鲁疆域黑了三年白天、三年夜晚，亚鲁的疆域没有长出庄稼，亚鲁的族人无法生活。于是亚鲁想尽办法找人重造太阳和月亮。"亚鲁王说，派嘎赛咏造太阳，派嘎赛咏造月亮。"[1] 但是嘎赛咏并不知道怎么造太阳、造月亮，亚鲁王便给她想办法，让她去找祖奶奶。"亚鲁派我造太阳我不知道怎么造？亚鲁要我造月亮我不晓得怎样造？祖奶奶会告诉你怎么造太阳，祖奶奶会教给你怎样造月亮。"[2] 祖奶奶又让她去找耶偌和耶婉，耶偌、耶婉得知来意后告诉她用金子造太阳、用银子造月亮。

太阳、月亮被造好后却躲着不出来，亚鲁便继续想办法，派谁去将太阳和月亮喊出来，首先是派牛的祖宗耶乌喊太阳和月亮，如果耶乌将太阳和月亮喊出来就用三桶小米、三桶谷糠、三斤生盐和三斤盐巴作为礼物答谢，虽然耶乌力气大无穷，但是没有将太阳和月亮喊出来。后来派鸡的祖宗旺几吾喊太阳和月亮，旺几吾要求亚鲁给它礼物作为回报，"你簸米我吃掉下的，你筛米我捡落地的。你拿三把小米碎粒给我吃，你用三把稻谷细粒让我捡"[3]。亚鲁答应，旺几吾到天亮的时候果然将太阳喊出来，在晚上的时候果然把月亮喊了出来。

太阳和月亮出来了，但十二个太阳一起出，十二个月亮一起升，把庄稼晒死，把波德布和波德月晒死，亚鲁知道后十分愤怒，派卓玺彦去射杀多余的太阳和月亮。"亚鲁王说，卓玺彦哩卓玺彦，派你射杀太阳，你就放心射杀太阳，派你追杀月亮，你得一心追杀月亮。"[4] 卓玺彦于是安心去追杀太阳、月亮，他的妻子嘎赛咏听见卓玺彦胜利的消息之后，就让儿子耶郎棱去找他的父亲。但是卓玺彦不知道耶郎棱是他的儿子，在怀疑与妒忌心作祟之间，他将自己的儿子耶郎棱杀死，可当得知真相后，悔恨、

---

[1]　紫云苗族布依族自治县《亚鲁王》工作室杨正江翻译整理：《苗族英雄史诗〈亚鲁王〉》，贵州省文化厅、贵州非物质文化遗产保护中心内部资料 2011 年版，第 378 页。

[2]　同上书，第 379 页。

[3]　同上书，第 388 页。

[4]　同上书，第 391 页。

难过让他十分难受,他跑去问耶婉原因,耶婉说是耶郎棱的运程,是他的命。卓玺彦当即将耶郎棱的尸体砍成三百六十块,它们变成了惑和眉,亚鲁知道此事之后说:"从此以后,家家户户保护这些惑,世世代代养护这些眉。"①

一切都安定下来,亚鲁心里仍很焦虑,他认为荷布朵疆域太小,不能让族人吃饱饭,于是他用鸡蛋占卜算卦看看自己的领地有多大,之后他派蚯蚓祖宗去探索疆域,派青蛙祖宗去探索疆域,派牛祖宗去探索疆域,最后派老鹰祖宗才知道自己的疆域有多宽、有多大,亚鲁将鸡作为老鹰的礼物。"亚鲁王说,到春天开花的季节,你可以任意捕小鸡。在秋天稻熟的季节,你能够随意吃大鸡。"②

最后,亚鲁让自己的十二个儿子去探索自己的领地。

> 亚鲁王命十二个王子寻十二片疆域,亚鲁王令十二个儿子建十二方领地。一片疆域分派两人,一方领地安顿一双。许多族人找许多地方,大批族人建好多领地。亚鲁王十二名王子统领十二个疆域,亚鲁王十二个儿子统管十二方领地。③

通过亚鲁的不断努力,亚鲁部族的领地不断扩大,亚鲁的族人越发繁盛,在经历了赛阳、赛霸的追杀之后,亚鲁带领族人不断迁徙,通过亚鲁的智慧和大家的努力最终获得能够安定居住的地方,并不断发展,不断昌盛,使"十二个疆域世代继承亚鲁王血脉,十二方领地永远继承亚鲁王根脉。十二个疆域如茅草一般茂盛,十二方领地像棉花一样繁盛"④。

---

① 紫云苗族布依族自治县《亚鲁王》工作室杨正江翻译整理:《苗族英雄史诗〈亚鲁王〉》,贵州省文化厅、贵州非物质文化遗产保护中心内部资料 2011 年版,第 410 页。
② 同上书,第 425 页。
③ 同上书,第 430 页。
④ 同上。

# 第 二 章

# 《亚鲁王》女性形象

女性形象的塑造是表现女性性格、观念，以及反映时代现象的一种表现手法，在文学作品中人物形象的刻画是整部作品的关键，作家常常运用细腻的手法将人物的表情、语言、动作甚至心理动态表现得入木三分。而女性通常是婉约的、含蓄的，思想情感十分丰富，所以要刻画女性形象需要下大功夫。在中国，女性解放首次被提出是在1919年的新文化运动中，以报刊《新青年》为阵地发出男女平等、个性解放的口号，女性已然不再附属于男性。苗族史诗《亚鲁王》对女性形象的塑造十分细腻，具有极大的研究价值。

## 一　波尼冈孃

在苗族社会，铜鼓是权力的象征，用于祭祀时是沟通人神的礼器。同时，在古代铜量少价高，只有官宦和富人才会打制铜鼓进行祭祀或演奏乐曲，因此铜鼓还象征财富。据史诗《亚鲁王》搜集翻译整理者杨正江讲述："铜鼓在苗族的生产、生活中是极其重要的，苗族的铜鼓是沟通神人的圣物，铜鼓的上面是祖奶奶的地方，那里人们都在幸福地生活着。"[1]

在史诗第一节《亚鲁祖源》中叙述了苗族铜鼓的来源，主要讲述了一位为铜鼓献身的苗族伟大女性——波尼冈孃。波尼冈孃是苗族祖宗吒牧的儿媳，因一次无意将月红染上铜鼓，铜鼓就此发出声响，凶恶的吒牧得知真相后，就要将其砍杀祭祀铜鼓。

---

[1]　引自采访史诗搜集整理翻译者之一杨正江的录音稿。

### （一）诚实传统的波尼冈孃

吒牧到处寻找让铜鼓发声的人，所有人都说是波尼冈孃在庭院坐过，吒牧便去找波尼冈孃质问，波尼冈孃大胆直接地承认："今天是我坐在庭院中，今天是我坐在院子里。我坐庭院中绣花，我坐院子里做针线。不小心绣针刺我手，不留意钢针扎我手。血滴沾染了乐器，血红染上了铜鼓。"① 凶恶的吒牧就要将她杀死以祭铜鼓。"吒牧说，你的血滴让乐器叫了，你的血红叫铜鼓响了。看来我得用你祭祀我的乐器，现在我要供你祭奠我的铜鼓。"② 史诗中，波尼冈孃虽承认了铜鼓所染的血渍是自己的，但是却没有如实交代血是自己的月红所致，而谎称是钢针刺破手指而致。

在众民族的习俗中，女人的月红都被看作不洁之物，苗族社会亦如此。在苗族传统社会中，女性月例期间有诸多的禁忌，不能外出、不能爬楼、不能跨门槛等，所以，波尼冈孃对自己月红的讳莫如深，实则是苗族禁忌习俗的一种间接反映。

### （二）善良坚毅的波尼冈孃

波尼冈孃独自一人面对公公吒牧的威逼时并没有害怕，她说："吒牧哩吒牧，你要砍，你就砍我祭祀你的乐器吧，你想杀，你就杀我祭奠你的铜鼓吧。"③ 因为吒牧是长辈，所以波尼冈孃没有对吒牧所提出的要求作出反抗，只是要求琅艾再娶妻的时候能够记得他们之间的情分。

> 波尼冈孃说了，是我的血滴让乐器发声响，是我的血红叫铜鼓响上天。吒牧哩吒牧，你要砍，你就砍我祭祀你的乐器吧，你想杀，你就杀我祭奠你的铜鼓吧。吒牧哩吒牧，我死后，你儿子琅艾如是要娶二房妻子，我走后，你儿子琅艾要是娶二房老婆，去请求他杀只公鸡

---

① 紫云苗族布依族自治县《亚鲁王》工作室杨正江翻译整理：《苗族英雄史诗〈亚鲁王〉》，贵州省文化厅、贵州非物质文化遗产保护中心内部资料 2011 年版，第 27 页。
② 同上。
③ 同上书，第 28 页。

给我做个情分，我只求他宰头肥猪给我一个名分。①

波尼冈孃不畏惧死亡，但却一心记挂自己的丈夫，希望自己的委曲求全能够让丈夫铭记，善良的波尼冈孃尊重自己的公公，将性命奉献给了铜鼓。

善良的波尼冈孃希望自己死后能够被铭记，也希望自己死后会为族人带来好运："杀鸡为我的坟头添土，宰猪为我的墓地祭扫。他会得福气，他会得富贵。"② 但如果谁忘记了她，她会诅咒别人不得好死："将来谁要不记得我的名字，日后哪个忘记了我的名节，他会像我一样遭砍杀，他会如我这般被杀。"③ 对没有沾上她血的乐器，她心生感激："如是哪一副乐器没沾我身上的血，它是有情有义的乐器。要是哪一副乐器没染我身上的血，它是痴情痴意的乐器。"④ 她感激没有沾上她血的乐器，赞扬它们宁愿不发出声响也不愿意让波尼冈孃牺牲的高尚情操，是有情谊的乐器，是善良的乐器。

### （三）甘于奉献的波尼冈孃

在波尼冈孃被砍杀时，她带着满腔的怨气说下了这样一段话："你这个咳哨铜鼓啊，一旦沾了我身上的血，只要染上我身子的血，它会保佑你的族人，它会养活你的后代。你这个咳哨的铜鼓啊，一旦沾了我身上的血，只要染上我身子的血，它会繁茂你的族人，它会护佑你的后代"⑤，"要是哪一副乐器沾了我身上的血，它是让族人兴旺的乐器。要是哪一副乐器沾上我身子的血，它是使子孙富贵的乐器。"⑥ 愤怒的波尼冈孃为了使铜鼓发出声响，甘愿奉献自己的生命，更希望自己的牺牲能换来族人的兴旺和富贵。

---

① 紫云苗族布依族自治县《亚鲁王》工作室杨正江翻译整理：《苗族英雄史诗〈亚鲁王〉》，贵州省文化厅、贵州非物质文化遗产保护中心内部资料 2011 年版，第 28 页。

② 同上。

③ 同上。

④ 同上书，第 29 页。

⑤ 同上。

⑥ 同上书，第 29—30 页。

# 二　波尼桑

波尼桑是夯驽（救亚鲁之人）的女儿，是在亚鲁长大后第一次受难结识的女孩，也是亚鲁结识的第一个女孩，在朝夕相处的几日中结下了深厚的情谊，"白天，波尼桑带亚鲁在村边游玩，波尼桑领亚鲁到寨上玩耍。夜晚，波尼桑带亚鲁看圆圆的月亮，波尼桑领亚鲁月荫下躲猫猫"[①]，与亚鲁产生了情愫，之后为救亚鲁而牺牲。

### （一）勤劳肯干的波尼桑

波尼桑是夯驽的女儿，而夯驽曾是亚鲁父王的部下，因不忍亚鲁被卢员王杀害将亚鲁救出。亚鲁被夯驽救出后就在夯努家养伤，勤劳的波尼桑负责照顾亚鲁。"夯驽说，女儿哩女儿，端饭来我们吃，舀汤给我们喝。夯驽女儿波尼桑去端饭，夯驽女儿波尼桑舀汤来。"[②] 波尼桑料理家务自有一手，亚鲁养伤期间，波尼桑负责亚鲁的衣食起居，是一位勤劳能干的苗族姑娘。

### （二）活泼开朗的波尼桑

亚鲁在养伤期间，与波尼桑同在寨子里面玩耍。"白天，波尼桑带着亚鲁在村边游玩，波尼桑领亚鲁到寨上玩耍。夜晚，波尼桑带亚鲁看圆圆的月亮，波尼桑领亚鲁月荫下躲猫猫。"[③] 波尼桑在初见亚鲁时并不害羞，和亚鲁开心地玩耍，带着亚鲁四处游看。因是同龄人，波尼桑在亚鲁面前的活泼开朗则一览无余，常常肆无忌惮地和亚鲁玩游戏、射箭、打猎，等等。

### （三）善解人意的波尼桑

亚鲁在波尼桑家住了七个白天、七个黑夜，亚鲁开始担心、开始焦

---

① 紫云苗族布依族自治县《亚鲁王》工作室杨正江翻译整理：《苗族英雄史诗〈亚鲁王〉》，贵州省文化厅、贵州非物质文化遗产保护中心内部资料 2011 年版，第 77 页。
② 同上。
③ 同上。

急。"夯弩说，亚鲁哩亚鲁，卢呙王七千士兵正包围边界搜查，卢呙王七百将领在围堵王国追杀，你越不了这个疆域，你逃不出这个王国。亚鲁思念家乡不能回，亚鲁想念故国不得归。亚鲁站在夯弩门槛前，亚鲁立在夯弩门廊上，亚鲁心忧虑，亚鲁很焦急。"① 善解人意的波尼桑为了不让亚鲁陷入深深的思念，善解人意的波尼桑为了不让亚鲁日夜痛苦，带着亚鲁去打猎、射箭。"波尼桑带亚鲁打猎，波尼桑领亚鲁射鸟。亚鲁教波尼桑射箭，亚鲁带波尼桑舞镖。在疆域纳经，亚鲁和波尼桑一起射箭，在王国纳经，亚鲁与波尼桑一道舞镖。"② 那时的亚鲁只忧心故乡，善良的波尼桑用尽心思为亚鲁排除忧愁。

### （四）善于观察的波尼桑

波尼桑在帮助亚鲁攻打卢呙王的时候，展现了其聪慧的一面。"亚鲁王说，波尼桑哩波尼桑，这纳经王城地形好，这纳经王国地势高。卢呙城不易攻下，卢呙王难于砍杀。"③ 而聪明的波尼桑告诉他，"卢呙王室用茅草盖顶，卢呙王宫是木头搭建。波尼桑说，亚鲁哩亚鲁，你用火攻卢呙王城，你放火烧卢呙王宫"④。在波尼桑的帮助下，卢呙王城瞬间被点燃。"半夜时分万物无声，波尼桑令兵士在箭镞点火，波尼桑命将领在镖头燃火，箭镞燃火如漫天萤火虫飞进卢呙王城，镖头燃烧像成群萤火虫落到卢呙王宫，卢呙王城霎时燃起，烈火焰子映红夜空。"⑤ 因为波尼桑的善于观察和思考，亚鲁征回卢呙王城才能获得胜利。

### （五）情深义重的波尼桑

波尼桑与亚鲁分别之后，亚鲁转回纳经与卢呙王大战，但对卢呙王城久攻不下，亚鲁带着士兵在卢呙王城外面守了三天三夜也毫无计策。波尼桑得到亚鲁攻打卢呙王的消息之后立马过来帮助亚鲁。"亚鲁王听到兵营

---

① 紫云苗族布依族自治县《亚鲁王》工作室杨正江翻译整理：《苗族英雄史诗〈亚鲁王〉》，贵州省文化厅、贵州非物质文化遗产保护中心内部资料2011年版，第77—78页。
② 同上书，第78页。
③ 同上书，第89页。
④ 同上书，第89—90页。
⑤ 同上书，第90页。

外传来战马嘶鸣，亚鲁王起身看，一匹骏马引兵飞奔而来，一匹战马领将呼啸而到。波尼桑骑马带七百援兵来了，波尼桑策马领七百援将来到。"① 波尼桑前往帮助亚鲁不仅因为与亚鲁的情感，更为重要的是杀父之仇。"波尼桑说，亚鲁哩亚鲁，卢呙昨天已杀我父，卢呙昨夜砍杀我父，我要和你一道砍倒卢呙，我来同你一起杀死卢呙。"② 但是，在拼杀的过程中，波尼桑被狡猾的卢呙王射死。"亚鲁王寻找卢呙踪迹，亚鲁王不见卢呙身影。卢呙王站在城门上，卢呙王偷偷站在城门上，卢呙王偷偷张弓，寻找目标，卢呙王一箭射中波尼桑，卢呙王一镖刺中波尼桑。波尼桑应声倒地，波尼桑猛然扑地。"③ 仇恨在心的波尼桑没有躲得过卢呙王狡猾的利箭，带着父亲的仇恨和对亚鲁的情感牺牲。

# 三　波丽莎、波丽露

波丽莎、波丽露是亚鲁的王妃，美丽而温柔。史诗中，她们的地位举足轻重，是亚鲁部族成败的关键。

## （一）美丽善语的波丽莎、波丽露

亚鲁在征战的时候，在途中遇见了波丽莎、波丽露。"两个清亮的倒影迷住亚鲁王双眼，两个美貌的女子勾住亚鲁王目光。"④ 亚鲁顿时"血脉汹涌头发晕。瞬间下体筋青脉胀，身子滚滚火烧火燎。亚鲁王惊魂不定，亚鲁王按捺不住。身子颤抖，头发直立，恍惚看到自己的魂魄"⑤。由此可见，波丽莎、波丽露美丽的外表已经征服了亚鲁。

在与波丽莎、波丽露交流谈话的时候，亚鲁向她们表明了心意，波丽莎、波丽露也在与亚鲁谈话的时候表明了自己的态度。在与亚鲁交谈时波丽莎、波丽露曾说："大王哩大王，你是大王你会说，你是英雄你知理。

---

①　紫云苗族布依族自治县《亚鲁王》工作室杨正江翻译整理：《苗族英雄史诗〈亚鲁王〉》，贵州省文化厅、贵州非物质文化遗产保护中心内部资料 2011 年版，第 89 页。

②　同上。

③　同上书，第 91 页。

④　同上书，第 110 页。

⑤　同上。

我们是女儿不知事，我们是女子见识少。"①"波丽莎说，大王哩大王，你想吃热饭走不远。波丽露说，大王哩大王，你要喝滚水飞不高。"②"波丽莎和波丽露一起讲，波丽莎与波丽露一道说。大王哩大王，船小能带王渡河，人小能和王说事。战火起大王一心上前，家中事自有我们料理。"③她们的话语悦耳动听，她们的言语质朴真挚，于是亚鲁将她们带回王宫，成为王妃、成为王后。

### （二）贤惠能干的波丽莎、波丽露

亚鲁去征战四方，王妃波丽莎、波丽露便在家里料理家务。"谁来掌管财物？哪个料理事务？波丽莎掌管财物，波丽露料理事务。派波丽莎去经商，派波丽露来管事。"④亚鲁在一次偶然的机会捕获了一只怪物，获得了龙心，亚鲁的哥哥赛阳、赛霸得知后挑起战争，因龙心的保护亚鲁守住了疆域。亚鲁再一次环征土地，家里的事物又交给波丽莎、波丽露。

> 亚鲁王朝太阳升起的地方环征，亚鲁王从太阳落坡的地方环征。亚鲁王开垦七十坝水田种糯谷，亚鲁王翻耕七十坡肥土栽红稗。派谁来看守牛群？派哪个守马群？亚鲁王命波丽莎看马群，亚鲁王令波丽露守马群。派谁来掌管财物？派哪个料理事务？派波丽莎掌管财物，派波丽露料理事务。⑤

在亚鲁征战疆域、拓展国土之时，波丽莎、波丽露成为亚鲁后方的支撑，亚鲁的家事完全交给她们掌管，在波丽莎、波丽露的共同努力下，亚鲁部族生活富足，得以享用糯米饭和鱼虾。

---

① 紫云苗族布依族自治县《亚鲁王》工作室杨正江翻译整理：《苗族英雄史诗〈亚鲁王〉》，贵州省文化厅、贵州非物质文化遗产保护中心内部资料 2011 年版，第 112—113 页。

② 同上书，第 114 页。

③ 同上。

④ 同上书，第 115 页。

⑤ 同上书，第 145 页。

### （三）率真无邪的波丽莎、波丽露

赛阳、赛霸对亚鲁的首次攻击没有成功，于是两人暗想计谋，派探子去亚鲁的疆域打探，得知亚鲁年轻、美貌的妻子叫波丽莎、波丽露。赛阳、赛霸便派诺赛钦、汉赛钦去和波丽莎、波丽露交朋友即当情侣。"赛阳、赛霸思量派谁去和波丽莎交朋友，赛霸、赛阳苦想派哪个与波丽露做伙伴。派诺赛钦去和波丽莎交朋友，派汉赛钦来与波丽露做伙伴"①，诺赛钦和汉赛钦带着骗取波丽莎、波丽露信任的礼物出发，他们在草场上找到了两位王妃，并成功获取了两位王妃的信任。"诺赛钦说，我们来换绸缎吧。汉赛钦讲，我们交换丝线吧。波丽莎说，我们为什么要换绸缎？波丽露讲，我们为哪样交换丝线？诺赛钦说，我们来换绸缎做朋友。汉赛钦讲，我们交换丝线做伙伴。挑逗没有挨骂，他们暗暗得意。二人得寸进尺，他们渐渐放肆"②。诺赛钦、汉赛钦继而更加肆无忌惮，求波丽莎、波丽露将亚鲁的龙心借给他们看，在诺赛钦和汉赛钦的一番激将法之后，波丽莎、波丽露将龙心拿给他们看，"去拿你父的龙心给我们看，拿出你父的兔心来让我们瞧。波丽莎说，我父得宝物是真的，波丽莎讲，我父有龙心没有假。波丽露说，我父得珍宝绝对真，波丽露讲，我父有兔心绝不假。波丽莎说，我就拿给你们看吧，波丽露讲，宝物不能让外人瞧。波丽莎说，宝物不拿给朋友看给谁看呢？珍宝不让伙伴瞧又让谁瞧呢？到了明天，过了后天，也许我们会成为朋友，我们也许会成为伙伴"③。诺赛钦和汉赛钦看见了龙心，便匆匆将此消息告知了赛阳和赛霸，赛阳、赛霸确认亚鲁真有龙心之后就对亚鲁发起进攻。"赛阳赛霸说，我们是长兄，我们没得龙心。我们是长子，我们不得兔心。亚鲁是小弟，亚鲁是么弟，亚鲁怎么会得龙心，亚鲁为啥会有兔心？亚鲁得龙心就得七十坝水田，亚鲁有兔心就有七十坡肥土。亚鲁得龙心又占据七十个城堡，亚鲁有兔心还霸占七十个城池。我们得去进攻他，我们要发动战事"④，从此亚鲁的战火

---

①　紫云苗族布依族自治县《亚鲁王》工作室杨正江翻译整理：《苗族英雄史诗〈亚鲁王〉》，贵州省文化厅、贵州非物质文化遗产保护中心内部资料2011年版，第138—139页。
②　同上书，第139页。
③　同上书，第140页。
④　同上书，第141—142页。

被挑起，亚鲁的命运也随之改变。

这次战争因为龙心的保护，赛阳、赛霸没有成功。赛阳、赛霸回去苦思冥想，得出一个计谋，让诺赛钦和汉赛钦去欺骗波丽莎、波丽露抢夺龙心。"赛阳赛霸密谋派谁去和波丽莎做情人，赛阳赛霸盘算派哪个与波丽露做情侣。派诺赛钦和波丽莎做情人，派汉赛钦和波丽露做情侣。立马抢劫芭蕉叶，立即抢夺白牛角。马上抢劫龙心，迅速劫夺兔心"①，于是诺赛钦和汉赛钦再一次挑着礼物去与波丽莎、波丽露做朋友，在赢得波丽莎与波丽露的信任之后，诺赛钦和汉赛钦更加肆无忌惮地挑逗波丽莎和波丽露，骗她们说他们的父王也得到了龙心，要求波丽莎、波丽露将龙心拿出来比较。"你们父得了宝物，我们父也有宝物。你们父得了珍宝，我们父也有珍宝。你们父得了龙心，我们父也有龙心。你们父得了兔心，我们父也有兔心。拿你们父的宝物来比较，用你们父的珍宝来比试。看看谁是假，比比谁是真。"②

在诺赛钦与汉赛钦的故意挑拨下，波丽莎和波丽露中了敌人的圈套，她俩将亚鲁的龙心拿来和诺赛钦与汉赛钦的比较，就在波丽莎与波丽露将龙心拿出的那一刻，诺赛钦和汉赛钦将龙心抢去。"亚鲁王的龙心见光那一瞬，赛阳的箭镞立即跟踪射去。亚鲁王的兔心还没有见光，赛霸的钢刀瞬间追踪砍去……诺赛钦抢到龙心转身就回，汉赛钦骗得兔心车身就走。"③ 于是，因为波丽莎、波丽露的天真，亚鲁的龙心被诡计多端的赛阳、赛霸骗走，亚鲁部族的命运由此改变，亚鲁部族的悲剧开始发生。

### （四）英勇就义的波丽莎、波丽露

波丽莎、波丽露的天真导致亚鲁部族战祸的开端，是亚鲁部族战败迁徙的主要原因。赛阳、赛霸得到龙心之后并没有甘心，他们继续发动战争想将亚鲁部族彻底剿灭，"赛阳赛霸带领七千砍马腿的务（务，苗语 wus 的音译，不详），赛阳赛霸率领七百砍马身的务。赛阳赛霸统领七千务莱（务

---

① 紫云苗族布依族自治县《亚鲁王》工作室杨正江翻译整理：《苗族英雄史诗〈亚鲁王〉》，贵州省文化厅、贵州非物质文化遗产保护中心内部资料 2011 年版，第 146 页。

② 同上书，第 147 页。

③ 同上书，第 149 页。

莱，苗语 wus laeb 的音译），赛阳赛霸率领七百务吓（务吓，苗语 wus pouk 的音译）。七千砍马腿的务走大路，七百砍马身的务走山野。七千砍马腿的务黑压压来自天边，七百砍马身的务黑沉沉走上旷野。七千务莱黑黝黝地遮断天边，七百务吓滚滚烟尘飘洒大地。向亚鲁领地开进，朝亚鲁疆域攻击"，① 不知情的亚鲁让王妃取来龙心，可是假龙心发挥不出真龙心的法力，亚鲁气急败坏地问波丽莎、波丽露，龙心的去处，波丽莎和波丽露如实告诉了亚鲁，没有了龙心的亚鲁打不过兵强马壮的赛阳、赛霸。

于是，亚鲁只有带领族人迁往别的地方，心生愧疚的波丽莎、波丽露发誓要杀死诺赛钦、汉赛钦为族人报仇。"波丽莎与波丽露一道讲，波丽莎和波丽露一起说，大王哩大王，七千砍马腿的务已经包围我们的领地，七百砍马身的务正在围堵我们王国。抓住族人就杀，逮到族人就砍。我们的家园被假情人诺赛钦破坏，我们的疆土被假情侣汉赛钦捣毁。我们要追杀大仇人诺赛钦，我们要砍杀大仇敌汉赛钦"②，满腹仇恨的波丽莎、波丽露一心想要把杀害自己族人的诺赛钦和汉赛钦打杀，拼命与敌人战斗。

亚鲁要带领族人逃走，但波丽莎、波丽露没有颜面和族人一起逃，她们要求留下来与敌人厮杀。"大王哩大王，我俩掩护你逃出国土吧，我们帮助你逃出王国吧。你带儿女去找新疆域种糯谷，你领族人来建新领地养鱼虾……大王哩大王，你离别疆土远征不再回来，你捣毁王国远走永不回转。波丽莎和波丽露痛悔当初凄凉落泪，波丽莎与波丽露失声痛哭泪眼迷蒙。"③ 亚鲁走后，波丽莎、波丽露带领兵将与赛阳、赛霸的兵继续战斗，但是波丽莎与波丽露人手不够，赛阳、赛霸的士兵多如洪水，波丽莎、波丽露不敌他们的兵将，倒地牺牲。"七千务莱包围波丽莎，七千务吓围住波丽露。波丽莎刀刃翻卷，精力耗尽，波丽露镖竿断裂，精气枯竭。波丽莎血洒大地，波丽露血流故土。波丽莎倒在鲜红血泊中，波丽露躺在族人白骨堆。"④ 美丽、善良的波丽莎、波丽露，就因为忍不下对族人的愧疚而要报仇雪恨，惨死在赛阳、赛霸的手中。

---

① 紫云苗族布依族自治县《亚鲁王》工作室杨正江翻译整理：《苗族英雄史诗〈亚鲁王〉》，贵州省文化厅、贵州非物质文化遗产保护中心内部资料 2011 年版，第 149—150 页。

② 同上书，第 159—160 页。

③ 同上书，第 160—161 页。

④ 同上书，第 163 页。

# 四  波娜榜、波娜英

虽然亚鲁两位美貌的王妃已死，赛阳、赛霸却没有停止对亚鲁的追杀。亚鲁带着族人历经千山万水，翻越了崇山峻岭，而赛阳、赛霸依然紧跟其后，妄图能将亚鲁部族杀光灭绝。亚鲁定都哈榕纳邑，但经过几年的生活后，觉得这里不是他们的久留之地，便带领族人继续寻找合适的疆域居住。"亚鲁王说，孩子哩孩子，你们必须要建功立业，你们是成年的王室后代。我们要找生活的家园，我们得寻平坝子耕田。亚鲁王说，孩子哩孩子，我们疆域风水吉祥，我们王国水草肥美。但青蛇吃掉了我们七十个儿孙，青蛇吞掉我们七十个小娃。我们要重找自己的家园，我们得寻平坝子耕田。"①

## （一）药婆巫师波娜榜、波娜英

亚鲁在不断迁徙的过程中，王妃波娜榜和波娜英不断诅咒哈榕纳邑。"波娜榜逮花公鸡魔咒丢下的疆域，波娜英捉花公鸡诅咒抛弃的王国"②，史诗的注释中也写到波娜榜和波娜英是亚鲁的王妃，会巫术。

史诗第一章远古英雄争霸的第二节亚鲁族谱部分讲述到波尼月，说波尼月将她的父亲的士兵捕获的怪兽骨头进行熬制，这骨头变成一只短尾花猫跟随在波尼月身边，从此波尼月便成了药婆，但是苗族青年男子不会娶药婆。对此，我们在对杨光应进行采访的时候，就向他提出了此项问题，他回答道："有一次去给别人提亲，得知那家有人是药婆，于是便退回亲事，在回来的路途中遇见一只大鸟，不断地向我们扇风，吓得我们心惊肉颤的。"③史诗中也有这样的讲述："我们来说波尼月吧，波尼月被媒婆引到外婆家，波尼月由媒婆说给母舅家，说媒给大表兄，大表兄说：'波尼月得药了，我不娶她！'说媒给小表弟，小表弟说：

---

① 紫云苗族布依族自治县《亚鲁王》工作室杨正江翻译整理：《苗族英雄史诗〈亚鲁王〉》，贵州省文化厅、贵州非物质文化遗产保护中心内部资料 2011 年版，第 315 页。

② 同上书，第 316 页。

③ 引自采访东郎杨光应的录音稿。

'波尼月得蛊了，我不娶她！'最后，波尼月在忧愁中死去。"①

那么史诗中亚鲁与波娜榜、波娜英的婚姻，则与传统的苗族婚恋观完全不同。但是亚鲁在得知两位王妃的身份之后并没有厌恶之感。"亚鲁王夸奖波娜榜，女儿哩女儿，你抓蛇像打猎一样。亚鲁王又夸波娜英，女儿哩女儿，你捕蛇像捕鱼一样。早知道你们有这本领，我们就守住那个好地方，早知道你们有这本事，我们就据守那个好去处。"② 亚鲁与波娜榜、波娜英两姐妹的婚姻，有可能是在不知道她们身份的情况下，建立在美貌外表上的。

### （二）剽悍勇猛的波娜榜、波娜英

史诗描述，青蛇可以将七十个孩子吞食。青蛇的凶猛，连亚鲁都没有办法对付，但是波娜榜和波娜英却不畏惧青蛇的凶猛，将青蛇制服。可见，波娜榜和波娜英的勇敢。"一群拖着三丫尾的青蛇从背后突袭，大群拖着三丫尾的青蛇在背后攻击。波娜榜抓住青蛇缠在裙腰带走，波娜英捕住青蛇挂在肩上离去。"③ 当快吃午饭的时候，"波娜榜解开裙腰掏出干粮，波娜英摘下围裙掏晌午饭。拖着三丫尾的青蛇由波娜榜裙腰落下，长着三丫尾的青蛇从波娜英围裙掉地。青蛇已经动不得，青蛇尸体慢慢僵"④。波娜榜、波娜英两位女性完成了男性不能完成的事情，保证了族人的安全。

### （三）能说会道的波娜榜、波娜英

纵使亚鲁没有责怪她们的身份，但是对亚鲁所提出的继续使用巫术在原地居住的要求，波娜榜、波娜英并未断然答应。"早知道你们有这本领，我们就守住那个好地方，早知道你们有这本事，我们就据守那个好去处"⑤，正是因为苗族社会的禁忌，波娜榜、波娜英借着亚鲁所说的话，

---

① 紫云苗族布依族自治县《亚鲁王》工作室杨正江翻译整理：《苗族英雄史诗〈亚鲁王〉》，贵州省文化厅、贵州非物质文化遗产保护中心内部资料 2011 年版，第 53 页。

② 同上书，第 319 页。

③ 同上书，第 317 页。

④ 同上书，第 319 页。

⑤ 同上。

拒绝了亚鲁的要求。

> 波娜榜和波娜英一起说,波娜榜和波娜英一道讲,大王哩大王,
> 我们说要在半路吃干粮,我们讲要在半路吃晌午。波娜榜和波娜英一
> 起讲,波娜榜和波娜英一道说,大王哩大王,你说了,我们还没有走
> 过看牛坡,我们还没能走出牧马路。波娜榜和波娜英一起讲,波娜榜
> 和波娜英一道说,大王哩大王,你说了,我们还没有走过牛耕土,我
> 们还没能走出庄稼地。波娜榜和波娜英一起讲,波娜榜和波娜英一道
> 说,大王哩大王,你说了,我们要到可以炼铁的地方,要到方便安顿
> 族人的去处。波娜榜和波娜英一起讲,波娜榜和波娜英一道说,大王
> 哩大王,你说了,我们要去歇下点燃炭炉的地方,我们要到方便安顿
> 族人的去处。①

她们说亚鲁讲过要去能够安顿族人的地方,应该说话算话,不能违背
诺言,聪明善言的波娜榜和波娜英提示着继续迁徙的好处,同时避免了巫
术的再次使用。

## 五 霸德宙

霸德宙是荷布朵最年轻美貌的王妃,侵占霸德宙是亚鲁侵吞荷布朵疆
域的主要战略,同时霸德宙的美貌也让亚鲁垂涎。霸德宙在史诗中起到过
渡的关键作用,亚鲁在与赛阳、赛霸的战争中失败逃亡,到了荷布朵疆
域,这里水草肥美、土地肥沃,是亚鲁部族居住的好地方。史诗讲述,亚
鲁与荷布朵结拜为兄弟之后才能在荷布朵疆域住下,于是霸德宙的出现,
为亚鲁和荷布朵之间提供了可随时激发的矛盾。因此,霸德宙在史诗中起
到了推动情节发展的作用,对其形象的分析是十分必要的。

---

① 紫云苗族布依族自治县《亚鲁王》工作室杨正江翻译整理:《苗族英雄史诗〈亚鲁王〉》,
贵州省文化厅、贵州非物质文化遗产保护中心内部资料 2011 年版,第 319—320 页。

### （一）任劳任怨的霸德宙

霸德宙在亚鲁进驻荷布朵疆域时，主要负责士兵们的饮食，"太阳当顶，荷布朵王妃霸德宙带兵送午饭。送给河边耕田的士兵，送往坡上种地的将领……亚鲁王帮荷布朵王妃霸德宙做菜，亚鲁王帮荷布朵王妃霸德宙煮饭。亚鲁王和荷布朵王妃霸德宙挑菜，亚鲁王与荷布朵王妃霸德宙送饭。每个清晨做菜，每天早晨煮饭"，霸德宙每天清早就要起来做菜、做饭，勤劳贤惠，亚鲁众多的王后王妃，只有霸德宙日夜为荷布朵士兵们做饭操劳，不仅要送给河边的士兵，还要送给山坡上的将领，霸德宙所承担的是十分琐碎而繁杂的事物，但她并没有怨言，而是日复一日的重复劳动，为部族的发展贡献力量。

### （二）年轻美貌的霸德宙

霸德宙是荷布朵最年轻貌美的王妃，霸德宙的美貌征服了亚鲁，亚鲁产生了与之成婚的念头，亚鲁王常与霸德宙在一起，日久生情，面对亚鲁王炽热的情感，霸德宙并未反抗。"亚鲁王伸手搂过霸德宙，亚鲁王剥开她贴身的衣裳。霸德宙身子油光水滑，霸德宙双乳山峰挺立"[1]，美丽的霸德宙使亚鲁浑身燥热，霸德宙的美貌使亚鲁心动，霸德宙的身子使亚鲁魂牵梦萦。但是霸德宙最终因为美貌丢掉了荷布朵的江山，也失去了国王荷布朵。

### （三）兼具聪明、蠢笨两面性的霸德宙

霸德宙遭到亚鲁的侵犯之后，一次又一次向国王荷布朵告状，"霸德宙告诉荷布朵，大王哩大王，你是首领，顶天立地的男人，你是大王，身强体壮的汉子。你一千个日夜不抱我，你一百个夜晚不摸我……你弟亚鲁是大王，身强体壮的汉子。他会抱我呢，他会摸我哩"[2]，"你弟亚鲁是首领，顶天立地的男人，你弟亚鲁是大王，身强体壮的汉子。他会搂抱我，

---

① 紫云苗族布依族自治县《亚鲁王》工作室杨正江翻译整理：《苗族英雄史诗〈亚鲁王〉》，贵州省文化厅、贵州非物质文化遗产保护中心内部资料 2011 年版，第 334 页。

② 同上书，第 333 页。

他会使我出怀呢，他还会摸我，他会让我受孕哩"①，但是愚笨的荷布朵却不相信霸德宙的话。"荷布朵说，我是首领，我是大王，我不听信女人的胡话，女人的鬼话我不相信"②，霸德宙的反抗没有得到荷布朵的支持，反而被荷布朵认为是在挑起他与亚鲁的矛盾。霸德宙的这次反抗，没有斩断亚鲁对她的侵犯。

霸德宙既是聪明也是蠢笨的，面对亚鲁的侵犯，她选择反抗，但是在遭遇挫折之后，却没有付诸更实际的行动，而是把自己的幸与不幸寄托在别人身上。霸德宙没有对亚鲁发出警告，或是搜集证据，或是自己与亚鲁抗争，亚鲁的行为在霸德宙的沉默下一次次得逞，霸德宙怀孕之后，荷布朵才相信了霸德宙的话。"我真的怀上了，我已经有身孕！霸德宙说，大王哩大王，你说了，女人的胡话如草坝子的牛羊，漫无边际，女人的鬼话像草地上的羊群，乱跑乱窜。你看看我的身子吧。荷布朵转身去看，霸德宙脸色发黄。荷布朵转身去摸，霸德宙真的怀上了，腰杆变粗，霸德宙真有了身孕，身子变肥"③，但这一切已经为时已晚，亚鲁侵占荷布朵疆域的计谋就此展开。因为霸德宙的蠢笨行为，也因为荷布朵的不信任，荷布朵最终付出了自己的国家，也失去了自己的王妃。

《亚鲁王》中对女性形象的描写，相对于男性而言要少。一方面，这是一部着重描写征战与迁徙的史诗，是苗族人民歌颂其领袖亚鲁王的史诗，因而对英雄人物的描写相对女性而言要多；另一方面，苗族古代虽然女性有婚姻的自由，但是其社会地位相对于男性而言是较低的。所以，史诗对女性的描写应是出于叙事的需要。

---

① 紫云苗族布依族自治县《亚鲁王》工作室杨正江翻译整理：《苗族英雄史诗〈亚鲁王〉》，贵州省文化厅、贵州非物质文化遗产保护中心内部资料2011年版，第335页。

② 同上。

③ 同上书，第338页。

# 第 三 章

# 亚鲁与对手形象比较

《亚鲁王》描写了英雄亚鲁与其对手赛阳、赛霸及荷布朵的战争，情节跌宕起伏，场面雄壮惨烈。场场战争体现了英雄与其对手的种种性格，其形象也被刻画得淋漓尽致。本章通过对比八场战争，分析英雄亚鲁及其对手的形象。

## 一 龙心大战中的亚鲁与赛阳、赛霸形象

龙心大战是因亚鲁猎杀怪兽获得龙心而引发的，亚鲁无心挑起事端，但是兄长赛阳、赛霸却咄咄逼人。

### （一）步步忍让的亚鲁，咄咄逼人的赛阳、赛霸

赛阳、赛霸得知亚鲁获得龙心后，两人的王妃心里百般难耐、火急火燎，想要去夺取亚鲁的龙心。"赛阳王后博布嫩阳莺说，大王哩大王，我们是长兄，我们没得龙心。我们是长子，我们不得兔心。亚鲁是兄弟，亚鲁是幺弟，亚鲁怎么会得龙心？亚鲁为何会有兔心？亚鲁得龙心就得七十坝水田，亚鲁有兔心就有七十坡肥土。亚鲁得龙心能占据七十个城堡，亚鲁有兔心就盘踞七十个城池。我们得去进攻他，我们要发动战争。"[1] 赛阳、赛霸听信王妃们的话后心中极端不悦，于是立刻带领几千士兵攻打亚鲁。"赛阳赛霸带领七千砍马腿的务，赛阳赛霸率领七百砍马身的务。赛

---

[1] 紫云苗族布依族自治县《亚鲁王》工作室杨正江翻译整理：《苗族英雄史诗〈亚鲁王〉》，贵州省文化厅、贵州非物质文化遗产保护中心内部资料 2011 年版，第 129—130 页。

阳赛霸统领七千务莱，赛霸赛阳率领七百务呀。一路飞奔朝亚鲁领地开进，狂呼狂喊向亚鲁疆域进攻。杀声震天撼动亚鲁王城，马蹄嘚嘚逼近亚鲁王国。"① 赛阳、赛霸来势汹涌，杀得亚鲁措手不及。

亚鲁与赛阳、赛霸的交战，亚鲁处处忍让，例如，"赛阳赛霸说，亚鲁哩亚鲁，你是幺儿，你是弟弟。你凭什么占有宝物？你凭哪样占据珍宝？你得到宝物，你才成为大王。你得到珍宝，你就成为霸王。我们是来要你的宝物，我们要共用你的珍宝。给不给我们都要拿，拿不拿我们都要用"②。亚鲁为了不激起哥哥们的愤怒，也为了不起事端声称自己没有宝物："我没有宝物，我哪有珍宝。"③ 但是爱猜善妒的赛阳、赛霸当然不会相信亚鲁的话，不相信他没有龙心。于是赛阳、赛霸即刻发动战争。"赛阳赛霸气得满脸通红，赛阳赛霸急得青筋暴胀。愤怒的时候满脸通红，激动的时刻青筋暴胀。发怒起来像那样，激动起来像这样。愤怒起来如那般，冲动起来如这般。赛阳赛霸说，今天我们要开战，赛阳赛霸讲，战争就从此刻起。"④ 亚鲁不愿与兄长们打斗，便处处忍让，"赛阳拔出宝剑三剑飞刺，亚鲁王舞梭镖三竿抵挡"⑤。面对赛阳、赛霸的拔刀相向，亚鲁只是抵挡，并向他们不断央求。"亚鲁王说，哥哥哩哥哥，我们要留下儿女吃糯米。赛霸挥动梭镖三竿斜杀，亚鲁王射三箭急急招架。亚鲁王讲，哥哥哩哥哥，我们要留得子孙吃鱼虾。"⑥ 面对宝物龙心的诱惑，赛阳、赛霸不顾手足之情，毅然决然地对亚鲁领地发起进攻。"赛阳赛霸吹响牛角号冲向亚鲁王疆域，赛阳赛霸擂起战鼓朝亚鲁王领地进攻。赛阳赛霸兵士冲进亚鲁兵阵，赛阳赛霸将领杀向亚鲁队列。七千砍马腿的务砍亚鲁王骑兵的腿，七百砍马身的务追杀亚鲁王骑兵的战马。七千务莱砍杀亚鲁兵，七百务呀追杀亚鲁将。亚鲁王号令七十人冲锋即刻倒下，亚鲁王命令

---

① 紫云苗族布依族自治县《亚鲁王》工作室杨正江翻译整理：《苗族英雄史诗〈亚鲁王〉》，贵州省文化厅、贵州非物质文化遗产保护中心内部资料 2011 年版，第 131 页。

② 同上书，第 133 页。

③ 同上书，第 133—134 页。

④ 同上书，第 134 页。

⑤ 同上。

⑥ 同上。

七十人上阵瞬间灭亡。"① 赛阳、赛霸攻进疆域、砍杀亚鲁的子孙，亚鲁部族遭到前所未有的血腥残杀，亚鲁为了保住族人不得不奋起还击，但是失掉上风的亚鲁不是赛阳、赛霸的对手。赛阳、赛霸一步步威逼，亚鲁却顾念亲情不忍相互打杀，步步忍让。

### （二）神灵眷顾的亚鲁，无法取胜的赛阳、赛霸

亚鲁在赛阳、赛霸的武力打压之下，无力还击。经王妃们的提醒，亚鲁拿出龙心与他们对抗。"亚鲁王跳下城门狂奔进宫，亚鲁王跃下城墙飞快入室。亚鲁王将龙心伸进水缸，惊雷三声，地动山摇，瞬间下起瓢泼大雨，即刻刮下碎石冰雹。整整三天，风卷碎草漫天飞扬。碎石保住了亚鲁王边界，冰雹护住了亚鲁王领地。"② 龙心特有的法力保护了亚鲁王城。"碎石冰雹猛击赛阳赛霸兵士，冰雹碎石砸向赛阳赛霸将领。赛阳赛霸停止攻击，赛霸赛阳张不开弓。赛阳赛霸放不起火，赛霸赛阳烧不了城。"③ 赛阳、赛霸面对宝物强大的法力，只能收兵返回。亚鲁的疆域因龙心得以保住，亚鲁的胜利给遭受战乱的族人增强了信心。"战马嘶鸣，震荡天空，士兵欢呼，回响旷野。人喊马嘶，铺天盖地，尘烟滚滚，漫天翻卷。"④ 在这场战争中，处于失利状态的亚鲁并不是技不如人，而是不愿与兄长手足相残，被嫉妒和怒火蒙蔽了双眼的赛阳、赛霸纵使猛烈地攻打，拥有龙心庇佑的亚鲁终究获得了胜利。

## 二 争夺龙心神战中的亚鲁与赛阳、赛霸形象

### （一）龙心保护的亚鲁，诡计多端的赛阳、赛霸

在争夺龙心神战中，赛阳、赛霸因抢夺龙心未遂，回去之后苦思冥想，策划计谋，派了七个探子去打探消息。探子们回复说，亚鲁有两个年轻美貌的王妃叫波丽莎、波丽露。"七个耳目转回来告诉赛阳赛霸。大王

---

① 紫云苗族布依族自治县《亚鲁王》工作室杨正江翻译整理：《苗族英雄史诗〈亚鲁王〉》，贵州省文化厅、贵州非物质文化遗产保护中心内部资料 2011 年版，第 134—135 页。
② 同上书，第 136 页。
③ 同上书，第 136—137 页。
④ 同上书，第 137 页。

哩大王，亚鲁王的年轻王后名叫波丽莎，亚鲁王的美貌王后名为波丽露。"① 赛阳、赛霸便思量派谁去和波丽莎交朋友。赛阳、赛霸谋划派诺赛钦和汉赛钦去与波丽莎、波丽露交朋友。"赛阳赛霸思量派谁去和波丽莎交朋友，赛阳赛霸苦想派哪个与波丽露做伙伴。派诺赛钦去和波丽莎交朋友，派汉赛钦来与波丽露做伙伴。"② 诡计多端的赛阳、赛霸派人去诱骗波丽莎和波丽露，而单纯的波丽莎、波丽露没有防范之心，一下就被诺赛钦和汉赛钦所骗，"挑逗没有挨骂，他们暗暗得意。二人得寸进尺，他们渐渐放肆"③，诺赛钦和汉赛钦用绸缎和丝线收买了波丽莎、波丽露，并取得她们的信任。计谋一步步的实施，诺赛钦和汉赛钦借助波丽莎、波丽露看到了亚鲁的龙心。

　　他们转回去告诉了赛阳和赛霸，于是战事又开始了，赛阳、赛霸领着千军万马冲进亚鲁的疆域，一场恶战就此爆发。经过了上次的恶斗，这次亚鲁没等赛阳、赛霸拔剑，他就拿出龙心，瞬间击退赛阳、赛霸，取得了胜利。

### （二）无往不胜的亚鲁，迫于无奈的赛阳、赛霸

　　拥有龙心，亚鲁变得无往不胜，面对赛阳、赛霸的突袭，亚鲁依然沉着应对、处变不惊。通过汉赛钦和诺赛钦的暗中调查，赛阳、赛霸得知了亚鲁拥有龙心的消息，为此赛阳和赛霸十分恼怒，他们暗中集结强大兵力，给亚鲁来了一个措手不及的攻击，但是亚鲁在龙心的保护下保住了边界、护住了领地。"亚鲁王把龙心伸进水缸，炸雷三声，地动山摇，瞬间下起瓢泼大雨，立时刮下碎石冰雹。整整三天，风卷碎草漫天飞扬。暴雨保住亚鲁王边界，冰雹护佑亚鲁王领地。"④ 面对强大神力的庇佑，赛阳和赛霸即使兵强马壮也无能为力。"赛阳赛霸停止进攻，赛阳赛霸张不开弓。赛阳赛霸放不起火，赛阳赛霸烧不了城。赛阳赛霸被迫收兵，赛阳赛

---

　　① 紫云苗族布依族自治县《亚鲁王》工作室杨正江翻译整理：《苗族英雄史诗〈亚鲁王〉》，贵州省文化厅、贵州非物质文化遗产保护中心内部资料 2011 年版，第 138 页。

　　② 同上书，第 138—139 页。

　　③ 同上书，第 139 页。

　　④ 同上书，第 143 页。

霸悄悄撤将。"① 同时，亚鲁取得胜利之后迅速环征了贝京、纳经、坂经、嶂经、彤经、衙经等地，士兵的气势更加勇猛，亚鲁的声名更加响亮。

## 三　英雄儿女不归路中的亚鲁与赛阳、赛霸形象

### （一）后知后觉的亚鲁，狡猾多谋的赛阳、赛霸

赛阳、赛霸战败回去之后，继续想计谋欲将亚鲁的龙心抢过来。他们再一次派诺赛钦和汉赛钦去和波丽莎、波丽露做朋友，并通过欺骗她们获得龙心，而诺赛钦和汉赛钦也像上次一样挑着绸缎和丝线去接近波丽莎、波丽露，并用言语骗取波丽莎和波丽露的信任。

> 诺赛钦和汉赛钦一起说，汉赛钦和诺赛钦一道讲，你们父得了宝物，我们父也有宝物。你们父得了珍宝，我们父也有珍宝。你们父得了龙心，我们父也有龙心。你们父得了兔心，我们父也有兔心。拿你们父的宝物来比较，用你们父的珍宝来比试。看看谁是假，比比谁是真。拿你们父的龙心来相比，用你们父的兔心来比较。看看谁的是假，比比哪个为真。②

波丽莎、波丽露面对敌人的计谋浑然不知，在毫无防范的情况下就将龙心拿出与诺赛钦和汉赛钦手里的龙心一辨真假，她们认为诺赛钦与汉赛钦是诚心成为她们的情人的，所以将龙心拿出来比试并无不妥，但是早有准备的诺赛钦和汉赛钦在龙心出现的瞬间，就将其抢走，亚鲁部族失去了宝物的庇佑。

诺赛钦和汉赛钦得到龙心之后立马转回赛阳、赛霸的宫室。不知情的亚鲁，在面对敌人来犯时也没有进行警戒，等到敌人兵临城下，才慌忙应战。士兵们去草场看护牛、马，面对敌人的有备而来，亚鲁匆忙回到王宫找寻龙心应战，但是假的龙心没有法力。"亚鲁王说，女儿们，快把兔心

---

① 紫云苗族布依族自治县《亚鲁王》工作室杨正江翻译整理：《苗族英雄史诗〈亚鲁王〉》，贵州省文化厅、贵州非物质文化遗产保护中心内部资料 2011 年版，第 144 页。

② 同上书，第 147 页。

拿给我！亚鲁王把龙心伸进水缸，隆隆雷声瞬间消失，瓢泼大雨忽而止歇"①，亚鲁这才询问龙心的下落。"亚鲁王说，女儿们，我的龙心为何不见？亚鲁王说，女儿们，我的兔心到哪去了？"②亚鲁丢掉了龙心，没有了能与赛阳、赛霸抗衡的能力。亚鲁对龙心的后知后觉，最终让计谋多端的赛阳、赛霸阴谋得逞，失去了具有神力的宝物——龙心。

### （二）战败逃亡的亚鲁，夺得龙心的赛阳、赛霸

赛阳、赛霸得到龙心之后并不甘心，随即带兵剿杀亚鲁部族，夺得龙心之后的赛阳、赛霸更加心狠，更加不择手段。"赛阳赛霸带领七千砍马腿的务，赛阳赛霸率领七百砍马身的务。赛阳赛霸统领七千务莱，赛阳赛霸率领七百务呸。朝亚鲁疆域开拔，向亚鲁王王国进攻……七千务莱猛烈擂鼓，七百务呸吼声震天。吼杀声震动亚鲁王疆域，鲜血汩汩漫过亚鲁王领地"③。波丽莎、波丽露因弄丢亚鲁的龙心致使族人惨死而心生愧疚，她俩留下来与赛阳、赛霸的士兵拼杀。最终，亚鲁的两位王妃惨死在赛阳、赛霸的刀下。

> 波丽莎和波丽露招兵，波丽莎与波丽露点将。率七百人守护城门，领七十人驻扎阵地。波丽莎舞动宝剑，波丽露挥起梭镖。从城墙上跳下，飞身跨越城门。杀向赛阳的兵，砍倒赛霸的将。波丽莎舞剑劈开血路，直杀诺赛钦。波丽露挥镖左刺右杀，掩护波丽莎。鲜血流成河，尸首堆成山。七千务莱包围波丽莎，七千务呸围住波丽露。波丽莎剑刃翻卷，精力耗尽，波丽露镖竿断裂，精气枯竭。波丽莎血洒大地，波丽露血流故土。波丽莎倒在鲜红的血泊中，波丽露躺在族人白骨堆。④

亚鲁在前两次的战争中都获得了胜利，因此在这次战争，他放松了警

---

① 紫云苗族布依族自治县《亚鲁王》工作室杨正江翻译整理：《苗族英雄史诗〈亚鲁王〉》，贵州省文化厅、贵州非物质文化遗产保护中心内部资料 2011 年版，第 155 页。
② 同上。
③ 同上书，第 159 页。
④ 同上书，第 162—163 页。

惕，没有察觉到波丽莎和波丽露被敌方的诺赛钦和汉赛钦所骗，直到敌人攻打时才发现龙心被偷。史诗描述的赛阳、赛霸是两个不顾亲情、缺乏人性的冷血人物，战争获得了胜利，也要致亲人于死地，其反派形象被刻画得淋漓尽致，他们是亚鲁一生征战中的强劲对手。

## 四　争夺盐井大战中的亚鲁与赛阳、赛霸形象

### （一）英勇无畏的亚鲁，贪婪的赛阳、赛霸

亚鲁不断迁徙，赛阳和赛霸也在不停地追杀。亚鲁迁徙到岜炯阴，在那里捕杀怪兽发现了盐井，亚鲁学习熬制生盐，经过不断努力终获成功。亚鲁部族因为盐井而开始安居乐业，但是赛阳、赛霸的野心从未就得到龙心而满足。他们发现亚鲁几年没有买过盐，便密谋商议找几个生意人来试探亚鲁，探子们打探到亚鲁有盐井的消息之后立马向赛阳、赛霸汇报。

> 七个务商人说我们要查看亚鲁王官，七个上方务讲我们去侦察亚鲁王室。七个务商人来到岜炯阴上方，七个上方务走到岜炯阴下方。七个务商人来到亚鲁王疆土，七个上方务走进亚鲁王王城。亚鲁王熬生盐的兵士密密麻麻遍布旷野，亚鲁王熬盐巴的将领一个个声大气粗。亚鲁王已有生盐井了！亚鲁王真有盐井了！[1]

赛阳、赛霸听后青筋暴涨，十分生气地说道："我们是长兄，我们没得生盐井。赛阳赛霸说，我们是长子，为啥得不到生盐井？亚鲁是兄弟，亚鲁哪来生盐井？亚鲁是么弟，亚鲁咋能有盐井？我们得去夺盐井。我们要发动战事。"[2] 贪婪的赛阳、赛霸嫉妒亚鲁的盐井，进而又开始酝酿计谋，抢占盐井。

### （二）胜利喜悦的亚鲁，战败颓废的赛阳、赛霸

贪婪的赛阳、赛霸准备发起战争夺取亚鲁的生盐井，狡猾的他们在亚

---

[1]　紫云苗族布依族自治县《亚鲁王》工作室杨正江翻译整理：《苗族英雄史诗〈亚鲁王〉》，贵州省文化厅、贵州非物质文化遗产保护中心内部资料 2011 年版，第 192—193 页。

[2]　同上书，第 193 页。

鲁还不知情的情况下就领兵进攻，"小卒飞身下马落在亚鲁王前。大王哩大王，七千砍马腿的务来喽，七百砍马身的务来啦……七千砍马腿的务黑压压冲锋而来，七百砍马身的务黑黢黢狂奔而到"①。亚鲁还没得一口饭菜吃，战争就来了，但是经过上次的教训，亚鲁已经有准备。"亚鲁王擂响铜鼓，亚鲁王吹响牛角。士兵闻声而起，将领立马拥上"②，士兵们闻讯立即赶来。

战争开始了，亚鲁王冲锋陷阵非常威武。"亚鲁王命令七十将领迎战。亚鲁王立马挎上弓弩，亚鲁手执三丈宝剑。亚鲁王飞身上马，战马霎时飞腾。亚鲁王飞身跃马，战马瞬间飞跃"③。赛阳、赛霸飞扬跋扈的气势被亚鲁比了下去，亚鲁准备与赛阳、赛霸正式较量，让他们知难而退。"赛阳兵士黑压压遮断天际，赛霸将领黑沉沉飞跑而到。赛阳见亚鲁王勒马抢剑威武，赛阳心惊肉跳战马腾空嘶鸣。赛阳兵士惊惶个个呆立不前。赛霸见亚鲁王勒马抢剑凶猛，赛霸浑身哆嗦战马跃起长嘶。赛霸将领魂飞魄散不敢招架。"④ 面对残忍杀害自己族人的兄长，亚鲁不再忍让，"亚鲁王怒火冲天，满脸通红，亚鲁王急火攻心，青筋脉胀……亚鲁王拉开巨弓，箭指赛阳。亚鲁王挥三丈长剑直逼赛霸。赛阳你抢走我的疆域纳经！赛霸你夺去我的王国贝京！赛阳你抢我疆域用完了我的糯米！赛霸你夺我王国吃尽了我的鱼虾！今天我要砍死你！此刻我就杀灭你！"⑤ 愤怒直逼赛阳、赛霸。

赛阳、赛霸虽然心里害怕，但是他们仍然不放过任何一个可以威胁亚鲁的机会。"赛阳说我来要回我生盐井，赛霸讲我来追回我的盐井。赛阳说我来要回我的疆域，赛霸讲我来夺回我的王国。"⑥ 面对如此蛮横不讲理的兄长，亚鲁怒火中烧。"亚鲁王怒火冲天，满脸通红，亚鲁王急火攻心，筋青脉胀。发怒起来像那样，激动起来像这样。愤怒起来如那般，冲

① 紫云苗族布依族自治县《亚鲁王》工作室杨正江翻译整理：《苗族英雄史诗〈亚鲁王〉》，贵州省文化厅、贵州非物质文化遗产保护中心内部资料2011年版，第195页。
② 同上书，第196页。
③ 同上书，第197页。
④ 同上。
⑤ 同上书，第197—198页。
⑥ 同上书，第198页。

动起来如这般"①，亚鲁言道，"亚鲁王说这是我的生盐井，亚鲁王讲这里为我的盐井。疆域是我的疆域，王国为我的王国"②，面对亚鲁斩钉截铁的话，赛阳、赛霸无话可说。

战争由此开始，赛阳、赛霸吹响牛角，亚鲁也擂响铜鼓，士兵们开始厮杀，兄弟就这样相残。亚鲁本技艺超群又因胸中激愤，将赛阳、赛霸的将士们打得无法还击。"赛阳赛霸兵士箭落旷野，亚鲁王将领箭镞满天。刀光剑影，杀声一片。人吼马嘶，震撼大地。亚鲁王飞龙马腾空阵阵长嘶，亚鲁王一箭射中赛阳肚脐，赛阳翻身落马。亚鲁王玉兔马狂奔飞过山坡，亚鲁王一箭射中赛霸下体，赛霸翻身滚地，叫声凄惨"③，在正义与民族大义面前，亚鲁将赛阳、赛霸打败，让他们明白之前的失败并不是因为技不如人，而是因为顾念兄弟之情。这一次，赛阳、赛霸损伤惨重，战败的赛阳、赛霸只有收兵回营。而战胜的亚鲁则擂起收兵的铜鼓，吹响胜利的号角。

## 五　血染大江中的亚鲁与赛阳、赛霸形象

### （一）知进明退的亚鲁，心有不甘的赛阳、赛霸

赛阳、赛霸通过几次战争还是不甘心，面对亚鲁的英勇他们还是不气馁，叫自己的孩子准备好兵马继续同亚鲁争斗。"赛阳叫王子诺赛钦，赛霸唤王子汉赛钦。儿哩儿，娃哩娃，亚鲁兵士胆大，亚鲁将领善战。亚鲁士兵凶猛，亚鲁将帅狡诈。你们要招兵买马，你们得筹集粮草。我们要抢占亚鲁生盐井，我们要夺过亚鲁的盐井。得盐井我们坐大，占住盐井我们生财。"④ 不甘心失败的赛阳、赛霸继续带着士兵来攻打亚鲁，这一次赛阳、赛霸因吃了亏，发了狠，召集了很多的士兵。"初春的日子，赛阳招兵买马筹粮草。冬天还没来到，赛阳手下兵强马壮。初春的日子，赛霸招

---

① 紫云苗族布依族自治县《亚鲁王》工作室杨正江翻译整理：《苗族英雄史诗〈亚鲁王〉》，贵州省文化厅、贵州非物质文化遗产保护中心内部资料 2011 年版，第 198 页。
② 同上。
③ 同上书，第 198—199 页。
④ 同上书，第 199—200 页。

兵买马备粮草。冬天还没来到，赛霸兵马杀气腾腾"①，决心要夺得亚鲁的盐井，要剿杀亚鲁部族。

消息传到亚鲁的耳朵里，亚鲁想赛阳和赛霸肯定不会善罢甘休，于是转回去和儿子们商量。"亚鲁王叫儿子冈塞谷，亚鲁王唤儿子欧德聂。儿哩儿，赛阳兵士众，赛霸将领多。我们士兵少，我们将领寡。赛阳觉不心甘，赛霸不会罢休。赛阳还会再抢夺生盐井，赛霸肯定会转来抢劫盐井。亚鲁王说，儿哩儿，我们会丢失生盐井，我们就要失去盐井。我们得带七十挑麻种去开新疆域，我们要挑七十担构皮麻找新领地"②，亚鲁不愿与赛阳、赛霸继续再战下去，他选择了逃离，把盐井让给赛阳和赛霸，希望战事就此了结。

### （二）巧设计策的亚鲁，穷追不舍的赛阳、赛霸

亚鲁怕赛阳、赛霸会跟随脚印追杀而来，命所有人倒穿着鞋逃走，命令族人倒拉着动物走。"谁带兵冲锋在前？谁领将护卫断后？亚鲁王命欧德聂领兵冲锋，亚鲁王令冈塞谷点将断后。亚鲁王士兵拽牛尾倒朝前走，亚鲁王的将反穿鞋倒往前行。亚鲁王带兵走向江岸，亚鲁王率将来到沙滩。亚鲁王士兵牵牛渡江，亚鲁王将穿反鞋渡船。亚鲁王士兵登木船渡往下方，亚鲁王将领撑竹筏去朝下方"③，虽然亚鲁故意领赛阳、赛霸走错路，但是凶残的赛阳、赛霸还是尾随而来，他们来到亚鲁的领地，发现宫室里没有人，便偷偷侦察，识穿了亚鲁的计谋后便命士兵从前、后两个方向追去。"赛阳悄悄查看，赛霸偷偷侦察。狗儿拴在楼梯脚，铜鼓挂于堂屋中。细辨牛的去向，蹄印朝向赛阳赛霸疆域。察看人的行踪，足印向着赛阳赛霸王国。赛阳愤怒顿足，赛霸冒火捶胸。亚鲁如此精灵，亚鲁这般狡诈。赛阳派诺赛钦带兵朝太阳升起的方向追击，赛霸命汉赛钦率将向太

---

① 紫云苗族布依族自治县《亚鲁王》工作室杨正江翻译整理：《苗族英雄史诗〈亚鲁王〉》，贵州省文化厅、贵州非物质文化遗产保护中心内部资料 2011 年版，第 200—201 页。

② 同上书，第 201—202 页。

③ 同上书，第 202 页。

阳落坡的地方飞奔"①，赛阳的士兵从上方发现了亚鲁的踪迹，就匆匆备船渡江追杀亚鲁，幸好聪明的亚鲁有所准备，在射杀了江中的公龙之后，命冈塞谷带领将士躲在江里进行埋伏。"公兔从浪涛里腾空飞跃，亚鲁王张开如楼柱一样重的弓，亚鲁王拉起像棒槌一般粗的箭，亚鲁王连射十七箭，公兔中箭立时身死。亚鲁王带兵渡江到达下方江岸，亚鲁王率将破浪去到下方沙滩。亚鲁王命冈塞谷带兵藏在江水中，亚鲁王令冈塞谷率将隐在浪涛里"②，将诺赛钦一伙人杀死一大半，赛阳、赛霸看见自己折损的兵将，心里万分心痛，收兵回城，准备下一次的战争。

## 六　血战哈榕泽莱中的亚鲁与赛阳、赛霸形象

### （一）再次迁徙的亚鲁，穷追猛攻的赛阳、赛霸

亚鲁带领族人迁徙到哈榕泽莱，看见这里"水源充足、粮草丰盛"③，适宜族人生活居住，于是亚鲁算卦并为这疆域命名哈榕泽莱。等亚鲁在哈榕泽莱安顿好族人之后，赛阳、赛霸又带领士兵追赶而来，哈榕泽莱地势险要，易守难攻，赛阳、赛霸在与亚鲁的战争中连连失利。

亚鲁发怒道："赛阳哩赛阳，赛霸哩赛霸，你们再跟踪，我要杀死你们才甘心，你们要追杀，我要杀绝你们了心愿。"④赛阳、赛霸却不如亚鲁所愿，继续对亚鲁使用激将法，说亚鲁不敢出来应战、不敢转回自己的疆域、不敢要回自己的盐井。面对赛阳、赛霸的羞辱，亚鲁只是警告他们："赛阳哩赛阳，赛霸哩赛霸，你们抢劫了我的生盐井你们咋不去享用？你们抢夺了我的盐井你们何以不去享受？你们再跟踪，我不砍死你们不罢休！你们再追杀，我要杀绝你们才心甘！"⑤没有激怒亚鲁的赛阳、赛霸还是不肯罢休，继续采取激将法："亚鲁哩亚鲁，山里的族人都在

---

① 紫云苗族布依族自治县《亚鲁王》工作室杨正江翻译整理：《苗族英雄史诗〈亚鲁王〉》，贵州省文化厅、贵州非物质文化遗产保护中心内部资料 2011 年版，第 206 页。

② 同上书，第 204 页。

③ 同上书，第 210 页。

④ 同上书，第 274 页。

⑤ 同上书，第 276 页。

说，所有的族人都在传，亚鲁聪明过人，亚鲁武艺超群。你不敢出来与我们交战，你不敢上前和我们决战，你不想转回你的领地，你不敢回到你的疆土，你再朝前走不会得到生盐井，再往前行这盐井你也得不到。"① 亚鲁仍然只是警告他们："赛阳哩赛阳，赛霸哩赛霸，你抢劫了我的生盐井你们咋不去享用？……你们再跟踪，我不砍死你们不罢休！你们再追杀，我要杀绝你们才心甘！"②

**（二）未雨绸缪的亚鲁，挑起杀戮的赛阳、赛霸**

赛阳、赛霸眼看战争无法挑起，直接带领着兵马就与亚鲁进行厮杀，但是亚鲁的王城坚固，赛阳、赛霸攻打不下亚鲁王城，只有作罢。而亚鲁则要考虑继续迁徙，"亚鲁王向儿子冈塞谷说，亚鲁王对儿子欧德聂讲，儿哩儿，这领地正在引来追杀，这疆域战争已经爆发。这里没法抚育我儿女，这方不能养活我族人。我们带七十挑麻种去找新的疆域，我们挑七十担构皮麻去开新领地"③，因为战败的赛阳、赛霸肯定会再次对他们发起进攻。

## 七 追战哈榕泽邦中的亚鲁与赛阳、赛霸形象

**（一）谋划布局的亚鲁，奸邪阴险的赛阳、赛霸**

亚鲁迁徙到哈榕泽邦，赛阳、赛霸也追到了哈榕泽邦。因亚鲁疆域地势险要，赛阳、赛霸久攻不下。亚鲁继续一而再，再而三的警告，赛阳、赛霸依然不听，继续挑起两方之间的战争。"赛阳赛霸说，亚鲁哩亚鲁，你不敢出来与我们交战，你不敢上前和我们决战，你不会得到生盐井，这盐井你也得不到。赛阳赛霸说，亚鲁哩亚鲁，你不想转回你领地，你不敢

---

① 紫云苗族布依族自治县《亚鲁王》工作室杨正江翻译整理：《苗族英雄史诗〈亚鲁王〉》，贵州省文化厅、贵州非物质文化遗产保护中心内部资料2011年版，第277页。
② 同上书，第278页。
③ 同上书，第279—280页。

回到你疆土，你再朝前走不会得到生盐井，再往前行这盐井你也得不到。"①

　　赛阳、赛霸一次又一次的逼迫都没成功，于是想出了一个办法。"赛阳赛霸说，亚鲁哩亚鲁，我们来比箭术，我们去试弩艺。我们射中了，就砍杀你，你射中了，我们就撤回"②，面对赛阳、赛霸提出的不公平的比试，亚鲁回复："赛阳哩赛阳，赛霸哩赛霸，要比箭术就比，要试弩艺就试。亚鲁王说，你们坡上钉三个铜钱。我这岭上挂三只铜圆。我射中你们的铜钱眼，我就砍杀你们，你们射中我的铜圆眼，你们就杀了我"③。说比试就比试，亚鲁和赛阳、赛霸的铜钱都挂好在山上，虽然赛阳、赛霸的铜钱圆眼像楼柱一样粗，而亚鲁的铜钱圆眼只有手指粗，亚鲁连射三箭就将赛阳、赛霸的铜钱圆眼射穿。"亚鲁命儿子冈塞谷，到赛阳赛霸的坡上挂三个铜钱，亚鲁王的三个铜钱眼有手指大。父亲聪明儿子也机灵，父亲智慧儿子也机巧。冈塞谷拉弓搭箭，严密防守。赛阳赛霸命诺赛钦和汉赛钦，到亚鲁的坡上挂三只铜圆。赛阳赛霸的三只铜圆眼大如楼柱。亚鲁王拉弓搭箭连射，三箭穿入三个铜钱眼"④，在战争和和平面前，亚鲁和儿子冈塞谷一起谋划比试事宜，最终巧妙获得胜利。

## （二）恩威并施的亚鲁，心悦诚服的赛阳、赛霸

　　虽然之前亚鲁说如果谁射入对方的铜钱圆眼里，就将对方砍杀，但是获胜的亚鲁并没有杀赛阳和赛霸，而是再一次警告他们。"亚鲁王说，我的三个铜钱眼像手指，你们三只铜圆眼如楼柱。你们射不中，我已射中了。我不杀你们。亚鲁王说，朝前走我还能种下七十担麻种供我吃穿，往前行我还有七十担构皮麻种度日无忧。孩子的哭声哩啰呢哩啰，娃儿的哭声哩噜呢哩噜。我拥有麻种就能种麻抚养我儿女，我保有构皮麻种足够养

---

① 紫云苗族布依族自治县《亚鲁王》工作室杨正江翻译整理：《苗族英雄史诗〈亚鲁王〉》，贵州省文化厅、贵州非物质文化遗产保护中心内部资料 2011 年版，第 285 页。
② 同上书，第 286 页。
③ 同上书，第 287 页。
④ 同上。

活我族人。亚鲁王说，赛阳哩赛阳，赛霸哩赛霸，你们抢劫了我的生盐井你们咋不去享用？你们抢夺了我的盐井你们为啥不享受？我的领地被你们抢夺，我的疆土被你们霸占。你们再跟踪，我不砍死你们不罢休！你们再追杀，我要杀绝你们才心甘！"① 这一次赛阳、赛霸输得心服口服，他们决定不再来攻打亚鲁。"赛阳赛霸说，亚鲁怒吼三声像炸雷，亚鲁身手灵活如闪电。赛阳赛霸说，亚鲁恶狠狠没法战胜，亚鲁武艺高雄霸天下。赛阳赛霸令士兵火速撤退，赛霸赛阳命将领立马退兵。"②

聪明的亚鲁运用智慧战胜了赛阳、赛霸，而穷追猛打的赛阳、赛霸在多次战役中都无法战胜亚鲁，于是宣布撤兵。体现了亚鲁不仅武艺高超而且智慧超群，依靠智慧和正义征服了屡次迫害自己的对手。

## 八　侵占荷布朵王国中的亚鲁与荷布朵形象

### （一）计谋在心的亚鲁，情真意切的荷布朵

亚鲁王不断迁徙，不断寻找疆域，他们来到荷布朵疆域，这个疆域宽阔且地势险要，这里水源丰富、粮草丰盛，适合居住。"这里可以逃避追杀，这儿能躲避战争。水源多多，粮草丰盛。亚鲁王说这里能抚养我儿女，亚鲁王讲这儿能养活我族人。"③

亚鲁就在荷布朵的城墙脚下安营扎寨，亚鲁的后续部队随之而来，荷布朵发现了他们，并派人去打探消息。得知亚鲁想定居于自己的领地，荷布朵满口不答应，聪明的亚鲁谋划计策，在夜深的时候，偷偷翻进荷布朵的王宫与荷布朵商量结拜为兄弟的事宜。"亚鲁王说，大王哩大王，我们先辈是弟兄我才投拜你这里，我们先祖是兄弟我才来投靠你这方。我来和你拜个把，我来与你拜兄弟，你是这疆域的王，你为这领地的主……我俩来结拜兄弟，只怕不中你的意……荷布朵说，亚鲁哩亚鲁……结拜兄弟不

---

① 紫云苗族布依族自治县《亚鲁王》工作室杨正江翻译整理：《苗族英雄史诗〈亚鲁王〉》，贵州省文化厅、贵州非物质文化遗产保护中心内部资料 2011 年版，第 287—288 页。

② 同上书，第 288 页。

③ 同上书，第 322 页。

论玛人或是务人，不讲门户，结拜兄弟不管蒙人还是夷人，不论部族。"①
于是，亚鲁和荷布朵结拜成了兄弟，暂住在荷布朵疆域。

### （二）运筹帷幄的亚鲁，后知后觉的荷布朵

亚鲁在荷布朵疆域打铁，亚鲁王的打铁技艺高超，而荷布朵打铁的技
艺逊色于亚鲁部族，亚鲁一天可以打三把锄，一早上可以打三把锤，荷布
朵一天做不出一把锄，一早上做不出一把锤。荷布朵心动了，想要亚鲁教
他打铁的技艺，想要亚鲁将打铁工具留给他。于是亚鲁就利用打铁优势留
在了荷布朵的疆域。"亚鲁王说，可我的铁具我要用，我要打铁抚养我儿
女，我靠打铁养活我族人。荷布朵要留亚鲁在自己的疆域打铁具，荷布朵
恳请亚鲁住在自己的王国做铁匠。"②

亚鲁留在荷布朵疆域之后，遇见了美丽的王妃霸德宙，亚鲁被她的美
丽吸引，同时也计从心生。荷布朵王妃霸德宙为士兵们做饭，为士兵们送
菜，亚鲁也跟着霸德宙给士兵们做饭，给士兵们送菜。亚鲁与王妃霸德宙
长期在一起，必然日久生情，亚鲁与王妃霸德宙有了私情，霸德宙将此事
告诉荷布朵，但是愚笨的荷布朵不相信霸德宙的话，长此以往霸德宙有了
身孕，荷布朵这才醒悟过来。荷布朵要将亚鲁赶出疆域。"荷布朵说，亚
鲁你来了三年白天，亚鲁你来了三年夜晚……亚鲁你儿大女成人，亚鲁你
族旺人马众……我的疆土田地变薄，我的王国城小国穷。我没有疆土给你
安居，我没有空城让你安室"③，亚鲁与荷布朵的矛盾就此挑开。

机智的亚鲁开始与荷布朵斗智。首先，亚鲁从王国的岚岜舵和岚岜
姆④开始，与荷布朵争疆域，亚鲁与儿子冈塞谷同谋，将荷布朵疆域供奉
岚岜舵和岚岜姆的物品换成亚鲁的祭祀物品，亚鲁成功战胜荷布朵。其
次，是喊祖奶奶和祖爷爷，这次亚鲁让自己的王妃在荷布朵的祖坟旁装扮
祖奶奶和祖爷爷，亚鲁再一次胜过荷布朵。最后，是呼唤画眉鸟，亚鲁将

---

①　紫云苗族布依族自治县《亚鲁王》工作室杨正江翻译整理：《苗族英雄史诗〈亚鲁王〉》，
贵州省文化厅、贵州非物质文化遗产保护中心内部资料 2011 年版，第 329—330 页。

②　同上书，第 331 页。

③　同上书，第 339—340 页。

④　岚岜舵、岚岜姆同指一事物，指某一领域里最高的山峰为供奉对象，镇守着某一领域，
象征着领地范围。

荷布朵疆域的画眉鸟唤得叫了，成功胜过荷布朵。余下的还有：烧茅草祖奶奶，燃芭茅祖爷爷，射白岩，喊山岩，抓虾捕鱼，砍青枫树，喊龙祖宗，等等，亚鲁运用智谋在这些比试中胜过了荷布朵，成功霸占了荷布朵的疆域。

# 第 四 章

## 英雄特异诞生成长母题[①]

"母题"一词最早出现于法国学者 S. D. 波洛萨尔的《音乐辞典》一书中，原是音乐用语，意为动机，是指一首乐曲中反复出现的一组音符。作为衬托乐曲主题的一个结构因素，"母题"被借用到民间文学研究之中，专指那些在民间文学作品中经常反复出现的叙事单元。

作为一个舶来概念，母题（Motif）是胡适最早引入中国的，他在 1924 年发表的《歌谣的比较的研究法的一个例》将母题借用并翻译到国内，这也是"母题"进入民俗学、民间文学研究视阈的开端。此后，周作人、杨成志、钟敬文等学者也进行母题研究，从而逐步将母题研究推广到神话故事和史诗中。

> 研究歌谣，有一个很有趣的法子，就是"比较的研究法"。有许多歌谣是大同小异的。大同的地方是它们的本旨，在文学的术语上叫做"母题"，小异的地方是随时随地添上枝叶细节。往往有一个"母题"，从北方直传到南方，从江苏直传到四川，随地加上许多"本地风光"；变到末了，几乎句句变了，字字变了，然而我们试把这些歌谣比较着看，剥去枝叶，仍旧可以看出它们原来同出于一个"母题"，这种研究法，叫做"比较研究法"。[②]

---

① 此篇文章的部分观点曾在第二作者硕士论文《苗族史诗〈亚鲁王〉英雄母题研究》中发表，经补充完善后用于本书。

② 转引自刘锡诚《20 世纪中国民间文学学术史》，河南大学出版社 2006 年版，第 216 页。

　　作为比较研究法的重要路径之一，母题研究备受重视。学者们在研究《亚鲁王》时也采用母题研究的方法。如郎樱认为："英雄母题主要有英雄身世类母题、英雄对手类母题、神奇动植物类母题等几类，英雄身世类母题又包括英雄特异诞生、成长母题、英雄婚姻母题、英雄结义母题、亲友背叛母题、死而复生母题、英雄外出家乡被劫母题、妻子被劫母题、英雄复仇母题，等等。"①

　　事实上，从《亚鲁王》的叙述内容来看，英雄母题大都是按照自然时序串联出现在史诗之中的，它不仅是撑起英雄人物的框架骨骼，更是史诗之脉络。因而，史诗研究中的英雄母题研究有着举足轻重的地位。本章拟以母题为切入点，梳理《亚鲁王》与北方史诗的英雄特异诞生成长母题，厘清其同质性与异质性。

　　《亚鲁王》的发掘为中国西南地区少数民族的史诗增添了一抹艳丽的色彩，其演唱场域的严肃、传承形式的严格、承载历史的厚重无不让我们为之感叹和敬佩。相较于其他史诗，《亚鲁王》更像一部历史文本，记载了麻山苗族人民从东往西的迁徙原因及迁徙历程。史诗中带领麻山苗民征战迁徙的亚鲁为后世苗族人民所歌颂，他的一生都与麻山苗族息息相关。《亚鲁王》与北方三大史诗叙述的内容大致相同，都是讲述有关英雄的事迹，但是仔细分析它们是有很大区别的。英雄特异诞生成长母题包括了英雄孕育、英雄出生、英雄成长三个阶段，是人们对英雄非凡业绩的阐释。上古先民认为，英雄之所以成为英雄，是因为他们从一出生就注定了与人不同，或是拥有无限的神力，或是由神人转化投胎等。基于此，本章通过比较苗族史诗《亚鲁王》，彝族史诗《支嘎阿鲁王》《俄索折怒王》、藏族史诗《格萨尔王》，柯尔克孜族史诗《玛纳斯》的英雄特异诞生成长母题，从怀孕、出生、成长三个方面来分析其异同，并进一步探讨史诗《亚鲁王》中英雄诞生成长母题的独特性。

　　通过将这五部史诗进行分析比较，归纳整理英雄特异诞生成长母题如下：

　　（1）神人投生

　　（2）神人身份

---

① 郎樱：《史诗的母题研究》，载《民族文学研究》1999 年第 4 期。

（3）普通身份

（4）英雄母亲孕期异常

（5）英雄母亲孕期正常

（6）英雄神奇出生，天赋异禀

（7）英雄神奇出生，天生异象

（8）英雄成长迅速

（9）英雄的成长有神物的保护

（10）英雄具有超强的学习能力

这十个部分构成了史诗中英雄特异诞生成长母题的全貌，史诗《亚鲁王》中的英雄特异诞生成长母题链是由（3）+（5）+（7）+（10）这四个部分构成。史诗《格萨尔王》中的英雄特异诞生成长母题链结构为：（1）+（4）+（6）+（7）+（8）；史诗《玛纳斯》中的英雄特异诞生成长母题链结构为：（2）+（5）+（6）+（7）+（8）；史诗《支嘎阿鲁王》中的英雄特异诞生成长母题链结构为：（2）+（4）+（7）+（9）；史诗《俄索折怒王》的英雄特异诞生成长母题链结构为：（1）+（5）+（7）+（9）+（10）。通过比较分析这几部史诗中的英雄特异诞生成长母题的结构，我们发现几部史诗中都存在着（7）这个要素，说明在任何史诗中英雄自诞生就与众不同。同时，史诗《亚鲁王》从英雄身份、孕期、出生现象以及成长过程都与其他几部史诗有着极大的区别，其中（3）英雄的普通身份是史诗《亚鲁王》的最主要的特征，是凸显《亚鲁王》与其他几部史诗相异的重要因素，也是《亚鲁王》的独特性所在。

# 一　人性的怀孕

孕育是人类繁衍的重要阶段，孕育其本意为哺乳动物在体内孕育后代，亦可指一件事物的衍生以及帮助另外一件事物的发展和生长，所以孕育这一行为状态也是人类希望之所在，人们常常在自己力不能及之时寄希望于下一代，企图下一代能够为自己完成未竟之事。

在中国的传统观念中，"不孝有三，无后为大"根深蒂固。特别在中国古代人民的思维中，自然界中物种的孕育和生长是十分奇妙和不可思议之事，象征着生命的永无止境和新生。于是在很多文学作品之中，特别是英雄人物的出生就被他们赋予了更为神圣的特性。尽管各民族史诗中的英雄人物在怀孕细节上有所不同，但奇特怀孕作为史诗中英雄诞生的常态备受学界重视。南北方史诗中英雄母亲怀孕的经过有诸多不同，通过梳理，认为至少有三方面的不同之处。

### （一）家庭人物的异同

通过比较苗族史诗《亚鲁王》，彝族史诗《支嘎阿鲁王》《俄索折怒王》，藏族史诗《格萨尔王》，柯尔克孜族史诗《玛纳斯》中英雄人物父母的形象可知，《亚鲁王》中亚鲁的父母亲均为人类，父亲名为翰玺鸶，母亲名为博布能荡赛姑。《支嘎阿鲁王》中阿鲁的父母亲均为天神，父亲是天郎恒扎祝，母亲是地女䛼阿媚。《俄索折怒王》中特波折怒的父亲为天神支嘎阿鲁，母亲为凡人特波咪黛。《格萨尔王》中格萨尔的父母均为人类，父亲名为僧唐王，母亲名为尕擦拉毛，但是格萨尔却是天神白梵天与王妃绷迥姐毛的儿子顿珠尕尔保投胎所生。《玛纳斯》中玛纳斯的父母均为人类，父亲名为加克普，母亲名为绮依尔迪，但是玛纳斯却是其母亲绮依尔迪梦鹰所生。从这四部史诗中英雄的父母身份来看，南方史诗《吱嘎阿鲁》中阿鲁的父母亲为天神的身份，《俄索折怒王》中特波折怒的父亲为天神身份，母亲为人类身份，北方的两部史诗《格萨尔王》和《玛纳斯》中英雄的父母虽然是人类的身份，但是实际上英雄却是天神转世或是以鹰为父。只有苗族史诗《亚鲁王》中英雄亚鲁的父母亲是真真实实的普通人类的身份。

表4—1　　　　　　　　　不同史诗奇特怀孕母题要素比较

| 母题<br>史诗 | 奇特怀孕母题 |
| --- | --- |
| 《亚鲁王》 | 亚鲁母亲怀上亚鲁后立刻倒地昏沉睡去，孕期为十二月去十二天 |
| 《支嘎阿鲁王》 | 天郎恒扎祝和地女䛼阿媚三万年相亲、六万年相爱、九万年才生下阿鲁 |
| 《俄索折怒王》 | 特波咪黛梦见雄鹰展翅相拥，并称是受策举祖派遣，要给特波来传后。特波咪黛怀孕了，孕期为十个月 |
| 《格萨尔王》 | 由天神白梵天王的三儿子下界投生且在腹中就能与母亲对话 |
| 《玛纳斯》 | 玛纳斯的母亲绮依尔迪梦见一只雄鹰飞落下来栖息在她身上不走，梦后就奇迹般的怀孕了，孕期为九个月零九天，难产 |

### （二）怀孕方式的异同

《亚鲁王》中亚鲁母亲博布能荡赛姑怀上亚鲁之后便立刻昏沉睡去。

> 亚鲁像蟋蟀忽地钻进母亲下体（指亚鲁的父王和母亲二人已经由谈情说爱发展到结婚生育的成熟时期）。亚鲁母亲即刻倾倒，亚鲁母亲昏沉睡去。①

《支嘎阿鲁王》中阿鲁是天郎恒扎祝和嵛阿媚九万年孕育而生。

> 天郎恒扎祝，有惊天才能，地女嵛阿媚，有非凡相貌，三万年相亲，六万年相爱，到了九万年，生了个巴若，留在了人间。②

《俄索折怒王》中特波折怒是凡人特波咪黛梦鹰而生。

> 一连三个晚上，是梦又不像梦，一只硕大雄鹰，展双翼拥着咪黛，任随挣扎无济世。一转眼，化作个英俊小伙，多像年青的特波，自称是支格阿鲁，受策举祖派遣，要给特波来传后。③

《格萨尔王》中格萨尔是由天神之子顿珠尕尔保投胎转世而生。

> 尕擦拉毛到五十岁的那年里，有一天，她正在家里挤牛奶，忽然听到天空中传来一阵咿咿呀呀悦耳动听的歌声。她抬头一看，只见一位浑身珠光宝气、衣着十分华丽的天神，在一群仙童仙女的簇拥下，从天上缓缓地飘然而至。正在这个时候，尕擦拉毛突然昏倒在地，不省人事。奶牛一头跟着一头的走开了。等尕擦拉毛苏醒过来时，天神

---

① 紫云苗族布依族自治县《亚鲁王》工作室杨正江翻译整理：《苗族英雄史诗〈亚鲁王〉》，贵州省文化厅、贵州非物质文化遗产保护中心内部资料 2011 年版，第 58 页。
② 阿洛兴德：《支嘎阿鲁王》，贵州民族出版社 1994 年版，第 13 页。
③ 同上书，第 150 页。

顿珠尕尔保已经投胎到她腹中了。①

《玛纳斯》中玛纳斯则是其母绮依尔迪梦鹰而孕。

　　一天，绮依尔迪在树林中睡觉，梦见一只雄鹰飞落下来，栖息在她身上不走。梦后，年迈的绮依尔迪竟奇迹般地怀孕了。②

从几部史诗中怀孕的方式来看，《支嘎阿鲁王》《俄索折怒王》《格萨尔王》《玛纳斯》三部史诗中英雄的孕育都充满了神性，阿鲁是由天神与地女九万年孕育，俄索折怒王为其母亲特波咪黛梦鹰而生，格萨尔是天神顿珠尕尔保投胎到尕擦拉毛腹中所孕育的，玛纳斯则是其母亲梦鹰而孕。而《亚鲁王》中亚鲁是由其母亲博布能荡赛姑与其父亲翰玺鹜共同孕育的，英雄亚鲁的孕育具有人性化的特征。

**（三）怀孕周期的异同**

《亚鲁王》中博布能荡赛姑在怀亚鲁的时候孕期为"十二月去十二天"，较之寻常人家怀孕的孕期长了两个月。

　　亚鲁母亲怀上亚鲁一时到两时。亚鲁母亲怀上亚鲁两时到三时……亚鲁母亲怀亚鲁已四月。人家一片片梨果熟红了，肚中亚鲁和母亲眼馋红梨果。人家一树树李子熟成紫色了，肚里亚鲁与母亲嘴馋紫李子……人家怀儿子十月去十天，亚鲁母亲怀上亚鲁十二月去十二天。③

《支嘎阿鲁王》中的阿鲁是由天郎地女九万年孕育所生。

---

①　葛诗文：《雄狮格萨尔王》，吉林摄影出版社 2006 年版，第 6 页。
②　郎樱：《民族英魂玛纳斯》，吉林摄影出版社 1994 年版，第 4 页。
③　紫云苗族布依族自治县《亚鲁王》工作室杨正江翻译整理：《苗族英雄史诗〈亚鲁王〉》，贵州省文化厅、贵州非物质文化遗产保护中心内部资料 2011 年版，第 58 页。

三万年相亲，六万年相爱，到了九万年，生了个巴若，留在了
人间。①

《俄索折怒王》中的特波折怒由特波咪黛十月怀胎所生。

冬天接走了秋天，又把春天送回来，夏天去了秋天转，满了第二
个三百六十天，十月怀胎一朝分娩，神鹰遗腹降临人世。②

《格萨尔王》中英雄母亲受孕但不知其孕期，英雄是于水蛇年（癸巳
年）四月鬼宿日出生。

《玛纳斯》中英雄是母亲怀孕九个月零九天，难产而生。

绮依尔迪怀孕九个月零九天，足月了，却难产。她疼痛得在毛毡
上翻来覆去地滚动，把全牧村的人都惊动了。绮依尔迪忍受了极大的
痛苦，终于把孩子生了出来。③

从史诗中英雄的孕期来看，史诗《支嘎阿鲁王》中英雄母亲孕育英
雄的时间较之人类正常的孕期有很大差别的，阿鲁是其母亲与父亲相爱到
了九万年才生的，而史诗《格萨尔王》中格萨尔的孕期在史诗中并未显
示。《亚鲁王》《俄索折怒王》《玛纳斯》中英雄的孕期都较为正常，亚
鲁较之常人的孕育多了两个月，玛纳斯的则是与常人无异，为九月零
九天。

通过以上比较，我们可以清楚地看到亚鲁的父母亲的人类身份、怀孕
方式及孕期的人性化较之其他几部史诗更加体现出接近现实生活的因素，
和其他几部史诗的魔幻手法相比，《亚鲁王》则更为生活化、常态化。从
这几个民族的生产生活方式来说，《格萨尔王》与《玛纳斯》是北方少数
民族藏族与柯尔克孜族的史诗，藏族与柯尔克孜族都是游牧民族，因为游

---

① 阿洛兴德：《支嘎阿鲁王》，贵州民族出版社1994年版，第13页。
② 同上书，第151页。
③ 郎樱：《民族英魂玛纳斯》，吉林摄影出版社1994年版，第4页。

牧的生产生活方式使得北方民族之间多为领地引发战争，所以在北方的史诗当中对英雄神性孕育的塑造则增加了许多神化色彩。彝族史诗《支嘎阿鲁王》《俄索折怒王》虽然为南方少数民族史诗，但是彝族先民的生产生活模式与北方少数民族一样偏重于游牧模式，所以史诗中对英雄阿鲁神性孕育的塑造是由于古代彝族先民们长期的游牧生活的影响，先民们对自然万物都充满了原始的崇拜，不管是下雨、打雷还是石头的不灭不死都让先民们产生无尽的想象，对英雄的不凡，他们也认为是上天注定，被赋予了某种神力。史诗《亚鲁王》中英雄亚鲁近于常人孕育的描写与其生产力的发展有着密切的联系，在史诗当中出现了很多农作物名称，例如小米、红稗、稻谷、糯谷等，说明当时苗族已进入农业文明时期，人们的思维意识逐渐发展，朴素的唯物辩证思想意识开始萌芽，于是在史诗当中对英雄亚鲁孕育的描写都近乎常人。

## 二　奇特的出生

出生于常人而言意味着生命的诞生，但是同时也是对母体的考验，只有母体经受住了考验才能够享受生命诞生的喜悦。人们对生产过程的形容是"九死一生"，出生过程的艰难程度可见一斑，普通人的出生尚且如此，那么英雄的出生在人们看来应该是有所不同的，通过研读本章所提到的几部史诗，我们不难发现，英雄出生都具有惊天动地之象。

表4—2　　　　　　　　　　不同史诗奇特出生母题要素比较

| 母题　　史诗 | 奇特出生母题 |
| --- | --- |
| 《亚鲁王》 | 经过七天七夜临盆才出世，出世后大地震动，山岭摇晃 |
| 《支嘎阿鲁王》 | 天地抖了三下，电闪雷鸣。一出生就成了孤儿 |
| 《俄索折怒王》 | 地动山摇，电闪雷鸣，九天九夜，一团红光发自笃洪 |
| 《格萨尔王》 | 大雪、地震，且在分娩过程中生出了黑毒蛇、黄金蟾、绿玉蟾、铁鹰七兄弟、人头大雕、红铜狗，最后才是格萨尔（圆圆的肉蛋） |
| 《玛纳斯》 | 难产，出生时伴有奇特的自然现象，且一手握血一手握油 |

### （一）诞生之初天有异象

在民间有着这样的说法："出生时伴有特殊现象的孩子，是上天赐予的，能带来福荫的贵人。"同时，很多孕妇在孕期会做一些神奇的梦，例如会梦见神龙降临、梦见巨蛇、梦见又大又好的果子等，这些梦被人们认为是胎梦，具有辨别男女的作用。同时，像梦见神龙则象征着所孕育的孩子将有大作为。在田野调查的过程中笔者与村民闲聊之际，聊到与小孩相关的话题，村民杨先维的妻子告诉作者她曾经孕育了一个孩子，将来肯定是要有大作为的人，但是因为条件艰苦小孩生病夭折了。作者好奇之际问到何以见得这个小孩将来是有作为的人？杨先维的妻子说，她在怀孕期间曾经梦见在自己家院子里做农活，突然天空红成一片，一条巨龙往自己家的方向飞来之后就消失不见。所以她敢断定这个小孩是神龙托生，长大后必定是一个能担负重任的人。在原始先民的意识里面，龙、雷电、云雨这些事物都具有人类所羡慕的神力，那么人们在孕育的过程中梦见或者是在生产过程中出现这样的现象，就自然而然地将这样的奇景与将要出生的婴儿联系在一起，这是人类思维意识发展的一种现象。

在这五部史诗中，英雄的奇特出生母题有一处相同点，就是英雄出生时都伴有奇特现象，如大雪、地震或电闪雷鸣。然而在北方的《格萨尔王》与《玛纳斯》中还出现了奇特的生产现象，《格萨尔王》中尕擦拉毛在生格萨尔时同时生了一条大黑蛇、一个叫黄金蟾的黄金颜色的人和一个叫绿玉蟾的绿玉颜色的人、七个黑铁鹰、一只人头大雕、一条红铜狗，且格萨尔出生时是一个肉蛋。玛纳斯出生时双拳紧握，家人费尽九牛二虎之力掰开他的双手，只见他一手握血、一手握油，且手心印有"玛纳斯"三个字的字样。史诗中伴随着格萨尔出生的那些人或动物是天神白梵天答应赐予的助手。在柯尔克孜族中，"婴儿手握血，则预示他长大后驰骋疆场，让敌人血流成河；手握油，则预示他长大后将成为柯尔克孜民族的首领，让人民过上富裕的生活"[①]。

从北方的这两部史诗的奇特出生母题中可以看到，不同民族的出生母

---

① 郎樱：《民族英魂玛纳斯》，吉林摄影出版社 1994 年版，第 5 页。

题都印记着这个民族特有的标记，鹰、大雕以及狗都是藏民族生活环境中所常见的事物，藏族人民在放牧的时候，其家养的鹰就会跟着主人在放牧范围内盘旋，狗也会在周边与鹰一起保护牲畜的安全，同时鹰和狗都是藏民族的崇拜对象。在藏族地区流传着这样一个传说，藏族的第九世生根活佛多丹巴珠色大师在圆寂的时候化身为神鹰，因此人们规定在以后每年的 4 月 13 日至 15 日祭祀日巴珠色大师、朝拜神鹰，形成了一年一度的"色迦更钦泊尔节"。对于狗的崇拜，在藏族的许多故事中都有叙述，虽然故事内容不尽相同，但同样讲述了狗给藏族人民带来种子的桥段，这都说明了狗在藏族社会中有较高的地位。在《敦煌古藏文文书》中记载着一则故事，故事讲述了藏族一位年幼的小孩止贡赞普被罗阿本达孜害死，并将其尸体放入一个小匣子并抛到雅鲁藏布江中，后来人们在神犬的毛上涂上毒液，带着神犬穿越高山和荒漠，并请神犬占卜此去攻打敌人是吉是凶，神犬占卜为吉，于是人们带着神犬直趋娘若香波之侧畔，将毛上涂有毒物的神犬遣放到罗阿本达孜近旁，达孜一见大喜，以手抚犬毛连呼："好犬，好犬！"犬毛上的毒遂浸到了达孜之手上，罗阿本达孜乃毙命，止贡赞普得以报仇雪恨。

而玛纳斯出生时的一手握血、一手握油，则是柯尔克孜族的一种信仰。玛纳斯出生时，一手握血预示着他长大之后要为族人浴血奋战，让敌人血流成河；一手握油则预示着他要带领族人过上富裕的生活。《玛纳斯》中的英雄玛纳斯在还未出生之时就被预言是一位非常了不起的人物，所以他的母亲在孕期就遭到敌人追杀，幸运的玛纳斯并没有遭到敌人的毒手，在母亲的保护下顺利出生。从这两部史诗对英雄诞生的描述来看，英雄从一出生就被赋予了沉重的民族使命，长大后要为民族利益而征战沙场。英雄命运从一开始就被预知，他们是带着民族希望出生的，在出生时就被赋予了使命，所以史诗从一开篇便嗅到了战场厮杀的味道。

而在南方的三部史诗《支嘎阿鲁王》《俄索折怒王》与《亚鲁王》中，英雄的出生并没有《格萨尔王》与《玛纳斯》中英雄的出生那么充满奇幻色彩，阿鲁与特波折怒出生之时只是伴有电闪雷鸣、天地颤抖。亚鲁出生时也只是伴有大自然的一些奇特现象，例如大地震动、山岭摇晃等。

### （二）亚鲁人文英雄特质

从史诗产生的背景来看，北方少数民族的这两部史诗是在部落纷争的时代产生的，是苦难深重的人民对英雄寄予的厚望，于是英雄被看作神灵的助佑，一出生便带着族人的希冀、背负着部族荣辱的重任。而南方少数民族的这三部史诗，《支嘎阿鲁王》是南方彝族人民的英雄史诗，南方地区部落纷争较少，天灾较多，先民们通常都是与大自然作斗争，所以在南方地区常常广泛流传的是洪水神话、创世神话等，反映部族争斗的较少，于是其所塑造的英雄并不带有强烈的战争使命感。但是《俄索折怒王》反映的却是部落之间的纷争，从战争的性质来看，英雄特波折怒是被动应战，并不带有主战、好战的因子。战争获得胜利之后，特波折怒一心为族人考虑，积极发展生产设立学堂。虽然史诗战争性质浓厚，但是英雄的使命更在于族人的长足发展。从苗族史诗《亚鲁王》所反映的内容上来看，史诗产生的时期苗族就已经进入了十分成熟的狩猎时期，且还兼有粗放的农耕生活及商贸交易，该部族在战争失败后一直往西往南迁徙，主要任务都是放在发展经济上，所以对英雄亚鲁的塑造也并不带有强烈的战争使命感。

# 三　文武并重的成长

英雄的成长过程常常是为英雄的后续业绩作奠定的，于是在很多史诗中，英雄的成长也充满了奇幻的色彩，通常人们会将英雄的成长融入他们自己的想象，认为他们有超于常人的智慧与能力，在幼年时期就习得各种武功与技能，显现出英雄的迹象；或是他们生长迅速，拥有无限神力；抑或是有神灵的眷顾等。现将史诗《亚鲁王》《支嘎阿鲁王》《俄索折怒王》《格萨尔王》《玛纳斯》中的英雄的奇特成长母题列表如下以加比较：

表4—3                不同史诗奇特成长母题要素比较

| 母题<br>史诗 | 奇特成长母题 |
| --- | --- |
| 《亚鲁王》 | 学习能力强，四岁便知晓了万物、明白世事，九岁已会射弓舞镖 |
| 《支嘎阿鲁王》 | 白日有马桑哺乳，夜里有雄鹰覆身，脚下跨麒麟，后面跟虎豹 |
| 《俄索折怒王》 | 六岁进布吐，读完《咪古》，学了《努汜》 |
| 《格萨尔王》 | 出生一日之内便长到八岁的样子 |
| 《玛纳斯》 | 生长迅速，六岁便像成年人一样 |

### （一）文化兼并技能的亚鲁

奇特成长母题中，《亚鲁王》的奇特成长母题主要强调亚鲁王在幼年时期就已掌握丰富的文化知识和生存技能，

> 亚鲁三岁跟人家去读呀，亚鲁三岁随别人来读书……读书读过了一年白天，读书读了一年夜晚。亚鲁知晓了万物，亚鲁明白了世事。[①]

《支嘎阿鲁王》中英雄的成长则是由"马桑树喂奶，以雄鹰为被，以麒麟为马，以虎豹为狗"[②]，凸显了英雄阿鲁在年幼时就有过人的胆量与勇气，也是彝族先民狩猎生活在史诗中的直观体现。而北方的两部英雄史诗主要强调英雄幼年时就显现出领战才能，英雄们力大无比、食量惊人且生长迅速，很快就长到成人般的伟岸身材。

《俄索折怒王》中特波折怒"六岁进布吐，读完《咪古》九十九，学了《努汜》百二十"[③]，并且在德直的训练下，认真习武，勇猛无比。

《格萨尔王》中关于格萨尔的成长有着这样的叙述：

> 超同不看不知道，一看之下——啊呀！这哪里像刚出生的婴儿，

---

① 紫云苗族布依族自治县《亚鲁王》工作室杨正江翻译整理：《苗族英雄史诗〈亚鲁王〉》，贵州省文化厅、贵州非物质文化遗产保护中心内部资料2011年版，第64—65页。

② 阿洛兴德：《支嘎阿鲁王》，贵州民族出版社1994年版，第8页。

③ 同上书，第156页。

分明是个天神的孩子！一出生便英俊不凡，长大了必定是个了不起的人……超同走了以后，小孩一下子长得像个八岁孩子一般大小。①

《玛纳斯》中对玛纳斯成长的叙述：

三岁的玛纳斯已经长得很高大，到了六岁的时候，已经完全像成年人一样伟岸，他有苍狼一样的胆量、雄狮一样的性格、巨龙一样的容颜……九岁的玛纳斯已经长得像山一样高大，力量也大得出奇。②

英雄的奇特成长，凸显了北方史诗的战争性质，而南方的史诗则比较注重英雄的文化与技能。

### （二）强调后天学习的亚鲁

《亚鲁王》的英雄特异诞生成长母题中，对英雄超强的能力阐释为依靠后天的培养，是英雄超强的学习能力造就了他后来的成就。而在其他几部史诗当中，英雄则是因为其天生神力或者本为天神又或者为天神所生，其后来所创造的功绩都是有着本质的相同。

《亚鲁王》与《支嘎阿鲁王》《俄索折怒王》有着质的不同。一是《亚鲁王》中英雄的孕育比《支嘎阿鲁王》和《俄索折怒王》的更为现实。史诗《亚鲁王》对于麻山苗族人民来说具有家族谱系的功能，是记录其先祖至最近一代苗民的具有历史真实性的口头历史，在亚鲁出生之前还有着亚鲁祖源的叙述："在远古的岁月，是远古时候。哈珈生哈泽，哈泽生哈翟，哈翟生迦甾……斛斗曦生董冬穹。"③ 可见，亚鲁孕育的现实性是基于历史的叙述，因而史诗缺少神性色彩。而《支嘎阿鲁王》中阿鲁完成了治理洪水、测量天地等功绩，此种功绩显然不是常人所能胜任的，因此彝族先民们将阿鲁塑造成天神后代，赋予阿鲁人类不可能具有的

---

① 葛诗文：《雄狮格萨尔王》，吉林摄影出版社2006年版，第11—12页。

② 郎樱：《民族英魂玛纳斯》，吉林摄影出版社1994年版，第6页。

③ 紫云苗族布依族自治县《亚鲁王》工作室杨正江翻译整理：《苗族英雄史诗〈亚鲁王〉》，贵州省文化厅、贵州非物质文化遗产保护中心内部资料2011年版，第1—6页。

神力，以此自圆其说。《俄索折怒王》中特波折怒形象的塑造是彝族先民们对天神阿鲁后代的崇敬。

二是英雄亚鲁比阿鲁的成长过程更凸显文化英雄的特征。对于亚鲁的成长，史诗着重描述的是亚鲁对文化知识的学习，并强调三岁时就已经知晓万物。亚鲁四岁就跟着母亲博布能荡赛姑学做生意。"亚鲁母亲带亚鲁回宫，亚鲁母亲领亚鲁转家。龙轮回到龙，亚鲁母亲带亚鲁开辟嵩当龙集市……兔轮回到兔，亚鲁母亲带亚鲁建造丐若兔集市。"① 九岁就会舞弓射镖，"师父说了，亚鲁哩亚鲁，我的弓术教会了你，我的镖术全教了你，你去远方寻求高师，你去他国拜访高人"②。亚鲁在成长过程中不仅学习了文化知识还精通商贸与骑射，可谓是文武全才。而《支嘎阿鲁王》中阿鲁在成长过程中并没有对经商贸易以及各种技能的学习，史诗所塑造的是阿鲁"白日有马桑哺乳，夜里有雄鹰覆身"③，"脚下跨麒麟，后面跟虎豹"④ 的神性的成长，从小就具有神性的特征。因此，史诗《亚鲁王》中对亚鲁的成长描写是遵循了人类学习各类知识的规则的，强调了人性的特征。

不管是南方还是北方的英雄史诗，英雄的诞生、成长都被赋予了神化色彩，因为古人认为英雄从出生到成长注定是不凡的、超于常人的，只有这样的叙述，英雄后来的功绩才能有一个合理的解释。这些英雄都是以现实中的人物为原型，有着超人的能力与智慧，被人们赋予了各种神力以及高尚的品格。

人存在于某一具体的历史时空内、某一有限的环境里，例如人类在原始的采集时期，温饱饮食只能依靠自然界的给予，而自然界中的食物是有限的，且不在人的掌控范围之内。人们深感这种限制的无奈，却又不满于此种限制，并希望打破这样的限制且超越这样的限制。但是，在现实生活中他们无法实现这样的愿望，所以将这种想象出来的能力赋予到特定的人物形象当中，进而将其塑造成一位能战天斗地、有着非凡业绩的英雄。

---

① 紫云苗族布依族自治县《亚鲁王》工作室杨正江翻译整理：《苗族英雄史诗〈亚鲁王〉》，贵州省文化厅、贵州非物质文化遗产保护中心内部资料 2011 年版，第 66—67 页。

② 同上书，第 68 页。

③ 阿洛兴德：《支嘎阿鲁王》，贵州民族出版社 1994 年版，第 8 页。

④ 同上书，第 14—15 页。

《亚鲁王》中年幼的亚鲁就建立了非凡的功绩：

> 山风一阵阵狂吹，树木呼啦啦折断，亚鲁翻身跳起，亚鲁跃身而立。一头好大的野物，一头凶猛的雄狮，张开嘴如黢黑的岩洞，撑开掌像一只大簸箕，雄狮晃动身子，身过处大树呼啦啦倒地。亚鲁拉起弓箭，亚鲁挥动梭镖。雄狮闪身从上方来，亚鲁一镖刺向雄狮大腿。雄狮回身从下方来，亚鲁一镖刺中雄狮肚脐。雄狮大吼回望，雄狮怒眼相对。亚鲁一箭射进雄狮大嘴，亚鲁一箭射中雄狮脖颈。山山岭岭的人都来看，坡坡坎坎的人都来望。人人都在传，这个王射倒一条龙，这大王射中一只兔。①

塑造神化的英雄形象还有另一方面的原因——苗族的祖先崇拜，"亚鲁"是麻山次方言苗族的祖先，在很多的传说故事中都有其踪迹，虽有"杨鲁""尤娄""阳鲁""亚鲁"等称呼，但是可从这些称呼中看出，其差异是方言的差异所致，均指"亚鲁"一人，"亚鲁"是苗语"Yang-bluf"的音译词汇，在苗语里代表"爷爷"的意思。《亚鲁王》搜集翻译整理者之一的杨正江说，在演唱《亚鲁王》的时候，也有这种类似的现象，亚鲁王有许多儿子，其中一个是耶，一个是梭。在演唱的过程中，经常出现"耶亚鲁""梭亚鲁"这样的唱词，在这里"亚鲁"便应当解释为"爷爷"。② 在安顺花苗中流传的故事《迁徙的传说》中开头也注明了，他们最早来贵州的始祖叫古博杨鲁，当时的古博杨鲁是一个部落的首领。③

《亚鲁王》是麻山苗族在丧葬祭祀中唱诵的史诗，其内容包括了祖先亚鲁一生创业—征战—迁徙的过程，以歌颂祖先亚鲁的伟大功绩；且苗族人认为人的灵魂是不灭的，祖先的灵魂和生前同样具有超自然的能力，能给人们带来祸福，只有祭祀了祖先才会得到祖先神灵的庇佑。因而，《亚

---

① 紫云苗族布依族自治县《亚鲁王》工作室杨正江翻译整理：《苗族英雄史诗〈亚鲁王〉》，贵州省文化厅、贵州非物质文化遗产保护中心内部资料 2011 年版，第 221—222 页。

② 吴晓东：《〈亚鲁王〉名称与形成时间考》，载《民间文化论坛》2012 年第 4 期。

③ 苏晓星：《苗族习俗风情与口头文学》，贵州省民族事务委员会、中国作家协会贵州分会民族文学委员会编印，第 140 页。

鲁王》不仅体现了人们对幸福美满生活的向往，也是对祖先英勇睿智的崇拜。

卡莱尔也曾分析了人类英雄崇拜的内在动力，他认为"崇拜英雄能使人从中获取一种神奇的力量，给人以智慧的启迪和刚毅坚强的意志以及德行精神的崇高，唯其如此，人们才以一种炽热的无限的深情，心悦诚服地拜倒在一个像神一般的杰出人物的脚下"[1]。

英雄的奇特诞生成长母题，反映的不仅是人们对英雄赋有的超能力的崇拜，更是在战乱年代渴望生存、渴望和平的一种内在需求。苗族人民对生活和战胜自然的期望，化作民间文学作品中一个个形象生动、功绩卓越的英雄人物，其中征服自然的英雄有：府方、姜央、养友、罗里等；历史中的被神化的英雄人物有：蚩尤、吴八月、石乜妹等。这些英雄形象成为了他们的精神信仰，是苗族英雄崇拜观念在文学作品中的体现。

何雁在《当前文学与时代英雄》一文中认为："当前文学塑造时代英雄人物要着力塑造和人民共命运的时代英雄。"[2]《亚鲁王》中的英雄亚鲁就是与人民共命运的时代英雄，他以人民的生存、发展为己任，将自己与民族命运紧密联系在一起，是真真实实的民族英雄。他是以真实人物为原型塑造的英雄，身上有着让人敬仰的人格魅力和一心为民的无私精神，这种将现实中的人物融入文学作品中的现象，体现了现实与艺术的完美结合。现实是文学的土壤，文学因为真实而给人动容和震撼的效果，文学将先进人物所代表的时代精神高度浓缩后再现给观众，才达到了艺术的真实。史诗中的英雄亚鲁正是这样一位现实与艺术的完美结合，他是苗族人民的领袖，在为人民谋求发展之路的过程中赢得了人民对他的敬重与爱戴，苗族人民将他经过艺术加工成为史诗中文武并重、足智多谋的英雄人物。

---

① 转引自陆群《民间思想的村落：苗族巫文化的宗教透视》，贵州民族出版社 2000 年版，第 140 页。

② 何雁：《当前文学与时代英雄》，载《文艺理论与批评》2005 年第 4 期。

# 第 五 章

# 英雄婚姻母题[①]

婚姻是人类社会普遍存在的一种现象。《礼记·昏义》中提出："昏礼者，将合两姓之好，上以事宗庙，而下以继后世也。"[②] 将婚姻定义为子嗣延续和祖先祭祀的结合，看重的是家族而不是个人。换言之，古代的父母之命，媒妁之言正是此言辞之证据。而在《亚鲁王》中，有着男女的一见钟情但似乎没有关于婚姻礼仪的叙述，也没有父母之命与媒妁之言。因此，其婚姻形式当受重视。

## 一 英雄婚姻研究的可行性分析

### （一）婚姻的本质

法国作家罗曼·罗兰曾提出，婚姻中男女双方都有所付出和有所回报，这是婚姻的供求规律。从社会层面而言，婚姻的构成就是男女双方的优势互补。在心理学上，婚姻中男女双方性格不可能同属一性。事实上，婚姻不和谐无非两种极端：一方面，两者都为心直口快的性格，矛盾则会一触即发，双方据理力争最终造成焦灼不下的态势；另一方面，两者都闷声不语，矛盾得不到及时的解决，一旦爆发也将会一发不可收拾。鉴于此，认为婚姻的本质是优势互补的结果，双方以人之长补己之短，形成紧密结合的共同体。

---

① 此篇文章的主要观点曾在第二作者硕士论文《苗族史诗〈亚鲁王〉英雄母题研究》中发表，经补充完善后用于本书。

② （清）阮元：《十三经注疏·礼记正义·昏义第四十四》，中华书局 1980 年版，第 1680 页。

### （二）婚姻研究的重要性

婚姻母题在美国学者史蒂斯·汤普森的《民间文学母题索引》一书中被列为 T 类 T100 – 199 型，婚姻母题是英雄史诗中最重要的母题之一。在北方史诗中，英雄婚姻常作为英雄征战的动因而存在，或是妻子被夺而引起战争，或是妻子的背叛让国家或民族遭受战争的苦难等。从叙事的角度而言，英雄婚姻是推动英雄史诗事件向前发展的重要因素。史诗产生于人类各民族的童年时代，来源于各民族的现实生活，是对各民族先民的生产生活、风俗习惯及思维模式的间接反映，正如刘守华先生所言："史诗涉及古代氏族、部落、民族的经济、政治、思想、文化、家庭等各个领域。"① 因此，比较分析不同民族史诗的婚姻母题，可以更加深入地探索古代各民族的婚姻形态。

### （三）《亚鲁王》婚姻研究的重要性

在中国，各民族恋爱方式、婚姻习俗、婚姻禁忌均有自己独特的一面。这些独特的习俗在各民族史诗、传说、故事中都有详尽的记载。在北方史诗中，英雄婚姻常作为英雄征战的动因而存在，例如蒙古族史诗《格萨尔王》中的战役就是因为格萨尔王妃被抢夺所引起的，难题、考验、争夺英雄妻子等阻碍成为史诗叙事的重点内容。而在苗族史诗《亚鲁王》中，英雄亚鲁的婚姻动因、婚姻习俗、婚姻禁忌却截然不同。本章通过分析北方史诗《格萨尔王》《玛纳斯》以及南方史诗《支嘎阿鲁王》《俄索折怒王》《亚鲁王》的英雄婚姻母题，旨在厘清《亚鲁王》中亚鲁的婚姻历程，探讨麻山苗族先民的婚姻形态。

## 二　英雄婚姻形态

《格萨尔王》《玛纳斯》是北方少数民族中藏族与柯尔克孜族的英雄史诗，与蒙古族英雄史诗《江格尔》并称"中国三大史诗"，《支嘎阿鲁王》《俄索折怒王》《亚鲁王》是南方少数民族英雄史诗代表作。五部史

---

① 刘守华：《民间文学导论》，长江文艺出版社 2001 年版，第 280 页。

诗均讲述英雄一生的功绩，他们或因英雄妻子，或因国家社稷而发动征战，这些英雄多被赋予了超人的神力，是正义与勇敢的化身，是英雄崇拜的体现，是人民愿望的寄托。

在过去，人们常生活于战乱之中，不仅温饱成为问题，生命安全更是人们担忧的重点问题。因此，英雄成为了他们的寄托，他们希望英雄具有超强的能力，能够打败敌人，从而获得安稳的生活。但是这些英雄在被人们神化的同时也仍具有常人的生活特质，他们仍然具有常人所拥有的各种欲望，仍然需要建立常人式的家庭。

### （一）《支嘎阿鲁王》中英雄的婚姻形态

彝族史诗《支嘎阿鲁王》中，阿鲁为了完成"移山填海"的任务，在天神的指导下，主动与山神鲁依岩的女儿阿颖结识、相恋，山神鲁依岩在得知自己女儿与敌人阿鲁相恋后，将阿鲁捆绑，阿颖为了帮助阿鲁逃脱去完成大业，最终在与父亲鲁依岩的对峙中吞掉神鞭就此牺牲。在英雄阿鲁的婚姻中，阿鲁与阿颖的结识具有目的性，阿鲁为了完成天神交代的任务利用了阿颖，但是在与阿颖相识的过程中，阿颖的善良、聪慧以及大局意识得到了阿鲁的赞赏，阿颖成为阿鲁完成任务的助推器，也正因如此，阿颖最终以悲剧结局。

### （二）《俄索折怒王》中英雄的婚姻形态

彝族的传统婚姻，应当遵循"姑妈家的女儿，只有舅家优先娶，舅舅家的姑娘，外甥不要才嫁人"的规矩。但是，英雄特波折怒心仪的却是仇家希哲部的蒂聪娄彩。特波折怒因误杀力士宾里奇，与蒂聪家结下仇怨，却在不知情的情况下与蒂聪娄彩相恋。希哲想出毒计，让娄彩挑选一位勇士，勇士如果能砍下特波折怒的头颅，则立马成婚。如果娄彩不服从命令，就将其杀害。忠贞的娄彩不肯从命，当即被砍杀。特波折怒与蒂聪娄彩的婚恋，终以悲剧结局。

### （三）《格萨尔王》中英雄的婚姻形态

藏族史诗《格萨尔王》中格萨尔的妻子是头人夹罗顿巴的大女儿夹罗珠毛。夹罗珠毛三姐妹为了采摘荨麻途经格萨尔所管辖的地盘，格萨尔出难题为难珠毛三姐妹，最终珠毛不得不以答应嫁给格萨尔为条件换取三姐妹的安全。但是史诗并没有因为两人缔结婚姻而结束，黄帐王因垂涎珠毛的美色趁格萨尔外出时将珠毛占为己有，格萨尔为了救出珠毛进行了一系列的征战，格萨尔的征战以珠毛与格萨尔相聚结束。

### （四）《玛纳斯》中英雄的婚姻形态

柯尔克孜族史诗《玛纳斯》中英雄的婚姻，是因其征战途中的一场偶遇开始的。玛纳斯在征战途中遇见美丽的柯尔克孜族汗王卡拉汗之女卡妮凯，便派人去卡拉汗的宫殿提亲，卡拉汗提出要十万匹骏马、十万只绵羊、一千峰骆驼、六百匹神驹而且门前要栽两棵白杨树，一棵是金子的，另一棵是银子的；还要挖两座大湖，一座盛满牛奶，另一座盛满黄油作为嫁女的条件。玛纳斯很不甘心，于是过了几年后便带兵逼迫汗王把女儿卡妮凯嫁给他。卡妮凯会炼制能使人起死回生的神药，因此玛纳斯总是能百战百胜，但是在一次远征中，玛纳斯没有听取妻子卡妮凯的劝告及时回国，最终不治而亡。

### （五）《亚鲁王》中英雄的婚姻形态

《亚鲁王》中的英雄婚姻也是由征战途中的一场偶遇开始，英雄亚鲁在征战领土的过程中遇见美丽的波丽莎、波丽露两姐妹，亚鲁通过与波丽莎、波丽露交谈表述心意，在征得两姐妹的同意之后亚鲁便将两人带回王宫封为王妃。后来，亚鲁与哥哥赛阳、赛霸的战争，因波丽莎与波丽露错信汉赛钦、诺赛钦的谎言丢失龙心而失败。波丽莎、波丽露在得知诺赛钦和汉赛钦的骗局之后悔恨不已，为了报仇波丽莎与波丽露最终战死沙场。

根据以上文本内容，笔者将这五部史诗的婚姻母题进行归纳整理如下：

（1）英雄妻子为上层阶级（或神人）身份

（2）英雄妻子为普通人

（3）英雄与妻子恋爱受阻

（4）英雄与妻子恋爱顺利

（5）英雄结婚之后发生重大变故

（6）英雄妻子成为英雄事业的帮助者

（7）英雄妻子成为英雄事业的障碍

（8）英雄与妻子分离（妻子死去或英雄死去）

（9）英雄与妻子生活在一起

构成史诗《亚鲁王》的婚姻母题链为：（2）＋（4）＋（7）＋（8）结构；构成史诗《格萨尔王》的母题链为：（1）＋（3）＋（5）＋（6）＋（9）结构；构成史诗《玛纳斯》的母题链为：（1）＋（3）＋（6）＋（8）；构成史诗《支嘎阿鲁王》的母题链为：（1）＋（3）＋（6）＋（8）结构；构成史诗《俄索折怒王》的母题链为：（2）＋（3）＋（6）＋（8）。从母题链结构来看，《亚鲁王》婚姻母题的构成与其他几部史诗完全不同，通过比较我们可以看到，其他几部史诗中（3）、（6）相同，都是恋爱受阻，但是婚恋对象却是自己事业的帮助者。这与《亚鲁王》存在着很大的不同，所以这些不同之处是我们分析《亚鲁王》婚姻母题的重要依据，是挖掘婚姻母题内在意义的重要途径。

## 三　英雄婚姻母题解析

在古代，婚姻讲求门当户对，甚至对这一条件有着严苛的规定，一旦违反将会遭到严厉的惩罚。在彝族古代社会当中，门当户对的婚姻已然被列为人们必须奉行的制度。西南民族大学教授乌尼乌且曾说："人类的婚姻有两种形式，一类是同类匹配模式，另一类是异类匹配模式。所谓同类匹配模式则是指婚姻当事双方在经济实力、社会地位、宗教信仰、文化程度等各个方面相近、相似或者相同，也被称为门当户对，这类婚姻是人类社会从古至今最为普遍的一种婚姻模式。而异类匹配模式则相反，是一方较另一方的经济实力、社会地位以及文化程度等高的婚姻模式，虽说两者之间不是门当户对，但是这种婚姻模式是有条件的，一般来说条件较差的一方通常具有出众的才貌，条件好的一方或许是有着某一方面的弱势。"[①]那么，既然在人类社会中普遍存在着门当户对的婚姻模式，是否有不同的婚姻模式来打破这种传统的婚姻观念呢？

通过梳理，本书认为史诗中英雄的婚姻母题至少包含有三个要素：婚

---

① 引自西南民族大学彝族教授乌尼乌且《彝族传统文化》讲课内容。

恋对象、婚恋过程、婚恋结局，并以此为切入点解析《亚鲁王》婚姻母题。

### （一）自由的对象选择

从英雄婚恋对象来看，《支嘎阿鲁王》《格萨尔王》《玛纳斯》中英雄的婚恋对象不是神女就是上层阶级的女儿，《支嘎阿鲁王》中阿鲁的妻子是龙王的女儿阿颖，《俄索折怒王》中特波折怒的爱人是仇家希哲的女儿，《格萨尔王》中格萨尔王的妻子是头人夹罗顿巴的女儿夹罗珠毛，《玛纳斯》中玛纳斯的妻子是柯尔克孜族卡拉汗的女儿卡妮凯，而《亚鲁王》中亚鲁的婚恋对象则是普通的苗族女子波丽莎和波丽露两姐妹。

表 5—1　　　　　　　　　　不同史诗英雄婚恋对象比较

| 要素<br>史诗 | 婚恋对象 |
| --- | --- |
| 《亚鲁王》 | 普通苗族女子波丽莎和波丽露 |
| 《支嘎阿鲁王》 | 龙王鲁依岩的女儿阿颖 |
| 《俄索折怒王》 | 仇家的女儿蒂聪娄彩 |
| 《格萨尔王》 | 头人夹罗顿巴的大女儿夹罗珠毛 |
| 《玛纳斯》 | 柯尔克孜族汗王卡拉汗之女卡妮凯 |

在彝族与藏族社会中，都存在严苛的阶级内婚制、等级内婚制。藏族中不仅贵族，平民也被分为三六九等，"他们的婚姻不仅贵族与平民、庄园主同农奴之间不允许婚配，大小贵族之间、平民的不同等级之间都有许多限制"①。而且，藏族的择偶主要是以对方的地位、财富为首要条件，遵循"门当户对"的婚姻原则，而《格萨尔王》中作为穷孩子的台贝达朗娶夹罗珠毛则违反了藏族的传统婚姻制度。夹罗珠毛是头人夹罗顿巴的大女儿，是上层阶级，而穷孩子台贝达朗则是下层阶级。于是，在台贝达朗与珠毛的结合阶段，台贝达朗遭遇了来自珠毛的重重考验，台贝达朗凭

---

① 曾国庆：《藏族历史·文化》，民族出版社 2004 年版，第 248 页。

借聪明才智完成珠毛交予的任务，与珠毛成婚，但是珠毛的父母亲也因为台贝达朗的身份而不愿意再与自己的女儿相认。从史诗的这段叙述来看，藏族人民对阶级婚姻的观念十分看重，对于不同阶级相结合的现象是无法接受的，但是这段叙述当是藏族青年想要冲破封建等级婚姻枷锁的表现。但随后台贝达朗变身为格萨尔的叙述则把人们对封建等级婚姻制度的反抗扼杀了，台贝达朗与夹罗珠毛成婚之后借助神力称王，成为了黑头人的大王，而珠毛也顺理成章成为王妃。台贝达朗与珠毛成婚后从一名穷小子瞬间称王，故事的反转似乎与藏族人民根深蒂固的等级婚姻观念有着密切的联系。下层阶级与上层阶级的结合不能得到人们的支持，况且与乌尼乌且所言的异类匹配婚姻模式一样，下层代表要具有出众的相貌或者是有超凡的才能才有可能与上层阶级成婚，那么在史诗当中台贝达朗有着超凡的聪明才智，才获得了珠毛的芳心。但是这并未完全达到人们的心理预期，所以在成婚之后还是将台贝达朗的身份实现扭转，上层阶级与上层阶级（同类匹配婚姻）之间的婚姻才符合了大众的审美观念。

彝族则有同族内婚、等级婚、家支外婚、姨表婚以及姑舅表优先婚的封建婚姻制度，这些制度的存在并不是单一制定的，同族内婚是为了抵御外族文化，等级婚姻制度是为了保证血统的纯正，家支外婚是彝族为了维护父系血缘而制定的，姨表婚则体现的是母系氏族的外婚传统。通常情况下，彝族青年们不仅要遵守彝族内部的这些规定还要遵循"父母之命"，一旦违背了规定的这些制度，他们将要遭到极刑的处罚，或者是被处死，或者是被开除家族家支。在《支嘎阿鲁王》中，阿鲁是天郎恒扎祝和地女窦阿媚所生，实为天神的身份，他与龙王女儿阿颖的相恋遵循了彝族传统的等级婚姻制度。虽然阿鲁和阿颖都是天神身份，但是他们最终没能结合在一起，究其原因是没有"父母之命"，龙王与阿鲁是对立的双方，为了填平洪水阿鲁必须要得到龙王的神鞭，也因此与龙王结下仇怨。由此可以看到的是，虽然阿鲁与阿颖在阶级身份上对等，但是因为阿颖父亲与阿鲁的仇怨，两人必然不能在一起生活。父母之命不能违背，阿颖的结局就只能限定于死亡的悲惨结局。与《支嘎阿鲁王》相同，《俄索折怒王》中的特波折怒与仇家女儿蒂聪娄彩相恋，没有父母之命，没有媒妁之言，其悲惨结局成为必然。

柯尔克孜族传统婚姻的婚配范围不受限制，但一般实行族外婚，也有姑表婚和姨表婚的现象，买卖婚姻在柯尔克孜族中历史较久。在柯尔克孜族的传统婚姻中，抢婚是一种普遍现象，但是这种抢婚也不是没有任何条件就能抢的。柯尔克孜族的抢婚习俗必须在两种情况下进行，一是男女双方处于恋爱阶段，而长辈们不同意这门亲事；二是男方没有能力按照女方家的规定下聘礼。在这两种情况下男方就不得不进行抢婚。完成了抢婚之后，男方的父亲会亲自去女方家为儿子的行为赔礼道歉，并希望与女方家的家长商议两位青年的婚礼仪式之事，而通过抢亲回来的媳妇其聘礼钱自然会变得少些。

柯尔克孜族人民还存在包办婚姻和浓厚的等级观念，在过去柯尔克孜族的青年男女结婚一般都是由父母、氏族或者是部落的头人来决定，也就是我们所称的"包办"，并且这样的包办还要讲求门当户对和双方的经济实力以及社会地位必须得不相上下，这样的婚姻缔结才能得到父辈们的祝福。富人与平民之间是不可能通婚的，就如史诗中所描述的，卡妮凯的父亲卡拉汗要求玛纳斯给十万匹骏马、十万只绵羊、一千峰骆驼、六百匹神驹、一棵金白杨树、一棵银白杨树、一座盛满牛奶的湖、一座盛满黄油的湖。达成了这个条件，卡拉汗才会把卡妮凯嫁给他。由此看来，富人之间的婚姻缔结，聘礼是一笔很大的支出，所以一般富人和平民之间是不会通婚，更不可能去找与自己身份、地位悬殊的人家提及亲事。

同时，柯尔克孜族的婚姻是建立在熟人的基础上的，一般都是先近亲再熟人、远亲最后是熟人介绍。在柯尔克孜族中也存在着姨表婚和姑表婚，以前的人们认为亲戚之间相互熟识、了解，在遇到问题之后能够沟通得当，并且亲戚之间相互嫁娶会在心理上让父辈觉得自己的孩子们并没有离开自己的身边，双方本就是亲戚关系，亲上加亲之后女儿不会受到亏待，这样的婚姻是当时人们认为最为美满的婚姻模式。如果是在亲戚之外来寻找亲事，柯尔克孜族人看重的则是对方家庭中长辈的口碑，从"看门槛上座，看母亲娶媳妇"这句谚语就可以看出柯尔克孜族浓厚的门第观念。对媳妇的挑选，通常是看她的母亲，如果母亲在社会上的口碑很好，那么她所教育的女儿必定是个贤惠勤劳的孩子。对女婿的挑选，通常是看他的父亲，父亲在社会上有着较好的名誉，那么他的儿子必定也是老实勤快的。父亲与母亲在周围环境中的影响和口碑，直接对自己后代的婚姻大事有着决定性的作用，而且女性在婚姻家庭中的作用是柯尔克孜族人民十分重视的，"好女人是半个福气""使男人辉煌的是女人，使男人威信扫地的也是女人"，这些谚语都表明了在一个家庭中，婚姻质量的好坏取决于女性。所以，在柯尔克孜族中流传着这样一个故事：传说有一个愚蠢的孩子名叫铁列木尔扎，他的父亲为了给他找一个好媳妇，不惜骑着马跑遍了大大小小的村庄，通过各种筛选终于找到了一位聪明贤惠的姑娘喀拉恰奇。铁列木尔扎在喀拉恰奇的调教下，慢慢地改掉了自己的很多坏习惯，成为了勤快的人。可见，柯尔克孜族的妇女不仅承担着家庭中教抚孩子、料理家务的重任，更是柯尔克孜族男人的坚强后盾，再差劲的男子在聪慧、能干的妻子的影响之下都会慢慢变好。

《亚鲁王》中亚鲁的妻子既不是神的女儿，也不具备上流社会的身份，只是普通的苗族女子。苗族自古以来就有婚姻自由的习俗，婚姻历程由男、女双方独自完成，父母并不加以干涉，所以他们的婚恋对象是不受限制并可进行自由选择的。青年男女一般在十五六岁举行完成年礼之后，就可以与异性交往。苗族有很多社交活动，青年男女们常常通过这些社交活动来结识同龄的异性青年，并从中寻觅意中人，这种活动在黔东南被称为"游方"，男女双方在游方的过程中结识，通过交谈、对歌产生情愫并自由恋爱。通过游方结成伴侣一般要经历两个阶段，一是互唱情歌，二是单独约会。在游方场上，男方会主动与女方对歌，男方开始唱歌通常都是邀请女方一起玩耍，等待女方的回应，而女方会将自己心中的疑虑通过歌声传达给男方。就这样通过相互对唱，男女双方就加深了了解，清楚了对方的智慧、才艺，思想达成一致的双方就会互诉爱慕之情。双方通过第一阶段的磨合之后进入了第二阶段，在这一阶段男女双方会互相交换信物，定下婚约。由上述可知，苗族男女青年的恋爱方式是十分自由的。《亚鲁王》中波丽莎、波丽露姐妹两人同嫁一夫的现象则是苗族父系氏族社会中"夫姐妹婚"亦即"姐妹共夫婚"的体现，即一名男子可以同时娶两个或两个以上的姐妹为妻，而不必等自己的妻子亡故之后再娶其姊妹的一种婚姻形态。

### （二）浪漫的婚恋过程

几部史诗中英雄认识婚恋对象的方式，除了《支嘎阿鲁王》的认识是为了达到某种目的而去进行的以外，其余几部史诗都是英雄因喜欢而去主动结识的。

表 5—2　　　　　　　　　不同史诗英雄婚恋过程比较

| 史诗 \ 要素 | 婚恋过程 | |
|---|---|---|
| | 认识方式 | 婚恋方式 |
| 《亚鲁王》 | 收复领地的途中遇见 | 相恋结合 |
| 《支嘎阿鲁王》 | 为完成任务而主动结识 | 相恋，并得到女子的帮助 |
| 《俄索折怒王》 | 祭祀场上结识 | 相恋，受到阻碍 |
| 《格萨尔王》 | 台贝达朗在小木桥上见珠毛三姐妹生得美丽便故意刁难 | 珠毛出难题考验台贝达朗，台贝达朗顺利通过考验，珠毛便嫁给了台贝达朗 |
| 《玛纳斯》 | 在征服芒额特途中遇见 | 卡拉汗出难题，玛纳斯没有通过难题反而是用武力威胁卡拉汗把卡妮凯嫁给他 |

从史诗中英雄的婚恋方式来看，《格萨尔王》与《玛纳斯》都存在有难题考验的情况，《格萨尔王》中是珠毛对格萨尔婚前的考验，《玛纳斯》中则是卡拉汗对玛纳斯的考验。而在南方少数民族的史诗《支嘎阿鲁王》与《亚鲁王》中则不存在难题考验这一情况，《俄索折怒王》中特波折怒与希哲是仇家，希哲不答应这门婚事，并设法阻绝甚至不惜杀害娄彩。

史诗中所描述的婚恋往往是一个民族婚姻形态在文学作品中的反映，《格萨尔王》中台贝达朗与夹罗珠毛的结合违背了封建等级婚姻制度，因而是不被世俗的眼光所认同的，将会受到社会舆论的谴责，珠毛的母亲也极力地反对"你这个给全家丢脸，给亲族丢丑的无耻东西，你别在我眼皮底下败坏门风，赶快给我滚出去！"[①]

在《玛纳斯》中，针对玛纳斯的提亲，卡妮凯父亲卡拉汗提出如果玛纳斯能满足他所开出的条件就会把卡妮凯嫁给他，而这个条件确实让玛纳斯十分的为难，卡拉汗提出：要十万匹骏马、十万只绵羊，再给一千峰骆驼、六百匹神驹；门前要栽两棵白杨树，一棵是金子的，另一棵是银子

---

① 赵日红：《雄狮格萨尔王》，吉林摄影出版社 2006 年版，第 22 页。

的；门前还要挖两座大湖，一座盛满牛奶，另一座盛满黄油。① 从史诗文本可以看出卡拉汗应当是舍不得把女儿嫁给玛纳斯而出的难题，但是从他开出的条件来看，实质是向玛纳斯索要巨额的聘礼。"据《太平寰宇记·黠戛斯传》载，唐代柯尔克孜人'婚嫁纳羊马以为聘，富者或千计'。"②这就是柯尔克孜族中买卖婚姻在史诗中的体现，玛纳斯无法达成条件，于是用武力相逼"抢"来卡妮凯做妻子，这也是柯尔克孜族古老的一种抢亲习俗。

《支嘎阿鲁王》中的阿鲁与龙王鲁依岩之女阿颖的恋情及阿颖为帮助阿鲁而牺牲，"当是受后世婚姻家庭形式的影响，在这部民间文学流传和再创作中出现的，体现了有着漫长母系制的彝族社会对女性的一种赞仰和崇敬"③。

《俄索折怒王》中特波折怒与娄彩的婚恋，违反了彝族的婚姻传统，终以悲剧结局。实则是劳动人民对封建传统婚姻制度的抵抗，但是最终的结局却是对现实的妥协。

苗族历来婚恋自由不受父母的限制，在川黔滇方言区苗族的婚姻则是"青年男女们在节日的跳花场中认识和互相看上后，女方邀请男方到自己寨子的公房中去谈情说爱。双方互许终身之后，男方便告知父母，随即请两个媒公去女方家说亲。若女方父母同意开亲，就请寨主来主管其事，当面和媒人说定，在七至十三天内，要媒公带男方来相亲。相亲时，女方父母当面询问男女双方，是否真心愿嫁愿娶。男答'愿娶'，女答'愿嫁'，就算订婚了"④。《亚鲁王》中亚鲁与波丽莎、波丽露的婚恋也是在相互的交谈过程中一问一答定下的。其中并没有掺杂父母的干涉，也没有等级观念的存在，有的只是男女双方的情投意合与互订终身。

> 女儿哩女儿，你们从哪里来？亚鲁王说，女儿哩女儿，你们在哪儿生？两个姑娘笑眯眯，害羞脸上红咚咚。我们家住得不远。……亚

① 郎樱：《民族英魂玛纳斯》，吉林摄影出版社 2006 年版，第 25 页。
② 董秀团、万雪玉：《柯尔克孜族：新疆乌恰县库拉日克村吾依组调查》，云南大学出版社 2004 年版，第 186 页。
③ 肖远平：《彝族"支嘎阿鲁"史诗研究》，博士学位论文，华中师范大学，2010 年。
④ 引自采访杨正江的录音稿。

鲁说我想和你们说心事，只怕你们父母来撞着。亚鲁王说我想和你们讲真话，又怕你们父母来撞见。波丽莎和波丽露一起讲，波丽莎与波丽露一道说。大王哩大王，母亲不会咒，父亲不会骂。……波丽莎和波丽露一起讲，波丽莎和波丽露一道说。大王哩大王，船小能带王渡河，人小能和王说事。战火起大王一心上前，家中事自有我们料理。①

　　史诗当中没有描述亚鲁与波丽莎、波丽露结婚之后是否有回娘家的情况，我们从文本叙述中发现，他们的婚姻从始至终并没有父母亲的参与，父母对他们缔结婚姻的态度只存在于波丽莎与波丽露口中的"母亲不会咒，父亲不会骂"。苗族曾有"奔婚"的习俗，苗族男女青年"'在跳鼓藏'时'男女各以类相聚，彼皮唱苗歌，或男唱女和，或女唱男和，往来互答。相悦者各有赠遗，其中女未有家，男未有室者，即相私奔'"②，即男女双方互相中意之后，女方便随男方去家里生活，之后再由男方到女方家向女方父母说明情况。虽然苗族青年男女享有足够自由的恋爱权利，但是并不代表着他们的婚姻就一定是自由的，一般情况下男女双方确定恋爱关系之后，就要向双方父母汇报，婚事由父母决定和支配。如果男女双方家长都不反对，男方家就可以请人去女方家说媒提亲，女方家则可以送礼订婚。但是如果双方父母均不同意，那这桩婚事也就宣告结束，出于对周围人态度的考虑，他们一般都不会反抗。由于传统的压力，他们通常会遵从父母之命，这实际上也是包办婚姻的一种体现。在苗族中还存在着婚姻的禁忌，苗族男子很少与有"药婆"的人家开亲，史诗文本中也有这样的体现，"波尼月被媒婆引到外婆家，波尼月由媒婆说给母舅家，说媒给大表兄，大表兄说'波尼月得药了，我不娶她！'说给小表弟，小表弟说'波尼月得蛊了，我不娶她！'最后，波尼月在忧愁中死去"③。在田野

---

① 紫云苗族布依族自治县《亚鲁王》工作室杨正江翻译整理：《苗族英雄史诗〈亚鲁王〉》，贵州省文化厅、贵州非物质文化遗产保护中心内部资料 2011 年版，第 110—114 页。

② 转引自湖南少数民族古籍办主编《湖南地方志少数民族史料（上）》，岳麓书社 1991 年版，第 479—480 页。

③ 紫云苗族布依族自治县《亚鲁王》工作室杨正江翻译整理：《苗族英雄史诗〈亚鲁王〉》，贵州省文化厅、贵州非物质文化遗产保护中心内部资料 2011 年版，第 53 页。

调查中，亚鲁王研究中心的工作人员杨松曾经讲述过一次提亲的经历，为了给侄子提亲，他亲自带领家中人去女方家，但是得知女方家的姐姐是"药婆"后，就不愿意再将亲事继续下去。可见，在苗族社会中，人们对"药婆"的禁忌是显而易见的。

抢婚的习俗存在于诸多少数民族当中，苗族也不例外。在贵州省黔东南一带，女方父母如果不同意他们的婚事，男方就会在夜晚把新娘偷偷接回，并择日举行婚礼仪式。这只是抢婚的一种形式，另外还有两种情况：一是女方和女方父母均不同意的情况下，男方因看中了女方，便组织人手找一个合适的机会去女方家里将姑娘抢走，事后通过中间人进行调解，双方和解之后举行正式的婚礼仪式，如果被抢的姑娘在之前已经订婚，那么订婚的男方就会与抢婚的男方发生械斗，以一方失败为止；二是认为正常的嫁娶仪式不吉利，须通过抢婚的形式完成婚礼仪式，这是一种习俗并非真正意义上的"抢婚"。随着经济社会的发展，当前的抢婚习俗已然发生变异。

### （三）悲剧的婚姻结局

从几部史诗的婚恋结局来看，英雄的婚姻大多都以悲剧结局。除《格萨尔王》中格萨尔与夹罗珠毛的婚姻结局是幸福的，其他几部史诗中英雄的婚姻均以悲剧收场。

表 5—3　　　　　　　　　不同史诗英雄婚恋结局比较

| 史诗 ＼ 要素 | 婚恋结局 |
| --- | --- |
| 《亚鲁王》 | 波丽莎和波丽露为弥补错误而战死沙场 |
| 《支嘎阿鲁王》 | 阿颖为帮支嘎阿鲁而牺牲 |
| 《俄索折怒王》 | 娄彩宁愿牺牲自己，也不愿特波折怒被杀 |
| 《格萨尔王》 | 两人幸福生活在一起 |
| 《玛纳斯》 | 玛纳斯不听卡妮凯的劝告中毒而死 |

《支嘎阿鲁王》中阿颖为帮助阿鲁完成填水大业不惜吞下神鞭以死殉情：

> 钟情的鲁斯阿颖，眼看父亲下毒手，胸中万念抛九霄，毅然吞下神鞭绳，为了保住南方的土地，双手折断神鞭棍，让支嘎阿鲁，得到她的人民。吞下了神鞭，明知活不成，鲁斯阿颖哟，为阿鲁殉情。"[1]

史诗中鲁斯阿颖为帮助阿鲁牺牲的婚恋结局"体现了有着漫长母系制的彝族社会对女性的一种崇敬。[2]

《俄索折怒王》中娄彩为了保住特波折怒的性命，也不愿另选他人做伴，不惜冒犯祖摩。"冒犯老天遭雷打，顶撞祖摩该杀头"[3]，娄彩惨遭杀害，实际上是彝族严苛的婚姻制度所致。

《玛纳斯》中由于玛纳斯没有将妻子卡妮凯的忠告听进心里，最终遭受昆古尔的袭击不治而亡。"英雄玛纳斯奄奄一息了，头上的伤口已经化脓，毒液已经扩散，英雄已经错过了医治的良机。玛纳斯知道自己已经回到故乡，他躺在爱妻卡妮凯的怀抱里，安然地死去了。"[4]

《亚鲁王》中波丽莎与波丽露因为被骗，致使族人战败而不得不背井离乡地迁徙，为了弥补自己的错误，波丽莎、波丽露两人敢于担当，勇于出战但终究血洒战场。"我们家园被假情人诺赛钦破坏，我们疆土被假情侣汉赛钦捣毁。我们要追杀大仇人诺赛钦，我们定砍杀大仇敌汉赛钦……七千务莱包围波丽莎，七百务吓围住波丽露。波丽莎剑刃翻卷，精力耗尽，波丽露镖竿断裂，精气枯竭。波丽莎血洒大地，波丽露血流故土。"[5]史诗中波丽莎、波丽露的牺牲是为了给族人一个交代，她们因遭受"情人"汉诺钦和赛诺钦的欺骗，导致龙心被夺，领土丢失，其实也是女性低下的社会地位及苗族特有的婚姻风俗所导致的。

---

①　肖远平：《彝族〈支嘎阿鲁〉史诗母题解析》，载《贵州民族学院学报》2010 年第 4 期。
②　阿洛兴德：《支嘎阿鲁王》，贵州民族出版社 1994 年版，第 53—54 页。
③　同上书，第 200 页。
④　郎樱：《民族英魂玛纳斯》，吉林摄影出版社 2006 年版，第 120 页。
⑤　紫云苗族布依族自治县《亚鲁王》工作室杨正江翻译整理：《苗族英雄史诗〈亚鲁王〉》，贵州省文化厅、贵州非物质文化遗产保护中心内部资料 2011 年版，第 160—163 页。

# 四　南北史诗婚姻母题之差异

通过分析《格萨尔王》《玛纳斯》《支嘎阿鲁王》《俄索折怒王》《亚鲁王》五部史诗的婚恋对象、婚恋过程、婚恋结局等三个要素，将几部史诗婚姻母题叙事模式总结如下：

《格萨尔王》：英雄在自己的土地上遇见漂亮女子—通过某个方式强迫女子答应嫁给自己—顺利通过考验获得女子为妻子—争夺妻子—幸福生活在一起；

《玛纳斯》：英雄在征战途中遇见漂亮女子—英雄提亲女子父亲出难题—英雄以武力威逼得到女子为妻并获得帮助—不听女子劝告丧命；

《支嘎阿鲁王》：英雄在为完成任务结识漂亮的女子—相恋并获得帮助—女子最终为帮助英雄而牺牲；

《俄索折怒王》：英雄在祭祀场上结识漂亮女子—相恋—提亲遭拒—女子惨遭杀害；

《亚鲁王》：英雄在征战途中遇见漂亮女子—经过交谈相恋—女子被骗导致战祸—女子为弥补错误战死沙场。

## （一）婚姻母题贯穿北方英雄史诗

综上所述，北方的两部英雄史诗中英雄的婚姻母题是贯穿史诗的重点，从《格萨尔王》来看，妻子是格萨尔王征战的原因，也是格萨尔王征战的结果，在史诗的第三篇"降妖伏魔"中，格萨尔王的妻子梅萨绷吉被妖魔捉走，格萨尔王为救妻伏魔远征作战，而当格萨尔王还沉浸在胜利的喜悦之中，他的大王妃夹罗珠毛又被霍尔黄帐王捉去，岭国也被霍尔士兵霸占，这个噩耗激起了格萨尔王的"怒吼"，他用计谋和武力杀死了黄帐王，救出了王妃珠毛，完成了他一生中的征战。在《玛纳斯》中，玛纳斯在征战中受伤往往是妻子卡妮凯让其起死回生继续征战，可以说卡妮凯是玛纳斯一生中征战功绩的功臣，在史诗的第十五章玛纳斯与阔克确汗之争中玛纳斯被阔克确汗的子弹射中，生命危在旦夕。是卡妮凯为其调制神药，把神药敷在玛纳斯的伤口上，玛纳斯才又恢复生机。然而，在一次远征中，玛纳斯没有听取妻子的劝告早日返回，错过医治的最佳时机而牺牲。

**（二）婚姻母题并非《亚鲁王》核心要素**

南方史诗中《亚鲁王》与《支嘎阿鲁王》《俄索折怒王》的婚姻母题并不是贯穿整个史诗的要素，《亚鲁王》中的婚姻是致使亚鲁王战败迁徙的原因，但并不是唯一的原因，且亚鲁部族后面的迁徙征战与此并无关联。《支嘎阿鲁王》中阿鲁与阿颖的缔结只是为了完成阿鲁移山填水任务的需要，它既不是阿鲁完成任务的原因，也不是阿鲁完成任务的奖赏。《俄索折怒王》中特波折怒与娄彩的相恋同样不是英雄完成任务的原因，也不是完成任务的奖赏。

# 第 六 章

# 被骗母题①

　　美国著名民俗学家 Stith Thompson 将母题分为三类，第一类是故事当中的角色，第二类是母题涉及情节当中的某种背景，第三类是单一的事件。② 《亚鲁王》中的被骗母题在《民间文学母题索引》一书中被列为 K 类中的 K300—K499 型，该母题类型是其所分的第三类型，即单一的事件，讲述的是亚鲁王的王妃如何被敌人欺骗并导致战败。

　　古希腊哲学家亚里士多德指出："悲剧是对一个严肃、完整、有一定长度的行动的摹仿，它的媒介是经过'装饰'的语言，以不同的形式分别被用于剧的不同部分，它的摹仿方式是借助人物的行动，而不是叙述，通过引发怜悯和恐惧使这些情感得到疏泄。"③ 同时将情节、性格、言语、思想、戏景和唱段作为悲剧的六大成分，认为"情节是悲剧的根本，用形象的话说，是悲剧的灵魂，性格的重要性占第二位"，"悲剧是对行动的摹仿，它之摹仿行动中的人物，是出于摹仿行动的需要"。④ 在亚里士多德看来，情节是悲剧的关键要素。而母题是蕴含于情节之中的核心精神，史诗中女性人物波丽莎、波丽露的悲惨结局与被骗母题紧密相连，因此通过被骗母题揭示女性人物的悲剧命运的根源将是本章重点。

---

　　① 　本章主要观点第二作者已在《贵州民族大学学报》2014 年第 2 期发表，经补充完善后用于本书。

　　② 　［美］斯蒂·汤普森：《世界民间故事分类学》，上海文艺出版社 1991 年版，第 199 页。

　　③ 　［古希腊］亚里士多德：《诗学》，陈中梅译，商务印书馆 1996 年版，第 63 页。

　　④ 　同上书，第 64—65 页。

# 一　被骗母题概述

## （一）"骗"之释义

骗，从马，扁声。本义：跃而上马。有欺蒙、诈取、用诺言或诡计使人上当之意。那么被骗就是被人欺蒙、诈取，被人用诺言或诡计诱骗上当。欺骗是一种常见的社会现象，自古有骗就有被骗，骗给主骗方带来利益，而给被骗方带来的则是损失，甚至带来的是毁灭性的后果。

在《朱子语类》中表达欺骗的字有 12 个，分别是：哄、瞒、嚇、给、谩、诳、欺、诈、脱、赚、罔、谲。在宋元之时，"哄"始有欺骗之义，在《京本通俗小说·错斩崔宁》中："我的父亲昨日明明把十五贯钱与他驮来作本养赡妻小，他岂有哄你说是典来身价之理？"这段叙述中"哄"就代表欺骗的意思。在《说文解字》中对"瞒"的解释为"瞒，平目也"。在《正字通》中是这样解释的："俗以匿情相欺为瞒。"而在《广韵·桓韵》："瞒，目不明也。"有"看不清"的意思，"瞒"字似由看不清而引申出"隐瞒、蒙骗"义，这样的引申义在唐代就已经开始使用了，例如寒山《诗》："我见瞒人汉，如篮盛水走。"句中的"瞒人汉"指的就是专门蒙骗人的人。

欺、瞒是同义并列组成复合词，例如"你们不可欺瞒我"，哄、瞒同义并列组成复合词具有"哄骗"之意，例如明葛昕《王儆恒父母》："一时哄瞒无知。"嚇本义为怒斥之声，后在《佛本行集经》中引申为威胁、使害怕的意思，后又引申为欺诳之意。给，通"诒"，有欺骗和欺诈之意，如"欺诒"一词其义为欺骗。诳，本义为"惑乱、欺骗"，在俗话"出家人不打诳语"中"诳"就为欺骗之意。欺，本义为"骗、欺诈"；脱，有"失去"义；谲，有"诡诈、欺诳"义；谩，有"欺骗、蒙蔽"义，在《说文》中都有界定。后"脱"由"失去"义引申有"骗"义。赚，有"赢得、获得"义，后引申而有"哄骗、诳骗"义。如《全唐诗》："从此见山须合眼，被山相赚已多时。"罔，有"枉曲、不直"义，引申有"蒙蔽、欺骗"义。

《朱子语类》表达欺骗概念的词中，"给、诒、诳、谩"是承古文言词，"哄、瞒、嚇（慊）、脱、赚"是后出口语白话词，"欺"是这一词汇场中的典型成员，现代汉语中"欺"演变为一般成员，后出的"骗"取代"欺"成为典型成员。

### （二）异文中的"被骗"

《亚鲁王》及其异文中，"被骗"母题始终稳定流传。事实上，从史诗的叙述来看，女性的被骗是导致部族战败迁徙的主要原因。本章将结合文本与调研材料，深入探索史诗中被骗母题的根源。

表6—1　　　　　　　　　《亚鲁王》与异文被骗母题要素比较

| 史诗 ＼ 母题 | 被骗母题 |
| --- | --- |
| 《亚鲁王》 | 赛阳、赛霸派诺赛钦和汉赛钦去亚鲁寨子，用绸缎、丝线骗亚鲁妻子做情人，引诱她们拿出龙心与自己的假龙心比试，在比试的时候借机抢夺亚鲁的真龙心，亚鲁战败逃亡 |
| 《迁徙的传说》 | 都务乔装成货郎去杨鲁寨子，用花线花针哄骗杨鲁的女儿，看到了龙心，仿制假龙心换取杨鲁的真龙心，杨鲁战败逃亡 |
| 《亚鲁传说》 | 幺鲁派他两个儿子乔装成生意人去亚鲁寨子，假佯与亚鲁的两个女儿谈恋爱看到龙心，仿制假的龙心换取亚鲁的真龙心，亚鲁战败逃亡 |
| 《古博阳娄》 | 尤沙扮成货郎串寨卖线，用针线引诱妮亚、妮姐得看龙心，用芭蕉心换掉龙心，阳娄战败逃亡 |
| 《直米利地战火起》 | 沙蹈爵氏敖派刺探佯装去直米利地卖针线，哄骗妇女，看到龙心，制造假龙心换取真龙心，格娄爷老战败逃亡 |

《亚鲁王》作为集麻山苗族创业史、征战史、迁徙史为一体的史诗，记录了麻山苗族在亚鲁带领下不断往西南地区迁徙的悲剧历史。其中女性的被骗从直观上是造成了亚鲁部族悲剧的主因，波丽莎与波丽露两姐妹意识到自己行为的严重性后，勇于站出来承担责任，最终惨死在敌人刀下。正如鲁迅所言："悲剧是把人性最有价值的东西毁灭给人看。"[1]　因此，悲

---

① 鲁迅：《再论雷峰塔的倒掉》，人民文学出版社2005年版，第205页。

剧能带给人们视觉和精神上强烈的震撼和巨大的冲击。如果说波丽莎、波丽露两人逃避责任，不敢担当，那么人们在面对这两位女性的惨死时，内心当是觉得欢愉的，觉得是罪有应得。于是，史诗中残缺的悲剧美就无法得以体现。

### （三）史诗被骗母题脉络

被骗母题广泛存在于民间文学中，但其热度低，研究成果并不多。在知名度较高的《乌鸦与狐狸》中，乌鸦与狐狸就是被骗与骗的双方，乌鸦外出寻食，得到一片肉，飞累了就找了一棵树站着休息，恰巧被在外游荡的狐狸看见了，狡猾的狐狸与乌鸦打招呼，乌鸦并未理会它，狐狸继续转动着脑子想要乌鸦开口说话，几番功夫下来之后乌鸦还是闭口禁言，于是狐狸从乌鸦的弱点入手去夸赞它，说乌鸦的羽毛十分的美丽、歌声优美，并要求乌鸦唱歌，在狐狸的甜言蜜语攻势下乌鸦开口唱歌了，但是嘴里的肉掉下来落入了狐狸的口中。故事中，狐狸之前的问好，不管是给乌鸦抑或其子女问好并非欺骗的语言，正因为没有欺骗，狐狸没能得手，于是狐狸使用了欺骗性的语言，"您的羽毛真漂亮啊，就连自称美丽的麻雀都无法和您比，而且您的嗓音也是那么的清脆动听，您就唱几句给我听吧"。本身乌鸦一身黑羽毛，并无漂亮可言，它的嗓音更谈不上悦耳动听，平时自卑的乌鸦受到赞美后，自然是喜悦无比开口唱歌，从而让狐狸达到了目的。

在《骗狼》这则故事中，地痞癞子黄二麻子因为开枪打死小狼崽想要嫁祸给猎人蔡百中，让蔡百中遭受狼的报复。可是聪明的狼却没有上当，在当天晚上就带领十多只狼找黄二麻子报仇，善良的蔡百中不忍心看见黄二麻子被狼吃掉，就往天上打空枪吓走了狼群。但是狼不会就此善罢甘休，黄二麻子不得不去找蔡百中寻求解救办法，蔡百中在黄二麻子的央求之下想出来一个办法，他们把家中的猪灌醉穿上黄二麻子的衣服，并在其身上洒上黄二麻子的尿捆在床上，这样一来狼就误认为这只猪是黄二麻子。狼群果然在第二天来了，这次狼群达到了二十几只，等狼群从黄二麻子家中散去之后，躲在蔡百中家的黄二麻子与蔡百中前去查看，床上的猪已经血肉模糊，黄二麻子总算躲过了狼群的追杀。在这则故事当中，欺骗已然不是《乌鸦与狐狸》中的语言欺骗，而是变成了行为欺骗。黄二麻子的衣服和尿是达到欺骗的工具，猪则是欺骗人的替代品。可见，在欺骗过程中，欺骗人想要获得的"利益"越大，其成本就越高。

在《亚鲁传说》《迁徙的传说》《古博阳娄》《直米利地战火起》几篇传说故事中均有被骗情节，《亚鲁的传说》中有类似的表述：幺鲁派他两个儿子乔装成生意人去亚鲁寨子，佯装与亚鲁的两个女儿谈恋爱，伺机偷看龙心，仿制假的龙心换取亚鲁的真龙心致使亚鲁战败逃亡。《迁徙的传说》中都务乔装成货郎去杨鲁寨子，用花线花针哄骗杨鲁女儿看到龙心的样子，仿制假龙心换取杨鲁的真龙心使得杨鲁战败逃亡。《古博阳娄》中尤沙扮成货郎串寨卖线，用针线引诱妮亚、妮妞得看龙心，用芭蕉心换掉龙心致使阳娄战败逃亡。《直米利地战火起》中沙蹈爵氏敖派刺探佯装去直米利地卖针线，哄骗妇女看见龙心，制造假龙心换取真龙心，致使格娄爷老战败逃亡。通过比较《亚鲁王》与其异文中的被骗母题，作者将其叙事模式概括如下：

敌方乔装（货郎）—（以谈恋爱或做生意的方式）诱惑女子（亚鲁的妻子或女儿）得看龙心—以假换真—致使另一方战败逃亡

通过梳理《亚鲁王》《亚鲁传说》《迁徙的传说》《古博阳娄》及《直米利地战火起》，归纳整理被骗母题如下：

（1）敌方乔装
（2）敌方派人乔装
（3）以针线为媒介
（4）与英雄妻子谈恋爱
（5）哄骗英雄妻子拿出宝物
（6）制作宝物的仿制品
（7）以假宝物偷换真宝物
（8）英雄遭到敌方攻击
（9）英雄战败

《亚鲁王》的被骗母题链结构为：（2）＋（3）＋（4）＋（5）＋（6）＋（7）＋（8）＋（9）；《亚鲁的传说》的被骗母题链结构为：（2）＋（3）＋（4）＋（5）＋（6）＋（7）＋（8）＋（9）；《迁徙的传说》的被骗母题链结构为：（1）＋（3）＋（5）＋（6）＋（7）＋（8）＋（9）；《古博阳娄》的被骗母题链结构为：（1）＋（3）＋

（5）＋（6）＋（7）＋（8）＋（9）；《直米利地战火起》的被骗母题链结构为：（1）＋（3）＋（5）＋（6）＋（7）＋（8）＋（9）。对比这几个故事中的被骗母题，我们可以发现稳定的因子有（3）、（5）、（6）、（7）、（8）、（9），不同的因子有（1）、（2）、（4），（1）与（2）的区别主要就是人物的不同，没有什么太大的关系，关键的是（4），也就是敌方是否与英雄的妻子恋爱。《亚鲁王》与《亚鲁传说》均是出自安顺市紫云布依族苗族自治县，《迁徙的传说》《古博阳娄》出自安顺，《直米利地战火起》出自毕节地区赫章、威宁一带。故事中有描述敌方与英雄妻子恋爱的只有《亚鲁王》与《亚鲁传说》，《亚鲁王》中，被骗的结局是亚鲁妻子的壮烈牺牲以及部族的离乡迁徙。在这一母题中，赛阳、赛霸、诺赛钦、汉赛钦作为主骗方，波丽莎、波丽露作为被骗方，情人身份作为诱骗工具，龙心作为诱骗目的。可见，在麻山苗族中曾经存在着已婚女子可与男子约会的习俗，此点将在后文进行论述。

## 二　被骗母题中的女性悲剧命运

涵括被骗母题的故事颇多，但涉及女性被骗的民间故事较少，在苗族民间故事《仰阿莎》中也有女性被骗的情节。

仰阿莎长着一对葡萄似的眼睛、白茶花似的白嫩的脸、细细长长的眉毛和又黑又亮的头发，十分美丽，美丽的仰阿莎长到了十八岁，是要出嫁了。太阳是天上的有钱人，乌云为了要讨好太阳，主动去给太阳说媒，一天乌云飘去太阳家，告诉太阳人间有一位美丽的姑娘仰阿莎，你要赶快把她娶回来。正在吃饭的太阳听了乌云的话立马放下碗筷，跑到楼脚去看仰阿莎，只见仰阿莎在清清的河水里洗头，美丽极了，太阳下定决心要娶仰阿莎，于是赶快催促乌云为他促成这门亲事。乌云自然愿意为太阳效劳，乌云带着太阳的指令出发了，来到仰阿莎的家。

乌云用她那能说会道的嘴巴对仰阿莎说："谷子熟了就要打，姑娘长大了就要嫁。太阳是勤劳、勇敢和聪明、漂亮的小伙子，天上最富的就数他家。仰阿莎呵仰阿莎，你要是嫁给了太阳，荣华富贵就够你享受一辈子啦！"。仰阿莎本来就不是贪图财富的人，但是一听乌云说太阳勤劳、聪明、能干又勇敢，不免动了心。乌云的甜言蜜语迷惑了仰阿莎的心，仰阿莎决定要嫁给太阳。出嫁的日子到了，乌云带着仰阿莎去太阳的家，在路上仰阿莎遇见了樱桃花，得知仰阿莎要去嫁给太阳，樱桃花劝仰阿莎说："太阳长得太难看，鼻孔长牙齿，脸上生疙瘩。你快莫去了，来嫁给我吧！"画眉鸟也告诉仰阿莎，太阳是个懒汉一天到晚睡着不想起，活路不去做；太阳是个大恶人，站也气鼓鼓，坐也气鼓鼓，一句话不合他的心意，就把人打来把人骂。就当仰阿莎犹豫之际，乌云一把把仰阿莎拉去了太阳家，等到仰阿莎嫁给太阳后，才发现太阳真的又丑又懒，还容易生气打人、骂人。①

　　长诗中，美丽、善良、能干、聪慧的仰阿莎被乌云的花言巧语欺骗，嫁给了又丑又懒还很凶恶的太阳。故事体现的婚姻模式与乌尼乌且所说的异类匹配婚姻模式相同，下层阶级方具有出众的才貌和智慧，上层阶级方虽然有着雄厚的经济实力和权势，但是有着长相和性格的缺陷，这是两个不对等阶级之间通婚的必然条件。可见，在被骗母题中隐藏着苗族的传统婚姻模式——上层阶级方有权力娶低于自己权势和地位的女性。

　　同样是女性被骗，《亚鲁王》中英雄妻子被骗过程、结果均不相同，本节从被骗母题切入，探讨史诗蕴藏的文化内涵。

### （一）赛阳、赛霸的恋爱阴谋

　　史诗中，赛阳、赛霸嫉妒亚鲁拥有龙心而发起战争，因为有龙心的保护，赛阳、赛霸未能夺取龙心。赛阳、赛霸心生奸计，派诺赛钦和汉赛钦去亚鲁寨子，用绸缎、丝线骗亚鲁妻子做情人，"他们到草场寻找看牛群的波丽莎，他们在草地上找到守马群的波丽露。诺赛钦说，你们喜欢丝绸吗？汉赛钦讲，你们要买丝线吗？……诺赛钦说，我们来换绸缎交朋友。汉赛钦讲，我们交换丝线做伙伴。挑逗没有挨骂，他们暗暗得意，二人得

---

　　① 中国民间文艺研究会贵州分会编印：《民间文学资料第六十二集（仰阿莎）》，中中印刷厂 1984 年版。

寸进尺，他们渐渐放肆。"① 诺赛钦、汉赛钦与波丽莎、波丽露成为情侣之后，便开始实施计划，他们引诱波丽莎与波丽露将亚鲁的龙心拿出来。"诺赛钦说有人在传，汉赛钦讲听别人说，你父得了龙心，你父有了兔心。这话假不假？这话真不真？去拿你父的龙心来给我们看，拿出你父的兔心来让我们瞧。"② 波丽莎与波丽露经不住诺赛钦和汉赛钦的甜言蜜语，最终将龙心给他们看。诺赛钦与汉赛钦回去向赛阳、赛霸汇报情况之后，赛阳、赛霸制造了一颗假龙心，试图让诺赛钦与汉赛钦继续去骗取波丽莎和波丽露的信任，夺取真龙心，在比试的时候诺赛钦和汉赛钦借机抢夺亚鲁的真龙心，"亚鲁王的龙心见光那一瞬，赛阳的箭镞立即跟踪射去。亚鲁王的兔心还没有见光，赛霸的钢刀瞬间追踪砍去……诺赛钦抢到龙心转身就回，汉赛钦骗得兔心车身就走"③，龙心被诺赛钦和汉赛钦抢走，亚鲁王国陷入了危机四伏的困境。

### （二）波丽莎、波丽露的悲剧结局

赛阳、赛霸夺取龙心之后便带领士兵攻打亚鲁领地，毫不知情的亚鲁拿假龙心作战时，才发现龙心失去了法力，"亚鲁王把龙心伸进水缸，隆隆雷声瞬间消失，瓢泼大雨忽而止歇"④。随着亚鲁王的质问，波丽莎、波丽露告诉了亚鲁王龙心被抢的实情，亚鲁王顿时急火攻心，"我的领地遭女儿波丽莎败了！我的疆土被女儿波丽露毁了！"⑤ "我领地被女儿波丽莎葬送了，我疆土被女儿波丽露毁灭了。"⑥ 波丽莎、波丽露看着领地被侵占、族人被砍杀，无颜面对亚鲁王和族人，发誓要追杀诺赛钦与汉赛钦，"我们家园被假情人诺赛钦破坏，我们疆土被假情侣汉赛钦捣毁。我们要追杀大仇人诺赛钦，我们定砍杀大仇敌汉赛钦。"⑦ 而亚鲁则带领族人带上干粮、捣毁家园，开始了千里远行，波丽莎与波丽露招兵点将来与

---

① 紫云苗族布依族自治县《亚鲁王》工作室杨正江翻译整理：《苗族英雄史诗〈亚鲁王〉》，贵州省文化厅、贵州非物质文化遗产保护中心内部资料 2011 年版，第 139 页。

② 同上书，第 140 页。

③ 同上书，第 149 页。

④ 同上书，第 155 页。

⑤ 同上书，第 156 页。

⑥ 同上书，第 160 页。

⑦ 同上书，第 162—163 页。

敌军拼杀，最终战死在纳经，殒命在贝京。"七千务莱（务莱，苗语 wus laeb 的音译）包围波丽莎，七百务呀（务呀，苗语 wus pouk 的音译）围住波丽露。波丽莎剑刃翻卷，精力耗尽，波丽露镖竿断裂，精气枯竭。波丽莎血洒大地，波丽露血流故土。波丽莎倒在鲜红血泊中，波丽露躺在族人白骨堆。"[1]

# 三　悲剧根源探析

## （一）父系社会中的女性悲剧

从《亚鲁王》的被骗母题来看，敌方以欺骗女性为手段达到窃取龙心的目的，女性成为导致亚鲁部族龙心丢失、战败迁徙的关键点，"亚鲁王焦急万分，在宫中走来走去。亚鲁王毛焦火辣，在室内转来转去。我的领地被女儿波丽莎葬送了，我的疆土被女儿波丽露毁灭了。"[2] "在苗族社会中，男尊女卑的观念很浓厚"，[3] 这大概就是父系氏族社会中尊男思想的历史遗留。梳理史诗中的亚鲁族谱，从哈珈、哈泽、哈翟、迦甾、迦臧、弘翁、翁碟到火布冷八代王均是女性，可见在苗族古代有着母系氏族社会的漫长历史。在母系氏族社会中，女性拥有至高无上的权力，男性只有参加劳动的义务，并无任何权力。在原始先民看来，女性具有生育的功能，且因母系氏族社会中的群婚制，女性被看作人类的始祖，应当享有至高无上的权力。

然而，在母系氏族社会晚期，随着原始农业、畜牧业的发展，采集和狩猎等原始经济方式被替代。由于体力的区别，男性在农业生产中逐步占据了主要地位，在生产中地位的转变致使母系氏族社会逐渐解体，转变进入父系氏族社会。在父系氏族社会中，男性在生产生活中从事重活，且男子制作的生产工具使得农业产量增加，劳动成果剩余增多；而女性则主要负责家庭中较轻的工作，其生存依靠于男性，所以在父系氏族社会女性地

---

① 紫云苗族布依族自治县《亚鲁王》工作室杨正江翻译整理：《苗族英雄史诗〈亚鲁王〉》，贵州省文化厅、贵州非物质文化遗产保护中心内部资料 2011 年版，第 163 页。

② 同上书，第 159 页。

③ 李廷贵：《苗族历史与文化》，中央民族大学出版社 1996 年版，第 337 页。

位普遍低下。

在苗族社会，有许多妇女的禁忌，如：在客人面前，女主人不能登高上楼；忌妇女起早串门；赶场天忌妇女串寨和在路边梳头；忌妇女请东郎"开路"；忌妇女做东郎；等等。笔者曾采访过一位东郎，问其妇女不能做东郎的缘由，东郎的回答是这样的：

> 《亚鲁王》是我们苗族人的家谱，里面记录的都是男性的名字，如果让女性来做东郎，那么她们在唱诵《亚鲁王》的时候会发现里面没有关于女性的记录（因为在传统社会中男性有"传宗接代"的义务，于是家族谱系的记录是以男性为主），会让她们受到打击。所以才不让女性担任东郎这一职务的。①

访谈中，东郎认为不让女性担任东郎是出于对女性的保护，但结合苗族女性在父权社会的地位来看，忌女性做东郎是父权社会中男尊女卑思想观念的遗留。东郎承担丧葬祭祀仪式，职责神圣，肩负指引麻山苗族亡灵回归东方故国的重任，父权社会中，仅有男性担任东郎显然是必然的。

由此推断，女性成为了导致亚鲁部族龙心丢失战败迁徙的关键点实则是现实生活中女性较低地位的体现。

### （二）"不落夫家"习俗下的女性悲剧

在史诗及其异文中，被骗的对象或为亚鲁妻子或为亚鲁女儿。同时，在史诗文本中存在着亚鲁称波丽莎、波丽露为女儿的叙述。史诗文本中译者对其进行了解释，认为"女儿"是亚鲁对其王妃的昵称。这点，作者在东郎口中得到印证。②。通过梳理被骗对象的身份可知，被骗对象为亚鲁的妻子。于是，史诗中所叙述的女性婚后可与丈夫之外的男性建立情侣关系的现象将是本节探讨的重要问题。

"赛阳、赛霸密谋派谁去和波丽莎做情人，赛阳、赛霸盘算哪个与波

---

① 引自采访国家级非物质文化遗产传承人——东郎陈兴华的录音稿。
② 国家级传承人——陈兴华就此问题向作者做出了回答："史诗文本中亚鲁王称他的王妃为女儿，实际上是一种爱称。"

丽露做情侣。派诺赛钦和波丽莎做情人，派汉赛钦与波丽露做情侣。"①在苗族社会，有"不落夫家"的习俗，苗族女子在出嫁之后仍在娘家住，有重大节日或农忙的时候才回到夫家帮忙，待到女子生下第一个孩子之后才回到夫家居住。但是在娘家居住期间，女子可以在特定时间和地点光明正大地参与游方。据调查所知，以前在麻山苗族地区也有这种习俗，敌人正是利用这种习俗，骗取了龙心，造成了悲惨的结局。

### (三) 行动元视域下的被骗母题

从叙事角度出发，史诗中的波丽莎、波丽露两位女性，其关键性作用是帮助史诗叙事的推进，是作为功能性人物出现的。作为功能性人物，史诗对她们的塑造只注重其行动对故事情节结构的意义及叙事功能，弱化了她们的性格和思想。史诗描述的是英雄亚鲁的伟大业绩，自然要有矛盾事件来催生亚鲁的功绩，于是波丽莎、波丽露与诺赛钦、汉赛钦的矛盾事件就成了史诗情节发展的助推器。

格雷马斯提出了行动元的概念，行动元即主体、客体、发送者、接受者、帮助者、敌对者。这六种行动元互成二元对立的形态，即主体对客体、发送者对接受者、帮助者对敌对者。这两两对立的行动元组合构成叙事作品，主体与客体的矛盾构成情节发展的开端；发送者与接受者促进情节的发展；帮助者和敌对者之间的矛盾激化了主体与客体的矛盾，促进情节达到高潮；敌对者是对主体构成威胁和破坏的重要因素。② 从史诗的被骗母题来看，被骗主体是波丽莎、波丽露，由于苗族独特的婚俗习惯，让波丽莎、波丽露有权利在婚后与其他男子交往。客体可以是命运、目的、财富、地位、权力等抽象事物的象征，于是史诗中的客体可以看作波丽莎、波丽露对伴侣的渴望。发送者是诺赛钦和汉赛钦的计谋。接受者是波

① 紫云苗族布依族自治县《亚鲁王》工作室杨正江翻译整理：《苗族英雄史诗〈亚鲁王〉》，贵州省文化厅、贵州非物质文化遗产保护中心内部资料 2011 年版，第 146 页。

② 格雷马斯认为叙事文是由外显的叙述层面（表层结构）与内隐的结构主干（深层结构）所组成，深层结构可看作从叙事文表层结构"约简"而来，叙事深层结构类似于句法结构，其中叙事结构的"行动元"对应于句法的主语，叙事结构中的"行为"对应于句法的谓语，按照"二元对立"的思想及其组织关系，格雷马斯分别建立起"行动元模式"与"语义方阵"，作为一套有效的阐释方式，它们被广泛运用于人类学、文化研究等相关领域。

丽莎、波丽露，同时亚鲁也可作为接受者。

波丽莎、波丽露的直接敌对者是诺赛钦和汉赛钦。诺赛钦、汉赛钦以交往为名骗取波丽莎与波丽露的信任，波丽莎与波丽露没有任何的防备，顺着诺赛钦和汉赛钦的计谋一步步泥足深陷。"波丽莎说，不拿给他们比与谁比？不拿给他们试同谁试？过了明天，到了后天，也许我们会成情人也说不准，如果我们能做情侣也是好事。"① 就在波丽莎与波丽露拿出龙心的那一刻，"赛阳的箭镞立即跟踪射去……赛霸的钢刀瞬间追踪砍去"②，赛阳、赛霸将龙心夺走，将宝物抢去。

赛阳和赛霸是主体的间接敌对者，赛阳和赛霸虽说没有与主体直接发生矛盾，但是诺赛钦、汉赛钦的整个计谋是赛阳、赛霸在背后策划的，也是阻碍主体实现愿望的强大阻力。且在夺得龙心之后，赛阳、赛霸发动的战争是导致波丽莎、波丽露牺牲的直接原因。赛阳、赛霸的"七千务莱"和"七百务吥"将波丽莎、波丽露团团围住，最终波丽莎、波丽露精力枯竭，被杀死在血泊之中。

史诗中波丽莎、波丽露的隐蔽敌对方是亚鲁。亚鲁虽然也是被害的一方，但是在波丽莎、波丽露面对赛阳赛霸的强力攻打时，他没有伸出援助之手。"国土已经丢失，疆域如此破碎。你俩和我一起走吧，你们与我一起逃吧。"③ 波丽莎、波丽露作出与敌方决战保护族人的决定后，亚鲁没有强行带走她们，而是带领族人和儿女向远处迁徙。从此种意义上说，亚鲁也算是把波丽莎、波丽露送上命运悲剧的敌对者。

波丽莎、波丽露悲剧命运的原因是诺赛钦和汉赛钦的阴谋，且两位女性幻想与诺赛钦、汉赛钦成为伴侣和情人。史诗中波丽莎与波丽露没有帮助者，在被诺赛钦与汉赛钦欺骗的时候，波丽莎与波丽露是极端弱势的一方。面对赛阳、赛霸的攻打，波丽莎与波丽露没有得到任何外界的帮助。"亚鲁王说，波丽莎哩波丽莎，波丽露哩波丽露，我带儿女走了，我领族

---

① 紫云苗族布依族自治县《亚鲁王》工作室杨正江翻译整理：《苗族英雄史诗〈亚鲁王〉》，贵州省文化厅、贵州非物质文化遗产保护中心内部资料 2011 年版，第 148 页。

② 同上书，第 149 页。

③ 同上书，第 160 页。

人走了。我就这样扔下你们留在疆域，我就这般抛下你们守在王国。"①
只能依靠自己的力量去抗衡，最终败给了强大的敌方。

　　史诗被骗母题中，主体缺乏帮助者，强大且众多的敌对者使得主体虽
有奋战不屈的精神，却不具有与敌对者相抗衡的能力，主体的孤立无援和
孤军奋战最终造成了悲剧的命运。

---

　　①　紫云苗族布依族自治县《亚鲁王》工作室杨正江翻译整理：《苗族英雄史诗〈亚鲁王〉》，
贵州省文化厅、贵州非物质文化遗产保护中心内部资料 2011 年版，第 161—162 页。

# 第 七 章

# 英雄征战母题[①]

英雄征战母题是英雄母题中非常重要的一个母题构成要素，他是英雄之所以为英雄的最好证明，在北方史诗中大部分英雄的业绩都是征战，为女人征战、为领地征战、为族人征战，而史诗《亚鲁王》中亚鲁却是因兄弟之间的利益而被迫征战。本章将史诗《亚鲁王》与其他少数民族史诗进行对比，试图探索《亚鲁王》史诗中英雄征战母题中的所蕴含的民俗礼仪以及历史文化。

## 一 英雄征战母题概述

### （一）英雄征战的内因

《马克思恩格斯选集》中对古代部落之间的战争有着这样的表述，其认为古代部落之间的战争已经蜕变成为了攫夺家畜、财宝甚至是奴隶的抢劫，可以说已经是人们用以营生的一种手段。郭沫若也曾经对我国古代时期的社会生活进行过研究，他认为古代战争中，"男人多作了武人，自然从事于生产的时候很少，便不能不用武人的力量去抢劫邻族的财产以富裕己族的私有。于是战争便成为物质生产上一项重要的工具。战争可以抢劫别族的牛马，可以抢劫别族的羊豕，可以抢劫别族的女人以为妻奴，可以抢劫别族的小子丈夫以为僮仆牺牲"[②]。可以说在古代，征战已经是人们日常生活中十分常见之事，不管是部落与部落之间的战争，还是家族支系

---

① 本章主要观点已在《遵义师范学院学报》2014 年第 5 期发表，经补充完善后用于本书。
② 郭沫若：《中国古代社会研究》，人民出版社 1978 年版，第 41 页。

内部之间的战争，都已经如家常便饭似的渗透进人们的日常生活。但是，不管是大的战争还是小的战争，其目的都只有一个——为了抢夺财产，以达到生活发展之需要。在战争当中自然存在着战败方和战胜方，战胜方理所当然成为人们心目中的英雄，成为人们崇拜和敬仰的对象，所以胜利成为人们至高无上的荣誉，在物资充足之后的征战渐渐地成为人们获得心理慰藉的一种方式，同时也是人们赢得荣誉的一种手段。

在英雄史诗的系列母题中，征战母题是英雄母题的重要组成部分，征战是英雄能力的体现，是英雄的必备条件，是人们歌颂的内容。在史诗中，英雄们或为正义而战，或为族人而战，或为女子而战，正是这一场场战役，组成了史诗中的宏伟场面，也是史诗的重要组成部分。在蒙古族史诗《江格尔》中，大部分的内容都是讲述征战故事的，征战部分的内容达到整部史诗的四分之三之多，史诗各个章节中发动战争的因素有很多，但是实际上都是大同小异的，从本质上来讲，就是对外群体的掠夺，也就是对土地、牲畜、奴隶、财产以及生产和生活资料的掠夺。客观来说，不管是江格尔与蟒古斯的复仇，还是蟒古斯对宝木巴的掠夺都是为了争夺这些具有价值的财物。蟒古斯从宝木巴国抢夺了这些财物甚至采用了残酷的杀戮，而江格尔英雄们也同样从蟒古斯国夺回这些财物甚至是用了血洗的手段。不管是掠夺还是复仇，两者最终目的都是以抢夺财产为主，事实上，这是原始部落之间为了扩张政权或者是扩充实力发起的战争。

史诗中的对战通常都是一对一，少数有二三人的对战。二三人交战的状态常常都是分成一对一的几组，同时或者分先后进行，史诗内容中所形容的千军万马只是为了壮大声势，真正交手通常只有两个人，战争的胜败就在这两人的交战中决定，在这样的战争中能够决定胜负的是体力而不是武器，这就是原始战争的交战模式。

人们对战争的胜出方膜拜、敬仰，并称之为民族英雄。在蒙古族形成之前，其民族性格中所蕴含的英雄主义精神是隐藏的，他们曾经以部落的形式参加战争，但因为在战争中没有显示出其威力，未被外界所知。在这一时期，蒙古族就已经有很多短小的关于英雄的史诗，并且逐渐进入成熟阶段。虽然没有典籍记载，但是专家学者们通过分析史诗的发展规律以及对蒙古族史诗的研究就已经对此做出了决定性的结论。

《玛纳斯》《江格尔》《格萨尔王》都是牧区里面的史诗，我们都知道牧区的经济结构较为简单，游牧民族的生产生活稳定性不强，常常物资匮乏，人民正常生活难以得到满足。于是，氏族之间、部落之间发展不均衡，常常引起财产的掠夺。战争就成为了氏族之间、部落之间发展的重要手段，同时也是维持牧区人民内部平衡的方法。在牧区生活的人们，因为受到自然条件的制约，生产生活呈现不稳定态势，经济不发达，文明程度也不高，长期的游牧生活方式与自然法则相匹配，在这样你争我夺的环境当中，弱肉强食的观念、适者生存、不适者淘汰的规则已经深深地烙在牧区民族的心里。

王宪昭曾在其博士论文《中国神话母题研究》一文中提出："民族神话母题总要表达一定的'寓意'，寄托或隐含一定的信息，这些'寓意'或'信息'在不同的研究者看来，往往具有多种含义和价值。"①

基于此，本章将通过比较史诗《亚鲁王》《支嘎阿鲁王》《俄索折怒王》《格萨尔王》《玛纳斯》中的征战母题，力图揭示寄托或隐含其中的信息，探索其所蕴含的象征意义与原始意义。

### （二）英雄征战的类型

《亚鲁王》讲述的是英雄亚鲁带领族人在不断征战中往西南地区迁徙的历史，亚鲁因获得能使部族长足发展的宝物龙心，而遭兄长赛阳、赛霸的攻打。在战争中，亚鲁因顾念亲情，处处退让处于弱势状态。但是为了族人的生存和发展，亚鲁也利用自己的智慧巧妙地夺取了荷布朵的疆域。

从亚鲁的征战业绩中可知，在战争中亚鲁并非处于主战、好战的地位。在与赛阳、赛霸的战争中，亚鲁一直是被动应战。唯一一次主动挑起的战争就是荷布朵战役，其目的是为族人寻找适合生存发展的领地。且在这场战役中，亚鲁并未采用武力厮杀，而是运用智力比拼的方式来进行领地的抢夺。从以上叙述中，可知亚鲁并非是主战、好战的英雄，而是一切从部族出发，善于谋略的文化型英雄。

比较分析《亚鲁王》《格萨尔王》《玛纳斯》《支嘎阿鲁王》《俄索折怒王》五部史诗的内容，归纳整理英雄征战母题如下：

---

① 王宪昭：《中国神话母题研究》，民族出版社 2006 年版，第 102—103 页。

（1）英雄遭遇恶魔攻击

（2）英雄攻打恶魔

（3）英雄遭到敌人攻打（抢夺）

（4）英雄主动攻打敌人（征占土地）

（5）英雄与恶魔战斗

（6）英雄与敌人战争

（7）英雄采用智谋作战

（8）英雄战败

（9）英雄胜利

（10）英雄死亡

《亚鲁王》的英雄征战母题链结构为：（1）＋（5）＋（9）＋（3）＋（6）＋（8）＋（4）＋（7）＋（9）；《格萨尔王》的英雄征战母题链结构为：（4）＋（1）＋（5）＋（9）＋（3）＋（9）；《玛纳斯》的英雄征战母题链结构为：（3）＋（6）＋（9）；《支嘎阿鲁王》的英雄征战母题链结构为：（2）＋（6）＋（9）；《俄索折怒王》的英雄征战母题链结构为：（3）＋（6）＋（9）。

将史诗《亚鲁王》的母题链分解，我们得出几个子母题：1.（1）＋（5）＋（9）；2.（3）＋（6）＋（8）；3.（4）＋（7）＋（9）。

通过分析史诗的三个子母题结构，将史诗中英雄的征战分为两种类型，一是与恶魔争斗型（1）＋（5）＋（9）；二是为生存而战型，在这一类型中，对比英雄的作战动机又可分为被动型（3）＋（6）＋（8）与主动型（4）＋（7）＋（9）。在史诗中亚鲁与恶魔的争斗主要在前半部分且为三场：第一场战役是亚鲁与雄狮之争，发生在亚鲁年幼之时，亚鲁外出学艺归来，途中休憩遭到一头雄狮的攻击，在与雄狮搏斗的过程中，亚鲁挥动梭镖将其杀死，赢得了这场战斗的胜利，却为后续的战争埋下伏笔；第二场与恶魔争斗的战役是与公龙之战，这次战役发生在亚鲁称王之后，亚鲁外出赶场返回途中，看见自己的稻田里面，水被抽干、鱼池也被捣毁，生气的亚鲁得知情况起因后在田边埋伏，待到野兽出现便对之发起攻击，最终亚鲁获得胜利并得到龙心；第三场战役是与三爪怪兽的争斗，发生时间是亚鲁失去领地之后。亚鲁与兄长赛阳、赛霸战争失败后，带领族人迁出领地，至巴炯阴安定下来。族人当即在这里播撒小米种子，开始定居生活，但是种下去的小米被三爪怪兽糟蹋，惹得亚鲁火冒三丈，在青枫树下躲藏，待到三爪怪兽一出现便将其射死，亚鲁获得了此次战斗的胜利，也因此获得了生盐井。

亚鲁为生存而战的战役分为主动型与被动型。其中主动型的战役只有一场——侵占荷布朵王国，亚鲁带领族人迁徙至荷布朵疆域，因其水草肥美、土地辽阔，是部族定居的好地方。出于对族人的考虑，亚鲁利用打铁技艺留在荷布朵疆域生活，而后开始谋划一步步侵占荷布朵疆域的阴谋，亚鲁从荷布朵王妃霸德宙开始，运用智谋挑起与荷布朵的矛盾，然后进行智力比拼最终战胜荷布朵，赢得荷布朵疆域。被动型的战役有：卢呙王之战、龙心之战、盐井之战。卢呙王之战讲述的是亚鲁学艺归来途中因射杀卢呙王领地的雄狮，引起卢呙王的不满，设计关押亚鲁，幸得夯驽的救助，亚鲁才得以逃脱；龙心之战，是亚鲁与其兄长赛阳、赛霸的战争，亚鲁因意外获得宝物龙心，引起赛阳、赛霸的嫉妒，赛阳、赛霸用计夺走了龙心，并对亚鲁展开追杀；盐井之战，讲述的是龙心之战后，亚鲁在岜炯阴的地方定居，意外获得生盐井，亚鲁部族生意兴旺，再一次引起赛阳、赛霸的不满，展开了对盐井的争夺。

## 二　英雄征战母题解析

征战是英雄业绩的体现，也是英雄史诗中最重要的母题。《亚鲁王》集英雄史诗、创世史诗、迁徙史诗为一体，是一部具有典型意义的"复合型史诗"，本章将其与《支嘎阿鲁王》《俄索折怒王》《格萨尔王》《玛纳斯》中的英雄征战母题进行比较，力图从中挖掘其征战母题的内在隐喻。

### （一）防御反击恶魔

综观几部史诗，与恶魔争斗的史诗有《支嘎阿鲁王》《格萨尔王》《亚鲁王》，且在《支嘎阿鲁王》中与恶魔争斗的情节最多，其次为《亚鲁王》和《格萨尔王》。《俄索折怒王》与《玛纳斯》则没有与恶魔斗争这一情节。我们通过列表比较这几部史诗中的与恶魔争斗母题：

表7—1　　　　　　　　不同史诗与恶魔争斗母题要素比较

| 史诗 ＼ 母题 | 与恶魔争斗 |
|---|---|
| 《亚鲁王》 | 射杀雄狮、意外得宝、射杀怪兽 |
| 《支嘎阿鲁王》 | 移山填水、智取雕王、战胜虎王、灭撮阻艾（食人妖） |
| 《俄索折怒王》 | — |
| 《格萨尔王》 | 降妖伏魔 |
| 《玛纳斯》 | — |

从表7—1可知，南方史诗中与恶魔争斗情节存在较多，北方史诗中很少甚至是没有。彝族英雄史诗《支嘎阿鲁王》中，英雄阿亚鲁的征战业绩多半与恶魔争斗有关。在移山填水中，阿鲁受命于策举祖前去完成移山填水的任务，有目的的结识龙王鲁依岩的女儿阿颖，依靠阿颖完成了填水的任务；智取雕王一节，阿鲁无法忍受雕王大亥娜的对阿鲁族人的凶恶行径，对其发起战争，支嘎阿鲁不仅智慧超群还勇猛过人，在与大亥娜的比拼中将其消灭；与虎王征战一节，虎王诡计多端，用计谋骗阿鲁去摘天上的糖梨果、麻苦海中的无骨鱼以及七层地尽头的不死药，阿鲁完成了虎王交代的这一系列任务之后，虎王如虎添翼，阿鲁被关进了地宫，幸亏吉娜依鲁吐出夜明珠帮助阿鲁冲出地宫，消灭了虎王阻几纳；撮阻艾是吃人肉的妖怪，地上的人们，老的被炖着吃、年轻的被煮着吃、小孩的肉生吃，被吃掉人的骨头被撮阻艾用来搭房子，人皮被撮阻艾用来缝制衣服，人类就要面临灭绝。阿鲁临危受命，要将撮阻艾消灭。智慧的阿鲁将撮阻艾一个个地收入葫芦中，用金绳拴紧葫芦，挂在了古笃法卧的悬崖峭壁上。

彝族史诗的恶魔争斗母题中，其恶魔形象分为：龙、雕、虎、食人妖，阿鲁与龙争斗是为了要完成移山填水的任务，因为龙王掌管着撵山的神鞭，为了要将水填平，只能依靠龙王的神鞭将山移到水里填平洪水。可见，当时南方遭遇洪涝灾害严重，英雄阿鲁的移山填水是彝族人民在英雄的带领之下治理洪水的文学映射。南方在远古时期曾发生洪涝灾害，不仅在彝族的民间文学中有迹可循，在苗族的民间文学中也有体现，《苗族史诗·洪水滔天》讲述的是两兄弟雷公和姜央因为分家产闹得不和，雷公一气之下降下大雨要把姜央淹死，但是聪明的姜央早就种下了葫芦，洪水来时就躲进葫芦里逃过一劫，但是人间的人们都被洪水淹死了，洪水退去之后姜央只有和妹妹成婚，生下肉坨变成了千千万万的百姓。布依族也有关于洪水的神话，讲述的是洪水暴发，大地上的人们都被淹死了，只剩下迪进和他的妹妹迪颖，为了繁衍人类两兄妹成婚，生下一个肉坨，后来变成了众多的人。同时白族、纳西族也都存在着这样的神话传说。彝族是半游牧、半农耕的民族，其民间文学中出现的恶魔形象与生活中的动物形象几乎一致，不管是外形还是习性上都是真实生活的复刻，所以彝族民间文学作品中的恶魔形象取决于其生活环境。

在藏族的英雄史诗《格萨尔王》中，与恶魔争斗的情节只有降妖伏魔一节。格萨尔王长到十六岁之时，被告知如果要有大的胸怀和大的作为，就必须去东方珠康叉毛寺闭关修行，并且要带上梅萨绷吉。而王妃珠毛想要一同前去，于是梅萨绷吉被格萨尔王留在了宫中。二十一天的修行，宫室中没有人看管，北方的黑色妖魔长臂洽巴拉忍毒龙趁此机会将梅萨绷吉掳走，格萨尔王得知此消息，悔恨不已，决定要亲自去营救梅萨绷吉。长臂老魔十分狡猾，而且还有众多帮手，格萨尔幸得老魔的妹妹阿达拉毛的帮助，才与梅萨绷吉里应外合杀死了长臂老魔和他的姐姐，重获自由。

普列汉诺夫曾说过，原始民族对物体色彩的组合或者物体的样式所产生的感觉也是与相当复杂的观念联系在一起的。在史诗《格萨尔王》中妖魔也好、神灵也好、英雄也好，他们都有自己的"命根子"（载魂物），例如白霍尔王的"命根子"是白野牛，黑霍尔王的"命根子"是黑野牛，黄霍尔王的"命根子"是黄野牛，妖魔长臂洽巴拉忍毒龙的"命根子"是海、树、野牛，它姐姐卓玛的"命根子"是一个神瓶里的松石蜂儿，妹妹的则是一条玉蛇。从这些"命根子"我们可以看到，世间的任何生命体都与自然有着十分密切的联系，自然受到了损害，那么这些生命体就会受到损害。可见，在藏族人民的认知观念里面，生命之源源于自然，生命与自然和谐共生，这是一种对自然崇拜下的生命认识。

在《亚鲁王》中，亚鲁与恶魔争斗主要体现在三个环节之中，一是亚鲁在幼年时期学艺回乡的途中，遭遇一头雄狮的攻击，与之进行一番争斗之后亚鲁将其杀死，从此亚鲁名声大振。"亚鲁一箭射进雄狮大嘴，亚鲁一箭射中雄狮脖颈。山山岭岭的人都来看，坡坡坎坎的人都在望。人人都在传，这个王射倒一条龙，这大王射中一只兔。各自都在说，这个王射倒一头老熊，这大王射中一头雄狮。"①

二是亚鲁建立宫室后，又因公龙踩塌他的田坎、踩垮了他的鱼池，于是他愤怒不已将公龙射死意外获得龙心。"兔的天，龙的时辰，天空太阳火辣辣，太阳光照耀下黑灿灿的像只黄驹，抬头回望的那一瞬，头顶上花斑块像只虎。亚鲁王使劲张开弓箭，亚鲁王全神贯注瞄准，箭镞在稻田下方如雾气一样游动。瞬间放箭，一只公龙仰面巴叉滚落地上。"②

三是三爪怪兽踩坏亚鲁的小米地，亚鲁王杀死三爪怪兽后意外发现盐井。"老天像往常的天，清晨如每天早晨。见一头野物长着三只脚，有一只大兽生出三只爪……从岩石缝爬到山崖间，从山崖间梭到大梁子。亚鲁王张弓瞄准瞬间放箭，那一瞬野物落到龙潭口上。亚鲁王张弓瞄准放箭，眨眼间大兽滚到绿潭。"③

从亚鲁与恶魔争斗的三个情节分析，亚鲁总是处于被动应战方。野兽因破坏亚鲁部族的生产生活，才遭到亚鲁的攻击，而非亚鲁主动捕杀野兽。彝族史诗《支嘎阿鲁王》中，阿鲁与恶魔争斗，是由于恶魔的凶残行径造成民不聊生的困境，阿鲁受命于天神消灭恶魔。两部史诗中英雄的行为都是出于正义。《格萨尔王》中，英雄格萨尔与恶魔争斗，是因为自己妻子被抢夺而展开的战争，并非是主动征服。由此可知，文中的几部史诗，英雄与恶魔的战争都是出于维护自身利益及族人利益的战争，是一种自我防御。

与恶魔争斗是原始社会中人们与自然以及动物作斗争的体现，在生产生活中，人们对不可抗拒的自然力无法解释，因而将其赋予鬼神灵力，对于这种鬼神灵力人们无法控制、无法超越，人们在现实生活中得不到满足，便把这样一种愿望寄托在文学作品中的英雄身上；在原始社会初期，野兽横行，人们没有战胜野兽的能力，因而在史诗当中战胜野兽动物则是

---

① 紫云苗族布依族自治县《亚鲁王》工作室杨正江翻译整理：《苗族英雄史诗〈亚鲁王〉》，贵州省文化厅、贵州非物质文化遗产保护中心内部资料 2011 年版，第 69—70 页。
② 同上书，第 122—123 页。
③ 同上书，第 172 页。

现实生活中人们对战胜野兽的渴望，也是原始狩猎生活在史诗中的遗留。在北方，人们的诉求都是有关战争的，战争的残酷无情使他们希望能有这样一个英雄带领他们在战争中获胜，过上安定的生活。从《格萨尔王》产生的时间来看，公元 6 世纪之前我国北方正是处于历史上大规模战乱的时期，在鲜卑、匈奴等少数民族的统治下，先后建立了北魏、北齐、北周等五个政权。而《玛纳斯》产生于公元 17 世纪之前，当时我国已经进入封建社会时期，人们已经超越了对于自然界探索认识的阶段。所以，与恶魔争斗的母题在北方英雄史诗《格萨尔王》与《玛纳斯》中少有体现。而《俄索折怒王》是《支嘎阿鲁王》的延续，讲述的是阿鲁儿子特波折怒的业绩，从纵向上说，这一时期人民的生产生活已经超越了对自然界探索的阶段，因此，史诗中缺少了与恶魔争斗这一情节。

### （二）为生存而征战

从史诗的征战母题来看，南方英雄史诗强调人文，史诗所塑造的英雄为文化英雄，他们的主要任务就是为人民作贡献、保证人民生活的安定。在《亚鲁王》中，亚鲁王的龙心之战、争夺盐井大战、血染大江、侵占荷布朵、射日射月等征战母题，正如《亚鲁王》中所言："亚鲁王对大王后说，你们洗麻特别要小心，你们洗布一定得当心，为哪样踩塌田坎？为什么踩垮鱼池？田坎塌了拿哪样抚育儿女？鱼池垮了用什么养活族人？"① 都是为了保证人们的衣、食、住、行，为人们能够过上安稳富足的日子作贡献；《支嘎阿鲁王》中的一系列征战母题：驱散迷雾、测量天地、射日射月、大业一统，也同样都是为人民的幸福生活展开的。《俄索折怒王》中特波折怒也是为了族人能够安居乐业而展开一场场战役。

北方英雄史诗主要强调武功，强调他们在氏族、部落或民族之间的战争中取得的光辉业绩。《格萨尔王》中征服霍尔、卫国之战；《玛纳斯》中降服芒额特、浩罕与塔什干、与阔克确之争、与昆古尔交锋等这些氏族、部落或民族之间的战争是英雄们的主要功绩。

南北史诗的差异主要与地域之间的差异有关，不同的地域有着不同的

---

① 紫云苗族布依族自治县《亚鲁王》工作室杨正江翻译整理：《苗族英雄史诗〈亚鲁王〉》，贵州省文化厅、贵州非物质文化遗产保护中心内部资料 2011 年版，第 118—119 页。

生活方式，自然产生不同的文化背景。在北方，地域辽阔，雨季短，雨量少，多干旱、半干旱气候，草场广布，畜牧业发达，农耕薄弱，通常以种植小麦为主。正是北方的地域环境，造成了北方民族游牧、狩猎的生产方式，因为气候原因北方粮食产量低，人们的温饱在冬季就更加寄托在狩猎和饲养的家畜身上，所以基于对生存必需品的需要，氏族与氏族之间、部落与部落之间必然发生着对财产的抢夺，用以维持生存。在南方，气候高温多雨、耕地多以水田为主，所以当地的农民因地制宜种植生长习性喜高温多水的水稻，在旱地则种植玉米、蔬菜等，在南方人民的生活多数依靠农耕，对肉食的依赖主要是家禽。所以，在南方部落、氏族之间的战争通常是为了抢夺土地，更多的是征服自然。北方的征战以谁胜出为荣誉，而南方的征战则是以人民的生存为首要，如果战争的胜利建立在民不聊生的基础上，那么这样的胜利对于南方少数民族来说是不能引以为荣的。

表7—2　　　　　　　　　　不同史诗征战母题要素比较

| 母题<br>史诗 | 征　战 |
|---|---|
| 《亚鲁王》 | 卢匄王之战、龙心大战、争夺盐井大战、血染大江、复仇之战、侵占荷布朵、射日射月 |
| 《支嘎阿鲁王》 | 驱散迷雾、射日射月、测量天地、大业一统 |
| 《格萨尔王》 | 征服霍尔、卫国之战 |
| 《玛纳斯》 | 玛纳斯首战阔特马尔德、降服芒额特、浩罕与塔什干、与阔克确之争、与昆古尔交锋 |

从几部史诗的征战母题来看，南方史诗《亚鲁王》与《支嘎阿鲁王》的征战主要是以征服自然为主，《亚鲁王》中含杂有家支之间的战争，北方史诗《格萨尔王》《玛纳斯》与南方史诗《俄索折怒王》则是部落之间、氏族之间的战役。

通过对比《亚鲁王》与其他几部史诗的征战母题可知，它是一部独特的史诗，是人文与武功并存的史诗。与《支嘎阿鲁王》不同的是，它不仅强调文化也强调武功，更体现了史诗的现实性意义。同时，史诗中英雄的功绩全部归功于为人民作贡献，不管是与恶魔争斗，还是为生存而战，这在射日、射月一节中表现得十分明显。

> 亚鲁王七十个王后，亚鲁王七十个王妃。戴钢锅去种庄稼，顶铁
> 锅去开垦耕地。庄稼颗粒无收，粮食吃不饱肚。波德布晒死在岜儿，
> 波德月中暑在岜果。亚鲁王得知这事，亚鲁王得到消息。亚鲁王说，
> 我派儿媳造了太阳，我派家人造了月亮。又派女儿开垦荒地，还派兵
> 将栽种庄稼。最后在岜儿晒死了我女儿，最后在岜果病死了我女儿。
> 亚鲁王派谁人射杀太阳？亚鲁王派哪个追杀月亮？①

为了族人的生活，亚鲁带领家人一起开荒种地，但是天上的日、月太
多，又不分昼夜地出来，亚鲁儿女被晒死，庄稼也全部被晒死。于是，亚
鲁安排能手去射杀多余的日、月。亚鲁在与赛阳、赛霸的战争中一直处于
被动状态，龙心大战、争夺盐井大战、血染大江、复仇之战这四次战役都
是亚鲁的哥哥赛阳和赛霸主动挑起的。龙心之战中赛阳、赛霸因为嫉妒亚
鲁得到宝物龙心，使自己的部族生活富足，于是对亚鲁展开了战事，善良
的亚鲁不愿意与哥哥们为敌，屡次退让，但赛阳、赛霸还是用计夺得了宝
物龙心，使得亚鲁不得不迁徙远方。争夺盐井大战同样也是因为赛阳、赛
霸嫉妒亚鲁获得生盐井而展开的争夺之战，亚鲁同样也是一再忍让，放弃
了盐井。在荷布朵战役中，亚鲁为了族人能够过上安定的生活，用计谋战
胜了荷布朵，在这场战役中没有杀戮、没有鲜血，有的只是智慧和计谋。

而在《支嘎阿鲁王》中的征战有一部分是受于天命的，如驱散迷雾
"趣沓邓宫殿，天君策举祖，召集众天臣，再议治洪水，天君问天臣，谁
人能重任？众臣守口如瓶。众臣面面相觑，唯有诺娄则，把阿鲁推举"②，
以及射日射月"天上神人都晦气，天下凡人都遭殃。天君策举祖，派支
嘎阿鲁，去把日月射"③。这些征战都是人对自然的征服，在驱散迷雾这
一章节，史诗有这样的叙述："姆古勾的大雾常常在作怪，引来洪水，淹

---

① 紫云苗族布依族自治县《亚鲁王》工作室杨正江翻译整理：《苗族英雄史诗〈亚鲁王〉》，
贵州省文化厅、贵州非物质文化遗产保护中心内部资料 2011 年版，第 389 页。

② 阿洛兴德：《支嘎阿鲁王》，贵州民族出版社 1994 年版，第 33—34 页。

③ 同上书，第 59—60 页。

没了南边的大地。森林被淹，山神鲁朵上天告急，踩断了举祖的门槛；江河被淹，水神迷觉上天告急，挤破了举祖的门楣；大岩被淹，岩神上天告急，掀掉了举祖的大门。"① 诗句当中透露出当时彝族人民正遭遇洪水灾害，治理洪水和驱散迷雾的任务全部寄托在了英雄人物阿鲁的身上。

在北方史诗《格萨尔王》和《玛纳斯》中，英雄征战的主因是女人或者领地。在《格萨尔王》中，英雄格萨尔王的战役几乎都是为了妻子，首次战役是因妻子梅萨绷吉被长臂妖魔掳走而发起的战役；后又因为格萨尔去救梅萨绷吉，宫中无人，霍尔黄帐王垂涎王妃珠毛美色，于是趁机将珠毛抢走。珠毛被抢的消息传到格萨尔王耳中，一场征服霍尔的漫长战役由此展开。

柯尔克孜族史诗《玛纳斯》中英雄的征战是由氏族、部落之间的仇杀引起，柯尔克孜族人民被卡勒玛克人统治欺压，长期的苦难生活让柯尔克孜族人民集聚仇恨，将内心的诉求寄托在未出世的英雄玛纳斯身上，于是才有了史诗开篇的"一手握血一手握油"的叙述。"一手握血一手握油"意味着玛纳斯将来要驰骋沙场，肩负柯尔克孜族的民族重任，战场厮杀的气氛一开始就充斥着整部史诗。

史诗《亚鲁王》中，亚鲁的征战基于族人的生存发展之上，不以流血牺牲为代价，即使是不得已主动挑起战争，亚鲁也采取智取的方式进行。荷布朵战役就是最好的证明，亚鲁与荷布朵的比拼中，几次较量都显示了亚鲁的智慧。第一场胜利是亚鲁用计将荷布朵供奉岚邑舵和岚邑姆的香烛纸钱换成了鸡肉和猪肉，用鸡毛和猪毛粘在石界上；其次在喊祖奶奶的比拼中，亚鲁偷偷派自己的七十个王妃睡在荷布朵的祖坟边上，荷布朵呼喊祖奶奶没人应声，亚鲁王呼喊祖奶奶时祖奶奶的应答声回震山野；继而亚鲁又在呼叫画眉鸟、烧茅草祖奶奶燃芭茅祖爷爷、射白岩、喊暗河山岩、抓虾捕鱼、砍树、喊龙祖宗中都依靠计谋和智慧获得了胜利。

## 三　人文与武功并重的英雄

对比史诗《亚鲁王》《支嘎阿鲁王》《俄索折怒王》《格萨尔王》《玛

---

① 阿洛兴德：《支嘎阿鲁王》，贵州民族出版社 1994 年版，第 61 页。

纳斯》中的英雄征战母题，对其共性与个性进行分析，认为史诗《亚鲁王》中的英雄征战分为两种类型：一种是主动型；另一种是被动型，而被动型又可分为与恶魔争斗型和为生存而战型。史诗两种类型的征战凸显了其独特性与南方史诗人文性的特征。

### （一）北方民族文学尚武豪放

一个氏族或者部落要发展、壮大，必须要在这些大大小小的竞争中战胜强大的对手，获得生存的权力。"不是你死，就是我亡"实则是现实生活中生存法则的直观阐述，为了保护自己、保护部族，只有不断地去适应战争，在战争中获得胜利，赢得战败方的物资，促使自己发展壮大，由此形成的全民皆兵的制度对于北方的游牧民族性格的形成起到了重要的促进作用。蒙古族学者孟驰北认为："这种生存环境决定了游牧民族必须高扬原始初民精神因素中的活性因素，如冒险、进取、奋争、对抗、勇敢、无畏、进击、劫掠等等，不如此游牧民族在世界上就不可能占有什么东西，等待他们的就会是死亡。"① 格罗塞提出，游牧民族的粗放好战的性格时常会使得他们对向往和平的农业民族发动进攻，且由于他们常年战争，有着一套完备的作战方法，所以成功是理所当然的。好战的性格是游牧民族的生活环境所决定的，并不是单纯地对战争的偏好，这种民族性格对牧区的经济发展起到了促进作用，也对文学产生巨大影响。

### （二）史诗《亚鲁王》兼具文化与武功

南方少数民族史诗中，英雄的业绩往往凸显在对人民的帮助上，不管是与恶魔的争斗还是为生存而发起的战争，都是人民意志的体现。英雄亚鲁是苗族的祖先，史诗是对当时的社会历史生活的一种真实记录，从史诗中的与恶魔斗争的情节来看，亚鲁与卢呙王领地雄狮的战斗，亚鲁与那只"头顶花斑"的公龙的战斗，亚鲁与"三脚怪兽"的战斗，都是与自然抗争的历史史实在文学中的反映。

亚鲁与"头顶花斑"的公龙的战斗和与"三脚怪兽"的战斗，皆是因维持部族生产生活的田坎、鱼池被破坏，"兔的天我们去洗麻、洗布，

---

① 孟驰北：《草原文化与人类历史》，国际文化出版公司1999年版，第26页。

龙的时辰，天空太阳火辣辣的，我们看见一头野物，太阳下黑油油的像头驹牛，抬头回望那一瞬，头顶上有花斑像只虎。从稻田上方盘旋到稻田下方，由稻田下边猛然间扑入江里"，[1] "亚鲁王查看庄稼。见小米被大片踩踏，见小米穗残落土里。如是小偷为何不见人脚印？若是小偷为啥没有人指印？足印留在陡崖上，足迹印在岩缝中。这是一头快速攀岩的大兽爪印，这是一只岩上跳跃的野物蹄印。"[2] 亚鲁为了保护族人的生产生活资料，与怪兽战斗，在偶然中获得了宝物，并因此促进部族的发展。这是史诗当中的描述，从中我们可以将部族的振兴与自然联系起来，生命源于自然，只有自然的补给，生命才能够得以续存，这是苗族人民朴实的自然观。《亚鲁王》中所描述的英雄不仅仅是典型的南方史诗中文化英雄的代表，更是独特的征战英雄，这点从他与荷布朵的战争中可了解，亚鲁王与北方史诗中的英雄不一样，他的征战没有杀戮、没有武力，依靠的是经验和智慧，这样一个兼具文化与武功的英雄，是南方少数民族史诗中的典型。

---

[1]　紫云苗族布依族自治县《亚鲁王》工作室杨正江翻译整理：《苗族英雄史诗〈亚鲁王〉》，贵州省文化厅、贵州非物质文化遗产保护中心内部资料2011年版，第120页。

[2]　同上书，第168页。

# 第 八 章

# 英雄对手母题[①]

"在小说中，人物和情节构成了一种互动关系，人物性格通过一系列事件得以显现，故事情节则表现为人物连续活动的序列。"[②] 人物与情节是不可能脱离开来单独存在的，因此在小说中，人物是人们去理解一部作品的切入点，是构成故事情节的关键。

英雄人物——成吉思汗于我们而言并不陌生，他是著名的军事家。其英雄事迹举不胜举，1196年，成吉思汗和王汗与乃蛮部的战争中，因王汗的不告而别成吉思汗与乃蛮部单独交战。成吉思汗识破了王汗的想法后，撤兵回巢，王汗遭到乃蛮本部攻打，惨遭大败。成吉思汗又觉若坐视不理，王汗军队可能会被乃蛮部收编，对方势力大增，反而不利。于是派兵援救王汗，击退了乃蛮总部。成吉思汗善用战术和计谋，将本来与王汗的君臣地位之势进行扭转，又将乃蛮击退达到了助金的目的。

从成吉思汗的英雄事迹中，发现人们对英雄的定义多是光明磊落、爱憎分明，对自己的所求毫不掩饰，与其对立面有着很大的区别。英雄与对手，两者是二元对立的关系。在《亚鲁王》中，英雄亚鲁的对手主要是其兄长赛阳和赛霸。史诗中，亚鲁被刻画成民族英雄，他舍己为人、以民族生存和发展为己任、聪明智慧，是一位彻头彻尾的英雄，这使得我们不得不关注其对手形象，探索苗族人民英雄崇拜的实质。

---

① 本章主要观点已在《凯里学院学报》2014年第5期发表，经补充完善后用于本书。
② 王先霈、刘安海：《文学理论导引》，高等教育出版社2005年版，第89页。

# 一　英雄对手形象

### （一）贪念厚重

　　赛阳、赛霸虽是亚鲁的兄长，但是因为亚鲁在偶然间获得了宝物之后，贪心十足的赛阳、赛霸便心生歹意，企图抢夺亚鲁的宝物。"亚鲁得龙心的大事传给了赛阳，亚鲁得兔心的大喜赛霸已知晓。赛阳王后博布嫩阳鸯说，大王哩大王，我们是长兄，我们没得龙心。我们是长子，我们不得兔心。亚鲁是兄弟，亚鲁是么弟，亚鲁怎么会得龙心？亚鲁为何会有兔心？亚鲁得龙心就得七十坝水田，亚鲁有兔心就有七十坡肥土。亚鲁得龙心能占据七十个城堡，亚鲁有兔心就盘踞七十个城池。我们得去进攻他，我们要发动战争。"[1] 在王妃博布嫩阳鸯和博布嫩宁静叭的劝说之下，赛阳、赛霸两人招兵买马、筹备粮草要对亚鲁展开战斗。"初春的日子，赛阳招兵买马，筹备粮草。冬天还没来到，赛阳已经兵强马壮。初春的日子，赛霸招兵买马，筹备粮草。冬天还没到来，赛霸兵马杀气腾腾。"[2] 赛阳、赛霸杀气腾腾地来到亚鲁城墙脚下，善良的亚鲁并没有因为兄长们的逼迫而开战，反而是苦口婆心地劝阻他们。"赛阳拔出宝剑三剑飞刺，亚鲁王舞梭镖三竿抵挡。亚鲁王说，哥哥哩哥哥，我们要留下儿女吃糯米。赛霸挥动梭镖三竿斜杀，亚鲁王射三箭急急招架。亚鲁王讲，哥哥哩哥哥，我们要留得子孙吃鱼虾。"[3] 可见，亚鲁并不想与兄长开战，以免祸及百姓、殃及子孙。但没有见到宝物的赛阳、赛霸不甘心，不停砍杀亚鲁士兵、追杀亚鲁将领，亚鲁被逼无奈拿出宝物击退了兄长的追杀。

　　随后，史诗诵唱了赛阳、赛霸通过计谋骗取亚鲁的宝物，并将亚鲁部族赶出了领地。被迫迁徙的亚鲁带领族人安定在了岜炯阴，偶然的机会下，亚鲁得到了能够使族人兴旺、富贵的盐井，因此亚鲁及其部落生活富足。赛阳、赛霸得知后，贪念再起。"赛阳赛霸说，我们是兄长，我们没

---

　　① 紫云苗族布依族自治县《亚鲁王》工作室杨正江翻译整理：《苗族英雄史诗〈亚鲁王〉》，贵州省文化厅、贵州非物质文化遗产保护中心内部资料 2011 年版，第 129—130 页。
　　② 同上书，第 131 页。
　　③ 同上书，第 134 页。

得生盐井。赛阳赛霸说，我们是长子，为啥得不到盐井？亚鲁是兄弟，亚鲁哪来生盐井？亚鲁是幺弟，亚鲁咋能有盐井？我们得去夺盐井，我们要发动战事。"[1] 赛阳、赛霸带领众士兵攻打亚鲁，亚鲁不愿与他们交战，便又带领族人迁徙。"亚鲁王说，赛阳哩赛阳，赛霸哩赛霸，我不愿同族人交战，我不想与兄长决战。"[2] 盐井落入贪心的赛阳、赛霸手里。

### （二）伪善妒忌

赛阳、赛霸伪善妒忌，对亚鲁没有兄弟之情，一旦涉及利益，赛阳、赛霸都会嫉妒，都想抢夺。例如在龙心争夺的章节里面，赛阳、赛霸就因为亚鲁得到龙心而产生嫉妒。"亚鲁得龙心就得七十坝水田，亚鲁有兔心就有七十坡肥土。亚鲁得龙心能占据七十个城堡，亚鲁有兔心就盘踞七十个城池。"[3] 因为害怕亚鲁有龙心之后越发的富有，赛阳、赛霸的嫉妒之心就愈益增加。而他们为自己的嫉妒之心横加掩盖的借口，就是他们是兄长，好的东西都应该以兄长为先，亚鲁是幺弟，幺弟不能将宝物自己私藏。"我们是长兄，我们没得龙心。我们是长子，我们不得兔心。亚鲁是兄弟，亚鲁是幺弟，亚鲁怎么会得龙心？"[4] 于是，以兄长为借口就算是师出有名了，这样伪善的丑恶嘴脸与亚鲁的善良正义相比起来，更增添了几分丑恶。

得到了龙心的他们并未满足，亚鲁迁徙到岜炯阴定居之后，因为发现了生盐井而不再做生意，不再给赛阳、赛霸缴纳赋税。赛阳、赛霸为此心生疑虑，"幺弟亚鲁败退到丘陵山地，幺弟亚鲁用小米红稗充饥。幺弟亚鲁没屋住露宿荒野。他给我们送十三担琅。一年十三月，他送缴我们十三挑傻。过去三年白天，连着三年黑夜，我们的幺弟亚鲁，他不向我们送琅，他不给我们缴傻。不送布匹来，棉花也不见。赛阳、赛霸说，我们幺弟亚鲁啊，三年没来做生意，三年不来赶集市。他没有买生盐，他不再来要盐巴。也许他有了生盐井？莫非他得到盐井了？赛阳、赛霸心肝发热，

---

① 紫云苗族布依族自治县《亚鲁王》工作室杨正江翻译整理：《苗族英雄史诗〈亚鲁王〉》，贵州省文化厅、贵州非物质文化遗产保护中心内部资料 2011 年版，第 193 页。

② 同上书，第 284 页。

③ 同上书，第 129—130 页。

④ 同上书，第 130 页。

赛霸赛阳怒火中烧。"① 嫉妒的怒火再次在赛阳、赛霸心中燃起，于是他们派自己的手下装作生意人去打探消息，得到亚鲁获得盐井的确切消息之后，赛阳、赛霸便发动了战争。

### （三）杀念顿起

史诗中，英雄亚鲁主张智谋决定战争胜败，但在他的对手赛阳、赛霸看来，只有通过杀戮才能获得长足的发展。同样列举龙心之战与盐井之战的例子，在龙心之战中，赛阳、赛霸通过计谋得到龙心之后并没有收手，反而是变本加厉地对其进行迫害，得到龙心的赛阳、赛霸怕亚鲁会带领士兵回来攻打自己，所以即使得到了龙心，赛阳、赛霸为了要保住自己的财产也不惜对亚鲁痛下杀手。"诺赛钦抢到龙心转身就回，汉赛钦骗得兔心车身就走。返回赛阳赛霸宫，回到赛霸赛阳室。赛阳、赛霸带领七千砍马腿的务，赛霸、赛阳率领七百砍马身的务……向亚鲁领地开进，朝亚鲁疆域攻击。"② 在这场战役中，亚鲁部族损失惨重，就连亚鲁的王妃波丽莎和波丽露也战死沙场。"鲜血流成河，尸首堆如山。七千务莱包围波丽莎，七百务吓围住波丽露。波丽莎剑刃翻卷，精力耗尽，波丽露镖竿断裂，精气枯竭。波丽莎血洒大地，波丽露血流故土。波丽莎倒在鲜红血泊中，波丽露躺在族人白骨堆。"③

同样，亚鲁因获得生盐井也遭到赛阳、赛霸的追杀。虽然之后生盐井被赛阳、赛霸得到，他们也同样没有就此放过亚鲁，依然对其进行追杀，直到亚鲁逃离到深山峡谷之中。可见，赛阳、赛霸杀念之重，毫无人情味可言。

### （四）阴险狡诈

阴险狡诈是对反面人物的常用形容词，常形容表面和善，暗地不怀好意的阴险毒辣。这与赛阳、赛霸在史诗中的形象十分吻合。在夺取龙心之

---

① 紫云苗族布依族自治县《亚鲁王》工作室杨正江翻译整理：《苗族英雄史诗〈亚鲁王〉》，贵州省文化厅、贵州非物质文化遗产保护中心内部资料 2011 年版，第 180—181 页。
② 同上书，第 149—150 页。
③ 同上书，第 162—163 页。

前，赛阳、赛霸暗中指派诺赛钦和汉赛钦装扮成货郎，与亚鲁王妃波丽莎、波丽露交朋友。在此期间，诺赛钦和汉赛钦用针线取得王妃们的信任，更加得寸进尺地与王妃们做情人。为了骗取龙心，他们编造了其父也有龙心的谎言，并说亚鲁的是假龙心。在激将法的实施之下，波丽莎、波丽露将龙心拿出来与情人们观看，结果就在这时，龙心被夺去，亚鲁部族的悲剧命运来临。

之后的盐井之争中，赛阳、赛霸为了打探出亚鲁是否得到盐井的虚实，派了七个生意人挑着盐巴走去亚鲁的疆域，他们用谎言欺骗亚鲁，希望在亚鲁领地借宿，亚鲁好心收留他们。这些生意人和亚鲁在一个集市卖盐，亚鲁卖生盐赚到了钱，让这几个生意人十分恼怒，他们跑到亚鲁的宫室查看，发现亚鲁真的有了生盐井，于是将情况报告给赛阳和赛霸。得知消息的赛阳和赛霸再一次对自己的弟弟亚鲁发动了战争。

## 二 英雄对手母题——与异文比较

史诗《亚鲁王》中，英雄亚鲁一生中拥有诸多对手，但其与其兄长赛阳、赛霸的争斗才是贯穿整部史诗的主线。通过分析亚鲁英雄形象，比较研究多篇异文的英雄对手母题，探讨其所蕴含的文化价值。

### （一）英雄"对手"释义

在某些时候，对手和敌人是一组相等的概念，与本章论述有关的对手含义有两种，一种是势均力敌的人，在《三国演义》第九十四回中就有这样的叙述："达（孟达）非司马懿对手，必被所擒。"[1] 清代赵翼的《陔馀丛考·对手》也曾提道："凡相角技艺，彼此均者曰对手"；另一种是对弈和交锋，这一含义在宋代的《清异录·器具·方亭侯》有记录："上喜，呼将方亭侯来。二宫人以玉界局进，遂与王对手。"《英烈传》第六十七回中"只是不曾逢着敌手，天下那有常胜的。可恨我不曾与他们对手"的对手一词也具对弈和交锋之意。

敌人与对手相似的含义也存有两种，一是有企图使某人或者某事遭到

---

① （明）罗贯中：《三国演义》，人民文学出版社 1980 年版，第 813 页。

损害，相互之间存在仇恨而发生敌对的人或者是敌对的方面。在《管子·七法》中记载："故不明于敌人之政，不能加也；不明于敌人之情，不可约也。"意为：所以，事前不明了敌人的政治，不能进行战争；不明了敌人的军情，不能约定战争。二是在竞争或者是竞赛之间的双方，力量不相上下的劲敌。唐代苏鄂《杜阳杂编》卷下载有："王子善围棋，上敕顾师言待诏为对手。"其中对手的意思就有在竞赛中双方的意思。郭小川《矿工不怕鬼》诗："我们既不怠慢，也不轻敌，因而每次交锋必使对手崩溃。"句中敌人的意义与对手对等。

### （二）"对手"母题异文

英雄对手母题在《民间文学母题索引》一书中属 Z 类中的 Z200 - Z299 型。从史诗中英雄的对手来看，在紫云县流传的《亚鲁王》和《亚鲁传说》中英雄的对手为亚鲁的兄弟，而流传于安顺市的《迁徙的传说》①、《古博阳娄》②、《龙心歌》③ 以及流传于毕节地区赫章、威宁一带的《直米利地战火起》④，大方县的《战争与迁徙》⑤ 中英雄的对手则为汉族首领、汉族人或异族首领。

在紫云县四大寨乡，流传着与《亚鲁王》相似的《亚鲁传说》，传说亚鲁有四兄弟，名为：亚鲁、幺鲁、黑家长和杨新朵，黑家长和杨新朵出远门，只剩下亚鲁和幺鲁在家。亚鲁和幺鲁本来就因为母亲的偏心产生了矛盾，亚鲁因一次偶然的机会刺杀怪物获得宝物龙心。获得宝物的亚鲁，与幺鲁在一次抢夺盐巴的争斗中获胜，于是幺鲁便暗中派人打探，得知亚鲁拥有宝物龙心后，幺鲁想方设法将其骗了过来。丢掉了龙心的亚鲁不敌幺鲁的攻打，只好带领全家离开。

《亚鲁王》中，亚鲁有六兄弟，亚鲁是最小的一个。因获得龙心之后，引起了兄长赛阳和赛霸的嫉妒，一系列的战争随之而来，亚鲁失去龙

---

① 周青明：《苗族习俗风情与口头文学》，贵州民族事务委员会、中国作家协会贵州分会民族文学委员编印 1987 年版。

② 苗青：《西部民间文学作品选 1》，贵州民族出版社 2003 年版。

③ 苗青：《西部民间文学作品选 2》，贵州民族出版社 1998 年版。

④ 同上。

⑤ 苗青：《西部民间文学作品选 1》，贵州民族出版社 2003 年版。

心之后无法与兄长抗衡，也不愿发起战争，于是带领族人一步步迁徙。

《古博阳娄》中，阳娄兵强马壮、金银满仓，一只母猪龙常常趁其不在家，就去糟蹋他家的谷子，阳娄气愤之下就将这只母猪龙杀死。尤沙与阳娄是干亲家，建议阳娄将这只母猪龙炖肉吃，然而人多肉少，难以均分，尤沙没有得到肉吃也没有得到汤喝便心生怨气，适时率兵攻打。阳娄因得到母猪龙龙心的保护获得胜利，但随后龙心被尤沙骗走，阳娄不得不带领族人西迁。

《直米利地战火起》讲述的是格蛊爷老、格娄爷老依靠自己的勤劳与智慧，生活富足。但是名为沙蹈爵氏敖的人，却看红了眼，想要挑起战争，将格蛊爷老、格娄爷老赶走。因有龙心的保护，沙蹈爵氏敖没能成功。一次次的失败没有让沙蹈爵氏敖灰心，他用计谋骗走了龙心，将格蛊爷老和格娄爷老杀害，攻下了直米利地。

《迁徙的传说》中古博杨鲁拥有精湛的耕种技能和生意技巧，引来其他部落的眼红妒忌，汉族首领都务暗自策划，想要一举吞并格罗格桑。战争就这样悄然酝酿，虽然有独龙宝保护，也敌不过敌人的坏心，被换走独龙宝的杨鲁不敌都务，不得不带领族人迁离格罗格桑。

《龙心歌》讲述的是沙蹈爵氏敖与格诺爷老和爷觉毕考之间的战争，与《直米利地起战火》内容相似。格诺爷老和爷觉毕考失去宝物龙心，被沙蹈爵氏敖攻打，最终失去了良田与金银。

《战争与迁徙》讲述的是尤娄和沙陡两家来开亲，沙陡家杀猪祭祖，待到猪肉煮熟后，却找不到猪心和猪肝。气急败坏的沙陡把责任推给了尤娄的孩子们，有冤无处申的尤娄杀掉了自己的儿女，剖开肚子也没看见猪心和猪肝。悲痛欲绝的尤娄将砂锅打碎，原来猪肝和猪心粘在了锅底。尤娄决心要和沙陡开战，战争一直延续到了两家的后辈，尤娄家没有胜过沙陡家，便迁到深山里去生活。

**（三）"对手"身份比较**

通过对几篇异文的解读，归纳整理英雄对手母题如下：

（1）战争原因——心

（2）战争原因——嫉妒

（3）英雄对手——英雄兄弟

（4）英雄对手——他民族

（5）战争结果——英雄失败

根据英雄对手身份的不同，几篇异文可以分为同族型与异族型两类，同族型的母题链结构有：A.（1）+（3）+（5）（《亚鲁王》）；B.（2）+（3）+（5）（《亚鲁传说》）。异族型的母题链结构有：A.（2）+（4）+（5）（《迁徙的传说》《龙心歌》《直米利地战火起》《古博阳娄》）；B.（1）+（4）+（5）（《战争与迁徙》）。分析史诗两种母题链结构，可知英雄对手身份是核心母题要素，异文文本中亚鲁对手的身份均不相同，分别有：幺鲁、赛阳、赛霸、尤沙、沙蹈爵氏敖、都务、沙陡。

表8—1　　　　　　　《亚鲁王》与异文英雄对手身份对比

| 史诗 ＼ 要素 | 英雄对手 | 身份 |
|---|---|---|
| 《亚鲁王》 | 赛阳、赛霸 | 亚鲁兄长 |
| 《迁徙的传说》 | 都务 | 汉族首领 |
| 《亚鲁传说》 | 幺鲁 | 亚鲁二弟 |
| 《古博阳娄》 | 尤沙 | 汉族老公公（干亲家） |
| 《直米利地战火起》 | 沙蹈爵氏敖 | 异族部落首领 |
| 《龙心歌》 | 沙蹈爵氏敖 | 异族部落首领 |
| 《战争与迁徙》 | 沙陡 | 汉族人 |

与彝族史诗《支嘎阿鲁王》不同，苗族史诗《亚鲁王》的对手是人类，《支嘎阿鲁王》中英雄阿鲁的对手却有两种，一种是自然；另一种是恶魔。

表8—2　　　　　　《亚鲁王》《支嘎阿鲁王》英雄对手身份对比

| 史诗 ＼ 要素 | 英雄对手 | 身份 |
|---|---|---|
| 《亚鲁王》 | 赛阳、赛霸 | 亚鲁兄长 |
| 《支嘎阿鲁王》 | 大雾、洪水、雕王、虎王、食人妖 | 自然、妖魔 |

在与自然的对弈中，阿鲁运用了自己的聪慧，首先测量出了大雾的厚度以及长短，在父亲的提示之下，请来朔风、劲风、强风从三面齐吹，吹了三天三夜才将大雾驱散。在治理洪水一章，虽然史诗将其神话化了，但是剥开其神话的外衣，我们可以看到阿鲁治理洪水的方法，采取的是用山石和泥土填平洪水，从中可以看出彝族先民在长期的发展中积累出来的治理洪涝灾害的方式、方法。而与恶魔斗争的部分，彝族先民为增加魔幻色彩，把人类现实社会中的动物形象进行重构，让其变成了具有魔性特征的怪物，这些都不难看出是彝族先民在原始社会与自然界中强大动物之间抗争的表现。

在史诗《亚鲁王》中英雄亚鲁的对手是其兄长，但是在其中也穿插了一些怪物。通过分析其与兄长赛阳、赛霸的战争，虽然有对龙心的争夺、对土地的争夺、对盐井的争夺，但都不难发现其目的只有一个，就是财产的争夺，人们在不断与自然抗争的同时，还产生了部落之间的争斗，这其实是父系氏族社会的一种现象。

## 三　英雄对手母题解析——与他民族史诗之比较

英雄对手是史诗中英雄业绩的观照点，英雄对手强大则英雄价值体现得更为强烈。因此对英雄对手形象的塑造也是英雄史诗的关键。在《亚鲁王》与其异文中的英雄对手母题比较中，我们分析了隐藏于史诗中的原始意蕴。下面，我们将通过比较《亚鲁王》《支嘎阿鲁王》《俄索折怒王》《格萨尔王》《玛纳斯》五部史诗，分析《亚鲁王》中英雄对手母题所彰显的不同之处。

表8—3　　　　　　　　　　　英雄对手——非人类

| 史诗＼要素 | 英雄对手 | 身份 |
|---|---|---|
| 《亚鲁王》 | 雄狮 | 野兽 |
| | 公龙 | 怪兽 |
| | 三爪怪 | 怪兽 |

续表

| 史诗 ＼ 要素 | 英雄对手 | 身份 |
|---|---|---|
| 《支嘎阿鲁王》 | 鲁依岩 | 龙王 |
| | 迷雾 | 自然 |
| | 鲁依岩 | 山神 |
| | 大亥娜 | 雕王 |
| | 阳几纳 | 虎王 |
| | 撮阻艾 | 食人魔 |
| 《俄索折怒王》 | — | — |
| 《格萨尔王》 | 长臂洽巴拉忍毒龙 | 黑色妖魔 |
| 《玛纳斯》 | | |

表8—4　　　　　　　　　英雄对手——人类

| 史诗 ＼ 要素 | 英雄对手 | 身份 |
|---|---|---|
| 《亚鲁王》 | 卢冕王 | 亚鲁父亲旧部下 |
| | 赛阳、赛霸 | 亚鲁兄长 |
| | 荷布朵 | 荷布朵疆域的国王 |
| 《支嘎阿鲁王》 | — | — |
| 《俄索折怒王》 | 默脱孟部 | 杀害折怒母亲的人 |
| | 武蒂宾里奇 | 希哲家的力士 |
| 《格萨尔王》 | 黄帐王 | 抢夺格萨尔王妃的人 |
| 《玛纳斯》 | 阔孜卡曼 | 与玛纳斯争斗的人 |
| | 昆古尔 | 杀死玛纳斯的人 |

中国的英雄塑造一般是要根据其对国家、社会做出的贡献为重点，西方国家的英雄塑造主要着重于人格的塑造，两者都是为某一时期的人们建立可供效仿的榜样，是这一时期人们崇拜的对象。中国的英雄文化诞生时间较早，从盘古开天、夸父追日就有英雄主义的浪漫色彩，中国的英雄似乎就是要维护正义、替天行道、拯救百姓于水火之中。中国的英雄往往在命运之下妥协和变通，中国式的英雄更要严格地恪守道德规范，疾恶如

仇、善恶分明。因此，英雄的对手就常常被描绘为恶的典型，是存有异心的异类。

通过将《亚鲁王》与几部史诗进行对比，发现《亚鲁王》的英雄对手既有人类，又有非人类，与《格萨尔王》有着一定的相似之处。根据英雄对手身份的不同，我们可以进行初步推断，史诗《支嘎阿鲁王》形成年代相对久远，而《亚鲁王》的形成时间当是在父系社会之后。

# 四　解读英雄对手母题

通过对史诗《亚鲁王》及其异文中英雄对手的比较，认为英雄对手身份有两种，一是英雄兄弟，二是异族人（或为汉族首领或为异族首领）。本节结合田野调查所得资料与相关史料进行分析，根据英雄对手身份的不同，深入研究其不同的根源。

### （一）人类同源的思想观念

在 2013 年 8 月，笔者在紫云县摆通村进行田野调查，恰巧当地有名的东郎韦老王在田里劳作，我们当即对其进行了采访。韦老王主动问及我们是否来自"那边"，对于"那边"这样的方向定位，我们无法回答时，杨正江便解释道："在麻山苗族的观念里面，没有民族之分，没有种族之别。"① 就像史诗中所叙述的，苗族先民从中原地区迁徙至西南地区后分散而居，他们把麻山之外的人都看作共祖的亲人。

于是，在麻山的葬礼仪式中，掺杂的汉族丧葬礼仪也就不足为奇了。就目前而言，麻山苗族葬礼仪式中存在着汉族道士与苗族东郎并用的现象，还存在苗族葬礼中哭丧以及抛撒纸钱的现象，这些当是受汉族丧葬文化的影响。

　　杨正兴在宗地乡的表哥韦广云家举行的韦金德的葬礼是汉族的道士先生和苗族东郎唱诵《亚鲁王》两种仪式并用。于 2011 年 3 月，在堂外公韦定荣的葬礼上也存在汉族道士先生与苗族东郎唱诵《亚

---

① 引自采访韦老王的录音稿。

鲁王》两种仪式并用的情况。①

对于麻山苗族葬礼中掺杂汉族丧葬礼仪的现象，我们专门对东郎韦老王进行了采访，韦老王进行了如下解释：

> 我们都是一家人，要是觉得他们的（丧事）做得好，我们就拿来用，其实都是一样的，都是为亡灵办事嘛，是好的都可以用。②

在《苗族古歌》中《人类起源歌》一节有着这样的叙述：

> 来看妹榜留，古时老妈妈，怀十二个蛋，生十二个宝。来唱十二蛋，来赞十二宝。白的什么蛋？黄的什么宝？白的雷公蛋，黄的姜央宝。花的什么蛋？长的什么宝？花的老虎蛋，长的水龙宝。黑的什么蛋？灰的什么宝？黑的水牛蛋，灰的大象宝。红的什么蛋？蓝的什么宝？红的蜈蚣蛋，蓝的老蛇宝。③

从古歌的叙述内容来看，苗族先民认为万物同源，相互之间存在着血缘联系。他们认为蝴蝶妈妈是人类的始祖，这一观念是世界同源观念的体现，同时也是苗族先民人类同源观念的依据。这一观念，在《亚鲁王》中也有所体现，史诗的《亚鲁祖源》一节中，讲述了亚鲁祖先董冬穹创造人类的过程。

> 董冬穹再娶波尼拉娄瑟做王妃，董冬穹再迎波尼拉娄瑟做王后。当家二十八年白天，住家二十八年黑夜。生了诺唷，生了卓喏，生了赛杜，生了乌利，生了耶炯，生了耶穹，生了丈瑟柔，生了赛扬，生了吒牧，生了鲁土，生了鲁嘎。他们是天神的祖宗，他们为地神的

---

① 引自采访东郎杨正兴的录音稿。
② 同上。
③ 潘定智：《苗族古歌》，贵州民族出版社1997年版，第94—95页。

祖先。①

通过分析史诗及其异文，发现《亚鲁王》与《亚鲁的传说》中记载的英雄与英雄对手是同血脉的兄弟。两者均流传于麻山地区，其中英雄与其对手同祖、同源的事实表明了苗族先民的人类同源的思想。麻山地势封闭，交通不便，缺乏与外界的联系，因此当地苗族受外界思想意识的浸润较小。而在《迁徙的传说》及《直米利地战火起》中英雄对手的身份变成了异族人的现象，则可能是受故事流传地民族观念的影响以及19世纪70年代末天主教和基督教在滇、黔、川苗区的影响。

### （二）苗族社会的部落战争

在《战争与迁徙》中，尤娄的对手沙陡在文中被译者标注为苗族传说中的异族头领，属于外族人。《古博阳娄》里面阳娄的对手尤沙被译为汉族老公公；《迁徙的传说》中古博杨鲁的对手都务也是汉族部落的首领。从这些叙述当中可知，苗族先民有参与部落纷争的历史记忆，而故事内容则是此记忆的体现。在汉籍记载的苗族历史中，苗族与汉族的首次战役就是蚩尤与黄帝的战役，蚩尤被黄帝部落打败之后便开始了苗族的首次迁徙，《周书·尝夏》："蚩尤乃逐帝（赤帝），战于涿鹿之阿，九隅无遗，赤帝大慑，乃说于黄帝，执蚩尤杀之于中冀。"② 进入奴隶社会，苗族先民因为与夏禹对抗，遭到攻打，战败之后一路向西南地区迁徙。"济济多士，咸听朕命！蠢兹有苗，昏迷不恭，侮慢自闲，反道败德，君子在野，小人在位，民弃不保。肆予以尔众士，奉辞伐罪，尔尚一乃心力，有克其勋。"③ 到了秦汉时期，苗族先民因不满封建制度的束缚而再一次迁徙，《后汉书·南蛮传》："秦昭王使白起伐楚，略侵南夷，始置黔中郡。汉兴改为武陵郡。"④

根据史诗中的叙述、民间传说以及历史典籍中的记载，笔者认为，史

---

① 紫云苗族布依族自治县《亚鲁王》工作室杨正江翻译整理：《苗族英雄史诗〈亚鲁王〉》，贵州省文化厅、贵州非物质文化遗产保护中心内部资料2011年版，第13—14页。

② 石朝江：《中国苗学》，贵州人民出版社1999年版，第22页。

③ 同上书，第44页。

④ 同上书，第47页。

诗中的战争并非是一种文学想象或者说是偶合，而是苗族先民部落战争的历史记忆。

### （三）英雄崇拜的原始信仰

史诗以英雄亚鲁与其对手赛阳、赛霸的斗争为主线，讲述了一位以民族发展为重任、不以战争为喜好、足智多谋、顾念亲情的民族英雄一生的业绩。而英雄的对手，不管是在史诗中，还是其异文中，均被塑造成为贪婪、好战、嫉妒、奸诈狡猾，具有强烈攻击性的负面形象。

一是亚鲁是苗族人民英雄崇拜的一种体现。人民将各种神力以及为民谋福祉的功绩归属于亚鲁，塑造了典型的民族英雄形象。在史诗中，亚鲁年幼就有着非凡的能力。

> 山风一阵阵狂吹，树木呼啦啦折断，亚鲁翻身跳起，亚鲁跃身而立。一头好大的野物，一头凶猛的雄狮，张开嘴如黢黑的岩洞，撑开掌像一只大簸箕，雄狮晃动身子，身过处大树呼啦啦倒地。亚鲁拉起弓箭，亚鲁挥动梭镖。雄狮闪身从上方来，亚鲁一镖刺向雄狮大腿。雄狮回身从下方来，亚鲁一镖刺中雄狮肚脐。雄狮大吼回望，雄狮怒眼相对。亚鲁一箭射进雄狮大嘴，亚鲁一箭射中雄狮脖颈。山山岭岭的人都来看，坡坡坎坎的人都来望。人人都在传，这个王射倒一条龙，这大王射中一只兔。①

史诗将亚鲁与其对手进行强烈对比，突出英雄亚鲁于部族而言的重要性，展示英雄卓越的领导才能与军事才能，彰显亚鲁部族向往和平的核心思想。

二是对亚鲁形象的塑造受祖先崇拜影响。"亚鲁"是麻山次方言苗族的先祖，在许多传说故事中都有踪迹，他们的名称不同，有"亚鲁""杨鲁""尤娄"等，其称呼的差异性是由语音的差异造成，实则同指"亚鲁"一人。"亚鲁"是苗语"Yangb luf"音译的词汇，在苗语里面是

---

① 紫云苗族布依族自治县《亚鲁王》工作室杨正江翻译整理：《苗族英雄史诗〈亚鲁王〉》，贵州省文化厅、贵州非物质文化遗产保护中心内部资料 2011 年版，第 221—222 页。

"爷爷"的意思。杨正江说："在演唱《亚鲁王》的时候，也有这种类似的现象，亚鲁王有许多儿子，其中一个是耶，一个是梭，在演唱的时候，经常出现'耶亚鲁'、'梭亚鲁'这样的提法，在这里，'亚鲁'便应当解释为'爷爷'。"① 流传于安顺地区的《迁徙的传说》中也注明了古博杨鲁是他们的始祖，是一个部落的首领。②

《亚鲁王》是麻山地区苗族丧葬仪式中唱诵的主要内容，其目的是歌颂祖先亚鲁的英雄业绩，囊括了亚鲁创业、称王、征战、迁徙的全过程。同时，苗族灵魂不灭的观念，将英雄祖先的神力赋予了其灵魂，认为先祖逝去后依然能为族人带来福荫，因此在麻山苗族地区常有祖先祭祀仪式。《亚鲁王》是麻山苗族人民对故地生活的向往，是对英雄祖先的崇拜和敬仰，亚鲁是英雄与祖先形象的结合体，是苗族人民英雄崇拜和祖先崇拜的综合性代表人物。

古代苗族战乱频繁，从涿鹿之战到1851年的咸同起义经历了大大小小的战役无数，《亚鲁王》中所记载的战争只是其中的一小部分。史诗中英雄人物的塑造栩栩如生、真实可信，英雄与对手之间的矛盾单一、斗争激烈，且情感朴实、真切。史诗所描写的人物不多，着重塑造的正面人物与反面人物就只有亚鲁及其兄长赛阳、赛霸。因此，史诗对他们的人物性格、特征、气质以及言谈都做了生动、形象的描述，对其内心世界都做了精致的刻画，使得史诗具有很强的艺术感染力，又符合历史真实，带有非常浓厚的时代色彩。而且，史诗对英雄及其对手的刻画并非简单的陈述或者是通过他人的赞誉和歌颂，而是将他们放置于血染的战场，通过两者之间精彩的搏斗和对峙，凸显双方鲜明的性格色彩，让读者能够从如此真实的环境中去体会英雄的高大、丰满的形象。人们对对手有多深的恨就对英雄有多深的爱，以此来深化人们对史诗的体悟，更增强了史诗的立体感和生命感。

通过对史诗及其异文中英雄对手身份的梳理，较为深入地还原了史诗英雄形象。英雄对手的身份以麻山为分割点，可分为两种类型：一是麻山

---

① 吴晓东：《"亚鲁王"名称与形成时间考》，载《民间文化论坛》2012年第4期。

② 苏晓星：《苗族习俗风情与口头文学》，贵州省民族事务委员会、中国作家协会贵州分会民族文学委员编印1987年版，第140页。

区域内的同族型，是英雄的兄长；二是麻山区域之外的异族型，与英雄无血缘关系。由此可知，在麻山区域内，苗族人民还存有"世界同源"思想，"人类同源"思想仍然占据主流。

# 第 九 章

# 战争禁忌母题

禁忌是一种被人们认为具有神秘力量的事件，通常是指在一些特定的文化或者是生活中被明令禁止的行为或者是想法。如果被禁止的是某些词语或者是某些物品，则被称为禁忌语或禁忌物。而人们的行为或者语言受到禁止，通常是因为这些行为或者语言违背了道德伦理，或者是这些语言或行为在之前带来过危险，再或者是具有侮辱的意义在里面，所以一旦出现了这些行为或者语言，实施该行为或者语言的人就要受到惩罚。

## 一 "禁忌" 概述

### (一) "禁忌" 释义

在古代，禁忌是人们因为对自然的敬畏或是对某些迷信而做出的一种防范措施，这种约束曾经在古代的生活中起到了诸如法律条文之类的作用。社会在不断地进步，很多禁忌随着人们对万物认知的深入以及对科学的学习而逐渐消除，但是长期传承下来的一些禁忌还是随着人们的生活习惯留存下来，并对人们的生活有着一定的影响。

作为被人们避讳的事物，禁忌在史籍当中多有记载。汉代王符的《潜夫论·忠贵》中记载："贵戚惧家之不吉而聚诸令名，惧门之不坚而为铁枢，卒其所以败者，非苦禁忌少而门枢朽也，常苦崇财货而行骄僭，虐百姓而失民心尔。"《风俗通·正失·彭城相袁元服》中对民间的禁忌也有一些记录："今俗间多有禁忌，生三子者、五月生者，以为妨害父母，服中子犯礼伤孝，莫肯收举。"唐代苏拯《明禁忌》诗有云："阴阳家有书，卜筑多禁忌。"鲁迅也曾在其书《且介亭杂文·随便翻翻》中就将中国传统的禁忌事宜表达得十分清晰："看一本旧历本，写着'不宜出行，不宜沐浴，不宜上梁'，就知道先前是有这么多的禁忌。"

禁忌作为饮食之教条存于北齐之时的颜之推所著《颜氏家训·养生》中："若其爱养神明，调护气息，慎节起卧，均适寒暄，禁忌食饮，将饵药物，遂其所禀，不为夭折者，吾无间然。"在李翱的《韩史部行状》中也曾提到，有人位居侍郎，因为饮食毫不节制，看起来比自己的兄长还要年长。可见，饮食禁忌并不是一种不科学的迷信，它是人们在长期的生活中总结出来的经验，何物可食，何物不可食；哪种食物之间相克，哪种食物之间相合都有其道理。

作为禁忌条令，在《后汉书·蔡邕传》中有载："至是复有三互法，禁忌转密，选用艰难。"意为：到现在，更制定"三互法"，禁忌更加严密，朝廷选用州郡等地方官员时非常艰难。

而作为禁止，其意义就更为浅显，在现代生活中，有很多标识牌，上面就有许多禁止的图文以提示人们这里存在着禁止的行为。例如，在商场贴有禁止吸烟的标识，在高速公路的损坏处会被放置禁止通行的标识。

以此来看，战争禁忌也就是指某一物件或者某一事件，禁忌母题是由设禁、违禁、违禁惩罚所构成。

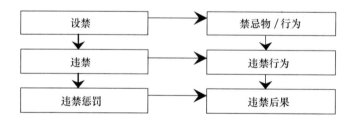

图 9—1　禁忌母题各要素行动逻辑

### （二）民间禁忌民俗

在民间存在着很多禁忌，有节日禁忌、饮食禁忌、信仰禁忌、语言禁忌、行为禁忌、婚姻禁忌，等等。

1. 关于节日禁忌。正月初一忌扫屋、忌摔打、忌出门远行、忌说不吉利的话、忌动用家什物件有响声；正月初一至十五之间，忌到田园耕作，因为按照古老的说法这样做会冲犯神灵，今后的一年会诸事不顺；按照流传的"娘家住个冬，夫家失去公"的说法，冬至之日夫妇忌住宿娘家；家中祭祀时，怕神灵听不清祭祀之人的祈祷，因此忌孩童在旁边大声说话。

2. 关于饮食禁忌。忌以筷子敲击碗，因为乞丐常以筷子击碗求人施舍，被认为是不祥之兆；忌倒扣放碗，因为病人吃药后常常倒扣碗在桌上，寓意今后不再生病吃药，所以无病倒扣碗被认为不吉利；忌在酒席或宴请之时用狗肉，通常认为狗为不洁之物，狗肉上席不吉利、不尊敬，故有"狗肉不上盘"的谚语。而东北等地及朝鲜族人喜吃狗肉御寒，对此并无忌讳。

3. 关于生活禁忌。外出时忌被鸟拉屎在头上，若是被鸟拉屎在头上，回家要吃太平面用来驱赶晦气；因家中修建炉灶有"向东什么都空，向西有东西晒"的说法，忌灶口面向东方；日落时分后阴盛阳衰，忌看病人；忌夫妇在娘家同房，忌孕妇在娘家分娩。有说从女人裤子下面走会晦气，因此女人的裤子不能晒在过道上。长辈睡在床上，晚辈忌在床前跪拜。若是父母尚且健在的，那么晚辈不能用白色头帕包头。父母健在还不宜在房前屋后栽种葡萄，怕对父母不利。产妇出院需盖蓑衣避邪。走夜路时头要正，不能向左右看，不然肩灯被鼻风吹灭，会招致鬼怪。夜间忌露天晾衣服，特别是童衣，否则会冲犯夜游神。

4. 关于儿童禁忌。新生婴儿胎发带有母体污秽之气，满月时要剃发沐浴，否则会触犯神明。忌小孩睡时在脸上涂抹，有说法讲小孩睡觉时会灵魂出窍，若是胡乱涂抹脸则小孩灵魂归来时，认不得自己躯体，会长眠不醒。儿童忌吃鱼卵，一粒卵生一条鱼，一口鱼卵吃下去便是几百条鱼类生灵，若是超过孩子福分，怕会早夭。儿童忌屋内遮伞，会长不高。儿童忌8岁时候上学，因"七上八下"之说，8岁入学不能上进。

5. 关于婚姻禁忌。男女若要通婚，须将生辰八字交与看命先生推算能否适合通婚。若生肖合适，所谓"红蛇白猴满堂红，福寿双全多康宁""青兔黄狗古来有，万贯家财捉北斗"等，这些都是好姻缘，可以通婚。而如"白马畏青牛""猪猴不到头""龙虎相斗虾鳖遭灾"等则忌通婚。男女相差6岁，被叫作"六害"，忌通婚。新婚之日忌身穿白衣物的妇女进屋，忌孕妇、寡妇入洞房。迎亲路上忌遇丧葬，若晦气遇到，须摔物件或互换礼物。

6. 关于生育禁忌。孕妇忌看戏，忌进入寺庙，忌接触丧事，忌夜间外出，忌食狗肉，忌参与祭祀或他人婚礼。孕妇忌在房间内拿剪刀剪东西，否则会对胎儿不利。产妇产月内，忌生肖属虎、穿丧服、带雨伞或是携金属器皿的人进入产房。

7. 关于礼仪禁忌。忌直接推门进门；忌直呼长者姓名；忌在人背后泼水、吐痰；忌送人以钟，因"钟"和"终"方言谐音，送"钟"即同送"终"。老人病逝忌直言说"死"，应说"老了"或者是"过后了"。

### （三）苗族社会禁忌习俗

虽然很多禁忌在今天已经被科学消亡，但是仍然还存留有一部分禁忌在人们的日常生活中约束着人们的行为。现在苗族社会里同样还保留着很多禁忌。例如：第一，忌在家里或夜里吹口哨。苗族认为各种神怪都是乘着凉风出行的，而吹口哨是招来凉风的。若是在家里吹口哨则会引鬼进家屋，遭遇不幸；而若是在夜里吹口哨，则会惹鬼缠身，受到灾难。第二，忌用脚踩三脚架。传说三脚架是三个护火的祖先变成的，苗族人家的火坑里都会放有一个铸铁三脚架，专门用来架锅子鼎罐煮饭、炒菜，代表祖先对于后代灶火安全的庇护，任何人都不能用脚踩踏，踩了三脚架就是对祖先的不恭敬。第三，忌坐于"杭果"方。通常苗族家中将祖先神位设在火坑右边（背朝向为北，面朝向为南，其余类推）的中柱脚，苗语将这一方称之为"杭果"。为表示对祖先的尊敬和严肃，严禁青年和妇女坐在这一方烤火取暖，更不能让孩童在这里打打闹闹吵扰祖先清净。第四，忌震动龙岩。每户苗族家中的堂屋中央都放置有一块石板，石板下留有一小坑，里面置有一碗清水，据说这是"龙"栖身的地方，若是震动了这块石板，就会惊动"龙"离去，失去了"龙"庇佑的家庭会遭灾。第五，忌小年庆祝。按照苗族算法，小年是由立春的那一天算起，逢到子日的日子。若是正月初四恰恰逢到子日时候，那么从初三晚上半夜子时开始就要起忌，一直到正月初四的夜晚子时为止才能解忌。在这段时间里面，一家老小双唇紧闭、数目对视，不说一句话。苗家在这一整天，全家休息，关门闭户，不上坡也不干农活。忌言凶物鬼怪，清晨起床后一直到吃早饭以前这段时间里，忌言龙、蛇、虎、豹和鬼这类凶物鬼怪。

## 二　战争禁忌母题脉络

《亚鲁王》所描述的几场战争里，其中两场战争是以女性为战争诱因，其余两场，一场是因争夺盐井引发的战争，另一场是因射杀雄狮。在北方的史诗当中，女性是英雄战争的主因，例如史诗《格萨尔王》中格萨尔王与黄帐王的战役就是由王妃珠毛引起的，黄帐王因垂涎于王妃珠毛的美色，趁格萨尔王外出征战时将珠毛掳走，格萨尔王得知消息后发起了远征，最终拯救了王妃，英雄格萨尔的业绩也就此完成。史诗《玛纳斯》中英雄玛纳斯在战争中受伤牺牲都是通过王妃卡妮凯的神药相救，英雄玛纳斯就是在王妃的帮助之下完成自己的英雄大业，但是最终因为没有听取王妃的劝告而毒发身亡。而《亚鲁王》中的女性大多不像其他史诗中的女性那样拥有神奇的力量，或者拥有能够帮助英雄成就大业的能力，她们只是普通苗族女子，与《格萨尔王》和《玛纳斯》中的英雄妻子相反，她们几乎成为英雄的累赘和完成大业的阻碍，因此这里我们要从以女性为诱发点的战争来进行探讨，分析为何战争要以女性为战争媒介，女性在战争中所起到的作用和史诗中所隐述的信息。同时，在战争中我们不仅要看到女性在战争中所起的作用，还应该从更直接的原因去着手，发现战争中的禁忌秘密。

### （一）卢呙王之战

第一场战争的女主角是夯驽的女儿波尼桑。波尼桑是亚鲁在外学艺归来途中结识的女性，也是亚鲁人生中的第一位女性，波尼桑出现在亚鲁生死存亡的关头，她给他养伤并精心照顾。亚鲁称王之后，收复故土纳经之时，与卢呙王进行了一场激烈的战斗，因为"这纳经王城地形好，这纳经王国地势高，卢呙城不易攻下，卢呙王难于砍杀"[1]。亚鲁久攻不下王城纳经，波尼桑便在这时带领兵马前来援助亚鲁王，"一匹骏马引兵飞奔而来，一匹战马领将呼啸而到。波尼桑骑马带七百援兵来了，波尼桑策马领七十援将来到"[2]。波尼桑从小在纳经长大，对纳经的地形和情况很熟悉，为亚鲁提供了很有帮助的信息，亚鲁得到波尼桑的帮助之后冲破了卢呙王城，然而在这个时候卢呙王却在暗中将波尼桑射倒在地，于是作为亚

---

[1]　紫云苗族布依族自治县《亚鲁王》工作室杨正江翻译整理：《苗族英雄史诗〈亚鲁王〉》，贵州省文化厅、贵州非物质文化遗产保护中心内部资料 2011 年版，第 89 页。

[2]　同上。

鲁第一个情人的波尼桑，为促成亚鲁业绩牺牲在战场。

虽然说这场战争是在波尼桑的帮助下获胜的，但要了解其中的禁忌还要更为全面地进行分析，在史诗前端有着这样叙述：

> 亚鲁日日朝前走，亚鲁夜夜往前行。亚鲁走进一处林子，亚鲁进入一片森林。亚鲁坐下歇息，亚鲁睡一会。亚鲁倒下昏昏入睡，亚鲁躺下沉沉睡去。山风一阵阵狂吹，树木呼啦啦折断，亚鲁翻身跳起，亚鲁跃身而立。一头好大的野物，一头凶猛的雄狮，张开嘴如黢黑的岩洞，撑开掌像一只大簸箕，雄狮晃动身子，身过处大树呼啦啦倒地。亚鲁拉起弓箭，亚鲁挥动梭镖……人人都在传，这个王射倒一条龙，这个大王射中一只兔。各自都在说，这个王射倒一头老熊，这大王射中一头雄狮。不要战事发生可战事已经发生，不让战争爆发可战争已经爆发。①

从史诗中的叙述可以看出，射杀雄狮是禁忌，英雄亚鲁因将卢冏王领地的雄狮射杀遭到卢冏王的迫害，以致引发战争。但是与卢冏王的战争，并没有设置禁忌的人，亚鲁并不知道射杀雄狮之后会带来杀身之祸。于是禁忌物即雄狮，违禁行为即射杀雄狮，违禁惩罚即招来杀身之祸。卢冏王之战的禁忌母题为：

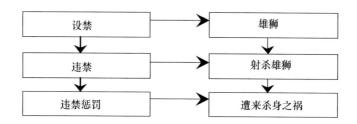

**图9—2　卢冏王之战中禁忌母题各要素行动逻辑**

---

① 紫云苗族布依族自治县《亚鲁王》工作室杨正江翻译整理：《苗族英雄史诗〈亚鲁王〉》，贵州省文化厅、贵州非物质文化遗产保护中心内部资料2011年版，第68—70页。

### （二）龙心之战

第二场战争可以说是亚鲁部族最大的灾难，战争的起因是争夺龙心，诱因是亚鲁的两位王妃波丽莎和波丽露。在这场战争中，亚鲁的哥哥赛阳和赛霸因嫉妒亚鲁获得了能够维护疆域稳定的宝物龙心而千方百计地抢夺，龙心威力强大使得赛阳、赛霸没有办法攻进亚鲁王城，于是赛阳、赛霸想出了一招诱骗英雄妻子的诡计夺取宝物龙心，让诺赛钦与汉赛钦去和波丽莎、波丽露成为情侣，在一步步计划的施行下，他们取得了波丽莎和波丽露的信任，波丽莎坚信诺赛钦与汉赛钦的诚心，并执意要将真龙心拿出来比试。诺赛钦与汉赛钦目睹了龙心的真面貌，"揭开红布，龙心一闪，掀开红绸，兔心一晃。那绿光如芭蕉叶一样绿茵茵，那白光像白牛角一般白生生"[1]。汉赛钦和诺赛钦看到龙心之后就回去向赛阳、赛霸汇报，赛阳、赛霸立即部署抢夺龙心的计划，依旧派汉赛钦和诺赛钦去与波丽莎、波丽露交朋友，汉赛钦、诺赛钦再一次用甜言蜜语骗取两位王妃的信任，得看龙心真面目，善良单纯的波丽莎和波丽露就这样让汉赛钦和诺赛钦把龙心抢走。"亚鲁王的龙心见光那一瞬，赛阳的箭镞立即跟踪射去。亚鲁王的兔心还没有见光，赛霸的钢刀瞬间追踪砍去。"[2] 凶狠的赛阳、赛霸得到龙心之后立即来追杀亚鲁王，不知情的亚鲁在毫无准备的情况下战败丢失了家园。

心有愧疚的波丽莎、波丽露为了弥补自己犯下的罪过，留下来与赛阳、赛霸厮杀，希望能够杀掉汉赛钦、诺赛钦报仇。在这场激烈的厮杀中，亚鲁部族方只有波丽莎和波丽露两人，在力量的悬殊之下，波丽莎、波丽露双双被敌方的士兵杀死。争夺龙心这场战争可以说是整个史诗的重要转折点，它是造成亚鲁部族从兴盛到衰败的主要事件。

在战争爆发前史诗就有交代：

---

[1]　紫云苗族布依族自治县《亚鲁王》工作室杨正江翻译整理：《苗族英雄史诗〈亚鲁王〉》，贵州省文化厅、贵州非物质文化遗产保护中心内部资料 2011 年版，第 141 页。

[2]　同上书，第 149 页。

　　耶偌把秘密告诉亚鲁，耶婉把音信传给亚鲁。亚鲁哩亚鲁，你第一个到这里来，你头一个来到这里。回去用红布包裹龙心挂上宫梁，它会保住你领地，它会繁盛你疆域。你儿孙后代拥有王室尊贵，你后代子孙保有传世王位。亚鲁哩亚鲁，你不能带它做生意，你不能拿它赶集市。它会为你带来仇恨，它会给你引发战事。①

　　所以可以说，耶偌、耶婉是禁忌的设置人，龙心是禁忌物。而对于禁忌行为，史诗中叙述的是"不能带它做生意，不能拿它赶集市"，言下之意就是不能让人知道宝物龙心的存在，那么违禁行为即龙心被外人所知，违禁惩罚即发生战争。龙心之战的禁忌母题为：

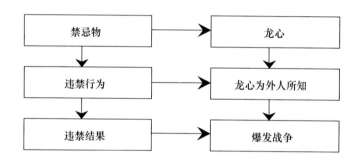

图9—3　龙心之战中禁忌母题各要素行动逻辑

### （三）盐井之战

　　第三场战争，是亚鲁王与赛阳、赛霸争夺盐井的战争。与赛阳、赛霸的战争失败后，亚鲁带着族人迁徙至岜炯阴安定下来，他们刀耕火种栽种小米养活族人。因为偶然的机会发现了生盐井，亚鲁一族靠卖盐巴过上了富足的生活，但是眼红的赛阳和赛霸哪能就这样放过亚鲁王，他们开始密谋要抢夺亚鲁王的生盐井。"赛阳赛霸说，我们是长兄，我们没得生盐井。赛阳赛霸说，我们是长子，为啥得不到盐井？亚鲁是兄弟，亚鲁哪来

---

　　①　紫云苗族布依族自治县《亚鲁王》工作室杨正江翻译整理：《苗族英雄史诗〈亚鲁王〉》，贵州省文化厅、贵州非物质文化遗产保护中心内部资料 2011 年版，第 128 页。

生盐井？亚鲁是幺弟，亚鲁咋能有盐井？我们得去夺盐井，我们要发动战事。"[1] 但是，亚鲁兵强马壮，在战争中将赛阳、赛霸打得不能翻身。"亚鲁王飞龙马腾空阵阵长嘶，亚鲁王一箭射中赛阳肚脐，赛阳翻身落马。亚鲁王玉兔马狂奔飞过山坡，亚鲁王一箭射中赛霸下体，赛霸翻身滚地，叫声凄惨。"[2] 于是这场战争的前半部分亚鲁暂时性地获得了胜利，亚鲁考虑到赛阳、赛霸不会甘心，于是带领族人放弃生盐井继续迁徙。"我们士兵少，我们将领寡，赛阳绝不心甘，赛霸不会罢休。赛阳还会再抢夺生盐井，赛霸定会转来抢劫盐井。亚鲁说，儿哩儿，我们会丢失生盐井，我们就要失去生盐井。我们得带七十挑麻种去开新疆域，我们要挑七十担构皮麻找新领地。"[3] 在这场盐井争夺战中，盐井是诱发战争的主要因素，但是战争的失败是亚鲁主动选择的结果。

在盐井之战中，禁忌物即盐井，违禁行为即盐井被外人所知，违禁结果即招来杀身之祸。盐井之战的禁忌母题为：

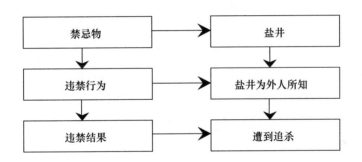

**图 9—4　盐井之战中禁忌母题各要素行动逻辑**

### （四）荷布朵之战

第四场战争，其实并不能称之为战争，只能说是较量，是亚鲁部族迁徙到荷布朵王国后与国王荷布朵的一场关于争夺领土的较量。亚鲁带

---

[1]　紫云苗族布依族自治县《亚鲁王》工作室杨正江翻译整理：《苗族英雄史诗〈亚鲁王〉》，贵州省文化厅、贵州非物质文化遗产保护中心内部资料 2011 年版，第 193 页。

[2]　同上书，第 199 页。

[3]　同上书，第 201—202 页。

着族人一路迁徙而来，发现荷布朵疆域的地理条件和自然环境十分适合族人的生存和发展。"亚鲁王说，这是一片开阔的盆地，这是一处险要的山区。一条大河穿过盆地中央，大片田坝散在河的两岸。这里可以逃避追杀，这儿能躲避战争。水源多多，粮草丰盛。亚鲁王说这里能抚养我儿女，亚鲁王讲这儿能养活我族人。"① 于是开始了一场智夺荷布朵王国的战役。

亚鲁王首先利用荷布朵的同情心与荷布朵结拜为兄弟，并利用自己的打铁技艺让荷布朵同意他们留在荷布朵疆域生活。"荷布朵说，亚鲁把你的打铁工具留给我吧，亚鲁将你的打铁技术教会我吧。亚鲁王说，可我的铁具我要用，我要打铁抚养我儿女，我靠打铁养活我族人。荷布朵要留亚鲁在自己疆域打铁具，荷布朵请亚鲁住在自己王国做铁匠。"② 亚鲁的计谋稳步推进，而荷布朵国王浑然不觉，其王国命运将由此改变。亚鲁留在荷布朵疆域之后，天天与荷布朵最年轻貌美的王妃霸德宙在一起给士兵做饭菜，亚鲁趁机与霸德宙成为情侣，待到霸德宙怀了身孕，荷布朵这才相信霸德宙之前所言为真。战争一触即发，荷布朵想要赶走亚鲁，但是早有准备的亚鲁便趁此机会，亚鲁开始与荷布朵比拼智谋，抢占荷布朵疆域。在一次次的比拼中，愚笨憨厚的荷布朵均不敌足智多谋的亚鲁，亚鲁最终获得了比拼的胜利，赢得了荷布朵疆域。这场战役可以说是亚鲁业绩再度得到刷新的标识，亚鲁因通过引诱霸德宙而获得了疆域，所以霸德宙是这场战争的功臣。

荷布朵之战与龙心之战有着相似的情节，龙心之战中亚鲁的王妃被假情人诺赛钦和汉赛钦欺骗，荷布朵之战中荷布朵王妃被亚鲁霸占。虽然与女性有着一定的关联，其实质仍是争夺财产。禁忌物即土地、王妃（女人），违禁行为即侵占领土、霸占王妃（女人），违禁结果即发生战争。荷布朵之战的禁忌母题为：

①　紫云苗族布依族自治县《亚鲁王》工作室杨正江翻译整理：《苗族英雄史诗〈亚鲁王〉》，贵州省文化厅、贵州非物质文化遗产保护中心内部资料2011年版，第322页。

②　同上书，第331页。

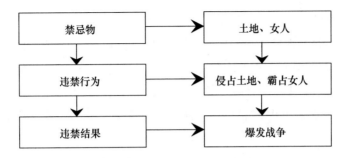

图9—5 荷布朵之战中禁忌母题各要素行动逻辑

从史诗中描述的几场战役来看，战役的发生均源于利益冲突（争抢某块领地或者是某样物品），但女性原因诱发的战争就有两场，唯一一场战役是因为获得女性的帮助而获取胜利的就是与卢呙王的战役。似乎，战争中对女性态度的褒贬不一致，存在着矛盾的态度。

# 三 战争禁忌母题内涵

禁忌母题广泛存在于国内外史诗或故事传说中。简单来说，禁忌母题就是以某样物品或者是某事件为限制，如果触碰了某样物品或者是做了某件违禁之事就会带来相应的灾难。禁忌母题在国内民间传说故事中出现的频次颇高，常见的避讳型故事就是以禁忌母题为中心，一般来说可以通过大量阅读此类故事，探寻隐藏在故事中的一些创作者无意识的文化表现，并以此分析探索此类文化形成的背景及其发展脉络等信息，亦可结合此类文化事项对当地民众的影响和该母题所表现的禁忌民俗，来探讨禁忌母题对人们的社会生活和经济发展所带来的潜在影响。

## （一）现实生活中禁忌习俗的映射

在天鹅处女型故事中，男主人公通常都是在发现女主人公原有身份后失去女主人公，故事中女主人公身份暴露就是禁忌设置，如果触犯此禁忌，男主人公就面临失去女主人公的窘境。在故事《田螺姑娘》中，男主人公谢端从小是孤儿，过着很不如意的生活，但是他每天依旧很勤劳地干活。有一次他在田里捡上来一只田螺放在家的水缸里养着，接下来谢端每天回家都会吃到热腾腾的饭菜，他以为是邻居帮忙便一一去感谢，可是邻居都说不是，他便决定要见见是谁帮他做好饭菜。一天他装作出去干活的样子偷偷躲到厨房窗户下面观看，原来是田螺变的女子在为他生火做饭，男主人公扑上去抱住了田螺问清了缘由，但是因为田螺姑娘的身份被男主人公知道了，田螺姑娘不能再待下去，便飘然离去，剩下男主人公一个人。

这个故事明显就是由禁忌母题构成的，男主人公触犯禁忌得到了应有的惩罚。此类故事，是劳动人民在生产生活中，对神灵的一种畏惧和崇拜的思想展现。《田螺姑娘》是福建的民间故事，因福建地处沿海，所以以海中之物为故事对象，故事中所表达的是穷苦人民对生活寄予希望，希望神灵能够给予他们帮助，不再过苦难的日子。但是因为神灵的不可触犯，在创造故事的时候就设置了这样一个限制，如果神灵的真面目被识破，老百姓就不会得到保护和庇佑，这是一种十分直观的禁忌表现形式。在沿海一带，对海神的祭拜是十分常见的，他们希望神灵保佑他们能够每次出海都有好的收获，也希望海神不要兴风作浪为难他们。故事当中的禁忌或许不是现实生活中禁忌习俗的直接套用，不需要人们去践行，但是它仍然具有其作用。或许故事中因破坏了禁忌导致的后果其实是现实生活中另外一种禁忌的原因，也就是说故事式的禁忌是现实生活中禁忌的解释。因而，对这类禁忌故事的解读有利于我们发现其与民俗学的内在意义。

《亚鲁王》中的战争几乎都是关于争夺财产而展开的战争，第一场战争是亚鲁王收复失地纳经而展开的战争；第二场战争是亚鲁王获得龙心后遭到兄长赛阳、赛霸的嫉妒前来抢夺引发的战争；第三场战争是赛阳、赛霸眼红亚鲁王的生盐井而挑起的战争；第四场战争是亚鲁王欲夺取荷布朵王国而谋划的战争。这一场场的战争，都是因为争抢财产而发起的。

**（二）农耕文化的映射**

文本中对龙心的释义——一件能够维护疆域稳定、保护部族发展的充满神圣性的物品。在这里，我们无法考证龙心在现实生活中是一件什么形状的物品，但能知道的是龙心可以呼风唤雨。"亚鲁王将龙心伸进水缸，炸雷三声，地动山摇，瞬间下起瓢泼大雨，立时刮下碎石冰雹。整整三天，风卷碎草漫天飞扬。"① 根据龙心的这种特性来判断，它定是人们用以祭祀水神的象征性物品，或者说是在水里捡回的奇特的物品，被人们赋予了神力，所以放置在家加以祭拜，希望保佑风调雨顺、国泰民安。"耶偌把秘密告诉亚鲁，耶婉把音信传给亚鲁。亚鲁哩亚鲁，你第一个到这里来，你头一个来到这里。回去用红布包裹龙心挂上宫梁，它会保住你领地，它会繁盛你疆域。你儿孙后代拥有王室尊贵，你后代子孙保有传世王位。"②

很多历史及传说故事都记载了苗族是从富庶的黄河下游与长江中下游往西迁徙而来，那么，苗族早期则是以农耕生活为主体的民族。首先，这一点从苗族的语言上也可以体现。贵州东部苗语的田为"las"、水稻为"nex"；中部苗语的田为"lix"、水稻为"nax"；西部苗语的田为"lax"、水稻为"nblex"，可知田和水稻都不是外来词和借词而是苗族的固有词；其次，苗族对田的分类细密；苗族表示稻米的词也比较多，不同的稻米用不同的词加以区分，如中部方言中，nax bangx hat 为旁海稻、nax bil 为旱稻、nax bil yel 为别由稻等。"苗族的神明崇拜中对天地和龙的崇拜比较突出。以村为单位集体祈祷的祭龙，祭天地、招龙，单家独户办的接龙，以及看风水、相龙脉等，都很盛行。"③ 苗族先民原来生活的黄河中游及长江中下游地区，其农业主要有大汶口文化的粟、大溪文化的稻米以及河姆渡文化的籼亚种晚稻型水稻和良渚文化的苎麻。

由此可见，古代苗族主要以种植水稻为主要生活来源，由于农耕生活是"看天吃饭"，所以苗族人民希望掌管雷雨的龙神能够按照自己的需要来施行雨露。历史记载，苗族先民曾在黄河一带进行过祭祀龙神的活动，后由于蚩尤与炎、黄两帝不合，双方发动了战争，苗族战败后据长江中下游一带形成新的部落联盟，史称"三苗"。之后，随着苗族大部往西南地区的迁徙，形成了三大方言区，即东部方言区、中部方言区和西部方言区。"苗人……即古之三苗，自涿鹿战后渐次向南辟居，以滇黔为最

---

① 紫云苗族布依族自治县《亚鲁王》工作室杨正江翻译整理：《苗族英雄史诗〈亚鲁王〉》，贵州省文化厅、贵州非物质文化遗产保护中心内部资料 2011 年版，第 136 页。

② 同上书，第 128 页。

③ 苗族简史编写组：《苗族简史》，贵州民族出版社 1985 年版，第 337 页。

多。"① 虽然苗族在迁往西南地区之后分散居住，但是对龙神的祭祀依然存留，在贵州的黔东北、黔西南以及黔东南都还有着祭祀龙神的习俗，且在黔东南的台江县还有着一年一度的龙舟节，这些都是龙神崇拜在现实生活中的具体反映。因此，关于龙心争夺的这场战争，实际上反映的是苗族的农业文明生活。

### （三）私有制时代的映射

在亚鲁这一代已经进入了父系氏族社会，也就是说进入了私有制时代，由于人们的分配不均，贫富差距拉大，产生了对财产争夺的情况。因为龙心具有保护疆域稳定的功用，且只为亚鲁王一人所有，所以招来了赛阳、赛霸的嫉妒，进而产生了决定性的战争。

而对盐井的争夺就十分直观地体现出人们对私有财产的向往，亚鲁王因为战胜了野兽发现了生盐井，进而尝试炼制生盐的技艺，熬制出生盐，亚鲁的生意越做越红火，赛阳、赛霸胸中的怒火忍不住爆发，决定发起战争。"赛阳赛霸说，我们是长兄，我们没得生盐井。赛阳赛霸说，我们是长子，为啥得不到盐井？亚鲁是兄弟，亚鲁哪来生盐井？亚鲁是么弟，亚鲁咋能有盐井？我们得去夺盐井，我们要发动战事。"② 有关亚鲁王盐井战争的说法，吴晓东就在其文章《〈亚鲁王〉名称与形成时间考》中提到："亚鲁王的战争是在滇东北、黔西北、川西南挨近金沙江一带，这一区域是有名的井盐区。四川的自贡自不必说，云南的盐津县也因曾拥有盐井产盐并设渡口渡汛③而得名，其县城所在地为盐井镇。"④ 因为是井盐，所以地点不会是在沿海地区，根据史学家的考证说明：大夏之盐其实就是竖沙之煮卤为盐，也就是鸟氏的"盐贩之泽"的古代巴蜀的井矿盐。由此可以推断，《亚鲁王》中所说到的盐井之战的地点应当是在金沙江周围。

原始社会末期，随着生产力的不断发展，劳动工具的不断完善，新的

---

① 苗族简史编写组：《苗族简史》，贵州民族出版社 1985 年版，第 13 页。
② 紫云苗族布依族自治县《亚鲁王》工作室杨正江翻译整理：《苗族英雄史诗〈亚鲁王〉》，贵州省文化厅、贵州非物质文化遗产保护中心内部资料 2011 年版，第 193 页。
③ 目前所使用的为"度汛"，指度过汛期，是时间上的转移，而不是空间上的转移。
④ 吴晓东：《〈亚鲁王〉名称与形成时间考》，载《民间文化论坛》2012 年第 4 期。

生产工具发明，促使了剩余产品的出现，"私有制能出现在小家庭中，部落首领占有较多私有财产，当然是毫无疑问的事情"①。亚鲁王在之前获得了独一无二的龙心，成为了族人心中的优秀首领，虽然龙心被自己的哥哥们抢走，亚鲁王还是能够再一次为族人寻找到生存所需的各种资料，这其中就包括了让人羡慕的生盐井。亚鲁王所获甚多，使得哥哥们对他心怀不满，于是对于盐井这样能够致富的财产，他们自是不会轻易放过，关于财产的又一场抢夺之战也就不可避免。

### （四）父权社会的映射

史诗中的女性作为诱因引发战争，映射着母系氏族社会进入父系氏族社会之后，女性社会地位发生转变。史诗中所描写的战争除盐井之战外，几乎每场都有女性的参与。在卢芮王之战中，亚鲁是在夯弩女儿波尼桑的帮助之下取得胜利，纳经王城地理条件极具优势、易守难攻，亚鲁耗费大量的精力与时间都未能将其攻下，为了帮助亚鲁，波尼桑只身前往战场，将纳经王城的致命之处告诉亚鲁，亚鲁战胜了卢芮王，但是波尼桑却战死沙场。这场战争隐藏着对女性的歌颂，无不体现着漫长的母系氏族社会对后世的影响，同时波尼桑的死亡也象征着母系氏族社会的消亡。

亚鲁的第二场战争是史诗最为重要的战争——龙心之战，这场战役是在波丽莎和波丽露的手中失败的，因遭到敌方以情侣身份的诱骗，波丽莎、波丽露在毫无戒备的情况下就将龙心送与敌方手中，因为这次的失误造成了亚鲁部族族人遭到血的教训。女性在此场战役中作为战争的导火索，在苗族社会中，女性能够在婚后的特定时间内与情人约会而不受约束，这明显是母系氏族社会的遗风，但是在史诗中，通过叙述王妃波丽莎、波丽露因为与情人约会而带来战祸来表明父系氏族社会对母系氏族社会的抗争，最终以波丽莎、波丽露的死亡宣告母系氏族社会的失败。

### （五）祖先崇拜的映射

史诗中女性参与的最后一场战争是荷布朵之战，这场战争是亚鲁王为了获得让部族生存的土地勾引荷布朵王妃而引发的战争，虽称之为战争，

① 苗族简史编写组：《苗族简史》，贵州民族出版社 1985 年版，第 24 页。

实则是一场智慧的较量。荷布朵之战与龙心之战有相似之处，均是通过引诱女性达成获取财产的目的。这一次，亚鲁从被抢夺方变成了抢夺方。亚鲁首先以兄弟的名义与荷布朵结拜，暂住在荷布朵疆域；紧接着，他因为打铁的手艺得到在荷布朵疆域长期居住的特权；最后，亚鲁霸占荷布朵王妃霸德宙挑起与荷布朵的战争，并通过各种计谋和智慧的较量，最终战胜了荷布朵，得到荷布朵疆域。这场战役充分地体现了英雄亚鲁的聪明才智，以及人文英雄的特质，不费一兵一卒，没有厮杀与流血就赢得了为族人发展的土地，这是苗族人民对自己祖先的崇拜，对自己民族英雄的崇拜。

# 第 十 章

# 心脾禁忌母题①

郎樱认为，史诗与异文母题的比较是深度挖掘母题最有效的方法，也是探寻本民族古老民俗信仰最直接的手段。② 她强调，比较文学中的母题通常具有重复出现、内涵丰富、程式化三个特征。本章以此为切入点，探究史诗《亚鲁王》中的心脾禁忌母题中的文化内涵。

## 一 禁忌母题

文学作品不独立于生活之外，也不是作者的想象，更不是人们的孤立的思想，文学是一个时代的反映，也是某一时期思想的一种表现形式。禁忌母题是文学作品中一种特殊的表现形式，它在很多民间文学故事中反复地出现，受到了人们的广泛关注。

### （一）禁忌母题研究综述

《避讳型故事中禁忌母题的文化解读》③ 认为，禁忌母题是中国民间故事中的一个频发性母题，这类故事潜藏着众多的文化无意识，文章从名讳式、言讳式、污讳式三种较为典型的避讳型故事来进行分析，从文化人类学的角度，深入挖掘故事中的文化底蕴，提出名讳式故事并不随意裁定习俗本身的好恶，而是希望通过这种避讳的过程来刻画人物形象，履行故

---

① 本章主要观点已在《原生态民族文化学刊》2015 年第 1 期发表，经补充完善后用于本书。

② 郎樱：《史诗的母题研究》，载《民族文学研究》1999 年第 4 期。

③ 万建中：《避讳型故事中禁忌母题的文化解读》，载《南昌大学学报》2000 年第 1 期。

事所担任的教化职责；言讳式故事通过"言讳"的路径，把周围的自然景物或人文景物奇异化、神秘化；污讳式故事以女性歧视为主题，凭借着神话的外衣掩盖族群中女性歧视的观念意识等。可见，禁忌母题的深入挖掘有利于我们进一步认识到故事中的文化内涵，有利于我们进一步解读故事的深层意蕴。

　　一般禁忌母题都是以设禁—违禁—惩罚的叙事模式来呈现的，解禁型故事的禁忌母题则跳出了这样一种范式，创造出了一种新的叙述路线即：违禁—解禁，向世人讲说了人们面对禁忌的积极进取和主动。万建中根据解禁的方式将解禁型故事分为借口、转移、口彩三种方式，并通过解析认为，任何民间故事都不会诋毁任何有生命力的禁忌风俗，解禁型故事也是如此，虽然在"违禁"环节之后的故事话语中注入了强烈的摆脱惩罚的主体意识，但是这种主体意识又未能击毁禁忌固有的内在规定。①

　　所谓神谕亦即神灵向凡人发出的指令，现有的神灵系统是从原始人类的万物有灵开始的，人们对自然的崇拜产生了一系列的神灵，诸如日月神、山川神，等等，随后逐渐产生了精怪崇拜、祖先崇拜、性崇拜，等等。这些神灵和精怪逐渐被抽象出来，形成一个庞大的鬼神世界，成为支配人们行为的一种外部力量。一旦这些神灵对人类发出指令，指令没有得到执行，人类就会受到惩罚，所以我们把神谕看作一种禁忌。万建中把神谕故事归类为梦兆式、物兆式、神灵或精怪言告式，他认为每类故事母题都在宗教、伦理、心理等不同层面，蕴示着神谕的现实功能，并指出神谕其实质就是人们自己自发制造的，神谕的落实和兑现，神谕型故事的宣讲，乃是人类命运的异化。②

　　在《一场关于人与自然关系的深刻对话——从禁忌母题角度解读天鹅处女型故事》③一文中，作者认为天鹅处女型故事是原始人兽婚型神话传说的变体，通过禁忌母题衍生出来的故事情节实际上是人与自然的矛

① 万建中：《民间故事禳解禁忌的方式和禁忌之不可禳解》，载《广西民族学院学报》2000年第4期。

② 万建中：《神谕型禁忌母题与民间凶兆信息传输》，载《宝鸡文理学院学报》2001年第3期。

③ 万建中：《一场关于人与自然关系的深刻对话——从禁忌母题角度解读天鹅处女型故事》，载《北京师范大学学报》2000年第6期。

盾、对立，人和异类虽然在故事当中可以结合，但是他们之间的隔膜始终
都不可能得到随意的弥合。这类母题与人类的原始思维和图腾崇拜有着很
深的联系，人类的原始文化在故事中得以留存，只不过是隐藏在故事的逻
辑结构之中鲜为人所知罢了。

对猎人海力布型故事的研究主要有林继富的《守禁违约的背后——
"猎人海力布"型故事解析》[1]，猎人海力布型故事是由懂动物语言和禁忌
母题所组成的，因为地域与文化的差异衍生出了不同的文本，林继富认为
这类故事可分为两个亚型即违禁型和守约型。同时违禁型还分为显形和隐
形，显形一般是以主人公救助动物为开头，而主人公悲壮牺牲为结局，主
人公牺牲之后化身为各种永恒不灭之物。这种构想其实是人们对英雄的敬
仰与崇拜之情，猎人海力布型故事颂扬一种舍己救人、为民造福的崇高精
神。隐形则不设禁，所以主人公的违禁行为是隐藏在故事的叙事之中的，
禁忌中的受罚在故事中演变成了主人公逃避灾乱，走向自由的结局，使故
事少了一份严肃，多了一些轻松。通过对猎人海力布型故事的梳理以及对
我国守约型故事的流传情况的分析，笔者认为该类型故事的流传地当是古
老的印度。

### （二）异文禁忌概述

通过搜集整理，发现《亚鲁王》存在诸多异文，其中关于心脾禁忌
的就有六篇之多，分别是：《龙心歌》《战争与迁徙》《古博阳娄》《迁徙
的传说》《亚鲁传说》《直米利地战火起》。现将其故事内容简要概述
如下：

《龙心歌》中，沙蹈爵氏敖与格诺爷老和爷觉毕考为仇家，常常攻打
他们。而格诺爷老和爷觉毕考有龙心庇佑，沙蹈爵氏敖的野心一直不能得
逞，两家的厮杀连续不断。沙蹈爵氏敖不甘心，在格诺爷老和爷觉毕考取
得胜利放松警惕之时，派兵前来盗取了龙心。丢失了龙心的格诺爷老和爷
觉毕考失去了神力的庇佑，败在了沙蹈爵氏敖手下，失去了良田与金银，
也丢失了阿卯这个地方。

---

[1] 林继富：《守禁违约的背后——"猎人海力布"型故事解析》，载《民族文学研究》
2000 年第 3 期。

《战争与迁徙》讲述的是因祭祖引发的事件，原本尤娄与沙陡两家关系要好，准备开亲，却在祭祖的时候找不到猪肝和猪心，在猜忌和愤怒下，沙陡将罪责归于尤娄的儿女身上。于是尤娄杀死自己的一双儿女，剖腹查看，没有发现猪肝和猪心。悲痛不已的尤娄将砂锅打破，没想到猪心和猪肝粘在了锅底，尤娄与沙陡的仇恨就此结下。战争一爆发就不能停止，尤娄和沙陡最终都死在了战场，战祸一直延续到两家后代，因尤娄子孙敌不过沙陡子孙，最终丢失了赖以生存的家园，逃到了深山老林里面生活。

《古博阳娄》同样讲述的是因龙心引发战争的故事。阳娄在格勒格桑定居之后，生活富足，兵强马壮。然而，一只母猪龙却常常在他的庄稼地里面糟蹋羊毛谷子，阳娄得知此事后怒气冲天。他决定在晚上蹲守庄稼地，将祸害庄稼的母猪龙抓个正着。阳娄提着牛角弓弩杀死了母猪龙，在大家的提议下，将这怪物抬回去煮肉吃，可是这怪物的心怎么都煮不熟，于是这颗心就被保留了下来。母猪龙的肉有限，阳娄的干亲家没能吃上肉就率兵来攻打，阳娄幸得母猪龙心的保护，使得阳娄的地方下了七天七夜的大雪，尤沙因此没能攻下格勒格桑，便装扮成货郎骗走了阳娄的龙心，阳娄失去龙心败下阵来，只能带领族人往西迁徙，最终安居在夏董蒙藏。

《迁徙的传说》讲述了古博杨鲁从南京迁徙到格罗格桑定居，因为杨鲁能经商，会耕种，也会打仗，其他部落的人都嫉妒他。汉族部落的首领都务想要吞并格罗格桑地盘，于是战争就此爆发。都务率兵前来攻打杨鲁，杨鲁用母猪龙的心——独龙宝打败了都务，取得了胜利。都务心有不甘，派自己手下扮成货郎的样子，前去哄骗杨鲁的两个女儿泥娅和泥姐，换走了杨鲁的独龙宝。都务拿走独龙宝后，又率兵来犯，杨鲁失去了独龙宝败给了都务，在这场厮杀中，杨鲁的得力将领祝迪龙也被都务杀害，杨鲁伤心欲绝，安葬好祝迪龙之后，就带领族人一起离开了格罗格桑。都务虽然得到独龙宝也占领了格罗格桑，但是他仍然没有放弃追杀杨鲁的念头，都务一直攻打杨鲁，杨鲁不得不继续一次又一次地迁徙，最后定居在尕代卜这个地方。定居之后，杨鲁教族人开荒种田，发展生产，过上了幸福安定的生活。

《亚鲁传说》是流传在紫云县四大寨乡的一则故事，讲述了亚鲁与幺鲁之间的矛盾。亚鲁有四兄弟，分别是：亚鲁、幺鲁、杨新朵和黑家长。

杨新朵和黑家长出远门，只剩下亚鲁和幺鲁在家，亚鲁妈妈偏心，把所有好的东西都给了亚鲁，幺鲁为此十分生气，亚鲁与幺鲁之间的矛盾就此激化。一天，亚鲁像往常一样去查看田水，但是田水干了，亚鲁当即责怪自己的七个妹妹，但其七个妹妹说田水不是她们舀干的，而是被一只长得像母猪的怪物喝干的。亚鲁知道后，就拿着弓箭埋伏在田坎边，等待怪物出现。果然，那怪物下到田里喝水，亚鲁趁机用弓箭将其射杀。亚鲁将怪物抬回去，想把它的肉煮来吃，没想到怎么煮也煮不烂，于是亚鲁去问神仙草，神仙草告诉亚鲁要将龙心和龙角挂在房梁上，这样亚鲁的子孙就会得到保佑升官发财。亚鲁按照神仙草的话做了，他的儿子果然做了官。亚鲁与幺鲁一样做起盐巴生意，两人因生意发生不合，幺鲁就带人来攻打亚鲁，亚鲁得到龙心的保护获得胜利。幺鲁心生疑虑，派手下人来打探消息，得知亚鲁拥有龙心，便想方设法骗走了亚鲁的龙心，得到龙心之后，幺鲁再一次去攻打亚鲁，这一次亚鲁失去龙心的保护，敌不过幺鲁，就带领全家逃跑，在老三的领地住下。老三心中不服，与老二联手将亚鲁赶走，亚鲁最后定居到了叫"合融合大"的地方。

《直米利地战火起》讲述的是格蛊爷老、格娄爷老两位老人在直米利地居住，直米利地地势平坦，气候温暖，是适宜人们生活居住的好地方。沙蹈爵氏敖心肠歹毒，看见两位老人生活富足便想攻打他们，抢夺地盘和财产。在第一场战争中，格蛊爷老请来寨中的理老来进行决策，共同推举嘎骚卯碧带领士兵迎战，士兵们勇猛无敌，打败了沙蹈爵氏敖的士兵。沙蹈爵氏敖不甘心，又继续攻打，但还是没能成功。很多年过去了，沙蹈爵氏敖又带兵来犯，这一次，格蛊爷老、格娄爷老用龙心和龙角抵御住了沙蹈爵氏敖的攻击。野心勃勃的沙蹈爵氏敖连续攻打九次，每次都失败了，他不甘心，于是用计谋骗走了龙心，趁机杀死了两位爷老。丢失了龙心的族人没办法与沙蹈爵氏敖抗衡，于是嘎骚卯碧带领族人们离开了直米利地，去远方生活。

## 二 异文的心脾禁忌母题比较

### （一）异文禁忌母题叙事架构

通过对《亚鲁王》及其几篇异文《迁徙的传说》《亚鲁传说》《古博

阳娄》《直米利地战火起》《战争与迁徙》《龙心歌》的概览，发现其中的英雄名分别为：杨鲁、亚鲁、阳娄、格蚩爷老和格娄爷老。在文章《〈亚鲁王〉名称与形成时间考》中，吴晓东根据苗语语音与语义论证了格诺爷老、格娄爷老、阳娄、杨娄古仑、杨鲁、古杰仑等通指一人——亚鲁。而书中所列出的《亚鲁王》异文，其英雄人物名字不同，但是异文所叙述的内容却十分相近，讲述的都是故事主人公本生活富足，因外人的嫉妒而遭受攻打。但是有宝物——龙心（独龙宝）的庇佑，主人公获得胜利。心有不甘的敌方利用计谋骗取了宝物，致使主人公战败而举族迁徙。

通过比较《亚鲁王》与这几篇异文，本章将心脾禁忌母题叙事结构概括如下：主人公射杀怪兽获龙心—战争中因龙心获救—敌方用计骗取龙心—失龙心战败。

表 10—1　　　　　《亚鲁王》与异文心脾禁忌母题要素比较

| 母题<br>史诗 | 心脾禁忌母题 |
| --- | --- |
| 《亚鲁王》 | 亚鲁射杀怪兽获龙心—赛阳、赛霸发起攻击，亚鲁因有龙心保护获胜—赛阳、赛霸用计骗取亚鲁王妃信任夺走龙心—亚鲁失龙心战败 |
| 《迁徙的传说》 | 杨鲁射杀母猪龙获龙心—都务发起战争，杨鲁有龙心保护获胜—都务装扮成货郎骗取杨鲁女儿泥娅和泥妞的信任换走龙心—杨鲁失龙心战败 |
| 《亚鲁传说》 | 亚鲁射杀怪物获得龙心—因盐生意与幺鲁发生战争，在龙心保护下获胜—幺鲁派人与亚鲁女儿谈恋爱骗取龙心—亚鲁失龙心战败 |
| 《古博阳娄》 | 阳娄射杀母猪龙得龙心—尤沙因没有分得肉吃与阳娄发生冲突，阳娄有龙心保护未遭侵袭—尤沙扮成货郎哄骗阳娄女儿泥娅、泥妞，夺走龙心—阳娄失龙心战败 |
| 《直米利地战火起》 | 格娄爷老与格蚩爷老生活富足，引来沙蹈爵氏敖的嫉妒—沙蹈爵氏敖攻打直米利地，格娄爷老用龙心击退—沙蹈爵氏敖用计诱骗妇女偷走龙心—失龙心战败 |

续表

| 母题<br>史诗 | 心脾禁忌母题 |
|---|---|
| 《战争与迁徙》 | 沙陡与尤娄开亲，杀猪祭祖—猪肝与猪心不见，沙陡误会尤娄儿女偷吃，发生战争—尤娄子孙战败迁徙 |
| 《龙心歌》 | 沙蹈爵氏敖与格诺爷老和爷觉毕考互为仇家，沙蹈爵氏敖常攻打格诺爷老和爷觉毕考的领地阿卯，因有龙心保护沙蹈战败—沙蹈偷走龙心—格诺爷老和爷觉毕考战败 |

　　禁忌母题是民间故事中较为常见的一类母题，此类母题在故事当中主要充当事件的推动者。禁忌母题的叙事模式通常为：设禁—违禁—惩罚（其他）。在民间故事《田螺姑娘》中，渔夫谢端因好奇看见了帮他做饭的田螺姑娘的真身，田螺姑娘不得不就此离开。故事中，田螺姑娘的真身为"禁忌"，被人看见为"违禁"，离开为"惩罚"。因此，在《田螺姑娘》这则民间故事中，禁忌母题是串联故事情节的关键，是构成整个故事的核心。妇孺皆知的《白雪公主》故事中，白雪公主因善良美丽，遭到后母的嫉妒，后母扮成一位老妇人将有毒的苹果给白雪公主吃，善良的白雪公主吃了毒苹果便昏死过去，后因为王子的一个吻，唤醒了美丽的公主，公主与王子幸福地生活在一起。故事中，毒苹果为"禁忌"，白雪公主吃苹果为"违禁"，白雪公主死去为"惩罚"，而王子的吻则为"解禁"。

　　《亚鲁王》中，亚鲁因为杀掉破坏庄稼的怪物而获得龙心，耶婉和耶偌告诉他："亚鲁哩亚鲁，你第一个到这里来，你头一个来到这里。回去用红布包裹龙心挂上宫梁，它会保住你领地，它会繁盛你疆域。"[①] 亚鲁按照耶婉和耶偌的说法，将龙心挂在了宫梁之上，亚鲁部族也因此过着富裕的生活。赛阳和赛霸知道此事后眼红心嫉妒，两人商量攻打亚鲁，但是亚鲁有龙心保护，赛阳、赛霸并未成功，于是两人回去谋划抢夺龙心的计

---

　　① 紫云苗族布依族自治县《亚鲁王》工作室杨正江翻译整理：《苗族英雄史诗〈亚鲁王〉》，贵州省文化厅、贵州非物质文化遗产保护中心内部资料 2011 年版，第 128 页。

谋。赛阳、赛霸以亚鲁王妃波丽莎和波丽露为突破口夺走了龙心，亚鲁因此战败丢失家园。故事中，龙心悬挂在宫梁上为"禁忌"，而龙心离开了宫梁为"违禁"，亚鲁的战败迁徙为"惩罚"。

"龙心"作为禁忌物，在史诗中关系着部族的生死存亡，它能呼风唤雨，能使冰雪连绵，能让族人生活富裕，似乎是一件充满神奇魔力的宝物。整部史诗除龙心这一章之外，其现实性色彩浓厚，缘何独有这一章充满神话色彩？为此，本章从心脾禁忌母题着手，分析其文化意蕴。

### （二）异文禁忌母题结构分析

通过分析这六篇异文，将心脾禁忌母题叙事模式概括如下：

拥有"心"（禁忌）——"心"被抢夺或丢失（违禁）——战败迁徙（惩罚）

在《亚鲁王》的六篇异文中，《战争与迁徙》这则故事中的"心"不具备保护部族安定的神力，而是作为祭祀物出现的。在其余几篇异文中，"心"都具有能呼风唤雨、地动山摇等功能。总体来说，"心"的丢失会造成战祸，丢失"心"的一方最终会失去领地，被迫迁至远方。故事当中，"心"作为推动事件发展的重要物品，如何能承担如此重要的任务？这将是我们要探讨的问题。

根据以上文本内容，作者将史诗《亚鲁王》与这六篇有关心的故事异文的心脾禁忌母题进行归纳整理如下：

（1）战争

（2）得到心的保护

（3）心为祭祖用品

（4）英雄拥有心

（5）被诬陷偷心

（6）夺心（骗心）

（7）英雄（丢心）战败

这七个母题要素构成了亚鲁有关心脾禁忌故事的主要面貌，史诗《亚鲁王》中的心脾禁忌母题链结构为：（4）＋（2）＋（1）＋（6）＋

（7）；《龙心歌》中的心脾禁忌母题链结构为：（1）＋（2）＋（6）＋
（7）；《战争与迁徙》中的心脾禁忌母题链结构为：（3）＋（5）＋
（1）＋（7）；《古博阳娄》中的心脾禁忌母题链结构为：（1）＋（2）＋
（6）＋（7）；《迁徙的传说》中的心脾禁忌母题链结构为：（1）＋
（2）＋（6）＋（7）；《亚鲁传说》中的心脾禁忌母题链结构为：（4）＋
（1）＋（2）＋（6）＋（7）；《直米利地战火起》中的心脾禁忌母题链
结构为：（1）＋（2）＋（6）＋（7）。从《亚鲁王》史诗与这几篇心脾
故事异文的心脾禁忌母题链来看，（1）战争、（2）得到心的保护、
（6）夺心（骗心）、（7）英雄（丢心）战败，这四个要素是构成心脾禁
忌母题链的主要要素，为我们接下来对心脾禁忌母题的分析提供了方向和
目标，也为我们挖掘心脾禁忌母题的深层文化内涵提供重要依据。

## 三　心脾禁忌母题解析

从史诗《亚鲁王》及其异文的流传情况来看，心脾禁忌母题十分稳
定，其变异性甚微。就《战争与迁徙》一则故事中，产生些许变异，但
所述也为因丢失"心"导致战争，最终战败迁徙的内容。可见，这一母
题的流传极其稳定，其重要性显而易见。作者试从苗族历史、原始崇拜以
及社会形态三点进行阐释说明。

### （一）早期农业文明

从很多历史传说和典籍中我们了解到，苗族是从黄河中下游迁徙而
来，早期的生产生活以农耕为主。

从语言上来说，苗族有关于水稻的精细分类，在本书中有论述，苗族
将稻子分为旱稻、旁海稻、别由稻等，从其分类可知，这些词汇是苗族的
固有词汇，进而可知水稻不是从外引进，而是苗族原有农作物。苗语称大
米为 ghab shaid；麦子为 gad meil 或 gad mangl；玉米为：gad vangx（黄
平）或 gad diel（凯里、雷山）或 gad xak（丹寨、三都、都匀）。由此可
知，苗族是较早进入农业文明的民族之一。

从仪式上来说，苗族祭龙仪式繁多，"苗族的神明崇拜中对天地和龙
的崇拜比较突出。以村为单位集体祈祷的祭龙，祭天地、招龙，单家独户

办的接龙，以及看风水、相龙脉等等，都很盛行"①。苗族先民原来生活的黄河中游及长江中下游地区，其农业主要有大汶口文化的粟、大溪文化的稻米以及河姆渡文化的籼亚种晚稻型水稻和良渚文化的苎麻。其生活来源以水稻为主，农耕生活与自然、气候有关，所以苗族先民们希望能够通过祭祀仪式，要求掌管雨露的龙神降雨施恩，以此保证正常的生产。

　　相关典籍记载，苗族先民曾经在黄河中下游进行过祭祀龙神的活动，由于蚩尤与炎帝、黄帝不合，发生战争，苗族先民战败后据守长江中下游，形成了"三苗"联盟。随后，苗族大部继续往西南迁徙，形成了三大方言区——东部方言区、中部方言区、西部方言区。"苗人……即古之三苗，自涿鹿战后渐次向南辟居，以滇黔为最多。"② 苗族迁至西南地区之后分散居住，但是依然保留着对龙神的祭祀习俗，在贵州的黔东北、黔西南以及黔东南都还有着祭祀龙神的习俗，且在黔东南的台江县还有着一年一度龙舟节，这些都是龙神崇拜在现实生活中的具体反映。在麻山地区，山高石多、雨水量少，人民进行农业生产较为艰难，当地村民说一般在正月初一之时，每家每户都会在屋外放置一个水桶，第二天桶中水有所增加，就寓意着来年雨水充沛。③ 总之，《亚鲁王》心脾禁忌母题蕴含着苗族先民的早期农业文明。

### （二）龙神崇拜

　　在史诗中，亚鲁得到龙心之后询问耶婉和耶偌，亚鲁得到答案："亚鲁哩亚鲁，你第一个到这里来，你头一个来到这里。回去用红布包裹龙心挂上宫梁，它会保住你领地，它会繁盛你疆域。"④ 于是，回到宫室之后，亚鲁按照耶婉和耶偌的说法，将龙心用红布包裹挂在宫梁之上。在麻山苗族地区，至今仍然流传着一种"通灵仪式"，在遭遇困惑或者苦难无法解除之时，主人家恳请苗族巫师偌⑤举行仪式，代替主人家向先祖询问根

---

① 苗族简史编写组：《苗族简史》，贵州民族出版社 1985 年版，第 337 页。
② 同上书，第 13 页。
③ 引自采访当地村民王老妹的录音稿。
④ 紫云苗族布依族自治县《亚鲁王》工作室杨正江翻译整理：《苗族英雄史诗〈亚鲁王〉》，贵州省文化厅、贵州非物质文化遗产保护中心内部资料 2011 年版，第 128 页。
⑤ 能与神灵对话的人。

由。史诗中的这段亚鲁和耶婉、耶偌的对话则是"通灵仪式"的结果。在史诗中，婉和偌要求亚鲁将龙心用红布包裹悬挂在宫梁之上，能够保佑亚鲁领地平安、昌盛。实际上，这一行为就是对龙神的祭祀行为，是祭祀仪式的文学体现。

人们对龙神的崇拜实际是对自然力的一种崇拜，在从事农业生产过程中，雨水是重要元素，因而人们对雨水的渴求形成了龙神崇拜的习俗。苗族先民的龙神崇拜亦是如此，是苗族先民农耕生活的折射。虽然，苗族先民已从黄河一带迁至西南各地区，但是对于大米和糯米的记忆依然存在。在贵州生活的苗族人民没有放弃对水稻的种植，大部分还保持着吃糯米的习惯。

在麻山腹地，山高石多，土壤是稀缺物。苗族人民迁徙至此，因为自然条件的限制无法造田种植，但是他们在日常的祭祀中都必须使用糯米和稻米，以示对祖先的敬重。苗族人民在麻山，没有工业，农业生产也十分艰难，因此，祈盼风调雨顺也就成为了当地人民的一种共同愿望。这样一种共同的愿望因为自然力的无法操控，最终变成了一种自然崇拜，并跟随苗族农耕生活存在、发展。正如弗雷泽所言："图腾是野蛮人出于迷信而加以崇拜的物质客体。他们深信在图腾与氏族的所有成员中存在着一种直接和完全特殊的关系。……个体与图腾之间的联系是互惠的。图腾保护人们，人们则以各种方式表示他们对图腾的敬意。"[1] 人们因为对自然物的崇敬产生了对图腾的一些禁忌，因此史诗中心脾禁忌母题实际上是现实生活中龙神崇拜的反映。

### （三）私有制度

史诗中亚鲁与赛阳、赛霸的龙心争夺，实际上是财产争夺的一种形式，是苗族先民社会中，公有制观念与兴起的私有制观念冲突的一种体现。

在原始社会末期，随着生产力的不断发展，生产技能的不断提升、新生产工具的发明，促使生产量得到增加，剩余产品出现，人们对于剩余产

---

① ［英］詹姆斯·乔治·弗雷泽：《图腾与外婚制》，转引自朱狄《原始文化研究》，生活·读书·新知三联书店 1988 年版，第 77 页。

品的抢夺就成为必然，"私有制能出现在小家庭中，部落首领占有较多私有财产，当然是毫无疑问的事情。"①

## （四）权力象征

史诗文本中，龙心的归属寓意着胜者，龙心被赋予了能保护部族平安、繁盛王室的能力。

> 亚鲁王心中不安，带上龙心回到王宫，亚鲁王心慌意乱，拿着龙心转回宫室。用红布裹龙心挂在宫梁上，它带来一年四季的冰天雪地。春天，飞舞的雪花飘洒天空，亚鲁王领地一片白雪，就好像到了冬季一样。飞舞的雪花飘在天空，漫天白雪铺满亚鲁王疆域。整整三年护佑亚鲁王领地，亚鲁王领地保住整整三年。龙心昌盛亚鲁王王室，龙心稳住亚鲁王疆土。②

从人体构成来说，心脏是人体结构中的关键组成部分，掌管着生死大权。人的大脑和心脏，如果大脑死亡，心脏未停止跳动，人依然保有生命体征，但是如果人的心脏死亡，人就进入了真正意义上的死亡阶段。由此可见，心脏较之于大脑更为重要。苗族人民赋予了龙心如此重要的意义，是基于对人自身组成结构的一种认识。

史诗中有对亚鲁失去龙心的相关叙述："亚鲁王说，女儿们，我的龙心为何不见？亚鲁王说，女儿们，我的兔心到哪去了？波丽莎与波丽露一道讲，波丽莎与波丽露一起说，大王哩大王，龙心被诺赛钦抢去……亚鲁王说，国土已经丢失，疆域如此破碎。你俩和我一起走吧，你们与我一道逃吧。"③龙心之于国土，如心脏之于人，因此拥有龙心，国土才能得以保全。在苗族人民的日常生活中，也如此认为。

---

① 苗族简史编写组：《苗族简史》，贵州民族出版社 1985 年版，第 24 页。
② 紫云苗族布依族自治县《亚鲁王》工作室杨正江翻译整理：《苗族英雄史诗〈亚鲁王〉》，贵州省文化厅、贵州非物质文化遗产保护中心内部资料 2011 年版，第 128—129 页。
③ 同上书，第 155—160 页。

在"亚鲁王"拜师仪式中，东郎会将鸡的几个器官作为徒弟们学习能力的象征，因此在拜师中，东郎会摆放上鸡心、鸡肠、鸡肝等内脏，让想习唱《亚鲁王》的徒弟们抓阄，一般抓到鸡心的为大师兄，东郎会教授全部的史诗内容。可见，心脏在苗族观念中占有重要地位，因此不难理解史诗中，亚鲁为何丢失龙心导致战败。

### （五）万物有灵

万物有灵是原始先民最为普遍的一种宗教信仰，在原始社会，人们缺乏认识自然及自身的能力，对于一切不可解释的现象，都存在敬畏的心理。他们认为，自然万物与人类一样，拥有意识、情感、情绪，具有生命特征。人们在意识中，将自身所拥有的各种能力赋予自然万物，并对自然物中人所不具有的能力加以崇拜，"原始人普遍地认为世界是一群有生命的存在物，自然的力量，一切看到的事物，对人友好的或不友好的，它们似乎都有人格，有生命或有灵魂的。"[1] 因此，在很多地方，人们对石头有着崇拜之情，万物轮回，却只有石头不死不灭，因此人们认为石头具有永生的能力，便在小孩出生之时，给小孩以石头命名，希望小孩能够像石头一样长寿。同时，对于鱼的高产，人们也是十分崇拜，原始先民们信奉多子多福，因而还存在鱼崇拜的现象。

在苗族的民间文学作品当中，也存在着十分普遍的万物有灵思想，他们赋予了自然物以人的思维和情感，例如在《苗族古歌》中的《运金运银》一节中，金银能说会笑，具有人格化特征。"金银下了梯，走到水潭里，肩膀挨肩膀，手臂靠手臂，坐成一排排，说话笑咪咪……金银在潭里，金银要穿衣，要是像现在，姑娘穿的衣，蓝靛染成的。金银穿的衣什么染成的？金银穿的衣，清水染成的，衣衫亮晶晶，穿起真合身。"[2]《砍枫香树》中，"凭白遭冤枉，枫树怎样讲？凭白遭冤枉，枫树开口讲：'我身长得高，头在半空中，树根吃塘泥，树叶喝云彩，身子直立立，腰

---

① 陆群：《民间思想的村落：苗族巫文化的宗教透视》，贵州民族出版社 2000 年版，第 25 页。

② 潘定智、杨培德、张寒梅：《苗族古歌》，贵州人民出版社 1997 年版，第 14 页。

杆不会弯,怎么偷鱼秧?'"① 在苗族先民的观念里,任何自然物与人一样,拥有能掌控自己行为的意识,他们主观地为自然物构建了一个可沟通、可交流的人性世界,并对其超越人能力范围之外的力量加以崇拜,认为人们所遭受的自然灾害定是因为自身行为触犯了自然物而遭受的惩罚。

"母题的文化内涵及象征意义的涵盖面是很广泛的,它们所揭示的多为人类原始思维的特点,所反映的也是古代社会生活的民风民俗。"② 心脾禁忌母题是《亚鲁王》中独有的母题,其蕴含的原始信息量十分丰富,还需我们进一步探索研究,争取挖掘出其中的独特价值。

---

① 潘定智、杨培德、张寒梅:《苗族古歌》,贵州人民出版社 1997 年版,第 83 页。
② 郎樱:《史诗的母题研究》,载《民族文学研究》1999 年第 4 期。

# 第十一章

# 杀子母题

杀子母题是国内外都存在的一类母题，但是相较于国内而言，则较多存在于西方的文学作品中。在西方，广泛存在着蕴含有杀子母题的文学作品，不管是父杀子还是母杀子类型，作品都相当丰富。例如，古希腊文学作品《美狄亚》中，美狄亚因为丈夫的背叛，燃起了她的仇恨之火，她在复仇的过程中因为认识到子嗣对于父亲的重要性，于是想出了杀掉亲生孩子报复丈夫伊阿宋的办法；而在莎士比亚的作品《哈姆雷特》中，存在的是父杀子母题，虽然克劳迪欧斯是他的继父，但是仍然是一种父子关系的结合，克劳迪欧斯因为哈姆雷特的戏剧演出怀恨在心，于是想借用英国国王的手将哈姆雷特杀死，虽然两者之间不是血缘关系的父与子，但在作品中也是以父子关系存在的。

## 一　杀子母题简述

### （一）杀子母题研究综述

学者们将杀子母题分为：捍权型、同情型、献祭型、仇杀型、无知型。所谓捍权型杀子母题通常就是父亲因为要保全自己的权力和地位将自己亲生孩子杀死；同情型杀子母题主要体现在母杀子的情节中，主要是因为女性在爱情中失去了理智以杀死自己孩子为手段获取感情；献祭型杀子母题是父辈们为了实现自己的理想或者是为了大众的利益牺牲自己孩子，这是一种与宗教信仰有关的母题类型；仇杀型杀子母题常常存在于母亲与孩子之间，母亲通常是在其丈夫背叛她之后激起了她的愤怒之情，于是被愤怒冲昏头脑的母亲就用杀亲生孩子的方法来对丈夫进行报复；无知型杀子母题，是父辈之间在不知情的情况下将自己孩子杀死的情节。

　　母题是最能够方便学者们直观地对文学作品进行研究的切入点，因为母题是构成文学作品的重要因素，文学作品纵向时间序列中母题的稳定流传或者变异都是研究文学作品最为深刻的着眼点。通过梳理有关杀子母题的相关文献，认为杀子母题的研究至目前为止比较少，且关于国内杀子母题的研究更是十分的少。有关杀子母题的研究从 1992 年开始，国外杀子母题的研究当中主要以古希腊的文学作品为主，在 1992 年李恒方的《漫议美狄亚的"杀子"之举》① 主要是从悲剧性方面来对杀子母题进行分析。在国内的研究中关注《聊斋志异·细侯》中的母杀子情节的主要有严琳的《忠义与理性的冲突——从细侯杀子看世俗伦理对人性的异化》，② 其中关注民俗仪式的是张应斌《土家族古代杀子祭神》③ 一文，通过土家族的《摆手歌》里的叙事内容和古文典籍《墨子·节葬》《墨子·鲁问》中的记载（《墨子·节葬》云："昔者越之东有辁沐之国者，其长子生，则解而食之，谓之宜弟；其大父死，负其大母而弃之，曰鬼妻不可以与居处"及《墨子·鲁问》："楚之南有啖人之国者桥，其国之长子生，则鲜而食之，谓之宜弟"）对应分析，认为土家族古代存在着杀子献祭的风俗。中国杀子献祭的例子很多，但是杀子风俗研究的文章相对来说也比较少。

### （二）杀子母题研究的必要性

　　苗族史诗《亚鲁王》是集麻山苗族创世史、征战史、迁徙史于一体的史诗，具有神秘而小众、禁忌而肃穆、雄厚而悲壮、完整而活态的特征。就这部史诗而言，其特别之处在于它贯穿麻山苗族的日常生活，不管是生老病死还是日常祭祀都会使用到该部史诗，当地的人们还将史诗奉为日常行为规范准则，史诗已经融入他们的血液，成为他们的精神信仰。可以说，史诗《亚鲁王》已经不仅仅是文学作品那么单一了，它涉及麻山

---

①　李恒方：《漫议美狄亚的"杀子"之举》，载《河南师范大学学报》1993 年第 6 期。

②　严琳：《忠义与理性的冲突——从细侯杀子看世俗伦理对人性的异化》，载《小说评论》2009 年第 6 期。

③　张应斌：《土家族古代杀子祭神》，载《贵州民族研究》1998 年第 2 期。

苗族的方方面面，于是要对麻山苗族进行研究必将离不开对《亚鲁王》的研究，对《亚鲁王》进行研究也必将离不开对麻山苗族的研究，两者是不可分离、不可或缺的。文学作品是源于生活且高于生活的，我们在文学作品中会发现现代生活无法找到的，却是曾经生活的遗留的现象。母题研究方法是将文学作品中稳定或者产生变异的因素提炼出来，并结合本地民俗传统加以分析，得出相应的结论或者说缘由。《亚鲁王》的杀子现象出现了两次，这应该引起我们的关注，或许这样一两句简单的叙述正是我们发现古代人民生活现象的切入点或者正是我们探寻古老之路的入口。

## 二　杀子母题脉络

### （一）第一次杀子

在大多数文学作品中，父亲杀害儿子无外乎就是为了权力或者是因为献祭需要，而母亲杀死儿子多是体现在对丈夫的报复之上。那么对于苗族史诗《亚鲁王》中所描述的杀子现象又是出于何种原因？首先我们先来看看文本中对于该现象的描述。

> 耶炯造十二个太阳照遍十二个疆域，耶穹造十二个月亮照亮十二方领地。火辣的太阳让岩石消融，火热的阳光让山崖融化。旷野里人人撑开钢伞，大地上人人都举上铁伞。地上不长草，天空不下雨，糯谷不成熟，棉花不打苞。派哪个女祖宗射太阳？派哪个男祖宗射月亮？派赛扬去射太阳，派赛扬来射月亮。赛扬妻子孕上了儿子郎冉郎耶，赛扬老婆怀上了娃儿郎冉郎耶。赛扬攀上马桑树去射太阳，赛扬爬上杨柳树来射月亮。赛扬射太阳去了十二年白天，赛扬射月亮去了十二年黑夜……郎冉郎耶的母亲说，郎冉郎耶哩郎冉郎耶，你带干粮去河边等你父亲，你拿糯米饭上路迎你父亲。①

赛扬的儿子郎冉郎耶听从了母亲的话带着干粮上路去迎接他的父亲，

---

① 紫云苗族布依族自治县《亚鲁王》工作室杨正江翻译整理：《苗族英雄史诗〈亚鲁王〉》，贵州省文化厅、贵州非物质文化遗产保护中心内部资料 2011 年版，第 21—23 页。

但是从未见面的两父子，相见也如路人一般。没有见过父亲的郎冉郎耶更是要与自己的父亲比试，看看太阳和月亮是不是他射下的。"郎冉郎耶说，你说你是射太阳的人，你说你是射月亮的人，我们比试哪个射中这只老鹰的眼睛。郎冉郎耶一边说，拔箭就射中老鹰眼睛。"① 赛扬想着自己丢下家中妻子儿女来射太阳和月亮，现在功劳却被这个小孩子给抢了，心中十分愤怒，于是将郎冉郎耶杀死。"赛扬说，娃哩娃，我丢下儿女去射太阳，我抛下家室来射月亮。射太阳去了十二年白天，射月亮用了十二年黑夜。你这不讲理的崽子，斗胆抢我的功劳！你这不像话的崽子，胆敢侮辱我的英名！赛扬怒火中烧射三箭，郎冉郎耶中箭身亡。"② 杀死郎冉郎耶后，赛扬回到家中发现所杀之人为自己的儿子，顿时后悔不已，于是拔剑自杀。

> 这话惊翻了赛扬，赛扬的心肝碎了。赛扬狠狠捶打胸膛，赛扬哗哗流淌眼泪。赛扬说，是我射死了我儿郎冉郎耶！赛扬转身去那棵马桑树下，赛扬转回到那株杨柳树脚。赛扬将亲生子郎冉郎耶埋在马桑树下，赛扬把亲生儿郎冉郎耶葬在杨柳树脚。郎冉郎耶变成十二簇惑，郎冉郎耶变作十二簇眉。赛扬后悔死了，他拔剑自杀身亡。他也变成十二簇惑，他又变为十二簇眉。③

在这里射日、射月的英雄不仅将自己的儿子杀死，并且最后还自杀身亡，是一场彻底的悲剧。

## （二）第二次杀子

史诗中出现第二次杀子，是在亚鲁王的第二次射日、射月中，因为亚鲁王的"七百竿梭镖射尽了太阳，七十支响箭射落了月亮"，亚鲁疆域从此不见天日。赛嘎咏用十二只金手镯和十二只银手镯造成了十二个太阳和

---

① 紫云苗族布依族自治县《亚鲁王》工作室杨正江翻译整理：《苗族英雄史诗〈亚鲁王〉》，贵州省文化厅、贵州非物质文化遗产保护中心内部资料 2011 年版，第 24 页。

② 同上。

③ 同上书，第 25 页。

十二个月亮，谁知太阳太大晒死了亚鲁王的女儿波德布，于是射日、射月的任务又来了，亚鲁王派儿子卓彦玺去射杀太阳和月亮。"卓玺彦说，父王哩父王，你派我射杀太阳，你派我追杀月亮。我儿女刚怀在嘎赛咏身上，我子女还藏在嘎赛咏肚里。"[1] 虽然卓玺彦不愿意去射杀太阳和月亮，但是亚鲁王说："儿女已在你妻身，子女已在你妻体。生了儿子，生了男孩，我来取名耶郎棱。生了女儿，生了女孩，我就取名波尼苔。"[2] 于是卓玺彦收拾好行李和工具去射杀日、月。

> 卓玺彦去到那棵十七丈高的马桑树下，卓玺彦走到那株十七抱粗的杨柳树脚。卓玺彦问马桑树，马桑树哩马桑树，你会长到勒咚吗？马桑树说，我枝丫已伸进勒咚。卓玺彦问杨柳树，杨柳树哩杨柳树，你的根会入地吗？杨柳树说，我的根已经稳扎大地。卓玺彦爬上那棵十七丈高的马桑树，卓玺彦攀上那株十七抱粗的杨柳树。爬到了勒咚。从天亮到上午又是中午，十二个太阳高高照亮勒咚，十二个月亮远远挂在天外。卓玺彦挥动两面锋宝剑，卓玺彦张开两根弦钢弓。挥一剑，射杀一个太阳叮当落地，射一箭，射下一个月亮叮咚坠落。[3]

十一个太阳和十一个月亮被射掉了，赛嘎咏得知了消息就让儿子耶郎棱去找他的父亲卓玺彦，但是两父子也是一样从未见过面，乌鸦的叫声引得卓玺彦烦躁，他拿起钢箭射杀乌鸦没有射中，耶郎棱好心帮他杀死乌鸦却遭到了卓彦玺的怀疑，进而引来杀身之祸。

> 鸟的聒噪惹翻了卓玺彦。卓玺彦听到火冒三丈，卓玺彦旋风一样立起，射出七十支钢箭，射不中那只乌鸦。耶郎棱说，大王哩大王，你射不中它，我来帮你射，你杀不中它，我来替你杀，卓玺彦只得把弓递给耶郎棱。耶郎棱一箭射出去，那只乌鸦咚咚落地。卓玺彦心

---

[1] 紫云苗族布依族自治县《亚鲁王》工作室杨正江翻译整理：《苗族英雄史诗〈亚鲁王〉》，贵州省文化厅、贵州非物质文化遗产保护中心内部资料 2011 年版，第 390—391 页。

[2] 同上书，第 391 页。

[3] 同上书，第 392 页。

想，这小子也许是上方来的匪，这家伙或许是下方来的盗。我射不中，他射中。我杀不中，他杀中。十二个太阳是我射完，十二个月亮由我杀尽。卓玺彦说，这小子一定是上方来的匪，这家伙必定是下方来的盗。流窜到亚鲁王疆域，打劫在亚鲁王领地。日后一天只怕会有三起匪乱，将来一夜也许会发生三场战事。卓玺彦拔出两面锋宝剑，卓玺彦张开两根弦钢弓。射向耶郎棱，杀了耶郎棱。①

与之前不同的是卓玺彦并没有因为杀死了自己的儿子而愧疚自杀，反而是在询问未果后将耶郎棱的尸体砍成了三百六十块。

## 三　杀子母题内涵

结合上述两次杀子情节的分析，我们可以将这两次杀子的叙事模式简述如下：

（1）接射日、射月任务—离开妻儿—射日、射月成功—遇儿子（互不相识）—与儿子比试败给儿子—因怀疑杀死儿子—愧疚自杀。

（2）接射日、射月任务—离开妻儿—射日、射月成功—遇儿子（互不相识）—自己射不中得到儿子帮助—因怀疑杀死儿子—将儿子尸体砍碎。

我们从杀子母题的叙事模式来看，这两次杀子中存在的稳定的因素有射日、月，离开妻儿，射日、射月成功，遇儿子（互不相识），杀死儿子。不同的因素有前者是因为儿子的怀疑而与儿子比试，后者是因为自己得到儿子帮助而产生怀疑。前者杀人者自杀，后者杀人者继续破坏尸体。

通过分析我们看到，这类事件与射日、射月有关，并且父辈与子辈互不认识，父辈怀疑子辈会抢夺自己的功劳最终杀死子辈。因此，我们不仅可以从杀子母题中稳定的部分来进行分析，还可以从它们之间的异同来进行分析，以此进行比较分析，有利于我们更为深入地探讨和研究史诗当中两次杀子母题存在的深层原因和历史背景。

---

① 紫云苗族布依族自治县《亚鲁王》工作室杨正江翻译整理：《苗族英雄史诗〈亚鲁王〉》，贵州省文化厅、贵州非物质文化遗产保护中心内部资料 2011 年版，第 395—396 页。

### (一) 与射日、射月的联系

结合两次杀子情节来看，我们可以很直观地看到这两次杀子均是出现在英雄完成射日、射月任务之后，那么究竟史诗中的杀子与射日、射月有何关系呢? 我们试图从史诗文本与历史史实来进行分析。

从文本中来看，第一次射日、月是因为"火辣的太阳让岩石消融，火热的阳光让山崖融化。旷野里人人撑开钢伞，大地上人人都举上铁伞。地上不长草，天空不下雨，糯谷不成熟，棉花不打苞"①。通过文本叙述可知，射日、射月的原因为十二个太阳让大地干旱炙热，人民民不聊生。吴晓东在其文《〈亚鲁王〉名称与形成时间考》中讲道，"关于亚鲁王的故事情节的产生时间上限在唐宋时期"②，有专家学者认为一代为 20 年或者 25 年，但是考虑到在古代生产力不发达以及传统风俗来看，成年男女十几岁成婚的很多，那么根据 18 年为一代的代数往上推，并结合史诗文本中父子连名制的记录"董冬穹—赛扬、乌利—耶冬—波尼宰—波尼娄—冉哈索—巴哈沙—董哈荣—婆婆—耶左—耶陔—耶欣—耶仲—翰玺鹜—亚鲁"(从亚鲁追溯回赛扬这一代有 14 代)，可推断，亚鲁与董冬穹之间相隔了两百年至三百年的时间。如果说，亚鲁王故事情节的产生时间被设置在唐宋时期，那么我们大概可以推测第一次射日、射月的时间应该是在晋朝。根据统计，我国从西汉到 1936 年共发生干旱一千余次，基本上是两年一次旱灾。③ 于劳动人民而言，基本生活难以得到保障，对自然灾荒的记忆尤为深刻，在面对人力无法抗拒的灾难时，便产生了射杀日、月的想法，企图通过模仿射杀行为，实现现实生活中人民战胜自然的强烈愿望，同时也是劳动人民对自然灾害的历史记忆。

第二次射日、月也是因为庄稼颗粒无收，亚鲁王的子女被晒死。"庄

---

① 紫云苗族布依族自治县《亚鲁王》工作室杨正江翻译整理:《苗族英雄史诗〈亚鲁王〉》，贵州省文化厅、贵州非物质文化遗产保护中心内部资料 2011 年版，第 21 页。

② 吴晓东:《〈亚鲁王〉名称与形成时间考》，载《民间文化论坛》2012 年第 4 期。

③ 刘伟:《中国古代旱灾的特点、社会影响与应对措施》，载《光明日报》2010 年 4 月 13 日第 12 版。

稼颗粒无收，粮食吃不饱肚子。波德布晒死在岜儿，波德月中暑在岜果。"[1] 这一次干旱较之上一次更为严重，这一次的干旱直接导致人们被晒死。于是根据上一次的经验，仍然采用射日、月的方法来达成人们的心理诉求。但事实上，史诗对十二个太阳的记录当是当时干旱气候的反映。在如此恶劣的环境下，人民生活苦不堪言，对于生活资料的获取自然是极度困难的。因此，我们可认为史诗中所描写的杀子原因有三：一是因为气候原因致使缺乏生活资料而发生的死亡现象；二是杀子事件与射日、射月事件如此紧密地联系，我们还可认为杀子是为巫术仪式中的献祭。在多日、多月与人类生产生活的矛盾中，苗族先民希望通过具体的象征性行为来达到缓解这种矛盾的目的，于是，他们通过用弓箭射向日、月的行径想要把现实生活中多日、多月所造成的伤害这样一个具体的客观矛盾，转化为观念中的抽象的概念的矛盾，并在思想上通过意识的控制从而达到缓和现实矛盾的目的。这样一种宗教仪式可以说是抑制了或者缓和了人们情感活动的行为，也是一种维护和稳固人类信心的行为方式。于是，英雄杀子也就极有可能是求雨仪式中为了能够讨雨神欢心而进行的一场献祭仪式。当然这只是一个推测，是否确切还有待进一步的考究。

### （二）具有复合型特征

#### 1. 弃子型杀子

通过史诗文本所描述的情节内容来看，英雄与儿子的关系都是素未谋面，虽然有着血缘关系但是因为英雄为了完成任务而抛下了他们。在第一次杀子母题情节中，"派赛扬去射太阳，派赛扬来射月亮。赛扬妻子孕上了儿子郎冉郎耶，赛扬老婆怀上了娃儿郎冉郎耶"[2]。第二次杀子母题情节中，"卓玺彦说，父王哩父王，你派我去射杀太阳，你派我去追杀月亮。我儿女刚怀在嘎赛咏身上，我子女还藏在嘎赛咏肚里"[3]。很直观地，我们看到射日、射月的英雄都是在妻子身怀六甲的时候离开，他们抛下了

---

① 紫云苗族布依族自治县《亚鲁王》工作室杨正江翻译整理：《苗族英雄史诗〈亚鲁王〉》，贵州省文化厅、贵州非物质文化遗产保护中心内部资料 2011 年版，第 389 页。

② 同上书，第 22 页。

③ 同上书，第 391 页。

妻子和孩子，孩子自然也就成为了弃子。那么史诗《亚鲁王》的杀子母题就自然具有弃子型杀子的特征。

2. 无知型杀子

无知型杀子母题，是父辈之间在不知情的情况下将自己孩子杀死。然而史诗中的弃子型杀子的情节正好与无知型杀子具有紧密联系的关系，因为英雄在儿子还未出生时就已经离开，所以英雄根本不清楚家中情况，更不知道自己的孩子的长相，且子辈也同样不认识自己的父亲。"郎冉郎耶没见过父亲，郎冉郎耶不认识父亲。"① 虽然知道自己的孩子叫什么名字，由于在交流的过程中并未提及双方的姓名，于是英雄们在毫不知情的情况下将自己的孩子杀死，以致后来追悔莫及。所以史诗《亚鲁王》中的杀子母题亦是具有无知型杀子的特征。

3. 捍权型杀子

要说史诗中的杀子特征最为明显的就是捍权，在赛扬杀子郎冉郎耶之前，"赛扬说，娃哩娃，我丢下儿女去射太阳，我抛下家室来射月亮。射太阳去了十二年白天，射月亮用了十二年黑夜。你这不讲理的崽子，斗胆抢我的功劳！你这不像话的崽子，胆敢侮辱我的英名！赛扬怒火中烧射三箭，郎冉郎耶中箭身亡"② 。卓玺彦杀死耶郎棱之前，卓玺彦说，"这小子一定是上方来的匪，这家伙必定是下方来的盗。流窜到亚鲁王疆域，打劫在亚鲁王领地。日后一天只怕会有三起匪乱，将来一夜也许会发生三场战事。卓玺彦拔出两面锋宝剑，卓玺彦张开两根弦钢弓。射向耶郎棱，杀了耶郎棱"③ 。两位英雄射杀完日、月之后，觉得自己抛弃家中妻儿射杀日、月，已经做出了巨大奉献，现在一个年轻小孩还来与自己抢夺功劳，心中的怒火不可压制，于是在盛怒之下就将他们杀死，但这主要是基于他们不知情的情况下。

通过上述分析，我们可以了解到杀子的前提为子辈处于一种被抛弃的状态，作为被抛弃的一方，缺失父亲的关爱，两代人之间就产生了隔膜或

① 紫云苗族布依族自治县《亚鲁王》工作室杨正江翻译整理：《苗族英雄史诗〈亚鲁王〉》，贵州省文化厅、贵州非物质文化遗产保护中心内部资料 2011 年版，第 24 页。

② 同上。

③ 同上书，第 396 页。

更甚者是产生了仇恨。随着事件的发展，子辈逐渐威胁到了父辈的地位和权力，那么两者之间的矛盾更是一触即发，两个方面的原因促使了父杀子母题的最终状态。弗洛伊德在《摩西与一神教》中对一个原始父亲的形象作了如此的描述：在原始时期，人们分为许多小群体生活，每个群体都由一个强壮男子领导，他拥有至高无上的权力，并且蛮横无理。群体中的女性都归属于他，他的孩子们生活比较艰辛，他的儿子们一旦惹怒了他，就会遭受酷刑，甚至是被砍杀致死。①

史诗中两次杀子都是因为父亲的地位和能力受到儿子的威胁。"郎冉郎耶说，你说你是射太阳的人，你说你是射月亮的人，我们比试哪个射中这只老鹰的眼睛。郎冉郎耶一边说，拔箭就射中老鹰的眼睛。"② 郎冉郎耶的能力威胁到了赛扬射日英雄的地位，赛扬怒不可遏，"我丢下儿女去射太阳，我抛下家室来射月亮。射太阳射去十二年白天，射月亮用了十二年黑夜。你这不讲理的崽子，斗胆抢我的功劳！你这不像话的崽子，胆敢侮辱我的英名！"③ 于是将郎冉郎耶杀死；耶郎棱遇见卓玺彦之后，卓玺彦对耶郎棱有所防备，哪知耶郎棱能力胜过自己。"耶郎棱说，大王哩大王，你射不中它，我来帮你射，你杀不中它，我来替你杀。卓玺彦只得把弓递给耶郎棱。耶郎棱一箭射出去，那只乌鸦咚咚落地。"④ 怒火中烧的卓玺彦一箭就将耶郎棱射死。

从史诗中的杀子情节中，我们发现父亲的权力是无限的，一旦儿子会威胁到他的地位，他就有权力将他处死以保全自己的地位。这是父系社会普遍的一种现象，也从侧面说明了父权制下妇女与儿童生活的困境。

### （三）杀子献祭的历史影像

《墨子·节葬》记载："昔者越之东有骇沐之国者，其长子生，则解

---

① ［奥地利］弗洛伊德：《摩西与一神教》，李展开译，生活·读书·新知三联书店1988年版，第71页。

② 紫云苗族布依族自治县《亚鲁王》工作室杨正江翻译整理：《苗族英雄史诗〈亚鲁王〉》，贵州省文化厅、贵州非物质文化遗产保护中心内部资料2011年版，第24页。

③ 同上。

④ 同上书，第395页。

而食之，谓之宜弟；其大父死，负其大母而弃之，曰鬼妻不可以与居处。"描述了存在于越东古代时期的少数民族杀长子风俗。类似的记载还出现于《墨子·鲁问》："楚之南有啖人之国者桥，其国之长子生，则鲜而食之，谓之宜弟"及《后汉书·南蛮传》："（交趾）其西有吠人国，生首子辄解而食之，谓之宜弟"。

宋代中国南方各少数民族人祭之风相当盛行，根据《宋史·太宗本纪》记载，宋淳化元年（公元990年）太宗曾下令："禁川、陕、岭南、湖南杀人祭鬼"。其中古代土家族的人祭习俗在诸汉文献之中早有记载，南宋的朱熹也曾在《楚辞集注》中说到他听到今土家族地区有杀人祭神的现象。有依据可查的记载中，土家族的先祖早在廪君时代就有了人祭习俗，载于《后汉书·南蛮传》："廪君死，魂魄世（化）为白虎。巴氏以虎饮人血，遂以人祀焉。"而实际上，在土家族历史上，人祭所适用的范围远不止于白虎崇拜这一种，到了宋代人祭的习俗也并未终止，甚至有的地方这种习俗一直延续到了清朝改土归流时期。

在苗族民间流传着一个古老的传说，古时候有不知名的邪恶龙神盘踞在龙鳌河中，龙神兴风作浪让龙鳌河两岸百姓不得安宁，只有每年农历八月十五这一天两岸人民用童男、童女作为生祭祭祀龙神才能够求得安宁。百姓的困境流传出去，太子华光（又称作马耳大王）知晓此事之后十分愤怒，于是派遣手下两员大将去处理此事。两位将军一位名为周云，另一位名叫尚毅，二人扮作童男、童女出其不意重伤龙神，龙神不敌，为了保全性命，妥协说愿意保佑两岸百姓世代平安，每年只需要杀羊作为祭品祭祀即可，权衡之后二位大将答应了龙神的要求。从此之后，龙鳌河两岸的百姓就有了每年杀羊祭祀龙神的习俗，并将华光太子及周、尚两位将军写上牌位奉于神龛，当作自己的祖宗神位敬奉。直至今天，龙鳌河附近的一些苗寨之中，还有人家中神龛供奉写着"祖奉华光太子周尚二将军之位"字样的牌位。

在如今的施秉县的苗族当中仍然保留着水龙祭祀的传统，祭祀仪式中祭师在祭祀用的桌前焚香、敬神、念敬神词。两后生身穿黄色坎袖对襟上衣，中长裤子镶边，手托杉木河圣水。几对童男、童女身佩花环，穿洁白苗族服装。祭师念词时，后生们在童男、童女的引领下从台下进入祭坛；

祭师焚香、敬神之后，作法将圣水点洒三条龙，而后两后生手托圣水绕台下一周，童男、童女以柳叶点洒圣水向四周的游客观众（点洒圣水时，祭师念祭词），这意味着给人们带来吉祥。

在苗族的传说故事中，央和美是两兄妹，央的十个兄弟都不是他的对手，雷公因为斗不过央十分生气，将天捅了一个窟窿，瞬间大雨滂沱，大地被淹没了，雷公本来只是想淹死央和美，但是央和美却坐着杉木船躲过灾难。洪水退去之后，地上早已没了人烟，兄妹两人不得已成婚，生下了一个肉团，他们一气之下把肉团砍破抛向四方，结果四面八方都有了人烟。故事中的雷公就是龙神替身，其权力巨大，能掌握人之生死。

《苗族史诗·洪水滔天》：

> 雷公和姜央本是兄弟，只因分家产时姜央争得屋基和晒谷场，雷公不服，一气之下跑到天上去了。姜央犁田耕地，但因牛被雷公占有，姜央只好去借雷公的牛。犁完地后，姜央把牛杀来吃了，牛尾插在水中，骗雷公说是牛陷到了田底，尾巴还在外面，雷公去拉牛尾，摔得满身是泥，于是大怒起来，欲上天降大雨，让漫天洪水淹死姜央。姜央谎说：如马上涨洪水我会逃脱，如过三个早上和夜晚，一切都忘了，再降大雨、涨洪水的话，我肯定就逃不脱。雷公信以为真。姜央随即种下葫芦，葫芦顷刻间就发芽开花了，才过了三天就长得像水缸般大，过了三个昼夜，洪水淹没了人间。姜央兄妹住在葫芦里，飘到天边。雷公叫鹅去看洪水是否把姜央淹死了，鹅回来说好像还有个山包在飘飘荡荡的。雷公一听恼怒起来，把鹅的嘴打得肿起个大包。雷公又派鸭和羊去看，它们回来也说好像有个山包在天边飘来飘去的。雷公听了又发起脾气来，把鸭嘴踩扁，把羊角扳弯。随后又叫鸡去看，鸡回来说天底下一片汪洋。雷公这回高兴了，给鸡搓了个尖嘴壳，让它好到地上啄米吃粮。洪水渐渐退了，姜央回到了大地上，日子一久，人渐衰老，西边看不见田园，东边找不到爱侣，非常着急。楠竹和绵竹告诉他说，你要和妹妹做夫妻。姜央生起气来，抽出砍牛刀便把竹子砍成九节扔到地上。姜央老了还是没找到伴侣，只得娶妹妹为妻，可妹妹不答应。他便编了九个铁笼子，把九只画眉放

进笼里，妹妹伸手去捉鸟，手被夹住退不出来。姜央便要妹妹答应做他妻子才肯救她。妹妹让他到山上去滚磨盘，如果两扇磨盘合在一起便做他的妻子。姜央便将一扇磨盘放在地边，把另一扇磨盘扛到山上去滚。两扇磨盘真的合拢在一起后，妹妹还是不嫁哥哥。两人重新商定：一人骑一匹马，一个向西跑，一个向东追；如果两个人能碰上面，两匹马能对上头，便可成婚。事成后妹妹还是不嫁哥哥。姜央又设夹板在碓旁，妹妹去舂米时被套住了脚，姜央救出妹妹，妹妹这才答应与哥哥成婚。兄妹俩婚后生下个肉砣砣。姜央一气之下，将其剁成肉片后撒遍九座山。肉片马上变成千万百姓，但不会说话。雷公说找来竹子烧就会说话了。姜央便烧着五山六岭的竹林，竹子发出啪啪的响声后，人们真的会说话了，随后便各自去谋生路了。①

在史诗《亚鲁王》中第一次射日、射月，赛扬将自己的儿子郎冉郎耶射死。赛扬为了射太阳丢下身怀六甲的妻子，就在功成名就之时，郎冉郎耶出现了，不知郎冉郎耶身份的赛扬怀疑他要将功劳抢走，于是连射三箭将郎冉郎耶射死。第二次射日、射月，卓玺彦在与儿子耶郎棱的对话中，对儿子产生怀疑将其杀死。"鸟的聒噪惹翻了卓玺彦。卓玺彦听到火冒三丈，卓玺彦旋风一样立起，射出七十支钢箭，射不中那只乌鸦。耶郎棱说，大王哩大王，你射不中它，我来帮你射，你杀不中它，我来替你杀，卓玺彦只得把弓递给耶郎棱。耶郎棱一箭射出去，那只乌鸦咚咚落地。卓玺彦心想，这小子也许是上方来的匪，这家伙或许是下方来的盗。我射不中，他射中。我杀不中，他杀中。十二个太阳是我射完，十二个月亮由我杀尽。卓玺彦说，这小子一定是上方来的匪，这家伙必定是下方来的盗。流窜到亚鲁王疆域，打劫在亚鲁王领地。日后一天只怕会有三起匪乱，将来一夜也许会发生三场战事。卓玺彦拔出两面锋宝剑，卓玺彦张开两根弦钢弓。射向耶郎棱，杀了耶郎棱。"② 得知耶郎棱是自己的儿子之

① 呈肃民、莫福山主编：《中国少数民族文学古籍举要》，天津古籍出版社 1990 年版，第204—205 页。

② 紫云苗族布依族自治县《亚鲁王》工作室杨正江翻译整理：《苗族英雄史诗〈亚鲁王〉》，贵州省文化厅、贵州非物质文化遗产保护中心内部资料 2011 年版，第395—396 页。

后卓玺彦火冒三丈，将耶郎棱的尸体砍成了三百六十块。"耶婉说，卓玺彦哩卓玺彦，你儿的命现在已经挽不转，你家男娃已走完他的运程。这话惹翻卓玺彦。卓玺彦听后火冒三丈，卓玺彦如旋风般立起。卓玺彦去到大江岸，卓玺彦来到大海边。卓玺彦拿耶郎棱的尸体，砍成三百六十块肉。变成三百六十簇惑，成为三百六十簇眉。"①

目前，还未发现关于苗族用人献祭的古籍记载，但是从苗族的传说故事到史诗中的叙述我们可以窥探一二，最为直接的就是贵州省黔东南州岑巩县的龙鳌祭祀传说，该传说中记载了在每年的农历八月十五都要向龙鳌河里居住的龙神献祭童男、童女。在苗族的洪水神话中，杀子这一母题就显得十分隐蔽，反而更强调的是再生，在神话中，央和美结婚生子，因为孩子是个肉团，他们一气之下将其砍破抛撒四方，结果变成了许多的百姓。在《洪水滔天》中，一场洪水将天下的人都淹死了，姜央与妹妹为了繁衍人类不得已成婚，但是他们婚后却生下一个肉团，姜央一气之下将肉团剁成肉片抛撒出去，结果肉片变成了万千百姓。后两者中肉团是刚出生的婴儿，他们被剁碎之后变成了许多的百姓，故事当中这样的说法让人难以置信，但是认真分析，我们可以从中找出一些远古人类祭祀的影子。肉片衍生出许多的人，实际上是一种再生，在原始社会用人祭祀是一种生育的巫术风俗，在甲骨文资料中就有记载，仅商王武丁时期有迹可循的人祭就达到了上千例之多，其中最多的一次杀了五百多人，到周朝之后有所节制。《墨子·节葬》："天子杀殉，众者数百，寡者数十；将军、大夫杀殉，众者数十，寡者数人。"可见，当时人祭之风十分繁盛，春秋之后汉民族的人祭之风有所减少，但是在各少数民族之中的祭祀依然存在。

在《亚鲁王》中被杀的郎冉郎耶与耶郎棱没有演变成人，而是变成了"惑"和"眉"，史诗当中对"惑"和"眉"的解释是"生灵名"。在苗族人民的认知当中，"生灵"是一种与人类一样存活在这个世界上的生物，但是他们不会人类语言，通常会借助人类的行为来完成自己的需求。

---

① 紫云苗族布依族自治县《亚鲁王》工作室杨正江翻译整理：《苗族英雄史诗〈亚鲁王〉》，贵州省文化厅、贵州非物质文化遗产保护中心内部资料 2011 年版，第 410 页。

郎冉郎耶和耶郎棱被杀的间接原因是其父亲去射日、月，史诗中描述到天上有太阳十二个、月亮十二轮，多日、多月让世间万物被烤干，这是原始人类对干旱的一种联想。面对天灾人祸，人们无能为力，只能寄希望于举行仪式达到消除灾祸的目的，于是史诗当中射日、射月的叙述实际是人们对仪式的一种构想，那么英雄之子被杀实际上是被作为仪式上的献祭，"天地日月是苗族最古老最原始的自然崇拜"[1]，因为"是日月使天地获得了光明和温暖，使万物得以生存和繁衍"[2]。人们为了获得生存不得不希望能将多余的日、月射掉，但是日、月作为他们的崇拜之物是被认为具有不可估量的神力，为了避免日、月再次降罪于人，就将射杀日、月英雄的儿子作为献祭之物，用以获得日、月的赦免，而被杀死的英雄儿子变成"惑"和"眉"受到苗族人民的保护。

---

[1]　紫云苗族布依族自治县《亚鲁王》工作室杨正江翻译整理：《苗族英雄史诗〈亚鲁王〉》，贵州省文化厅、贵州非物质文化遗产保护中心内部资料 2011 年版，第 313 页。

[2]　同上。

# 第十二章

# 考验母题

　　与众民族传承的史诗一样，《亚鲁王》不仅是其产生时期社会生活的历史反映，同时还继承了早期人类社会的原始记忆。摩尔根将人类的发展进程分为蒙昧状态、野蛮状态和文明状态，与之相对应的维柯三阶段论将人类的思维发展分为神的时代、英雄的时代和人的时代，英雄史诗涵括内容和文化信息当属前两个时代。

　　世界上各民族所保存的文化知识体系中，都必然存在适应其文化生境的英雄形象。在人们心中，英雄能战胜凡人不能战胜的自然或文化方面的困难，能对文化有极大贡献抑或展现出卓越的令人敬仰的才能，他们是伟大、崇高的。英雄们独特而卓越的才能，能够解决族群发展面临的文化困境，超越了世俗和时间的桎梏，凝聚成一种虚拟的理想化的形象，流传于文字记载和人们的意识里，掩盖了英雄原本的世俗人格。人们崇拜英雄，即使英雄已逝，人们仍然相信，有着卓越才能并开创了伟业的英雄们肯定还以某种方式存在，一如他们活在世间之时。

　　文化英雄神话和英雄考验故事，两者的主人公相似而又不尽相同。前者是进行伟大的文化创造、从事惊天动地神圣伟业的先祖；而后者大多都是生活优渥的贵族后代，他们生活在平凡的世俗世界之中，经受的考验也不像前者几乎危及生命那样残酷。两种形式，都具有英雄考验母题的踪迹。事实上，这些文化英雄神话和英雄考验故事，正是人们英雄观的一种体现。在英雄的一生之中，需要通过各种严苛抑或困难的冒险来检验自身的勇气，在此过程中渐塑出独特的个性。这些冒险活动或者是宗教的、战争的，抑或是文化思想上的，无论它外在的表现如何，都是一场生命的蜕变。不断的冒险正是不断探索生命意义的过程，在这个探索成长过程中，人类所经历的情感和精神成长中的苦闷与困难，亦可一一在英雄们身上找到相似的存在。

# 一　英雄考验母题脉络

考验一词有考察、验证的意思，意指通过一系列的困难来检验是否合格或者是忠贞，当然它还有严刑拷打之意，但此意的使用较少。

考验母题是国内外英雄史诗以及神话、传说中都普遍存在的经典母题。有学者提出英雄的婚姻考验母题是对成年礼习俗的反映，"著名的日本民俗学家伊藤清司先生认为，难题求婚故事中那些荒唐的难题实际上是一种确定求婚者有无求婚资格的审查方式，它类似于未开化部族社会中在成年仪式上对适龄青年所进行的考验"，① 在人生礼仪中，成年礼居于婚姻礼仪与诞生礼仪之中，任何人都要经历成年礼的洗礼，只有通过成年礼的洗礼，人们才从现实意义上踏入社会。一般来说，大多数民族都会举行一场较为残酷的考验仪式，例如在非洲的霍屯督地区，就有十分严酷的成年礼仪式，对于女性，他们会把她带离父母身边，交给有经验的妇女来进行调教，通常她们会被关在一间小屋子里，干着繁重的家务活，等到这位调教她的妇女认可，年轻女性的成年礼仪式才算完成；对于男性，同样也是要让他们脱离父母，由族人的首领带着他们，并交予他们各种骑射的任务，如果他们能够很好地完成，那么青年男子的成年礼仪式也就此完成。在中国少数民族中，不乏成年礼的案例，在羌族社会，男子到了 16 岁就要举行成年礼。村中的青年男子一起在神林空地集合，等待释比祭祀，祭祀过后，男子还要分组抬石头，石头被抬起后还要进行一系列的礼仪，男子才算是完成成年礼，正式进入社会，参加社会活动。

考验母题热度不高，多见于交叉研究，梳理文献，发现考验母题多集中于三个方面：一是婚姻考验；二是成仙修佛考验；三是英雄考验。

---

① ［日］伊藤清司：《难题求婚型故事、成人仪式与尧舜禅让传说》，叶舒宪选编《神话——原型批评》，陕西师范大学出版社 1987 年版。

**（一）关于婚姻考验的脉络**

在婚姻考验的研究中，陈凯、黄梅①从人类学的视角出发分析《西厢记》中的人物形象，认为考验仪式类型故事的特点使得《西厢记》中的人物形象更具文化内涵，《西厢记》得以经久不衰的原因是其原型力量的支撑、民间文化的回归及文本的观照。

徐晓光②从生产方式的转变、婚姻形式的变革两方面对比日本神话与中国西南少数民族神话中的难题考验神话，认为这些神话中的考验情节是人们对男性举行成人礼的一种重要形式，用以考验男性是否已经具备了作为成年人所具有的体力、意志和智慧。

九月③提出蒙古族的考验婚中的"好汉三项"比赛只是民间文学的一种现象，并认为其产生的原因有几点，一是蒙古先民中曾经盛行具有考验女婿内容的服役婚；二是"好汉三项"曾经被蒙古先民当作衡量男子的价值标准；三是邻近的他民族中有可能存在"好汉三项"比赛选女婿的习俗；四是邻近的他民族中流传着"好汉三项"式婚姻为内容的民间故事或者英雄史诗，同时他还系统④地阐述了蒙古族英雄史诗中考验婚的由来以及与社会生活的关系。

王霄兵、张铭远⑤反对有关学者提出的难题求婚是传统劳役婚的反映的观点，归纳总结出难题考验的五种形式，并通过分析提出难题婚实际是对男子的体力、智力、技能、品质以及感情的考验，考验主题实质上就是对社会中的某一成员进行是否可成为正式成员的测试，通过测试其身份就得到社会的认可，成为一名合格的正式成员。

---

① 陈凯、黄梅：《〈西厢记〉与难题考验仪式》，载《安徽文学》2008 年第 7 期。

② 徐晓光：《难题考验与成人礼俗——日本与中国西南少数民族神话的比较》，载《贵州民族大学学报》2008 年第 1 期。

③ 九月：《探析蒙古考验婚史诗与好汉三项比赛》，载《西北民族学院学报》2002 年第 2 期。

④ 九月：《蒙古英雄史诗考验婚研究》，博士学位论文，中国社会科学院研究生院，2001 年。

⑤ 王霄兵、张铭远：《民间故事中的考验主题与成年意识》，载《民族文学研究》1989 年第 3 期。

### （二）关于成仙、成佛考验的研究

对于成仙、成佛考验的研究，主要有《西游故事系统中的色欲考验》①、《六朝隋唐神仙考验小说道教意蕴》②、《佛经文学与六朝小说修佛考验母题》③。人类修仙、成佛遭遇考验是道教与佛教观念的渗透，成仙、成佛之后人会达到不死不灭、心中澄明的境界。而食五谷嚼杂粮的人类要想修炼成仙、成佛的境界就必须历经万般的苦难和磨炼。成佛的方式有三种：禅宗顿悟、密宗修身、净土宗西行。成仙也要渡劫，一般劫难为七，从修肉身到明境界种种劫难十分艰难。西游故事中唐僧一行途经女儿国受到了众女的威逼和引诱，这实际上是母系社会在故事中的投影，因情节需要，演变成了色欲幻象，当是受到了佛教的影响。这类关于人类修仙成佛的考验，也常出现在许多民间故事和传说当中。

### （三）关于英雄考验的研究

对英雄的考验，研究者一般认为是先民们在青年男子达到成年的年龄之后为其举行的成年礼仪式，通过这样的仪式来检验男子是否具备成年的体力、智慧、胆识等。刘晓春④将英雄考验的类型分为三种：遗弃考验型、受难除害型、复合型，认为英雄的考验是各民族文化英雄神话的一种演变，同时这种文化英雄神话与各族之间的成年仪式存在着很大的关系。因此，对于史诗中英雄遭遇的种种磨难，我们是否可以将其看作英雄成年的考验，还有待进一步探索和研究。

## 二 婚姻考验母题的缺失

在民间故事中，难题婚姻型故事比较普遍，通常讲述青年男子向心仪女子求婚时，女子或者女子的家人对男子提出的种种要求，男子需要历经

---

① 吴光正：《西游故事系统中的色欲考验》，载《明清小说研究》2003 年第 3 期。
② 程丽芳：《六朝隋唐神仙考验小说道教意蕴》，载《北方论丛》2013 年第 6 期。
③ 刘惠卿：《佛经文学与六朝小说修佛考验母题》，载《陕西理工学院学报》2012 年第 4 期。
④ 刘晓春：《英雄与考验故事的人类学阐释》，载《民族文学研究》1996 年第 4 期。

艰辛才能达成，并与心仪女子成婚。几乎每个民族都有这类故事，虽然对男主人公的考验内容千变万化，但其主题是一致的。

### （一）各民族中的婚姻考验

考验型故事广泛存在于农耕民族和游牧民族，在众多神话和史诗中，英雄们的经历为我们提供了有力的证据，在以英雄业绩为主的史诗中，英雄从年幼到成年所经历的远行求学、冒险、与妖魔决斗、与敌军厮杀、追求女子等，充分地说明了考验母题的广泛存在。史诗中接受考验的大部分是少年英雄，民间故事中接受考验的对象范围较广。

一般来说，英雄经历考验不仅为了让女性认可，更希望通过考验激发斗志，完成建功立业的理想，以此确定自己在成人社会中的地位。他们大多主动接受考验，而非外部环境压力，这样的考验就明显涵括成年礼，显然是原始社会中集体意识使然。蒙古族英雄江格尔、藏族英雄格萨尔王、柯尔克孜族英雄玛纳斯等，他们都存在着这样的经历。从内容上来看，格萨尔王是在成婚之后开始自己的英雄业绩的，也就是说，伴随着生理上的成熟，社会意义的成熟也就相继而来，而这两者在时间上是有着严格的先后顺序的。虽然格萨尔王的身份是天神托生，他注定会成为岭国的国王，即便如此，他也必须完成他作为英雄注定的冒险经历，所以史诗描写格萨尔与夹罗珠毛成亲之前的种种难题，正是对英雄格萨尔的考验，英勇的格萨尔也通过智慧与勇气，完成了游牧民族中成年男子为争夺女子经历冒险、比赛竞技等必不可少的社会考验。

在柯尔克孜族英雄史诗《玛纳斯》中，玛纳斯与王妃卡妮凯的结合就遭到了百般的阻挠。卡妮凯的父亲卡拉汗提出想要迎娶卡尼凯，必须要满足他所提出的条件，卡拉汗提出：要十万匹骏马、十万只绵羊，再给一千峰骆驼、六百匹神驹；门前要栽两棵白杨树，一棵是金子的，另一棵是银子的；门前还要挖两座大湖，一座盛满牛奶，另一座盛满黄油。[①] 面对卡拉汗提出的种种要求，玛纳斯无法满足便只好暂且作罢。但是很长时间过去了，玛纳斯没有放下对卡妮凯的思念，于是决定强行把卡妮凯抢回来，玛纳斯与卡妮凯的婚姻也就是因为玛纳斯的冒险抢夺完成的。

---

① 郎樱：《民族英魂玛纳斯》，吉林摄影出版社 2006 年版，第 25 页。

在《江格尔》中，英雄江格尔与其妻子阿盖·莎卜托腊的婚姻没有遭到任何的阻碍。"当他那赤骥快飞的时候，当他那金剑锋利的时候，当他自身正是风华正茂的年代，四个可汗所属的四十九个地区的姑娘，他全没有看在眼里，最后他迎娶了——诺门特古斯可汗的闺女——十六岁的阿盖·莎卜托腊为妻。"①

事实上，史诗中所叙述的考验内容与故事之中的有着诸多不同，史诗对英雄的考验往往是十分复杂的、综合的、危险的系列行为，通常被考验者在外出冒险的过程中，会遇到许许多多出乎意料的意外考试，比如野兽袭击、自然灾害、妖魔鬼怪和相关人所设定的考试内容。英雄都会解决万般的困难，得到心仪女子，收获荣誉、财富以及较高的社会地位。史诗中对英雄的考验是十分全面的，它不像故事情节中所设定的那样单一，这样的考试不仅仅考验被考验者的智力，还对其体力、能力、毅力等进行综合、全面的检测。即使是有单项考试的内容存在，也大多采用比赛的形式，就如《亚鲁王》中，亚鲁与荷布朵的竞赛就是比拼两者之间的智慧和能力，在与兄长赛阳、赛霸的战争中就采用的是竞技的形式，不过较为独特的是亚鲁在与兄长的战争中通常都是忍让和退步。史诗《江格尔》中的英雄洪古尔也同样经历过这种单项的考试，但在民间故事中，这样的考试形式较少，通常采用的都是比拼答题、赛诗、赛歌这类的智力比赛，战斗竞技这样的考试内容主要还是存在于英雄史诗当中。

在诸多民族的史诗当中都存有英雄婚姻的考验，这类考验通常都是女方的父母向英雄提出的，或者是女方自己向英雄提出的。在史诗《格萨尔王》中，格萨尔与王妃珠毛的结合就是经过相互考验最终结合，格萨尔在与珠毛结合之前名叫台贝达朗，是一个贫穷的小伙子，因看上珠毛的美貌，用计让珠毛答应嫁给他，珠毛在出嫁之前也对台贝达朗进行了婚前考验。珠毛家境优越，想迎娶她的青年男子较多，唯有通过考验才能获取女子的青睐，聪明的台贝达朗顺利通过珠毛的考验，迎娶珠毛。

北方游牧民族主要以狩猎、游牧为生，为了资源和土地常常与周边的国家和民族发生冲突和战争，因此他们崇尚勇敢、冒险的精神，重视民族中个体的体力和武力；农耕民族则生活比游牧民族平静稳定，定居一地以

---

① 霍尔查译：《江格尔》，新疆人民出版社1988年版，第8页。

耕作为生，重视生产劳动知识的积累，崇尚智慧。史诗篇幅巨大，内容宏伟华丽且内涵丰富，其中很多细小的情节被人们有机地创作融合构成一个新的完整的小故事，这就是民间故事演变发展的来源。这些民间故事之中越是对神话和史诗传说继承得完整，故事的原始色彩就越浓，就越贴近考验主题的原型。神话传说、史诗故事或者民间故事，其中的情节从少年冒险考验主题到求婚考验主题，虽然其间的情节发展在不断变化，但它们最根本的内核却稳定不变，故事主题承载着原始社会成年意识的古老观念。

### （二）苗族传统婚俗下的考验缺失

《亚鲁王》中，英雄亚鲁的婚姻并没有遭到考验。从亚鲁与几位情人的相识、相知、相恋来看，都没有任何的考验形式，而是相互表达情意之后就结合在一起。亚鲁与王妃波丽莎和波丽露的恋情中，没有父母的参与，凭的只是男女双方的意愿，这与北方的英雄史诗存在着很大的不同。

> 亚鲁王说我想和你们说心事，只怕你们父母来撞着。亚鲁王说我想与你们讲真话，又怕你们父母来撞见。波丽莎和波丽露一起讲，波丽莎与波丽露一道说。大王哩大王，母亲不会咒。父亲不会骂……亚鲁王说，我是鸟儿飞在天上不落窝，我是画眉飞出旷野难归巢。我怕龙女不情愿，我恐雷女过不惯。波丽莎和波丽露一起讲，波丽莎与波丽露一道说。大王哩大王，船小能带王渡河，人小能和王说事。战火起大王一心上前，家中事自有我们料理。①

同时，在英雄亚鲁与荷布朵王妃霸德宙结合的过程中，也是没有遭到任何的阻拦，"每个早晨做菜，每天早上煮饭。晌午时分，母猪发情拱了圈。霸德宙转身看着亚鲁王，散出熟透的气味。亚鲁王伸手搂过霸德宙，剥开她贴身的衣裳。霸德宙身子油光水滑，霸德宙双乳像岩像峰。圈里的母猪拱猪圈，发情的母猪刨食响"②。与波丽莎、波丽露结合的不同之处

---

① 紫云苗族布依族自治县《亚鲁王》工作室杨正江翻译整理：《苗族英雄史诗〈亚鲁王〉》，贵州省文化厅、贵州非物质文化遗产保护中心内部资料 2011 年版，第 111—114 页。

② 同上书，第 332 页。

在于霸德宙为荷布朵的王妃，在霸德宙本已存在婚姻关系的情况下，亚鲁与霸德宙的恋情对荷布朵构成了威胁，正是如此，才引发了后续的亚鲁与荷布朵智斗的环节。

鉴于此，研究《亚鲁王》中英雄亚鲁的婚姻考验母题，应该从亚鲁王与波丽莎、波丽露两姐妹的婚姻着手，因为英雄亚鲁与霸德宙的婚姻掺杂了部族之间的争斗，不能单独从婚姻的视角去研究，同时亚鲁与霸德宙的婚姻不属于亚鲁的首次婚姻，也不存在考验的环节，所以在此不进行论述。

从英雄亚鲁与其王妃波丽莎、波丽露的婚恋过程来看，英雄亚鲁很轻松地就将两位王妃娶到家，没有媒妁之言，没有父母之命，更没有婚姻对男子所设置的任何要求。"亚鲁王提起波丽莎坐马前，亚鲁王扶住波丽露夹中间。亚鲁王骑在马后尾，亚鲁王穿着黑铁鞋。扬起三鞭，马嘶三声。亚鲁王士兵都说王迎王后到，亚鲁王将领都讲王娶王妃来。"[①]　在调研期间，我们多次见到麻山苗族地区，每户人家都有一间距离自家房屋主体50米远的由玉米秸秆搭建的圆形小屋，当地村民说这是用来囤积粮食的，以前的时候是给自己姑娘住的，叫"姑娘房"，姑娘们在出嫁之前，会住在这个小房子里面，如果有青年男子喜欢她，他们就会在这个小屋里谈情说爱，并且父母是不能干预的，如果双方情投意合，就会择定日子成婚。[②]

结合田野资料来看，传统的麻山苗族婚俗是没有任何"门槛"的，男女双方情投意合便可互结婚姻。而麻山外其他区域的苗族也有同样的婚俗，在李廷贵的《苗族历史与文化》中记录了关于苗族的婚俗情况：

> 苗族历来婚恋自由且不受父母的限制，在川黔滇方言区（即包括麻山次方言苗族地区）的苗族的婚姻则是"青年男女们在节日的跳花场中认识和互相看上后，女方邀请男方到自己寨子的公房中去谈情说爱。双方互许终身之后，男方便告知父母，随即请两个媒公去女

---

① 紫云苗族布依族自治县《亚鲁王》工作室杨正江翻译整理：《苗族英雄史诗〈亚鲁王〉》，贵州省文化厅、贵州非物质文化遗产保护中心内部资料2011年版，第114—115页。

② 引自采访当地村民韦仕光的录音稿。

方家说亲。若女方父母同意开亲，就请寨主来主管其事，当面和媒人说定，在七天至十三天内，要媒公带男方来相亲。相亲时，女方父母当面询问男女双方，是否真心愿嫁愿娶。男答'愿娶'，女答'愿嫁'，就算订婚了"。①

黔东南地区的苗族亦是如此，当地苗族青年多以游方谈情交友，时间一般在农闲或节日期间，青年男女们穿上盛装去专门设立的场所唱歌谈情，在特定的场所姑娘、小伙们通过对歌来表露自己的情义，相互达成好感之后就交换定情信物，待男女双方家长同意后，便可举行婚礼。

结合苗族传统婚俗形式，可以认定《亚鲁王》中婚姻考验母题的缺失是由苗族传统婚俗形式造成的，是苗族婚俗的间接反映。而史诗中英雄亚鲁与波丽莎、波丽露姐妹的婚姻，则是古代社会普那路亚婚中妻姊妹婚的反映，妻姊妹婚是指一名男子同时与几个有姐妹关系的女子缔结婚姻，或妻子去世后娶其姊妹的现象。国内较早被记载妻姊妹婚的是在舜帝时期，此后春秋战国时期，也时有二女同嫁一夫的现象，后又改革为，由同姓的堂姐妹陪嫁。在少数民族古代婚俗传统中，有妻子死后娶其姊妹的风俗，或兄弟死后娶其嫂或弟媳的习俗，国外典型的妻姊妹婚则是北美洲的纳瓦约族印第安人。妻姊妹婚的形成时期是在父系氏族社会，男性由于生理原因，在捕猎以及农耕中占了很大的优势，家庭生活资料的获取上男性占了大半，于是男性在家庭中逐渐占取主导地位。因为男性社会地位的变化，女性地位一落千丈，曾经在母系氏族社会流行的群婚和对偶婚也自此宣告结束。

## 三 英雄考验母题的延续

国内外英雄母题都涵括历险与受难两个核心要素，可见成为人们认可的英雄必须经受磨难且勇于探险。在《亚鲁王》中，英雄亚鲁的经历中并未强调历险，而是不停地经受磨难。亚鲁称王得到宝物龙心之后，便开始受到哥哥赛阳和赛霸的攻打，直到他迁徙至西南地区才能得以安定，所

---

① 李廷贵：《苗族历史与文化》，中央民族大学出版社 1996 年版，第 383 页。

以说亚鲁的一生都是在迁徙与征战中度过的，处于长期的磨难之中。

将《亚鲁王》的考验母题的叙事模式简要建构如下：

> 英雄奇特出生—外出学艺—称王—获得宝物—受到攻打—迁徙—
> 定都

虽然史诗中没有对英雄婚姻的考验，但仍然存在英雄能否成为君王的
考验，英国民俗学家拉格伦曾在其文章《传统的英雄》中说道："英雄必
须通过两种途径取得王位资格，他必须通过一个题目为降雨式猜谜语之类
的考验，而且他们必须战胜现任国王。"① 虽然，史诗中英雄亚鲁遭遇的
考验与之不尽相同，但是根据史诗的叙事内容，可知亚鲁遭受首次考验是
在外出学艺归来途中，其称王之前，我们可将其看作亚鲁称王的考验。

### （一）英雄称王之前的考验

亚鲁在拜师学艺归来的途中遇到了一头凶猛的野兽，因受到野兽的袭
击，亚鲁与之发生打斗，并赢得了胜利。"亚鲁拉起弓箭，亚鲁挥动梭
镖。雄狮闪身从上方来，亚鲁一镖刺向雄狮大腿。雄狮回身从下方来，亚
鲁一镖刺中雄狮肚脐。雄狮大吼回望，雄狮怒眼相对。亚鲁一箭射进雄狮
大嘴，亚鲁一箭射中雄狮脖颈。山山岭岭的人都来看，坡坡坎坎的人都在
望。人人都在传，这个王射倒一条龙，这大王射中一只兔"②，这是英雄
亚鲁学艺归来之后的第一次考验，也是获得族人认可的标志。亚鲁从小外
出学艺，虽说技艺精湛，但是一直没有得到施展的机会，而在这次与猛兽
的战斗中，证明了自身能力，其获胜也为幼年亚鲁称王奠定了基础。

正是与雄狮战斗的胜利导致卢冈王与亚鲁之后的战争，卢冈王知道亚
鲁杀死自己疆域猛兽，担心今后亚鲁会给自己的疆域带来灾难，所以想将
其杀死以除后患。"这个疆域的王说，不杀掉王子亚鲁，将来我守不了这

---

① 陈建宪译：《世界民俗学》，上海文艺出版社 1990 年版，第 217 页。

② 紫云苗族布依族自治县《亚鲁王》工作室杨正江翻译整理：《苗族英雄史诗〈亚鲁王〉》，
贵州省文化厅、贵州非物质文化遗产保护中心内部资料 2011 年版，第 69—70 页。

方疆域。这个国王说，不砍死王子亚鲁，日后我保不住这个王国。"① 战争不可避免地来临，因为亚鲁的骁勇惹怒了卢冕王，未雨绸缪的卢冕王利用亚鲁的信任将其引诱回宫，"你是翰玺鸷王的王子，你跟我回宫坐坐。你真是王子亚鲁，我请你回宫歇歇。这个王国的王说，我是你父王翰玺鸷拜把兄弟，我是你父王翰玺鸷的好老赓"②。年少不知事的亚鲁中了卢冕王的计谋，被卢冕王关进监牢，幸得夯鸷相救逃出了监牢，但是卢冕王的追兵紧追其后，亚鲁在众多追兵的攻击下没有被制服反而把卢冕王的兵将损伤大半。"亚鲁挥舞衣裳抵挡，飞箭向卢冕王的兵士射去。亚鲁挥舞衣衫阻隔，卢冕王将领的镖竿嘭嘭断落地上。亚鲁反掷一箭击倒三个兵，亚鲁反射三箭击倒九个将。卢冕王士兵尸体成片，卢冕王将领尸首成堆。"③ 因为亚鲁的勇猛、刚烈，卢冕王未能抓获他，反而遭受巨大损失，亚鲁逃离了卢冕王的王宫，调养之后返回王国，他的母亲博布能荡赛姑因此将疆域交给他统领，亚鲁便继承了王位，担负起统领国家的重任。

### （二）重人文轻武功的英雄考验

　　分析亚鲁称王前的两场战役，可以发现均是对亚鲁称王之前的考验。亚鲁被送到远方去学习知识和技能，这段时间亚鲁离开父母独立生活，单独承受在外学习的压力，这是平常人家小孩不能够做到的。在彝族英雄史诗《支嘎阿鲁王》中，英雄支嘎阿鲁是天神与地女之子，但是他一出生父母亲就已经死去，从小成为孤儿的他具有不同于凡人的能力，他在幼年时期就以雄鹰为被，以麒麟为马，以虎豹为狗，凸显了英雄阿鲁幼年时期的过人胆量与勇气。他脚下跨麒麟、身后跟虎豹的形象从一开始就得到了肯定，天神们需要能人来移山填海、测量天地，于是推荐阿鲁来担任这项任务。阿鲁以过人的智谋完成了任务，成为人们心目中的英雄。亚鲁离开父母身边去学习，而阿鲁则是一出生就失去了父母，虽然其表现形式不一样，但总体来说就是英雄幼年时期的成长主要依靠自身的力量。

---

　　① 紫云苗族布依族自治县《亚鲁王》工作室杨正江翻译整理：《苗族英雄史诗〈亚鲁王〉》，贵州省文化厅、贵州非物质文化遗产保护中心内部资料 2011 年版，第 73 页。

　　② 同上书，第 72 页。

　　③ 同上书，第 75 页。

与彝族英雄史诗《支嘎阿鲁王》相比,《亚鲁王》中亚鲁的英雄形象与阿鲁不相上下,亚鲁虽不是天神之子,但也是国王首领的儿子。亚鲁从小就拥有极强的学习能力,不仅体现在对文化知识的学习上,还体现在骑射技艺的学习上。"亚鲁的聪明盖过疆域,亚鲁的才智盖过王国。别人一天认字三个,亚鲁一个时辰读三本书。先生讲天下,他知晓天上。先生讲天上,他知晓天外祖奶奶的故乡。先生讲今生,他就知前世。先生讲前世,他就知晓后世。"① "亚鲁投师三年白天,亚鲁拜师三年黑夜。师父说了,亚鲁哩亚鲁,我的弓术教会了你,我的镖术全教了你,你去远方寻求高师,你去他国拜访高人。"② 这是苗族人民对英雄亚鲁的一种"合理性"解释,正因为亚鲁年幼之时便展现出与众不同的才能,才有了后来成为英雄的基础。

亚鲁虽然在与卢呙王的第一次战役中处于弱势地位,并未彻底战胜卢呙王,但亚鲁称王之后,就开始谋划收复纳经这块疆域。亚鲁在收复领地时,并未果断采用武力,而是先采取谈判的方式。"扎布龙说,卢呙哩卢呙,这天是亚鲁王的天,这地是亚鲁王的地。只要你打开城门亚鲁王不杀你,你只要打开国门亚鲁王不砍你。"③ 但遭卢呙王顽强抵抗,于是战事就此展开。在战斗中,狡诈的卢呙王杀死了波尼桑,亚鲁因此被激怒。"卢呙王一镖投来刺不中亚鲁王。亚鲁王一镖杀去刺中卢呙胸膛,亚鲁王一剑砍下卢呙脑壳。亚鲁王捡卢呙脑壳上马背。"④ 直到这场战役结束,亚鲁才真正意义上展现了才能。

亚鲁称王纳妃之后,无意间得到了宝物——龙心,也因此引来了战祸。尽管后来赛阳、赛霸抢走了龙心,但是亚鲁并没有因此逃过他们的追杀,亚鲁部族就此展开了历时长久的迁徙之路,后又因亚鲁获得盐井而引发与赛阳和赛霸的抢夺,为此亚鲁不得不再一次进行迁徙。凶狠的赛阳、赛霸一路追杀,于是亚鲁部族再一次迁徙至高山密林。

从考验母题而言,亚鲁与荷布朵的智斗才是对亚鲁智谋的考验,亚鲁

---

① 紫云苗族布依族自治县《亚鲁王》工作室杨正江翻译整理:《苗族英雄史诗〈亚鲁王〉》,贵州省文化厅、贵州非物质文化遗产保护中心内部资料 2011 年版,第 65 页。

② 同上书,第 68 页。

③ 同上书,第 86—87 页。

④ 同上书,第 92 页。

迁徙到荷布朵疆域，这里自然环境适宜居住，亚鲁便想尽办法在这里居住下来。他首先与荷布朵结拜成为兄弟，进而色诱荷布朵王妃霸德宙，最后吞食荷布朵疆域，这一步步的计划都是亚鲁王智慧的显示。在与荷布朵争抢疆域的时候，亚鲁王首先提出了智斗的方法，"亚鲁王说，你疆域里有没有岚岜舵？你王国里有没有岚岜姆？"① 并由亚鲁的儿子冈塞谷与之配合成功战胜荷布朵，接着荷布朵被引上钩进而提出了八项考验，一是"喊祖奶奶"；二是"呼唤画眉鸟"；三是"燃烧茅草祖奶奶和芭茅祖爷爷"；四是"射白岩"；五是"喊暗河"；六是"抓鱼虾"；七是"砍青枫树、岩梢树"；八是"喊龙祖宗"。亚鲁都一一完成了荷布朵设置的考验，不损一兵一卒成功夺取了荷布朵的疆域。从上述内容可知，亚鲁足智多谋却不好战、恋战，其重心在于为族人谋求发展。荷布朵之战，凸显了亚鲁的人文情怀及史诗的独特之处。

史诗中，英雄自诞生起便肩负了民族兴衰、建功立业的神圣使命，他们的人生价值就是在为民族的兴衰存亡的奋力拼搏中实现的。与《格萨尔王传》相似，《亚鲁王》也偏重于叙述一个对民族命运起着关键性作用的事件，以及在此事件中遭受磨难的英雄人物的特点，但与之不同的是英雄亚鲁的形象塑造偏重于人文色彩，而格萨尔王则是偏重于武功塑造，亚鲁的一切出发点都是以部族的生存和发展为基准，其魅力在于处于磨难还能深明大义、为常人难为之事，同时亚鲁与多数英雄不同，即重人文轻武功。

《亚鲁王》中英雄婚姻考验母题缺失，实则是族群传统习俗、社会历史背景以及特殊身份下的特例，但延续英雄考验母题则是由于英雄这一词的需要，也是人民大众的需要，这是英雄成为英雄所必须经历的过程。

---

① 紫云苗族布依族自治县《亚鲁王》工作室杨正江翻译整理：《苗族英雄史诗〈亚鲁王〉》，贵州省文化厅、贵州非物质文化遗产保护中心内部资料 2011 年版，第 341 页。

# 第十三章

# 英雄好战母题的缺失

《亚鲁王》被定义为苗族的英雄史诗，讲述着英雄亚鲁带领族人开创新生活的种种业绩。通常人们对英雄的定义是在国家和民族遭受困难时挺身而出，拯救百姓于水深火热之中的人，那么史诗中英雄亚鲁在战争中屡次失败，族人为此流离失所，过着贫苦和战乱的生活，但是就是这样的亚鲁为何还受到后世族人的敬仰？这是本章将要深入探讨的话题。

## 一 英雄好战的普遍性

《司马法·仁本第一》说："故国虽大，好战必亡；天下虽安，忘战必危。"其辩证地分析了国家发展的好坏与战争之间的关系，好战的国家必然会走向灭亡，而不做好备战准备的国家也会处于危险之中。中华民族是爱好和平的民族，是崇尚亲和友善的民族，是具有包容性和忍耐力的民族，正如习近平总书记所言：中华民族一直追求和传承和平、和睦的理念，追求至善的境界。一个民族最深沉的精神追求，需要在它薪火相传的民族精神中进行基因测序。"以和为贵""和而不同""国泰民安""睦邻友邦""天下太平""天下大同"及"化干戈为玉帛"等理念的代代流传，或许这也是中国作为历史上世界上最强大的国家之一，但却没有留下殖民和侵略他国的记录的原因。

在斯蒂·汤普森的《民间文学母题索引》一书中，英雄的战争母题为 S 类型母题中的 S400—S499 Cruel persecutions 类，译为残酷的迫害。这类母题广泛存在于各民族的英雄史诗当中，但是通观 2011 年中华书局出版的《苗族英雄史诗〈亚鲁王〉》文本，不难发现史诗当中缺乏英雄好战母题，英雄人物亚鲁面对对手的步步紧逼都是妥协退让，并未有丝毫主动出击的念头。因此，史诗英雄好战母题缺失的原因，将是本章研究的重点。

**（一）史诗《格萨尔王》中的英雄好战母题**

在史诗《格萨尔王》的开篇就交代了人们好战的原因——被魔统治，而魔隐藏在人的心里，即人的心魔在作祟。"彼时，神在天上，人和魔在地上；魔统治人，并且隐藏在人的心里，使人变成魔。"① 在《霍尔入侵》中，挑起战争的是霍尔国的黄帐王，黄帐王因王妃离世，需另选王妃，"孕司王妃已经离开尘寰，撇下我大王形影孤单，所以我要再找一位绝代佳人做我的妃子，与我终身相伴。请你们马上到四处去寻找这样的人选。"② 派出去的黑老鸹在四处寻找的途中，发现了美貌的王妃珠毛，于是把这消息告诉了黄帐王。黄帐王发动兵马去抢夺珠毛，可是格萨尔王的三大英雄帕雷、孕雷公琼、布琼将他们的兵马阻挡在城外，黄帐王忌惮于三人的实力不得不退兵，但是不甘心的超同私下组织了兵马前去追杀黄帐王，哪知被黄帐王士兵打败，王妃珠毛被掳，战争也就此开始。在《格萨尔王》中英雄格萨尔是一位一出生就带有战争因子的英雄，当时天灾人祸以及妖魔鬼怪横行，给当时藏族地区的人民带来了无限的痛苦，观世音菩萨为普度众生脱离苦海，便请求天神之子能够下凡搭救黎民众生，于是天神白梵天之子顿珠孕尔保转世化为格萨尔完成降妖伏魔、锄强扶弱、造福百姓的神圣使命，因此从格萨尔王一出生就身负着战争的重任。

**（二）史诗《玛纳斯》中的英雄好战母题**

《玛纳斯》亦是如此，在玛纳斯未诞生之前，柯尔克孜族的人民就得知会有一个无比英勇的英雄将要诞生。尽管他们的统治者费尽心力追杀这位将要诞生的英雄，但是在族人的保护下，玛纳斯终于平安诞生。玛纳斯从小就目睹了族人们苦难的生活，对外来者的入侵更是充满仇恨。"玛纳斯诞生时，一手握着血块，一手握油脂。手握血预示玛纳斯将要浴血奋战

---

① 赵日红：《雄狮格萨尔王》，吉林摄影出版社 2006 年版，第 1 页。
② 同上书，第 62—63 页。

一生，他会让敌人血流成河；手握油则预示玛纳斯要让柯尔克孜人民过上富裕的生活。"① 玛纳斯出生后卡勒玛克人依然没放弃对他进行追杀，于是年幼的玛纳斯为躲避敌人的追杀住进了森林。"玛纳斯出生后便被送到森林里抚养。玛纳斯从小进山放牧，曾到吐鲁番种麦子。年仅 11 岁的玛纳斯，率领 40 名小勇士与柯尔克孜各部民众，与入侵的卡勒玛克人进行了浴血搏斗，最后把入侵者赶出柯尔克孜领地。"② 玛纳斯的出生是带着族人的希冀出生的，他的一生都是在为民族而战，直至被卡勒玛克首领暗害身亡。

### （三）《荷马史诗》中的英雄好战母题

《荷马史诗》记载，在命运或是神明主宰之下的英雄们用生命暴力反抗，或者是在特洛伊战场上浴血奋战、不死不休，抑或是在伊达卡王宫横尸千万、血流成河的血腥屠戮，他们用暴力和生命维护自己和国家的尊严，维护城邦的安定。英雄史诗《伊利亚特》和浪漫传奇流浪史诗《奥德赛》在相同的文化系统之下，描述记载了类似的生存理念和思维方式。即战争并不存在正义或是邪恶，它对于所有参与者来说都是无比深重的灾难，无奈却无法抗拒，因为神明为人所既定的命运是不容抗拒的。所以，英雄们厮杀在惨烈的战场之中，为生存、为利益、为责任的战斗，燃尽生命反抗既定的命运。对他们来说，命运是难以打破和超越的，是没有特殊情况之下不应改变的事态的生成和发展。但英雄们即使清楚却也不会屈从于所谓的命运，在神明们或是佑助或是戏弄的干预之下，他们用自己的力量和智慧努力反抗命运，在战场上征战，在短暂的时间里创造不朽的名声。

荷马式的英雄是更贴近普通凡人的英雄，他们既"追名"也"逐利"，以生命为赌注用自己的智慧和能力争夺无上的名誉和利益。荷马时代的人民在史诗之中最中意的英雄，既非善断多谋、忍辱负重的国王奥德修斯，亦非背负国家使命、英勇善战的王子赫克托尔，而是彰显孤高寂寞英雄气概的阿喀琉斯，那个在战场上近乎无敌，杀死特洛伊第一勇士使希

① 郎樱：《民族英魂玛纳斯》，吉林摄影出版社 2006 年版，第 5 页。
② 同上书，第 12—16 页。

腊军转败为胜的希腊联军第一勇士，在短暂的生命之中如同嗜血猛兽驰骋疆场，手刃难以计数特洛伊将士的获得万古流芳最伟大荣誉的大英雄。这样的荷马式英雄，若是荣誉受辱，那无异于剥夺他生命的权利或更甚之。

同时，在印度英雄史诗《摩诃婆罗多》以及《罗摩衍那》等中也大量存在英雄好战母题，同样是英雄史诗，《亚鲁王》中却缺失了英雄好战这一世界性母题，其背景及意义值得我们深究。

### （四）英雄好战母题研究综述

无论是原始社会还是封建社会，战争始终都贯穿如一，同时也是各类文学作品在创作之时所重点表现的主题之一，所以研究者们常常通过对文学作品的研究去窥探人类古代战争的文化和历史，因为文学作品不仅是文人们感情的抒发，它更能够再现某一特定的历史时期、某一地域范围内的历史生活，也更能代表当时人们对战争所持的态度等重要的核心要素。

在许多的英雄史诗中，赞美英雄、歌颂英雄是其主要核心思想，不管是哪个民族，无不对英雄有着强烈的热爱和崇拜之情，英雄也因此对战争所带来的殊荣而感到骄傲，虽然这些表现形式一样，但是每个民族中英雄好战的历史原因以及文化心理却又不尽相同。自古人们对英雄的定义似乎就是正义战争中的胜利者，英雄们在战场上英姿勃发，受到世人的敬仰。那么，为何英雄为何如此钟爱战场？

《英雄时代的暴力书写——荷马史诗研究》[1] 一文认为，史诗中英雄在战争中通过胜利来进行自我求证，用暴力反抗宿命的安排，在自我的毁灭中超越命运。战场上是人类暴力的发泄，人们对英雄的崇拜、对财富的追逐促使财富永恒、暴力至上的战争伦理。英雄好战是人类侵犯攻击的原始本能，英雄对优秀的追逐、对战争的喜好是荣誉为先的观念在作祟。《尚武与嗜血——〈诗经〉和〈荷马史诗〉中的东西古代战争文化比较》[2] 一文则认为，东西方史诗中英雄好战的原因有着本质的不同，从战

---

① 李富玲：《英雄时代的暴力书写——荷马史诗研究》，硕士学位论文，山东师范大学，2015 年。

② 赵景梅、胡健：《尚武与嗜血——〈诗经〉和〈荷马史诗〉中的东西古代战争文化比较》，载《江淮论坛》2012 年第 4 期。

争的目的来看，东方国家的战争主要是保家卫国而西方国家则主张侵略扩张；从审美角度来看，东方崇尚武功而西方偏好嗜血；东方渴望和平而西方向往战争。蒙古族人民英雄主义观念的浓厚主要是由其传统文化所致，这种英雄主义的根源来自蒙古族传统的历史文化。《江格尔》的英雄主义表现在对力量的崇拜与对英雄的赞扬，勇士们对战争的热衷与视死如归的生命态度，英雄对君主和宝木巴国的忠诚。[①]《〈江格尔〉与〈伊利亚特〉主要英雄之比较》通过对比《江格尔》与《伊利亚特》两部史诗中的主要英雄人物形象，认为史诗当中因为地理环境与宗教信仰的不同使得英雄发动战争的内因也不同，《江格尔》中的英雄人物具有团队精神，且都骁勇善战；《伊利亚特》中的英雄人物则是以个人为主，为自己的荣誉和利益而战。郎樱在其文《玛纳斯形象的古老文化内涵——英雄嗜血、好色、酣睡、死而复生母题研究》[②]中提出，不管是柯尔克孜族也好还是蒙古族也好，他们都是游牧民族，由于地理原因，各个部落之间因为争夺草场和牲畜常常发生争斗，所以在争斗中能够胜出的就是英雄，游牧民族具有强烈的尚武精神，他们崇拜英勇善战的英雄，在他们的观念之中，杀敌—流血—英雄是一个统一不可分割的概念，他们在战争中杀死敌方英勇的战士并喝掉他们的血，以此来让自己变得更为强大、更加坚不可摧地去获得更多的胜利。《荷马史诗》中英雄不仅抢劫和杀戮，还有奔放、狂暴、好战、无所畏惧（人敢于和神斗）等特质。《〈荷马史诗〉与海盗精神》[③]一文认为，古希腊人虽然热爱生活，但是他们对生命是漠视的，不仅对他人如此，他们对自己也是如此。所以，抢劫别人或者被人抢劫，在抢劫中杀人或者被杀，在希腊社会中都是很平常的事情，这也正是他们在战场上残忍地杀死敌人的原因。

---

① 宝音达：《〈江格尔〉所表现的英雄主义及其文化根源》，载《民族文学研究》2001年第1期。

② 郎樱：《玛纳斯形象的古老文化内涵——英雄嗜血、好色、酣睡、死而复生母题研究》，载《民族文学研究》1993年第2期。

③ 郑琦：《〈荷马史诗〉与海盗精神》，载《黑龙江史志》2012年第17期。

## 二　英雄好战母题的缺失

一部英雄史诗讲述的自然是英雄人物能征善战的英勇事迹，那么缺失了好战因子的英雄如何能被称为英雄且被世代传唱？综观苗族英雄史诗《亚鲁王》的文本，我们没有发现英雄亚鲁主战、好战的因子。他与他的对手赛阳、赛霸的战争无一例外不是赛阳、赛霸挑起的，亚鲁只是被动地进行战争，甚至有的时候选择退让并放弃与他们之间的战争。

### （一）卢叧王之战中英雄好战母题的缺失

与卢叧王的战争是亚鲁的第一次战争，这次战争发起的原因主要是卢叧王害怕亚鲁对他的疆域产生威胁。"夯弩说，亚鲁哩亚鲁，卢叧王说了，如不杀你，将来卢叧王稳固不了这疆域。夯弩说，亚鲁哩亚鲁，卢叧王说了，要不杀你，日后卢叧王镇守不住这王国。"[①] 面对卢叧王的追杀，亚鲁只得不停地躲避，但是英勇的亚鲁即使没有对卢叧王进行还击也将他们的士兵削减大半。"亚鲁挥舞衣裳抵挡，飞箭向卢叧王的兵士射去。亚鲁挥舞衣衫阻隔，卢叧王将领的镖竿嘭嘭断落地上。亚鲁反掷一箭击倒三个兵，亚鲁反射三箭击倒九个将。卢叧王士兵尸体成片，卢叧王将领尸首成堆。"[②] 在这场战役中，亚鲁即使知道卢叧王要杀害他，也没有产生与其抗争的念头和行为。可见，在这场战争中亚鲁是处于战争的被动方。

### （二）收复领土中英雄好战母题的缺失

史诗中亚鲁与卢叧王的这场战争，没有体现出好战的因子。但是，在亚鲁称王收复领土的时候，他是拥有战争因子的。"战马嘶鸣回荡天空，士兵呼喊震撼旷野。千军万马征尘飘洒山河，步子齐整尘烟飘往天边。亚鲁王骑马带兵，一天环征十七个疆域，亚鲁王骑马率将，一夜环征七个王

---

[①] 紫云苗族布依族自治县《亚鲁王》工作室杨正江翻译整理：《苗族英雄史诗〈亚鲁王〉》，贵州省文化厅、贵州非物质文化遗产保护中心内部资料 2011 年版，第 74 页。

[②] 同上书，第 75 页。

国。"① 亚鲁带领自己的军队，向自己领地的四周征战，扩张领域，那个时候的他骁勇善战，英姿勃发。亚鲁不断向各地征战。但是仔细品读我们会发现，亚鲁征收的疆域原本属于自己，是在其父亲和母亲手上被夺走的。例如亚鲁在纳经被卢呙王关押的时候，卢呙王的下属夯努就告诉亚鲁说，"亚鲁哩亚鲁，这方原为你母后的疆域，这里本是你父王的王国。你是我前大王翰玺鹙的王子，我从前是你父王的兵，我以前为你父王的帅。卢呙王从前是你父王的将，卢呙王以前为你父王的帅"②。在亚鲁的认知里面，也认为这片天地都是祖奶奶、祖爷爷留给他的。"亚鲁王说，我去天堂口赶祖奶奶的场坝，我来地中央赶祖爷爷的集市，祖奶奶告诉我天是我亚鲁王的天。祖爷爷告知我地为我亚鲁王的地。"③ 所以，亚鲁对这些对土地的征收只是将自己的领地收回，而并没有抢夺他人领地的意思，如果有人能够自动言和，亚鲁自然不会展开杀戮。这在史诗中就有明确的说明："扎布龙说，卢呙哩卢呙，这天是亚鲁王的天，这地是亚鲁王的地。只要你打开城门亚鲁王不杀你，你只要打开国门亚鲁王不砍你。"④ 因此，亚鲁在战争中一向是主张和平，不轻易动用武力的。

### （三）龙心之战中英雄好战母题的缺失

在后面的过程中，亚鲁得到宝物龙心之后，也是一门心思带领族人做生意，为了族人能过上更好的日子而想尽办法，但是他的哥哥赛阳和赛霸，得知他获得宝物龙心的消息之后便心生嫉妒，"亚鲁得龙心就得七十坝水田，亚鲁有兔心就有七十坡肥土。亚鲁有龙心能占据七十个城堡，亚鲁有兔心就盘踞七十个城池"⑤，企图从亚鲁手上夺取宝物。一次不成，就再一次谋划夺取，总之赛阳、赛霸不择手段都要将亚鲁的龙心抢夺。

赛阳、赛霸将龙心抢夺之后，仍然没有放过对亚鲁的追杀，害怕失去龙心的亚鲁会伺机报复。"七千砍马腿的务黑压压来自天边，七百砍马身

---

① 紫云苗族布依族自治县《亚鲁王》工作室杨正江翻译整理：《苗族英雄史诗〈亚鲁王〉》，贵州省文化厅、贵州非物质文化遗产保护中心内部资料2011年版，第83—84页。

② 同上书，第73—74页。

③ 同上书，第101页。

④ 同上书，第86页。

⑤ 同上书，第130页。

的务黑沉沉走上旷野。七千务莱黑黝黝地遮断天边，七百务吥滚滚烟尘飘洒大地。向亚鲁领地进攻，朝亚鲁疆域攻击。"① 面对兄长们的强势攻击，亚鲁失去了龙心的保护，只能战败而逃，去到另外一个地方继续生活和发展。一次偶然的机会亚鲁获得了生盐井，并以此为生，亚鲁部族过上了安稳的生活。赛阳、赛霸再一次眼红发动战争，这次战争惹怒了亚鲁王，亚鲁王发起了反攻让赛阳和赛霸受到了教训。但是取得胜利的亚鲁知道赛阳和赛霸绝对不会善罢甘休，便组织族人迁徙逃亡。得到了盐井的赛阳、赛霸果然不死心，继续追杀亚鲁，亚鲁被迫与他们交战，但是内心十分不愿。"亚鲁王说，赛阳哩赛阳，赛霸哩赛霸，我不愿同族人交战，我不想与兄长决战。"② 即使在这次较量中，亚鲁也没有狠心夺取兄长们的性命。"亚鲁王说，我的三个铜钱眼像手指，你们三只铜圆眼如楼柱。你们射不中，我已射中了。我不杀你们。"③

### （四）荷布朵战役中英雄好战母题的缺失

亚鲁迁徙到荷布朵的领地之后，发现这里资源丰富，是适合族人生活和发展的好地方，亚鲁便有心要将这里作为部族长足发展的根据地。聪明的亚鲁、不愿挑起战争的亚鲁暗暗地开始实行他的计谋，一步步地侵占荷布朵王国，他采取智取的办法，在战场之外，将荷布朵疆域一举拿下。

总的来说，在史诗文本当中，亚鲁王从头到尾都没有主动挑起战争的意识，即使主动侵占别人的领地，也是出于对族人生存的考虑。同时，他也会采用互比智谋的形式，既赢得了战争又不伤一兵一卒。这是与其他史诗最为不同的地方，英雄史诗大多讲述的是英雄的征战史，而《亚鲁王》中英雄亚鲁的征战却是被逼无奈的举动，他自愿放弃城池、盐井，希望让族人过平静的生活，所以在赛阳、赛霸一次次的紧逼中他选择了退让。可以说，在这部史诗中，战争的缺失正是亚鲁英雄业绩的体现，更是亚鲁成为民族英雄的力证。

---

① 紫云苗族布依族自治县《亚鲁王》工作室杨正江翻译整理：《苗族英雄史诗〈亚鲁王〉》，贵州省文化厅、贵州非物质文化遗产保护中心内部资料 2011 年版，第 149—150 页。
② 同上书，第 284 页。
③ 同上书，第 287 页。

# 三　英雄好战母题缺失溯源

## （一）历史背景

苗族迁入贵州的时间较早，他们在贵州居住的历史可以追溯到宋元时期甚至更早。正是因为麻山苗族居住南方地区的时代较为久远，而《亚鲁王》中对一切历史事迹的叙述都与北方史诗甚至是南方其他少数民族史诗有很大的不同，这或许与他们的历史有着很大的关联。

虽然在很多汉文典籍中都有对麻山苗族的记载，但是他们并非是贵州的本土居民。元代典籍《桂海虞衡志》中对麻山苗族的记载，指出麻山是羁縻州郡以外的"生界"，并称这里居住的人为"生瑶"。至元统一之后，权臣斡罗思控制桑州（今望谟县桑郎），诏谕散居在麻山地区的苗族人民，《元史》将这个地区的苗族人民称为"桑州生苗"。即使在元代之前苗族已经在麻山生活，但是从他们的饮食喜好以及葬礼仪式来加以分析，就能够证实麻山苗族是从外迁徙而来。

在麻山，苗族人民喜食鱼、虾等水产类食物，喜欢种植在平原地区的大米和糯米。由于麻山特殊的气候与缺水的环境，大米和糯米在此无法产出或者是产量很少，因此麻山苗族的这种喜好与麻山当地的地理环境形成了十分鲜明的反差。而马匹作为麻山地区唯一的交通运输工具，是整个家庭当中最重要的财产，因为麻山地势崎岖是典型的高度发达的喀斯特地貌，再加之恶劣的气候因素与贫瘠的土壤，麻山的总体经济水平都是十分低下的。马匹算是一个家庭中财富的体现，它不仅作为交通运输工具，还是耕作时的劳作工具，但是麻山的葬礼习俗却要在人去世之后砍杀一匹马，在这样的环境下，存在这样的风俗习惯是让人费解的。结合《亚鲁王》文本所描述的内容，我们可认为麻山苗族是东方平原地区迁徙而来的族群，他们怀念着故乡的饭食和一切，所以，将这些习惯长此以往地保存下来。

麻山的苗族一直处于"生界"之中，到明代，因为麻山处于各族势力的激战场所，这一"生界"才就此打破，麻山开始被纳入朝廷的管辖之下。汉族典籍中没有对麻山苗族迁徙至贵州之前的历史记载，麻山这一支苗族如何历经磨难来到贵州就成了一个谜，他们在没有文字的情况下，将这段历史完整地保存在贵州的山区如此之久，是一件让人为之惊叹的事情。

　　通过对史诗文本的梳理，我们可以看出史诗讲述的是麻山苗族从东往西迁徙的整个过程。战争是他们迁徙的主因，其历程尤为艰苦卓绝。他们迁徙到贵州居住已经有很多代的历史，如果按照"麻山次方言苗族居住在麻山的历史，可以追溯到宋元时代以前"的说法，那么自亚鲁时期开始，直至各个支系的祖先到现在，麻山苗族居住在贵州有四五十代的时间。从时间上来说，麻山苗族在贵州居住的时间是相当长久的，史诗的开始部分也是从亚鲁时期开始，所以说史诗的最后形成的时间应当是在迁徙至贵州之后，因受到南方地区人文环境的影响和各民族的交融，苗族史诗当中英雄的塑造自然也就偏向于南方少数民族史诗的人文特性。英雄的形象就与北方史诗的英雄好战形象相背离，呈现一种独特的英雄形象。

### （二）传统观念

　　结合史诗文本与田野调查资料，我们发现麻山苗族具有较为宏大的民族观念，他们的博大胸襟与民族团结的意识不仅深入史诗文本，甚至在麻山的日常生活中也随处可见。正是这样一种观念造成了英雄亚鲁缺乏好战的思想，形成了具有民族人文特性的英雄。

　　从文本来看，史诗当中所体现的是天下一家的宏观民族思想，"董冬穹说，儿女们呀，你们分开去造万物，你们分别去造祖先。诺唷来造人，诺唷去造嘿。"[①] 他们认为天下的人都是由祖先董冬穹的儿女造的，所以没有族群之分，没有民族之别。且在史诗当中，亚鲁在收回领土的时候也曾表示过天下一家的说法。"亚鲁王说，我去天堂口赶祖奶奶的场坝，我来地中央赶祖爷爷的集市，祖奶奶告诉我天是我亚鲁王的天。祖爷爷告诉我地是我亚鲁王的地。"[②] 在亚鲁与荷布朵交谈的时候亚鲁亦同样指出这一观点："亚鲁王说，大王哩大王，我们先辈是弟兄我才投拜你这里，我

---

[①]　紫云苗族布依族自治县《亚鲁王》工作室杨正江翻译整理：《苗族英雄史诗〈亚鲁王〉》，贵州省文化厅、贵州非物质文化遗产保护中心内部资料2011年版，第14页。

[②]　同上书，第101页。

们先祖是兄弟我来投靠你这方。"① 史诗所折射出来的，都是亚鲁部族天下一家的观念，他们从一开始就认为，天下的人都是祖先造的，因为后来人口众多才分开去寻找自己生活的领地，于是后来的战役当中亚鲁是不愿意开战的，他说，"我不愿同族人交战，我不想与兄长决战"，甚至对手的步步进逼也没能让他主动挑起战争以绝后患，而是选择主动放弃自己的领地，放弃自己的宝物和财产，希望对手获得这些之后能够让自己部族不受战乱。亚鲁一切思考的根源是自己的族人，以族人的安全、生活、发展为己任，因此，亚鲁是不主张战争的。

从田野调查的资料来看，现在麻山的苗族人民依然还保存有这种宏观的族群观念。从服饰上来说，麻山苗族的服饰从很早之前就已经被周边的布依族同化，"麻山苗族另一个令人瞩目的文化事项是他们都改穿了布依族服装"②。在汉文史籍《黔南识略》中就有这样对紫云苗族称谓的记录，在这部史籍中紫云苗族被称为"斑苗"，从字面意思理解，斑苗就是身着色彩斑斓的服装的苗族。但是现在麻山的苗族大多身着青布蓝衫和黑色裤子，头戴布料包帕，脚穿布鞋。在婚礼上女性会穿上色彩鲜艳的百褶裙和带有飘带的衣服，葬礼中亡者也会穿上传统的服装。所以，现代日常生活中麻山苗族素色的服装显然不是他们原本的服装，青布蓝衫的衣服是周边居住的布依族的服装样式，可见麻山苗族在很早就已经融合了布依文化。

从语言上来说，现在麻山苗族在一定程度上有会使用布依语的情况，《亚鲁王》团队的工作人员梁朝艳就是其中之一，梁朝艳是麻山苗族后裔，因与周边的布依族结亲，她现在能够使用苗语、布依语和汉语三种语言。与她交谈得知，大部分的苗族都与当地的布依族和汉族来往，他们几乎都能够使用布依族和汉族日常简单的交际用语。在对自己民族唱诵史诗的东郎的称呼上，麻山苗族都称为老摩公，但事实上老摩公是布依族对自己民族巫师的称呼，"摩"在布依语中有"念叨""唠叨"的意思，那么摩公就是指唱诵摩经的人。

---

① 紫云苗族布依族自治县《亚鲁王》工作室杨正江翻译整理：《苗族英雄史诗〈亚鲁王〉》，贵州省文化厅、贵州非物质文化遗产保护中心内部资料 2011 年版，第 327 页。

② 中国人民政治协商会议紫云苗族布依族自治县民族宗教文史海外联谊委员会：《紫云民族风情（文史资料·第二辑）》，内部资料 1999 年版，第 1 页。

从观念上来说，田野调查中所遇见的这些文化交融的现象让我们感到十分疑惑，但是东郎们为我们解答了这一切现象的原因，他们说："我们还不是认为，大家都一样嘛，他们有好的东西我们还不是可以拿过来用。"①麻山苗族们已然保留着传统的天下一家的族群思维观念，所以在很大程度上，他们不愿意在族群内部你争我夺，更多的是靠自己的勤劳获取财富和发展。

麻山苗族受南方人文环境因素的影响以及他们自身所保有的天下一家的思想观念，是整个《亚鲁王》史诗缺失英雄好战母题的重要原因，使得整部史诗既充满了南方人文英雄史诗的色彩，又包含北方的战争题材，其独特性可见一斑。

# 四　英雄好战母题缺失的意义

## （一）史诗呈现人文性特征

史诗的形成应该早于麻山苗族迁徙至南方地区，其开篇带有大量的神话色彩，包括了英雄开天辟地及造日、月，射日、月的情节，后由于财产的争夺造成了部族的多次战争，这是在南方少数民族史诗中不曾有的。南方少数民族史诗多是反映开天辟地、自然灾害、神灵庇佑之类，对于战争的反映几乎是没有的。《亚鲁王》中描述的战争延续到亚鲁部族迁徙到贵州境内，到了贵州境内，亚鲁部族开始整顿并重新发展，在这期间，史诗的叙述几乎都是关于如何寻找土地、如何发展生产，史诗从战争的性质上结合了南方少数民族史诗的特征，讲述了民族英雄如何带领族人谋求发展的英雄事迹。英雄渴望得到他人的认可，这是对自己尊严的追求，是超越自我的一种状态，同时更是作为君者对臣民所要履行的责任。

南方少数民族英雄史诗体现的是重人文轻武功的思想观念，看重的是文化英雄如何为族人带来福音，如何给族人创造福祉。而北方少数民族英雄史诗则看重的是英雄如何与外敌战斗获得胜利。所以，从《亚鲁王》的文本来看，英雄亚鲁一切从族人利益出发的思维和力求和平的观念使得史诗兼具了南北方英雄史诗的特性，但是更偏重于南方人文英雄史诗的

---

① 引自采访东郎韦老王的录音稿。

特性。

### (二)"人类同源"观念的传承

史诗文本当中所呈现出来的"人类同源"的思想观念影响至今，现在的麻山苗族人民还完好地保留着史诗中所彰显的观念价值，他们对于外族的优秀部分欣然地吸收和接纳，变为自己所用，这样一种顽强的生命力和生活状态正是麻山苗族传统的"人类同源"思想观念的支撑。

麻山腹地，山峦环抱的洼地之中若隐若现的白色楼房，是他们用这样一种刚毅的性格建造起来的，据史诗的整理翻译者之一的杨正江说："他们看见城里的人住上了好看的房子，于是自己也想住，他们放下了手里的锄头跑去城里打工，用挣来的钱修和城里人一样的房子。"① 这样一种拼搏精神正是依靠其"人类同源"的思想支撑，他们希望同一祖先的后人，能够享受同等的"待遇"，因此，在面对人们物质条件越来越好的时候，他们就越发努力，希望依靠自己的双手，和别人站在同一起跑线上。

东郎韦老王是一位年过八十岁的老人，他在路上偶遇我们时还和我们热情地说话，问我们是不是从另外一个地方过来的。后来通过询问，才知道他的意识里面，苗族不仅居住在麻山这个地方，麻山之外的人们也都是一家人，因为亚鲁部族迁徙到贵州之后又分为了很多支系去到很多地方安居。

史诗的唱诵场域是在最为严肃和神圣的葬礼仪式上，在唱诵的时候寨上的所有村民以及其他寨子的村民都会前来聆听，在听的过程中也就自然地受到史诗的教诲和感染，所以史诗当中的很多风俗习惯和思想观念能够一直延续到今天。

### (三) 精神民俗的生态内质

精神民俗，就是指人类在遭受到危机时，通过祈求超自然的力量来帮助他们，所创造的一些祈福仪式。在涉及生育传承方面，他们还创造了很多民俗规范和仪式；在生活方面，创造了许多有关日月阴晴、风雨雷电、云霞霜雪以及四季冷暖的神话、谣谚、禁咒、祭祀仪式和多种适应性的民

---

① 引自采访东郎杨正江的录音稿。

俗方式。这种有关信仰的民俗，涉及的不仅是人类自身还涉及自然万物包括动物、植物以及各种自然现象等。而民族的精神民俗是指人们在社会生活中所形成的比较稳定的道德、伦理、信仰、禁忌、仪式等，它是少数民族审美的一种体现，无论是整体还是个体的审美都会受到民族的精神民俗文化的制约与影响。

《亚鲁王》当中很多有关动物与植物的描述，也在后世体现了它的生态民俗学的价值，在这里我们着重要说的是史诗中关于好战母题缺失为后世所带来的生态思维的影响。麻山苗族原始信仰生成的生态基础是史诗《亚鲁王》，它是贯穿于麻山苗族生产生活的史诗，是他们的日常行为规范和准则；这一信仰的生态分布主要集中在麻山地区。因为史诗中好战母题的缺失，着重描述的是英雄对农耕生产和技艺的看重，所以麻山苗族中很少有像其他民族一样有发生家支械斗的情况，更多的是相互帮助、相互鼓励、相互团结，这实质上就是史诗缺失这一母题对后世所造成的最具影响力的生态行为。

第十四章

# 英雄死而复生母题的缺失①

英雄史诗历来是史诗研究的重要内容。《亚鲁王》由于发现晚，其音乐特征、历史人文背景、母题研究、女性形象等视角的研究已有学者关照，但死而复生母题仍是空白。史诗叙事中的死而复生，是先民的世界观的体现，是原始信仰的一种直接的文学反映。在《玛纳斯》《江格尔》《支嘎阿鲁王》中，都直接或者间接地存在着英雄死而复生母题，《亚鲁王》中此类母题的缺失将是本章重点探讨的主题。

## 一　死而复生母题研究简概

### （一）死而复生母题研究的必要性

前文已述，当前《亚鲁王》母题的研究大多集中于婚姻、射日、射月等方面。梳理国内关于北方三大史诗及南方史诗的研究成果，发现英雄死而复生母题较为常见，但这正是《亚鲁王》所不具有的。

郎樱②认为，英雄死而复生母题是古老的，早期的人们认为人与自然万物一样有轮回和交替，所以在他们看来，人的生死并不具有很重大的意义，反而认为神与王者在精力衰败的时候会影响领地和部落的兴衰存亡。所以在众多史诗中，如果英雄已经老去或者丧失了保护族人的能力，族人通常会将英雄杀死，并通过某种力量的挽救，抑或通过动物、某种液体、

---

① 本章主要观点发表于《少数民族非遗蓝皮书：中国少数民族非物质文化遗产发展报告（2015）》，经补充完善用于本书。

② 参见《英雄的再生——突厥语族叙事文学中英雄入地母题研究》《玛纳斯形象的古老文化内涵——英雄嗜血、好色、酣睡、死而复生母题研究》等论文。

某种巫术等，使英雄获得重生。原始先民们认为通过外界的干扰，能够为英雄提供再生的途径，为英雄补充精力和活力，再次获得人民的信赖。

基于以上论述，笔者认为有必要对《亚鲁王》英雄死而复生母题的缺失进行探讨。《亚鲁王》前文小部分文本带有神性色彩，但是后部内容神性色彩愈来愈弱直至消失，这与北方三大史诗《格萨尔王》《江格尔》《玛纳斯》以及南方彝族英雄史诗《支嘎阿鲁王》中的风格完全不一致。北方三大史诗中，英雄们均具有非凡的出生、拥有无与伦比的神力以及充满神话色彩的征战遭遇，南方彝族英雄史诗《支嘎阿鲁王》中的英雄阿鲁不仅是天神的后裔，更具有神的天赋，其遭遇也是充满着浓厚的神性色彩，他受命于天神与山神的女儿恋爱，后又与恶魔战斗，其征战事迹无不充满神秘色彩与奇幻的氛围。但《亚鲁王》中英雄亚鲁并非神人后代，也未能拥有天生神力，除诞生具有些许神性色彩外，他一生的经历都是平凡的，常人能理解的，显然，相较于其他史诗，《亚鲁王》有其独特性。

**（二）死而复生母题研究综述**

德国哲学家黑格尔认为："每种艺术作品都属于它的时代和它的民族，各有特殊的环境，依存于特定的历史和其他的观念和目的。"[①] 死而复生故事与古人对生死的朴素认识以及原始宗教、鬼神观念等因素有关，"复生"成为小说中常见的叙事结构，表达了对生命与美善的追求。梳理复生母题研究成果，认为复生母题不仅体现了初民的古老信仰，更是民族文化深层心理的综合表达。

张艳通过分析先秦时期（原始信仰）、汉魏六朝时期（宗教影响）、唐宋时期（世俗理念）、明清时期（艺术创造）等四个时期的"复生"母题，认为复生的情节架构有很大的生成空间；"复生"的情节结构体现的是民族的审美观；"复生"的故事在长期的发展中由于承载了过多的原始信仰和宗教理念的内容以致形成了固定的模式，这种模式又反过来在一定程度上限制了内容的开拓。[②]

呼日勒沙认为，在史诗《格斯尔传》中，死而复生母题不仅是人物

---

①　[德] 黑格尔：《美学》，商务印书馆 1979 年版，第 79 页。

②　张艳：《〈格斯尔传〉中的死亡与复生母题》，载《江西社会科学》2014 年第 3 期。

性格形成与情节发展的关键，还与人们的图腾崇拜、自然崇拜等有着密切的关系。对于复生，作者认为有三种形式：一是灵魂复生，《格斯尔传》里由于认为人的灵魂不死，因而有收回灵魂、输入灵魂、灵魂变形、使灵魂变形和轮回转世的情节记述；二是尸骨复生，尸骨复生母题源于人死后灵魂进入骨头的观念，所以在蒙古族中有敬仰骨头的习俗；三是圣水复生，圣水复生母题与蒙古族其他史诗和故事中的所述相同，是蒙古族的传统习俗。①

乌日古木勒对蒙古族史诗中死而复生母题进行比较，并结合传统文化认为蒙古史诗中英雄大拇指被砍掉，被装进皮口袋变成婴儿或被烧成灰烬，英雄的未婚妻抟骨灰捏人，使英雄死而复生的母题与魔法故事中手指头被砍掉母题一样，起源于萨满入巫仪式或死亡和复活的成年礼。②

魏晓虹和姚晓黎考察了死而复生文学母题的流变，认为中国古代文学中大量的死而复生故事的出现，是因为古人对生死的朴素认识、鬼神观念、乐生恶死的心态以及宗教观念等多种因素。小说家有意用死而复生的方式，解决幽冥路殊、门第差别和礼教障碍等问题，实现现实生活中无法实现的理想。③

王立从冥游类型中的冥使错勾母题、"重生药"母题、"冥游得悉阳间未来事"母题为出发点，对中土叙事文学的冥游故事进行分析，认为在佛经的启发之下，冥游故事得到了补充，它所展示的是较为正义公理的，反映了人们对死后世界的理想化。④

## 二 英雄死而复生母题的缺失

《亚鲁王》中并没有关于英雄死后，因服用某种液体或者举行某种仪式，抑或获得某种力量的帮助而复生的描述，显示出英雄死后不能复生。

---

① 呼日勒沙：《〈格斯尔传〉中的死亡与复生母题》，载《民族文学研究》1989 年第 3 期。

② 乌日古木勒：《蒙古史诗英雄死而复生母题与萨满入巫仪式》，载《民族文学研究》2005 年第 1 期。

③ 魏晓虹、姚晓黎：《中国古代文学中死而复生故事的主题学分析》，载《山西大学学报》2006 年第 6 期。

④ 王立：《冥使错勾"具魂法"、"重生药"母题研究》，载《东疆学刊》2009 年第 4 期。

### （一）赛杜

赛杜是亚鲁祖先董冬穹的儿子。董冬穹派他们去造万物、造祖先，赛杜的任务就是造大地。"赛杜急忙挥一拳头成一片平地，赛杜赶紧敲一锤子成一个山垭，赛杜接着打一巴掌成一匹山崖。"① 但是赛杜在造大地的时候，从山喳雀那里得知自己的父亲和母亲去世的消息，赛杜悲愤交加受伤而死。"赛杜听后一步跨越七丘，赛杜听后一脚跨越七岭，赛杜伤了膝盖，赛杜断了小腿。受伤的赛杜痛死了，折腿的赛杜离去了。"② 赛杜的尸骨被砍成很多块抛撒于荒野变成了生灵，"他被削为好多片肉撒在山丘，他被砍成许多断肢撒在山岭。他变成十二簇惑，他变为十二簇眉"③。

赛杜死后并没有诵唱其复生，而是直接讲述其转化为生灵。④ 赛杜在史诗中是开创大地的英雄，他与主流文化盘古形象类似，盘古开天辟地是将自己的身体化为万物，肉化为泥土、骨头化为山脉、眼睛化为太阳和月亮、血液化为河流，而赛杜却是用自己的力量打造万物，他挥一拳头就成了一片平地，他敲一锤子就成了一个山垭。虽然他们创造事物的方式方法不同，但是他们都是开天辟地任务的承担者，是创世的英雄。

### （二）赛扬

赛扬也是董冬穹的儿子。在开天辟地的这一章节里，赛扬被赋予了射日、射月的重任，他在自己妻子怀孕的时候去完成任务，完全不知晓自己孩子的模样，赛扬去射日、射月一去就是十二年。"赛扬射太阳离去十二年白天，赛扬射月亮去了十二年黑夜。"⑤ 他的儿子郎冉郎耶长大后被母亲派去迎接自己的英雄父亲，郎冉郎耶带着干粮去寻找父亲赛扬，但是赛

---

① 紫云苗族布依族自治县《亚鲁王》工作室杨正江翻译整理：《苗族英雄史诗〈亚鲁王〉》，贵州省文化厅、贵州非物质文化遗产保护中心内部资料 2011 年版，第 18 页。

② 同上书，第 18—19 页。

③ 同上书，第 19 页。十二簇惑、十二簇眉在史诗注释中被称为生灵。

④ 生灵，是人在脱离肉体之后的一种存在形式，采访中他们说人在生活中如果出现任何不正常的情况，比如头痛、肚子痛等症状，都是生灵借助这些症状表达自己的诉求。这里笔者认为，其实是原始信仰中对超自然力的一种崇拜。

⑤ 紫云苗族布依族自治县《亚鲁王》工作室杨正江翻译整理：《苗族英雄史诗〈亚鲁王〉》，贵州省文化厅、贵州非物质文化遗产保护中心内部资料 2011 年版，第 22 页。

扬与郎冉郎耶素未谋面，他们发生了冲突赛扬将郎冉郎耶射死，郎冉郎耶死后变成了惑和眉。得知郎冉郎耶是自己儿子的真相后，赛扬对自己的行为十分后悔。"这话惊翻了赛扬，赛扬的心肝碎了。赛扬狠狠捶打胸膛，赛扬哗哗流淌眼泪。"[1] 他拔剑自杀身亡，赛扬也变成了十二簇惑和十二簇眉。

赛扬是射日、射月的英雄，他花了十二年的时间将太阳和月亮射死，但是年幼的郎冉郎耶（赛扬不知其身份）却不知天高地厚与赛扬比试射箭，且一箭就将鹰的眼睛射中。赛扬认为郎冉郎耶要抢夺自己射日、射月的功劳，被嫉妒蒙蔽了眼睛的赛扬，在盛怒下将亲生骨肉杀死。对赛扬这样抛舍家庭、顾全大局的民族英雄，人民赋予他的也只是变成生灵，而未有再生的可能。

### （三）波尼桑

波尼桑[2]，一位贤惠、善良的女孩，系亚鲁的第一位情人。"夯驽女儿波尼桑去端饭，夯努女儿波尼桑舀汤来。"[3] 亚鲁在夯驽家休养的时间里，波尼桑悉心照料，两人感情日渐加深，但亚鲁返家的心情超越了爱情，离别时波尼桑并未表露出任何不悦，也没有作出任何阻止亚鲁的行为。"波尼桑站在土坡看亚鲁渐渐远去，波尼桑呆立坡上望亚鲁天边消失。"[4]

亚鲁离去之后，波尼桑对亚鲁的思念之情越发浓烈，但理性控制着感性，波尼桑将自己的心声埋藏。当听到亚鲁在与卢呙王的战争中失利，波尼桑毫不犹豫挺身支援。"卢呙王一箭射中波尼桑，卢呙王一镖刺中波尼桑。波尼桑应声倒地，波尼桑猛然扑地。亚鲁王发现有人中箭，亚鲁王听

---

①　紫云苗族布依族自治县《亚鲁王》工作室杨正江翻译整理：《苗族英雄史诗〈亚鲁王〉》，贵州省文化厅、贵州非物质文化遗产保护中心内部资料 2011 年版，第 25 页。

②　系亚鲁外出学艺返家途中偶遇的女子。年幼的亚鲁外出学艺，归家途中巧遇雄狮发生打斗，随之招来杀身之祸，夯努将他救下带回家中休养。这段时间，亚鲁与照顾他的波尼桑（夯努的女儿）暗生情愫。

③　紫云苗族布依族自治县《亚鲁王》工作室杨正江翻译整理：《苗族英雄史诗〈亚鲁王〉》，贵州省文化厅、贵州非物质文化遗产保护中心内部资料 2011 年版，第 77 页。

④　同上书，第 79 页。

到有人中镖。波尼桑中箭了！波尼桑中镖了！"① "波尼桑就这样气绝身亡，波尼桑声断而去，波尼桑气绝身亡。"②

史诗中，波尼桑是英雄的爱慕者、拯救者。亚鲁幼年时期，波尼桑照顾受伤的亚鲁，亚鲁青年时期，波尼桑帮助亚鲁战斗。这样一个女英雄，她的死也没有获得任何重生的可能性。

### （四）波丽莎、波丽露

波丽莎、波丽露是亚鲁的两位王妃，同时也是两姐妹。波丽莎与波丽露是亚鲁在征战途中偶遇的，亚鲁垂涎于两姐妹的美色，将她们带回王宫封为王妃，自此波丽莎、波丽露成为亚鲁的得力助手，波丽莎和波丽露照料家事，亚鲁得以安心地管理部族的事务。"亚鲁王士兵都说王迎王后到，亚鲁王将领都讲王娶王妃来。谁来掌管财物，哪个料理事务？波丽莎掌管财物，波丽露料理事务。派波丽莎去经商，派波丽露来管室。"③ 她们凭借自己的能干与聪慧，将亚鲁托付的事务管理得井井有条。

但狡黠的赛阳、赛霸却利用波丽莎、波丽露的善良将亚鲁的龙心偷走。"赛阳赛霸密谋派谁去和波丽莎做情人，赛阳赛霸盘算派哪个与波丽露做情侣。派诺赛钦和波丽莎做情人，派汉赛钦与波丽露做情侣。立马抢劫芭蕉叶，立即抢夺白牛角。马上抢劫龙心，迅速劫夺兔心。"④ 龙心被诺赛钦和汉赛钦抢走之后，亚鲁失去了有力的武器，在战役中惨败。

族人大多都死于这场战役中，波丽莎、波丽露出于自责与悔恨，为保护族人与亚鲁王离开，主动留守，并与赛阳、赛霸搏斗厮杀。"大王哩大王，我俩掩护你逃出国土吧，我们帮助你逃离王国吧。你带儿女去新疆域种糯谷，你领族人来建新领地养鱼虾。"⑤ 待亚鲁带领族人离开疆域之后，波丽莎与波丽露点兵点将为战争做准备。"波丽莎和波丽露点兵，波丽莎与波丽露点将。率七百人守护城门，领七十人驻扎阵地。波丽莎舞动宝

---

① 紫云苗族布依族自治县《亚鲁王》工作室杨正江翻译整理：《苗族英雄史诗〈亚鲁王〉》，贵州省文化厅、贵州非物质文化遗产保护中心内部资料2011年版，第91页。
② 同上书，第92页。
③ 同上书，第115页。
④ 同上书，第146页。
⑤ 同上书，第160页。

剑，波丽露挥起梭镖。从城墙上跳下，飞身跨越城门。杀向赛阳的兵，砍倒赛霸的将。"① 然而面对赛阳、赛霸强大的军队，势单力薄的波丽莎、波丽露很快就败下阵来。"鲜血流成河，尸首堆如山。七千务莱包围波丽莎，七百务呀围住波丽露。波丽莎剑刃翻卷，精力耗尽，波丽露镖竿断裂，精气枯竭。波丽莎血洒大地，波丽露血流故土。"② 赛阳、赛霸将两位王妃杀死在战场上。

两位王妃虽说是战争失败的导火索，但在民族大义前，她们勇于承担责任，以族人安危为先，为保护亚鲁部族安全离开，愿意留下来与敌人对战厮杀，她们也是为族人作出牺牲的民族英雄。但是，她们死后也与其他英雄一样没有获得重生的机会。

### （五）耶郎棱

史诗中，耶郎棱③与郎冉郎耶是一样的遭遇，他的父亲卓玺彦被亚鲁王派去射日、射月，卓彦玺射杀太阳和月亮的美名传到家中，耶郎棱的母亲赛嘎咏便做好干粮交给儿子耶郎棱，让耶郎棱去找他的父亲卓彦玺，但是天意弄人从未见过的父子两人，因为卓彦玺的怀疑和猜忌，耶郎棱就这样被自己的父亲误会杀死。"父亲也许不知道，儿子或许想杀死父亲哩，儿子也许不晓得，父亲也许想杀掉儿子啊。鸟的聒噪惹翻了卓玺彦。卓玺彦听到火冒三丈，卓玺彦旋风一样立起，射出七十支钢箭，射不中那只乌鸦。耶郎棱说，大王哩大王，你射不中它，我来帮你射，你杀不中它，我来替你杀。卓玺彦只得把弓递给耶郎棱。耶郎棱一箭射出去，那只乌鸦咚咚落地。卓玺彦心想，这小子也许是上方来的匪，这家伙或许是下方来的盗。我射不中，他射中……卓玺彦拔出两面锋宝剑，卓玺彦张开两根弦钢弓。射向耶郎棱，杀了耶郎棱。"④ 在这里我们暂且不把耶郎棱看作英雄，但他是英雄卓玺彦的儿子，且身手不凡，技艺高强，在死后同样没有能够

---

① 紫云苗族布依族自治县《亚鲁王》工作室杨正江翻译整理：《苗族英雄史诗〈亚鲁王〉》，贵州省文化厅、贵州非物质文化遗产保护中心内部资料 2011 年版，第 162 页。

② 同上书，第 163 页。

③ 第二次射日、射月。

④ 紫云苗族布依族自治县《亚鲁王》工作室杨正江翻译整理：《苗族英雄史诗〈亚鲁王〉》，贵州省文化厅、贵州非物质文化遗产保护中心内部资料 2011 年版，第 396 页。

获得再生的机会，即使卓玺彦去询问祖先耶偌和耶婉，她们的答案也是一样，"你儿的命现在已经挽不转，你家男娃已走完他的运程。"①

悔恨的卓玺彦将儿子耶郎棱的尸体砍成了三百六十块，这三百六十块肉就变成了惑和眉，而这些惑和眉受到亚鲁部族世世代代的保护。射日、射月的民族英雄，没有与自己亲人团聚，反而被史诗安排了亲族相残的结局，不管是第一次射日、射月中的赛扬和郎冉郎耶，还是第二次射日、射月的卓玺彦的儿子耶郎棱，他们的死虽然是因为猜忌和误会，但都没有获得重生的机会。从情感上来说，这是极不合理的安排，也十分让人惋惜。

史诗中的五个英雄人物，无一获得再生机会，他们或是在完成任务的途中而死，或是为族人的存亡战死，抑或是遭遇误会而死，但是他们都是充满正义与善良的英雄人物。在他民族史诗当中，不乏英雄死而复生母题的描述，但是为何在麻山苗族史诗《亚鲁王》中就缺失这一母题呢？基于此，本章拟从史诗缺失英雄死而复生母题着手，力图探讨其与麻山苗族的传统历史文化的关联性。

## 三 英雄死而复生母题缺失的文化隐喻

在蒙古族英雄史诗《江格尔》中，少年江格尔因为抢劫了阿拉潭策吉的马群，被阿拉潭策吉用毒箭射死，但是在洪古尔的请求下，洪古尔的母亲用神药和神术将江格尔救活。而英雄洪古尔的死而复生则要比江格尔的情况要复杂得多，洪古尔在与西拉·莽古斯的恶斗中被杀死，尸体被抛入七层地下的红海中，待江格尔返乡后，才来到红海中捞出洪古尔的尸体，并使用巫术仪式将洪古尔救活，这个仪式江格尔使用的是神树的叶子，江格尔将叶子嚼碎吹在洪古尔的尸骨上，洪古尔便死而复生。

在柯尔克孜族英雄史诗《玛纳斯》中，玛纳斯曾在一次与阔孜卡曼和阔克确阔孜的征战中被杀害，英雄玛纳斯被灌以毒酒，并被推下悬崖，他就这样断送了性命。但是玛纳斯并没有因此而完全结束生命，他因为外力的协助获得了重生。关于这次被救的说法主要有三种：第一种是一位仙

① 紫云苗族布依族自治县《亚鲁王》工作室杨正江翻译整理：《苗族英雄史诗〈亚鲁王〉》，贵州省文化厅、贵州非物质文化遗产保护中心内部资料 2011 年版，第 410 页。

女将玛纳斯母亲绮依尔迪的乳汁喂给玛纳斯喝，玛纳斯就因此而重获新生；第二种是玛纳斯的妻子卡妮凯使用神药将玛纳斯救活；第三种是将玛纳斯放在圣河中洗澡，是圣河中的圣水使玛纳斯复活。

虽然玛纳斯在之前的战役中得到了重生，但是在玛纳斯与昆古尔的斗争中，玛纳斯遭到昆古尔的袭击，因为昆古尔的武器上带有剧毒，玛纳斯又不听妻子的劝告继续战斗，造成伤口化脓，毒液扩散，玛纳斯错过了医治的最好时机，最终躺在妻子怀中安然死去。英雄玛纳斯的征战业绩就此告终，史诗继续讲述其儿子赛麦台依的业绩。与玛纳斯不同的是，赛麦台依的死是在壮年之时，遭到勇士背叛被砍杀而死，死后的赛麦台依被仙女送回山洞，用仙药将其医治复活。

在彝族史诗《支嘎阿鲁王》中，阿鲁的一生中没有真正意义上的死亡。但是史诗文本有类似死亡的隐喻，例如阿鲁在完成"移山填海"的任务中，触怒了山神鲁依岩，鲁依岩将阿鲁捆绑在山洞里面，阿鲁在鹰的帮助之下被驮回到地面。虽然这不是对英雄死亡的直接描述，但是我们可以看到，英雄被捆绑在山洞当中是对英雄死亡或者英雄精力衰败的隐喻，而鹰的出现则是挽救英雄生命或者是为英雄注入生命活力的隐喻。英雄被鹰驮回地面之后，继续之前的英勇，将"移山填海"的任务圆满完成。

总的来说，大部分的史诗都存有英雄死而复生的情节。乌日古木勒认为，蒙古族的死而再生母题与萨满教的入巫仪式及成年礼仪式有关，在《江格尔》史诗中，英雄洪古尔死后被砍成很多块，这种情况被认为是萨满入巫仪式或者是死亡和复活的成年礼。主要原因是萨满教中的入巫仪式存在着损伤身体部位的行为，人们的身体中的部分被损伤意味着人的死亡，而所举行的让信徒入教的仪式则是让信徒再生的仪式，仪式举行完毕之后，信徒也就成为正式的教徒，也就是意义上的再生。

彝族史诗中英雄的再生没有像北方史诗那样写得那么直白，但是对于英雄被捆绑在地底下又被鹰驮上地面的叙述应当是英雄死而复生的隐喻，通常"地下"具有阴间的意义，也同样具有母体的隐喻意义。英雄被送入地下，或许是一种考验，是对英雄成年的考验。鹰是彝族人民的图腾，而在史诗当中阿鲁是鹰的儿子，英雄被鹰驮回地面亦是被亲族拯救的象征。

在苗族史诗《亚鲁王》中，英雄亚鲁并没有在首部翻译整理出版的这部史诗文本中出现死亡的描述，但是史诗有对其他英雄的死亡情况进行的描述。在对这五位英雄的描述中，我们可以看到，英雄在壮烈牺牲之后，并未有像北方三大史诗以及彝族史诗《支嘎阿鲁王》中的英雄一样得到重生的希望。他们在死亡之后，化成为了"惑""眉"，即成为了生灵类的物种。对于这样一种现象，同属于英雄史诗，或许是与族群之间不同的文化背景相关。通过与其他几部史诗比较而言，纵使是不同民族之间，他们死而复生的形式也不尽相同，总体而言都依然有着对死而复生母题的继承。于是，对史诗《亚鲁王》中这一母题缺失的探讨，是十分有必要的，这或许应该涉及的不仅仅是某种信仰或者是某种传统文化，或许所涉及的该是更为深入的族群潜意识。

### （一）灵魂不灭观念的异同认识

灵魂不灭是广泛存在于原始先民意识里面的传统观念，先民们认为人的灵魂是脱离于人的肉体而存在的，所以在肉体死亡之后，人的灵魂会依然存在于这个世界。而外部自然万物的循环与轮回，让先民联想到自身，他们开始思考自身是否与自然万物一样，会有新生—成长—衰老—离世—重生的这种循环历程，这种思维广泛存在于大部分的民族意识里面。然而在麻山苗族的认识里面，他们虽然也有灵魂不灭的观念，但是这样一种观念却是不同于其他民族的，在史诗的描述中，英雄死亡后变成了种种生灵，只是换了一种形态存活在现实生活中。"旷野不能铺满赛杜尸体，大地没法掩埋赛杜尸身。他被削为好多片肉撒在山丘，他被砍成许多断肢撒在山岭。他变成十二簇惑，他变为十二簇眉。"①

麻山苗族不能伤害这些英雄幻化成的生灵，还要尽其所能地保护它们。在调研过程中，我们了解到，人们也将日常病痛的原因归咎于这些生灵。对于这种奇怪的说法，他们解释道，因为生灵们无法用人的语言进行表达，所以一旦它们有需求，就会借助人们的身体来表达，甚至是让人们帮助完成它们的诉求。一旦满足生灵的需求之后，人们的病痛也就会随之消失。这就是麻山地区广泛存在宝目举行仪式的现象，宝目通过仪式行为将生灵驱赶出人们的体内，让它们不要再来打扰村民的正常生活。

---

① 紫云苗族布依族自治县《亚鲁王》工作室杨正江翻译整理：《苗族英雄史诗〈亚鲁王〉》，贵州省文化厅、贵州非物质文化遗产保护中心内部资料 2011 年版，第 21 页。

麻山苗族来到贵州是在元朝之前，据《元史》记载，那时期麻山的苗族统称为"桑州生苗"。他们经历了无数次大大小小的战役，对于长期处于战争的人民来说，那些关于灵魂不灭的观念其实就是一种对生命的幻想和对生活的幻想。据东郎们讲述，"人在死后他们的灵魂还存在于人间，他们还是与人一样用同样的方式生活"，这种意识，就是史诗《亚鲁王》不同于其他几部史诗中灵魂不灭观念的核心。

### （二）独特的祖地向往意识

更具体点来说，麻山苗族的灵魂不灭观念是他们祖地向往意识的潜在表现。在麻山苗族人民的心中，死亡对于他们来说是一件让人值得兴奋的事情，他们甚至在平时相见打招呼的习惯中就带有这种强烈的情感，东郎陈兴华曾经告诉我们："我们这里觉得死是一件很高兴的事情，平时见面的时候打招呼都是说'你死了没有？'如果不这样问的话，人家就会不高兴。"这种对于死亡的向往让他们不会像其他民族那样惧怕死亡，甚至不会萌发出还要获得重生的机会，在这个地方生活下去。

麻山苗族不是土著民族，他们从遥远的平原富庶之地迁徙而来，在这里生活。这种没有归属感的生活让他们时刻都在想念曾经的家乡，再加之麻山是典型的脆弱生态地区，石漠化、封闭化的麻山让他们的生活资料十分短缺，过着极端贫困的生活，这些原因造成了他们世代都向往回归东方故土的观念。

这种祖地向往意识在他们的葬礼仪式上表现得十分完整且强烈。传统的葬礼仪式中，丧家会邀请东郎（唱诵史诗的人）来主持仪式，东郎在整个葬礼中承担着十分重要的任务，就是为亡者唱诵史诗。在这里，史诗所承载的意义就是为亡者指路和对后代苗族发挥教育警示作用。其中，为亡者指路是整个葬礼仪式的核心，东郎在亡者棺木面前唱诵史诗，传统的唱诵时间为七八天，在这期间，东郎就会告诉亡者他的先祖是如何迁徙至麻山，并告诉他迁徙来路上所经过地方的地名，目的就是为了让亡者沿着这些路径返回到祖先故地。在葬礼中，东郎都会身着传统的苗族服饰，葬礼上的人们都会吃传统的食物。

这种独特的祖地向往意识，促使他们形成了英雄死而复生母题缺失的现象，他们不要求肉体上的重生，更看重的是否能够回到祖先故地，与先祖团聚。

### （三）具有现代性意义的史诗观念

整部《亚鲁王》史诗，神话色彩较淡，几乎只存在于前部分的描述当中。从亚鲁这一代的描述开始，史诗中的神话色彩几乎淡化至无。史诗的叙述中，亚鲁的先祖们是开天辟地的始祖，是射日、射月的功臣，是具有很多超人能力的人。但是到亚鲁这一代，史诗就失去了神话色彩，就连英雄亚鲁的出生都与常人无异，无非就是他在出生的那一刻，出现了很多的自然异象，我们可以将其看作劳动人民对英雄所赋予的异于常人的能力，也是他们对于英雄为何成为英雄的简单且直观的解释。

史诗中所描述的英雄的战斗，都是与人的征战，都是有关于对私有财产的争夺。而在他民族史诗当中，英雄不仅与人征战还与恶魔征战，其征战带有为正义而战、为自身而战的性质。史诗《亚鲁王》中的征战讲述的都是为部族而战，这样的战争是带有现代性意义特征的。因为私有财产的出现，当属于父系氏族社会，而人类社会发展到这一时期，先民们的认识水平也有了一定程度的提高，史诗在跟随人类发展的进程中也充分反映了这一客观事实。

基于此，我们可以认为，在这样的认知观念下和社会背景下，麻山苗族史诗《亚鲁王》缺失英雄死而复生母题是因其具有现代性意义的史诗观念。

郎樱教授曾经说过："英雄死而复生母题是一个世界性的母题，是广泛存在并且古老的母题。"这一母题在中国北方史诗中存在的痕迹十分明显，在南方彝族史诗《支嘎阿鲁王》中也有隐喻式的描述，但是在苗族史诗《亚鲁王》中，却没有任何一位英雄获得了死而复生的机会。

对于这样一种广泛并且稳定存在于史诗中的母题，在南方史诗中的缺失，确实是十分罕见的。因此，我们企图通过分析其缺失的现象来探讨这一母题在史诗中缺失的背景及原因，认为史诗缺失英雄死而复生母题主要有三个方面的原因：一是关于灵魂不灭观念的异同认识。正是因为此观念的不同，才会促使麻山苗族史诗英雄死而复生母题的缺失，灵魂不灭的异同认识是这一母题缺失的背景性因素。二是独特的祖地向往意识。独特的文化环境和历史境遇使得麻山苗族具有十分强烈的归祖意识，这是造成英雄死而复生母题缺失的决定性因素。三是具有现代性意义的史诗观念。因为史诗是随着麻山苗族的发展而发展的，它不仅是横向的发展，更具有纵向发展的特点，正是这一特点造成了史诗的现代性意义特征，从而导致史诗英雄死而复生母题的缺失，这是母题缺失的前提性因素。

# 第十五章

# "根"的守望:《亚鲁王》的归返意识[①]

"落叶归根"是一种中国式情怀,在这点上远离家乡的游子深有体悟。在我国的古诗词中就有"举头望明月,低头思故乡"和"遥知兄弟登高处,遍插茱萸少一人"等体悟归根的诗句。"根"是血脉,是传承,是本源,19世纪法国思想家厄内斯特·雷农在其著作中指出:"国魂或人民精神的引导,实际由可以合二为一的两个要素形成的。一是与过去紧密相连,二是与现在休戚相关。前者是共享丰富传承的历史,后者是今时今世的共识。大家一致同意共同生活、同心协力、坚定意志、发扬光大传统的价值。"[②] 人总是在过去与现在中存在,在过去憧憬未来,在现在缅怀过去。人为何存在如此浓厚的归根观念,叶舒宪先生在其文章《归根情结说》中就有这样一种感悟:"人是一种具有归根返本情感倾向的动物。"[③] 而在中国,"农业这种产食模式的发明把人的生存同土地紧密地联结为一体,发展出定居的文化形态——村落乃至市镇、城邦。这种生产和生活方式的大改变仅用了数千年的时间便将历史推向文明阶段。伴随这一过程,人对土地的生存依赖感不断加剧,地缘意识继血缘意识之后成为制约人的思想和情感反应的重要基点"[④]。

苗族是较早进入农业文明的民族之一,强烈的地缘意识是麻山苗人归

---

① 本章主要观点发表于《少数民族非遗蓝皮书:中国少数民族非物质文化遗产发展报告(2015)》,补充完善后用于本书。

② 转引自许继霜《共和爱国主义和文化民族主义——现代中国两种民族国家认同观》,载《华东师范大学学报》(哲学社会科学版)2006年第7期。

③ 叶舒宪:《归根情结说》,载《天涯》1997年第2期。

④ 同上。

返意识的重要原因。麻山素来就有"一碗土、一碗饭"的说法,其恶劣的自然环境和极不便利的交通,使得曾经在中原富裕地区生活的苗族人民归返意识越发浓烈。

东郎韦老王的妻子梁米妹告诉我们,在麻山像他们这样年纪的人,大多数都没有离开过麻山这块土地,麻山就是他们一切生活的重心。也正是这样,史诗《亚鲁王》才能在这里完整留存下来,同时成为麻山苗族的精神支柱。在麻山,《亚鲁王》是当地苗族与祖先联系的唯一载体,它承载着麻山苗族先祖创世、立业、迁徙的历史,也是麻山苗族铭记迁徙路线的唯一根据。在进行实地调查的过程当中,我们了解到史诗《亚鲁王》的主要唱诵场域是在葬礼仪式上,其目的是为亡人指路。在麻山,葬礼仪式十分隆重,一是由于麻山地形原因,人们通常分散而居,只有在重大节日场合才能相聚;二是由于葬礼对于麻山苗族意味着回归与祖先团聚,因而十分隆重。

同时,麻山的仪式十分普遍且与史诗《亚鲁王》有着紧密的联系。仪式主持者有两种,一种称为东郎,另一种则为宝目。东郎主要主持葬礼仪式,宝目主要主持日常仪式。而这些仪式,都必不可少地唱诵史诗《亚鲁王》。《亚鲁王》几乎参与着麻山苗族的日常生活,是其必不可少的精神信仰与"家园"的守护者。因此婚丧礼仪、身体病痛、占卜吉凶、禳灾除祸都依靠先祖亚鲁的保佑。这些都无不体现着史诗《亚鲁王》当中蕴藏着的归返意识。

# 一 丧葬仪式上的归返意识

一般而言,丧葬仪式宣告着人生命的终结,它意味着生离死别、天人永隔。但在麻山,死亡并不是痛苦的,相反意味着新生活的开始,回归故土,与祖先的团聚。麻山苗人的葬礼仪式极为隆重,其规模之大、耗费之多、礼仪之繁,都是让人为之震惊的,丧葬仪式上的归返意识尤为突出。

## (一) 开路仪式

开路仪式是整个葬礼仪式中历时最长的仪式,也是归返意识最为浓烈的场域。整个仪式悲壮、肃穆,唱诵内容涵盖了麻山苗族先祖从平原地区迁徙而来的悲壮历史及路线。开路仪式中东郎（苗族史诗《亚鲁王》唱诵者、展演者和传承者）唱诵包括了史诗的全部内容，涵盖了英雄亚鲁一生的征战史和迁徙史，目的是为亡人指路。据东郎们讲述，他们活着的时候不能返回故土，便将这种愿望寄托在死后，希望灵魂回归故土与祖先同在。仪式过程充斥着麻山苗族强烈的归返意识。

在开路仪式上，东郎的装扮以及仪式场所中的摆设都充满着归返的氛围。东郎开始唱诵之前，换上蓝布长衫、戴有红色丝线的斗笠、肩扛大刀、倒穿铁鞋。东郎模仿史诗中亚鲁战败逃亡时的装扮，开始唱诵祖先亚鲁的征战事迹。同时，东郎还告诉我们，史诗的演唱要求十分严格，在唱诵过程中不能出现任何差错，否则就会当场取消东郎资格。而且，每一代东郎都会命令自己的徒弟，亚鲁征战的内容不容变更、不容篡改。事实上，开路的仪式过程从三个方面反复强化着归返意识：一是教育参加丧葬仪式的人们铭记历史，铭记祖源，铭记迁徙路线。二是通过装扮、行为以及语言不断强化麻山苗人对祖先生活的记忆，时刻警醒自己，随时做好回归故土的准备。三是全方位的监督机制确保史诗口传心授的准确性，确保麻山苗人顺利回归故土。仪式场所中，碗筷的摆放顺序，糯米饭等祖先食物，弓箭、大刀等兵器，都是对祖先生活的一种记忆，仪式中的各种礼仪，时刻让人们铭记历史，不忘祖先。

### （二）砍马仪式

砍马仪式尤为隆重，场面血腥、激烈，是整个葬礼仪式的重要组成部分，也是归返意识最为具体的场域。作为丧葬仪式的重中之重，砍马仪式的直接目的就是让亡灵乘坐马匹魂归故里。砍马仪式主要分为四个部分：一是东郎为亡人解冤；二是喂食马匹和唱诵《砍马经》；三是砍马；四是指引马匹回归东方故土。

解冤仪式由东郎主持，在仪式上，东郎要手持大刀站立于一桌上，并向亡者亲朋好友告知亡者逝去的既成事实，他与生人之间的债务必须在此时了结，如不了结的今后不能叨扰亡人家属。从解冤的内容上，无从发现其归返意识，但是从其形式上，我们可发现解冤仪式中，东郎的装扮及行为是古代战争前点将仪式的影子。在古代，苗族出征之前，将领通常会站在点将台上为士兵出征鼓舞士气，并致辞喝酒，任命出征的将领人选。因此,可以认为解冤仪式是麻山苗族对祖先出征的缅怀。

喂食马匹和唱诵《砍马经》主要由两项内容组成,一项是喂食马匹;另一项是唱诵《砍马经》。主要目的是让马在死前吃饱,以便将亡人顺利驮回故土。喂食这项任务由丧家的妇女完成,待马匹进入砍马场地之后,丧家的妇女手拿稻谷穗按顺序排列进入场地,用稻谷穗依次喂食马匹,喂食完毕之后,妇女们用手帕掩面哭泣,后依次退出砍马场。唱诵《砍马经》由东郎完成,其目的是向马解释砍杀它的缘由,东郎唱诵完《砍马经》会用苞谷酒淋向马的头部和颈部以示礼成。《砍马经》讲述马的祖先是因为将亚鲁王的生命树吃掉,而遭到了亚鲁王的惩罚,以至于亚鲁每死一个后代就会砍杀一匹马。事实上,这是祖先规矩的传承和返祖的精神,是麻山苗人归返意识的表现。

砍马这部分的任务是将马一刀刀砍死,其血腥的场面外人无法理解,也是最惊心动魄的。砍马之前由东郎燃放鞭炮惊吓马匹,等马不惧怕鞭炮之后开始砍马,在进行砍杀动作的时候,马必须处于奔跑状态,所以砍马时间相对较长。砍马时,东郎轮流砍,每次只能砍一刀且只能砍马的颈部,直至将马砍倒为止。砍马这一过程,看起来十分血腥且十分激烈,这一过程在鞭炮声、枪声以及鼓声的烘托下显得异常的悲壮,更让人诧异的是马在整个过程中很少有嘶鸣的行为,它默默地任凭人们砍杀,仿佛知道自己的使命而无惧死亡。

在马被砍杀倒地之后,丧家会立即奔向砍马场将马的头搬向东方,指引马匹驮着亡者回归东方故土。据东郎所讲,在马被砍杀后将它的头搬朝东方是为了让它记得驮着亡者朝这个方向行走,一路征战回到祖先故地与祖先团聚。这一行为实际上是对自己的根与祖源的牵挂和向往。

### (三) 祭祀仪式

祭祀是麻山苗族人生活中常有的一种礼仪,不管是婚丧嫁娶还是建楼生子,对祖先的祭祀是必不可少的。在麻山的祭祀中,祭祀物品引起了我们极大的兴趣。由于麻山特殊的地理环境,人们获取维持日常生活必需品的条件十分有限,人们通常以玉米为主食,配上土豆、红稗、黄豆等作物为副食,因为麻山的土壤稀少,玉米的产量往往不能满足一个家庭的需求,所以麻山一度成为贫穷的代名词。

　　大米的食用是在打工潮来临之后，年轻一代外出打工所赚的钱所购买的大米足够一家人维持一年的生活所需，因此，以前食用的玉米和土豆在现在大部分用来饲养牲畜，保证家庭的微薄收入。

　　通常在葬礼的祭祀物品中会出现不同于往常的物品，例如糯米、豆腐以及鱼等。这些是丧家用以祭祀祖先的物品，麻山苗族是由东方平原地区迁徙而来，因此他们认为如果用玉米祭祀祖先，祖先不会认同，这样反而会得罪祖先，阻碍了亡人回归的路程。而只有用糯米、鱼、豆腐等祖先的食物进行祭祀，才能够得到祖先的认同，顺利回归东方故土。可见，就连祭祀的物品麻山苗族都丝毫不苟，企盼回归的心情十分迫切。

　　葬礼仪式中，不仅是祭祀物品和东郎的装扮蕴含着强烈的归返情怀，其中的仪式行为与仪式过程，无不透露出人们祈盼归根的想法。在葬礼仪式中，进餐和敬酒的顺序与平时相反，往常都是先给老人添饭、斟酒，但是在仪式上，要反过来先给年轻人添饭、斟酒。并且桌上的碗都是统一倒扣在桌上，在吃饭和喝酒之前要往地上洒一点，表示与祖先共食。东郎在主持开路仪式的时候也将铁鞋倒着穿，亡者的草鞋也是与东郎一样倒着穿。人们认为，"反"与"返"同音，希望能够通过此种仪式行为让亡者顺利归返。

　　同时，亡者身上通常会盖上被称为"芒就"的布，他们称这块布为亚鲁族徽，是祖先认同的标识。这些葬礼上繁多的行为，都充满着一种"返"的意蕴，麻山苗族希望通过这样的方式返回故乡，希望从衣着装扮、行为语言上都能得到祖先的认可。这是他们在麻山这样贫瘠的土地上最为迫切和强烈的渴望。在葬礼上人们能够很直接地看到人们以各种形式将亡者送往祖先的地方，因此人们深信葬礼是让人们的生命得到延续的重要场域。所以，麻山葬礼的参与者不仅包括有亡者的家属、亲朋好友、寨邻，还包括很多不认识的人们，场面十分宏大。

　　"家"的观念在中华民族的传统观念中占据着特别重要的地位，这种情感与观念是深入骨髓的牵挂。所以每逢佳节，在外的游子总是祈盼着能回归故土与家人团聚。在外的老人，也总是希望年老之时能够魂归故里，融进家乡土地的怀抱。

　　近年来，随着道路的疏通、交通的便捷，促使外来文化扩散进了麻山，传统的葬礼仪式逐渐弱化了其传统形式，但是文化内核并未发生改变。根据对东郎的采访，目前，麻山的葬礼仪式由传统的七天至八天缩减至现在的一天一夜，但是亚鲁部分在东郎们的坚守下仍然完整保留，这是麻山苗族对返祖归根的坚守与执着。

## 二　婚礼仪式上的归返意识

传统的麻山苗族婚礼几乎已经消失，在《亚鲁王》面世之后，人们的目光聚集到了这个传统文化上，麻山苗族开始恢复了文化自信，偶有一场传统婚礼在麻山举行。传统婚礼是盛大隆重的，在传统婚礼上，新娘和新郎都会身着盛装，史诗的唱诵不绝于耳，各种礼仪都会唱古歌，场面十分热闹。

根据东郎陈兴华所述："在举办婚礼的时候，我们要唱诵《亚鲁王》史诗，目的是给祖先汇报他们的后代又要喜结连理了，希望先祖亚鲁能够保佑他们早生贵子、幸福美满。"[1] 麻山苗族坚信英雄祖先的灵魂仍然会庇佑后代子孙，因此在任何重要的日子，他们都不忘祭祀祖先，互通有无，将自己的近况向祖先汇报，希望得到祖先的福荫庇佑。麻山苗族从来对祖先是报喜不报忧，就算自己吃的是玉米、土豆，在祭祀祖先的时候也还是会将糯米、鱼、豆腐、肉等——他们认为最好的食物供奉给祖先。

麻山婚礼也十分隆重，婚礼在家里举办需要宰杀牲畜作为招待客人的食物，通常一场婚礼的举办需要三万至五万元钱，有的甚至更多。婚礼上亲戚、寨邻前来帮忙，男女双方的亲朋好友相聚在一起谈天说地，热闹程度仅次于葬礼仪式。麻山苗族以散居为主，平日相聚甚少，所以婚礼仪式上主人家的八方亲戚都会纷纷赶来朝贺。婚礼上的归返意识主要体现在三个方面：一是传统服饰；二是史诗唱诵；三是祭祀祖先。

### （一）传统婚礼服饰

结婚是人生重大礼仪，而结婚时所穿的婚服更是不能马虎。在婚礼上，新娘和新郎的婚服是人们关注的焦点，新娘的婚服一般是以白、红、黄、黑四种色调为主，围裙以黑蓝或黑绿为主。裙为百褶裙，上绣多种图

---

① 引自采访东郎陈兴华的录音稿。

案。新娘的头饰为银饰。麻山苗族新娘头上的银饰与黔东南地区的有所不同，黔东南地区头饰一般为牛角形状，而在麻山则是由一圈圆形的银片围成，独具特色。衣服主要是门襟上和袖口以及手肘上绣有条形的绣片，颜色艳丽。在调研过程中，据麻山深处的苗族妇女说："在以前的时候，老人们都讲如果女人不穿自己做的衣服，不穿老一辈传下来的服装，苗族的祖先就不会保佑你，因为你不是他的后代。"① 在麻山，这种以祖先认同的思想仍是主流，人们在此种思想的影响下，将传统民族文化保存完好。麻山苗族妇女穿着传统服饰有五个方面的意义：一是穿传统服饰能够得到祖先认同，获得祖先保佑；二是穿自己本民族的服饰，有利于增强民族自信心；三是在服饰的制作过程中，能够强化民族认同感；四是穿着苗族传统服饰，有利于增强民族凝聚力；五是在制作过程中能够传承民族工艺，传播民族文化。

### （二）史诗唱诵

在婚礼中，存在祭祀祖先仪式就必然有史诗唱诵环节，其目的是向祖先汇报喜事，并祈求祖先保佑新人。婚礼中的唱诵一般在新郎家举行，新娘被接到新郎家后，两人共同在东郎的主持下进行祭祖仪式，东郎根据男方家谱进行汇报，祈求祖先保佑他们枝繁叶茂以及庄稼丰收、麻山风调雨顺等。史诗唱诵穿插在整个婚礼仪式当中，它的唱诵是对苗族古代历史的记忆，也是对自己家族谱系的记忆。一是因为麻山苗族聚集时间少，唱诵史诗能够起到教育的作用。二是向祖先汇报家族新添人口的消息，并祈求祖先亚鲁给予庇佑。三是为人们唱诵家族谱系的内容，能够让人们铭记自己的祖源。四是向人们讲述亚鲁创立红白喜事的缘由，有文化传承的功用。

### （三）祭祀祖先

在麻山，祭祀祖先被认为是能够获得祖先赐福的重要行为，所以在任何仪式上，都有对祖先祭祀的程序。婚礼当中的祭祀仪式必不可少，除了东郎唱诵史诗《亚鲁王》外，还有食物祭祀环节。与葬礼中的食物祭祀

---

① 引自采访黄老妹的录音稿。

一样，人们要准备糯米、大米、鱼、豆腐等祖先认可的食物，希望以此获得祖先认可，得到祖先保佑。

在此之前，新娘在去新郎家的路上也要进行祭祀。新娘从娘家出发之前，要随身携带糯米饭和酒，在路途中祭祀山神、树神等自然物，并祈求来年风调雨顺、庄稼丰收。这种对自然万物、对祖先的祭祀，充分反映着麻山苗族先民朴素的认知观念，其原始宗教信仰对后世影响至深。他们在日常生活中，模仿祖先的行为，深信与祖先做相同的事、行相同的路便会得到祖先的保护，就会得到祖先的认同。这些行为和认知时刻体现着麻山苗族人民的归返意识，他们渴求与祖先同在，渴求能够得到祖先的庇佑，也渴求家的一种维系。一是因为认为祭祀祖先能够维系与祖先的联系；二是因为认为祭祀祖先能够讨好祖先，获得祖先的保佑；三是因为强烈的无归属感，让他们不得不在麻山寻求一种心理上的安慰。

在麻山地区，苗族的婚礼仪式没有葬礼仪式隆重，其庄严程度也没有葬礼仪式肃穆、深刻。这与麻山苗族的生死观念有着紧密的联系，葬礼于麻山苗族而言，意义重大，是生命的重生和磨难的结束。而婚礼则没有如此重要的意义，所以直至今天，麻山的葬礼仪式传承较之婚礼更为完整和普遍。但是，婚礼中唱诵史诗《亚鲁王》、穿着苗族传统服饰、祭祀祖先、祭祀物品等，都表现出麻山苗族人民的归根情怀，婚礼仪式同样也是麻山苗人寄托归返情怀的重要载体。

## 三 日常仪式上的归返意识

麻山苗族的归返意识不仅在葬礼、婚礼上体现，在麻山苗族的日常生活当中也无处不在，特别在通灵仪式、祈子仪式、看蛋仪式和禳灾祛病仪式中表现明显。

### （一）通灵仪式

通灵意味着与灵魂、神灵沟通，这在人们看来是十分荒诞的事情，无外乎是神鬼之说、灵力怪诞。但是在麻山苗族地区，就存在这样的仪式。人们在遭遇无法解决的问题面前，常常求助于东郎或宝目，希望他们能够举行通灵仪式，为其解决所遭遇的困难。东郎在仪式中，会进入另一种神秘的状态，有的人将之称为"癫狂"，这种状态其实是东郎在接入神灵之后，灵魂进入另一世界的状态。在这种状态之下，东郎能够与逝去的祖先或者神灵沟通，帮助遭遇困难的人寻找事情的缘由以及解决的办法。笔者有幸观看一位东郎为某记者举行的通灵仪式，这样一种神秘的仪式，至今还存活在麻山这片区域，无疑是人们还存有这方面的需求，人们对于传统文化的一种不舍与依赖。通灵仪式是麻山苗族常常使用的寻根问药仪式，东郎通常会神灵附体，仿佛回到几百年或是几千年的空间去为主人家询问根源，这种仪式相对于葬礼上的史诗唱诵仪式更具神秘色彩。

通灵仪式开始之前，东郎会身着青布蓝衫，场域上的布置主要有一张竹圆桌、一张凳子、一壶酒、少许主人家提供的米（只有用主人家的米才能够去与主人家的祖先交流）、一只鸡、一块布等。待仪式开始时东郎会将一块蓝色头布将自己的整个脸蒙住，一手牵着拴鸡的绳子，便开始唱诵《亚鲁王》史诗，在唱诵过程中东郎逐渐进入"癫狂"状态，东郎浑身大幅度抖动不止，于是接下来所唱诵的就不再是史诗，而是东郎在另一个时空与主人家祖先对话的内容，这种情况会持续到东郎问清楚缘由为止，仪式完毕之后东郎不会自己苏醒，需在场的人将他的背捶打几下才会逐渐恢复，且全身大汗不止，这被解释为，东郎因举行仪式耗费大量体力。

仪式上，东郎唱诵史诗、采用独特方式与祖先沟通，这些行为都在告诉我们，他们与祖先割不断的情结，不管是大小事务，麻山苗族都会采用与祖先沟通的方式，希望祖先能够帮助他们解决问题，或者是得到祖先的保佑。

通灵仪式的主持者具有特殊性，他与东郎不同，东郎可以通过超强的记忆力获得史诗的内容，但是通灵仪式并不是通过拜师学习就能顺利习得的。这几乎是麻山苗族地区仪式中最难的仪式，因为能主持此种仪式的东郎要具有能与神灵沟通的能力。所以，该仪式十分神秘。在麻山，东郎有两种，一种是自己靠记忆习得史诗的，另一种则是我们常常听说的"神授"即被神灵选中传授。通常第一种的东郎为大部分，而"神授"的东郎几乎少之又少，史诗的搜集整理翻译者之一的杨正江同志正是通过"神授"而习得史诗的。通过了解他的人生经历，我们可以清楚地知道他在一段时间内曾经进入过幻象状态，但他自己并未意识到自己的变化。反而觉得自己将要完成一件拯救族人的伟大事业,在此过程中还偶遇一位美丽女子等。但是杨正江进入幻象状态的时间不长,东郎陈小满举行仪式将其唤醒,回归正常生活。仪式内容亦是唱诵史诗《亚鲁王》,并通过一些行为仪式为他解除灾难。据杨正江回忆,正是这场奇异事件之后,他会唱诵一点史诗内容,也因此他决定拜师学艺,想要成为正式的东郎。在麻山地区,拥有这样特殊经历的人不多,所以能够主持通灵仪式的东郎自然稀少,于是通灵仪式也成为了最为神秘的仪式,让人产生无尽的想象。

通灵仪式也凝聚着麻山千百年来的文化积淀,是十分具有研究价值和意义的,但是由于语言的不通,我们无法将那些古老的歌词弄明白,也无法明白东郎是怎样进入过去的时空,更加无法体会东郎在主持仪式中的那种情感。通灵仪式是东郎与祖先的交流场域,是族人获取祖先信息的唯一场所,也是麻山苗族世代根深蒂固的思想观念。

### (二)祈子仪式

祈子仪式顾名思义就是祈求获得子嗣的仪式,"不孝有三,无后为大"一直是中国的传统观念,而子嗣的孕育被看作妇女的主要职能,为此,长期不孕的女子就会请求东郎举行祈子仪式期望能够来年怀孕生子。祈子仪式事关部族的繁衍发展,因此也是严肃、神秘的。

祈子的时候东郎会唱诵关于生子部分的史诗,并为来祈子的妇女进行仪式程序,仪式中使用到的物品有纸桥(或其他)、酒水、符纸、公鸡等物品。据当地人讲,女子不能生育是因为平时行善少,所以在仪式中搭建纸桥是为祈子妇女积福,以祈求祖先保佑她们能够诞下子嗣。

不能生育的现象较少出现,所以祈子仪式相对来说就举行得较少。在祈子仪式中,可能还有很多不同的形式来为妇女们祈子。但是在进行仪式的过程中,这些仪式用品上都会由东郎画上一些符号,这些符号就像是佛家文化的经文一样,能够起到"药到病除"的作用。这些经过东郎举行仪式的妇女们大多都在第二年诞下子嗣,这样一种很奇特的现象让麻山苗族人对东郎深信不疑,认为东郎们具有很强的法力,也对祈子仪式的功能深信不疑。但是这也许是因为妇女们得到东郎的帮助让她们内心的压力得到缓解,所以在放松的情绪下她们才能受孕。不管怎样,我们不能否定东郎们所做的一切。

祈子仪式中，东郎的仪式行为、史诗唱诵、仪式物品以及妇女们的深信不疑，均是对祖先的深信与眷念，他们认为只要通过仪式向祖先汇报事情缘由，就可以得到祖先的庇佑，获得永远的幸福。

所以，人们思想的固化与东郎对传统的传承使得这样一种归返意识千百年来浓而不淡，而麻山苗族的善念观也是十分浓厚的，光从祈子仪式当中就可以看出麻山苗族心中注重行善积德和善有善报的观念。

### （三）看蛋仪式

看蛋仪式以鸡蛋为仪式主要物品，作为仪式举行者诊断病情的依据。而举行这种仪式的通常是宝目，宝目是有别于东郎的苗族巫师，他们的主要工作是主持族人日常生活中的烦琐仪式。一般看蛋仪式都在清晨举行，超过时间是不能举行此仪式的，清晨是一天之始，是生命最元初的状态，有利于看病的准确性。鸡蛋需要生病人提供，作为病人的替代物，鸡蛋将通过被放置于水中或者火中为看病做准备。经过一定时间，宝目会通过鸡蛋的形状、色泽等判断病人的病理特征。我们所见到的则是置于清水之中的一种，但是听说置于火中的方法更为准确和详细。

在调研过程中，东郎岑天伦在一次清早为我们演示了清水看蛋的仪式。在麻山，东郎能够唱诵完整的史诗，具有十分完整而系统的史诗掌握能力，而宝目只能够唱诵平时日常仪式中的片段史诗，因而他们只能够主持日常仪式不能够主持葬礼仪式，东郎则可以两方面兼顾。

东郎岑天伦为我们中的一位举行了看蛋仪式，东郎将鸡蛋在病人头上、肩上来回滚动，代表病人与鸡蛋成为一体。滚完后，东郎拿着鸡蛋开始唱诵史诗《亚鲁王》中的一段，这段史诗的内容大概就是讲述鸡蛋与亚鲁的关系，鸡蛋与病人的关系，因为亚鲁是创造万物的先祖，所以鸡是亚鲁王的鸡，蛋是亚鲁王的蛋，人也是亚鲁王的人，因此鸡蛋与病人之间就有了一种关联。唱完了史诗的相关片段，东郎用一只干净的碗盛满清水，将鸡蛋放置进去旋转几圈，通过观察鸡蛋的蛋头指向来辨别病人的病痛原因。东郎根据蛋头的指向告诉我们病人火气旺又有胃病。东郎看我们怀疑的表情，继而将鸡蛋打开，将蛋黄和蛋清一起置入清水之中，随着蛋黄、蛋清滚落水中，我们慢慢发现蛋清很稀，它并没有紧紧地围裹在蛋黄旁边，而是向四周流淌而去。东郎就向我们解释道，如果是身体健康的人,蛋清会紧紧地围在蛋黄的四周,在后面的仪式中,我们通过观看别人的情况也发现,东郎的看蛋仪式有其准确性。

看蛋仪式在麻山苗族地区举行得十分频繁,主要基于麻山的交通与自然环境。麻山医疗条件落后,交通不便,人们生病后无法及时就医,只能通过宝目举行仪式找出病因并禳除病痛。看蛋这种仪式,从史诗唱诵的鸡蛋与人与亚鲁的关系来说,是将蛋的神奇力量赋予了先祖亚鲁,希望鸡蛋通过祖先的指示让宝目知道族人的病痛,这也是一种将自身的福祸寄托于祖先保佑之下的一种对祖先、对根源的固守之情。

### (四)禳灾祛病仪式

禳灾祛病和看蛋一样是属于麻山地区普遍的日常生活仪式。人吃五谷杂粮,自然有病有痛,所以不免常有这种祛病禳灾的仪式出现。但是麻山苗族他们对生病的理解与我们不同。在医学上认为生病是由于病毒入侵人体造成人体内部机能出现紊乱而出现的各种不适的症状。麻山苗族认为生病是因为在亚鲁时期所遗留下来的生灵不会说话、不会表达,需要借助人类的身体来获得自己想要的食物或者其他。这样一种独特的认知让我们对麻山苗族的世界观和价值观产生了浓厚的兴趣,因为他们的观念还没有受到外界的影响,仍然保留着传统的思维意识,继承着从亚鲁时期的人类思想观念。

麻山苗族对疾病的独特理解,形成了很多解除各种病痛的仪式形式。余未人先生曾说在几十年前她曾去过麻山地区的四大寨乡,那里随处可见的是宝目举行仪式过后遗留的禳灾祛病的物品。因为麻山长久以来是一个较为封闭且环境恶劣的地方,人们常常生病却无药可医,于是传统的宝目就成了他们长期以来负责治病救人的人选。总的来说,宝目成为了麻山苗族身体健康、生活平安的守护者。宝目会根据每个人的不同病情来进行不同的祛病仪式,但不管是哪种病,宝目都会在三岔路的地方使用牲畜来进行仪式,并且唱诵《亚鲁王》,为牲畜讲述杀它的缘由。将牲畜杀了之后,病人是不能够食用该牲畜的,这些牲畜要么由宝目拿走,要么分给寨邻,以示将疾病分而食之。牲畜被杀之后,祛病仪式也就算完成了,病人的病也就会好。在麻山生病不是个人的事情,生病需要向宝目汇报,宝目也必须向祖先汇报,以求在举行仪式的时候就能够得到祖先的保佑,能让病人尽快好起来。

宝目为人们举行祛病仪式是不收取费用的，因为师父教诲，如若收取病人的钱，就是违背了祖先的意愿，病人的病也就不能治好。宝目还会在平时举行一些有利于族人生产发展的仪式，希望能够保佑庄稼丰收、风调雨顺。宝目的所有仪式几乎都要唱诵史诗《亚鲁王》，因为《亚鲁王》是整个麻山苗族的精神信仰，他们希望唱诵《亚鲁王》能够得到先祖亚鲁的保护，病情能够得到好转，灾祸能够得到解除。不管是麻山的祛病还是禳灾，史诗《亚鲁王》都是不能缺少的，麻山苗族对祖先的信任，对祖先的深刻记忆是那么的鲜明和炙热。

# 四　麻山苗族归返意识的主因

麻山苗族的事情无论大小，都与《亚鲁王》紧密相连，不管是红白事、修建房屋、祛病禳灾、祈子祈福等，无一不通过唱诵《亚鲁王》史诗来向祖先汇报、获得祖先保佑。亚鲁是麻山苗族的先祖，同时也是部族的英雄，他身负民族发展重任，机智勇敢，善良有才，同时将毕生奉献于族人，是麻山苗族的崇拜对象和精神支柱。史诗中的亚鲁充满了神性，这些也都是麻山苗族人民对他的热爱和崇拜，亚鲁成为了后代族人的精神信仰，他们坚信亚鲁在任何时候都会尽自己的力量去帮助他们和保护他们。

正是这样一种固执的信仰、这样一种深入骨髓的寄托、这样一种对故乡的眷念，才使得麻山苗族祖祖辈辈都守护着史诗《亚鲁王》，他们渴求通过祖先留下来的东西保持着与祖先的联系，希望能够最终回到祖先生活的地方。这不仅仅是因为麻山贫穷而向往过去的富裕生活，更是一种对自己"根"的追求，是对自己民族的强烈聚集。

通过以上分析，麻山苗族归根情结的主要原因有以下几点。

### （一）"异乡异客"的思念情愫

麻山苗族祖先从遥远的东方平原之地战败迁徙而来，在麻山这个孤独而又陌生的地域，自然是思乡之情溢于言表，他们与亲人分离，与族人分散而居，种种亲情难以割舍。麻山苗族的迁徙是被动的，祖先故地富饶的物产和肥沃的土地牵引着他们的心灵，糯米、大米、鱼等美好的食物成为了他们对故乡的想象。加之,麻山山高石多,生活艰苦,强烈的生活反差使得这样一种归根的感觉越发的强烈。

### (二)民族认同感与集体荣誉感

苗族人民在往西南地区迁徙的场场战争中,其凝聚力得到不断的增强,长期的苦难生活以及独在异乡的陌生感,强化了民族的认同感,使得在战乱和困苦的生活中,民族感情维系得更为紧密。因为先祖亚鲁的带领,他们虽然没有继续生活在原有的地方,但是一心为民的亚鲁对他们的不离不弃,让他们觉得身为亚鲁部族是值得骄傲的,所以在麻山,能成为亚鲁先祖的后裔是无上的荣誉。

### (三)先祖亚鲁的信仰崇拜

"我从哪里来,将要哪里去"一直是人们不断探求的问题,在麻山苗族中,人们对于这一问题的追求自始至终没有发生改变,他们清楚自己从富饶的平原地区来,希望有一天能够回去与祖先团聚,不再过艰苦的生活。亚鲁的坚毅勇敢、善良智慧,是麻山人民的信仰,他们坚信人类灵魂不灭,坚信祖先的灵魂与自己同在,坚信只要有所求,先祖亚鲁就会时刻保护他们、帮助他们。

就算是在遭受到现代文明的冲击,遭受到打工潮带来的变化,但是曾经快要让麻山苗族失去信心的苗族文明又在自身的坚韧与互换下逐渐复活,现在麻山苗族人的信仰再一次深深地根植在他们的心中,一切都比之前回归得更为猛烈,这不仅是国家政府政策的支持,更是麻山苗族文化自觉的觉醒。

# 第十六章

# 文化调适与民俗变迁[①]

民俗在传承过程中始终保持着与时俱进的主流形态。一方面，民间力量作为民俗传承的载体始终在社会变迁的过程中进行公共选择，以实现民俗的自我调整、自我排挤、自我完善，从而维持民俗传承在社会变迁与民间力量持续碰撞下的活力；另一方面，民俗文化作为民俗传承的底蕴始终在顺应历史潮流的大势中试图达致非零和博弈，以实现譬如经济学意义上的帕累托最优，从而保持传统与现代持续互动的张力。

正如《西太平洋的航海者》[②]中描绘的"库拉"牵扯到土著人生活空间的各个层级，中国西南麻山地区的"亚鲁王"同样是当地人生活空间中的文化内核。有趣的是，"库拉"已然消逝，"亚鲁王"却由于种种原因保存至今，并作为麻山地区活态的文化符号主导着当地的民俗事象，[③]活跃于婚礼现场、丧葬现场、过年祭祖现场、祛病禳灾现场，这在全国乃至全世界范围内都是少见的。因此，梳理此种神秘肃穆、雄厚悲壮、完整活态的民俗文化，厘清其纵向时间序列和横向空间序列上的民俗变迁历程，探索其如何在社会变迁中保持活力和张力，如何在传统与现代的碰撞中实现文化调适，如何在文化调适中进行文化重构具有深刻的现实意义。

---

① 本章主要观点已在《贵州社会科学》2015 年第 7 期发表。
② ［英］马凌诺斯基：《西太平洋的航海者》，梁永佳译，华夏出版社 2002 年版。
③ 本书认同王娟的观点，认为民俗事象包括了口头民俗即神话、传说、民间故事、谜语、俗语、祝词等；风俗民俗即节日、信仰、游戏、医药、舞蹈、戏剧等；物质民俗即建筑、美术、服饰、饮食等。参见王娟《民俗学概论》，北京大学出版社 2002 年版。

# 一　演进中的麻山苗族民俗

民俗的发展是演进式的，而非替代性的。一方面，空间序列上的民俗并非是传统与现代二元对立的关系，而是稳定且持续的连续体，如同列维－斯特劳斯（Claude Levi－Strauss）所认为的："传统与现代并不是绝然对立，而是一个连续体。"另一方面，空间序列上的民俗也并非是变与不变的二元对立关系，而是稳定的渐变或量变关系，只有达到一定程度的量变才会导致民俗的质变。同时，必须注意的是，除民俗变迁本身是连续体外，民俗传承的主体同样是连续体，如同社会学家丹妮尔·伦纳（Daniel Lerner）所认为的："'过渡人'是站在'传统—现代的连续体'上的人，是指处在传统社会与现代社会中间的社会发展阶段上混合着新旧两种物质，有着双重价值系统的人们。他们同时兼有传统人和现代人的某些心理文化素质和性格特征。"[1] 尽管麻山地区受到当前社会急剧变迁的重大影响，但其民俗变迁也未能绕开连续体的发展框架，通过梳理其核心文化"亚鲁王"纵向时间上的变迁可见其民俗变迁的端倪。

受环境制约，"亚鲁王"走近大众视野较晚，其变迁历程少有成果，结合田野调查数据，我们认为"亚鲁王"至少经历了传统的"亚鲁王"，政策冲击下的"亚鲁王"，外来文化影响下的"亚鲁王"等三个时期。

## （一）传统的"亚鲁王"

传统的"亚鲁王"处于一个封闭的空间，由于没有遭受外来影响，权威性始终保持稳定，这也导致"亚鲁王"不仅成为麻山苗族数千年民俗文化传承孕育的核，也成为社会凝聚力和控制力的枢纽，更成为当地文化的精神依据。

笔者在田野调查的基础上[2]，认为民俗传承主体的输出和民俗互动主体的反馈构成了二元对立统一的关系，共同固化了"亚鲁王"这一民俗，

---

[1]　金耀基：《从传统到现代》，法律出版社 2010 年版，第 77 页。

[2]　笔者于 2012 年 7 月，2013 年 5 月，2013 年 7 月，2013 年 11 月先后四次前往紫云苗族布依族自治县开展田野调查工作，获得了较为翔实的第一手资料。

最终将"亚鲁王"内嵌于麻山苗族民俗，也因此形成了"亚鲁王"表演、参与、传播和保存等四大核心要素。

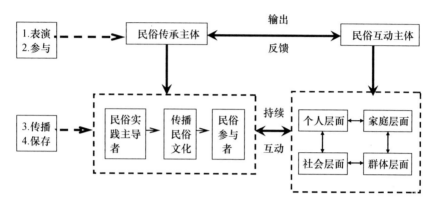

**图16—1 传统的"亚鲁王"民俗传承互动**

探寻传统"亚鲁王"在丧葬仪式中的表现，可以发现民俗传承主体东郎必须严格分工，保持"亚鲁王"宏伟篇幅的流畅度和完整性。[①] 同时，仪式过程严谨、肃穆，所有仪式细节必须严格按照"亚鲁王"的规则完成，不能有任何变动、更改或简化，即：

> 开路即东郎身穿靛蓝色长衫，手持大刀，头戴斗笠（象征头盔）、脚倒穿铁鞋，站在棺材前唱诵"亚鲁王"——砍马即东郎手持梭镖面对马唱诵《砍马经》后持刀站在方桌上为亡人了结生前的恩怨，之后由唢呐队会进入砍马场进行踩场（即吹奏唢呐），接着亡者的女儿和媳妇用糯米粑和糯谷穗喂马，继而用鞭炮惊吓马匹，之后才由砍马人轮流举着大刀砍马，直至将马的头砍落倒地——送灵即在前面的一切手续完成了之后，丧家将亡人抬到墓地安葬，路途中会由丧家的儿子手持弓箭、砍刀在抬亡人的队伍之前开路。[②]

---

① "亚鲁王"篇幅宏大，在丧葬仪式中完整的唱诵至少需要三天以上。

② 调研时间：2013年7月23日至7月29日；调研地点：紫云县苗族布依族自治县四大寨乡。

### (二) 政策冲击下的 "亚鲁王"

民俗变迁是多种力量共同作用的结果，尽管民间力量是民俗变迁的直接力量，但作用于民间力量之上的政策力量显然对民俗变迁有巨大作用。事实上，在 "文化大革命" 时期，国家政策对传统民俗的抑制使得民俗传承成为难题，但 "亚鲁王" 作为麻山苗族民俗的 "根" 并未中断传承，也未丧失其在民俗生活中的地位，而是在接受国家政策的过程中通过重新解释、重新包装、重新发明的策略自觉扬弃外来文化，实现政策冲击下的文化调适，从而回应国家政策冲击。

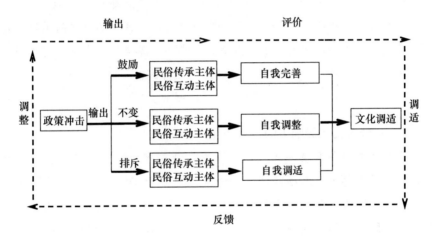

**图 16—2 政策冲击下的 "亚鲁王" 民俗传承互动**

仅以 "亚鲁王" 丧葬仪式为例，由于政策冲击，为保证传统丧葬仪式能够有序进行，东郎们通过减少 "亚鲁王" 唱诵时间来回应政策冲击。① 同时，田野资料显示，民俗传承主体的传承仪式极大简化：

在十年动乱时期，部分东郎在政策的冲击下为了生存放弃了传承 "亚鲁王"，但是 "亚鲁王" 作为麻山苗族的信仰并未因政策冲击而彻底地中断传承，部分东郎加强了对 "亚鲁王" 的研习，他们通过

———————————

① 唱诵时间由至少三天以上缩减为三小时至五小时。

各种方式进行隐蔽性的练习，但这一时期的传承带有隐蔽性。这个时期的拜师已经没有之前那么多的程序，相对来说较为简便。

一是拜师的礼物。现在这个时期的拜师不再像之前那样复杂，只是随便的一瓶酒就可以，且不能被外人所知。

二是拜师的地点。东郎们对于前来拜师的人往往会婉言拒绝，但是拜师的人并不会因此罢休，为了安全他们通常会尾随师父去到干活的山上进行拜师。

三是学艺的过程。传统的学艺是在每年的七月或过年的时候，因为这个时期不是农忙的时候，东郎有时间有精力来教授"亚鲁王"，在有丧葬需要主持的时候也是徒弟们习唱"亚鲁王"的最好时机，但是因政策的不允许，此时的习唱需要徒弟在师父身边伴随学习，通常选择晚上与师父同睡秘密习唱，习得多少算自己的本事，有不能在家习唱"亚鲁王"的规定，但取消了之前的占卜仪式。

### （三）外来文化影响下的"亚鲁王"

正如其他民俗事象一样，"亚鲁王"禁忌多、仪式复杂、学习时间长，特别是受众小，市场经济的冲击导致"亚鲁王"的民俗传承主体影响力弱化、民俗互动主体流失，"亚鲁王"这一民俗事象正在努力调适自身，通过删减烦琐仪式强化核心仪式来固化"亚鲁王"民俗，取得了一定的成绩。同时，受"文化大革命"时期的影响，"亚鲁王"的仪式内容有一定转变，诸如唱诵时间并未恢复到传统状态，而是适当延长。

同时，砍马仪式根据丧家的经济能力来举行，经济条件宽裕的则举行砍马，经济条件不好的则免掉这一环节。最为重要的是，民俗传承主体的传承仪式发生较大变化以适应当前的社会状态：

一是拜师的礼物．随着麻山与外界接触的频繁程度增大，生活条件急需改善的境况，学习"亚鲁王"的人也越渐贫乏。目前的拜师大多都没有仪式了，如果想拜师就给东郎简简单单的一瓶水或者一包烟，实在没有也可以，如果是家传的就更没有拜师仪式了。

二是拜师的地点。麻山地区在改革开放后受到打工潮的影响，大多数青年人都选择外出打工，很少有人来主动找东郎习唱"亚鲁王"，甚至还是东郎主动寻访合适的青年人来传习"亚鲁王"，所以拜师的地点也没有明确的规定了。

三是学艺的过程。此时期的学艺过程更没有严格的规定，只要东郎有时间，都可以教授徒弟习唱"亚鲁王"，但是不能在习唱"亚鲁王"的规定是没有变的，且徒弟可以用多种方式加强背诵记忆。

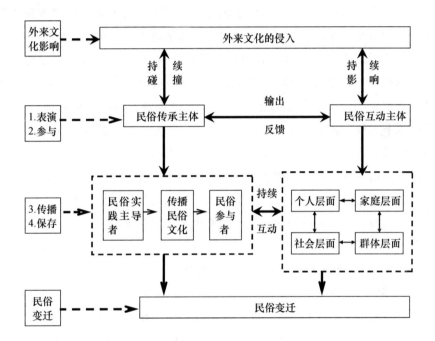

**图 16—3  外来文化影响下的"亚鲁王"民俗传承互动**

## 二 民俗坚守及文化自觉中的麻山苗族民俗

"亚鲁王"贯穿麻山苗族民俗生活始终，在各种场合均有体现，排除其对民俗生活、社会秩序、伦理道德的指导性思想，单就仪式过程中的内容而言，不同演唱场域使用"亚鲁王"的方法亦不同，如：婚礼中所唱诵的"亚鲁王"只是亚鲁王创立喜事的根源；禳病除灾所唱诵的"亚鲁王"则是唱诵亚鲁王中各种生灵即"眉""惑"的根源；丧葬中所诵唱的"亚鲁王"尽管最为完整，但任何状态下的诵唱都不能舍弃亚鲁的征战历程，而正是此种文化自觉造就了麻山苗族民俗不论遭受何种影响，遭遇何种困境，都始终保持着文化内核。

### （一）融合他民族词汇的麻山苗族民俗变迁

词汇是反映民风民俗变迁的要素，交通的便利使得封闭的"亚鲁王"与外界发生急剧碰撞，但引人深思的是，外界的文化并未导致"亚鲁王"词汇上的改变，而恰巧是同一居住地域的布依族影响了苗族"亚鲁王"。

在田野调查中有这样一种有趣的情况，麻山苗族把唱诵"亚鲁王"的东郎称作"老摩公"，但是"老摩公"这一称谓应当是布依族祭司的称谓，布依族的"摩经"是布依族的祭司通过创造改编与布依族的丧葬配合传承下来的一种具有原始性的宗教文学，因此，布依族称呼本族中唱诵摩经的祭司为老摩公。麻山中杂居有布依族和汉族，但是他们主要居住在麻山的外沿区域，苗族则聚居于麻山腹地，由于长时间的交流和融合，麻山苗族不免将布依族中的一些词汇运用到自己的生活当中，变成了自己的词汇，这就产生了融合他民族词汇的麻山苗族民俗变迁。

### （二）融合他民族仪式的苗族民俗变迁

不同民俗对待同一事象也许是截然不同的观点，在丧葬仪式中也存在着这样一种苗汉杂糅的情况，即在送灵仪式中存在妇女哭丧和撒纸钱的程序，仔细分析，便可发现此种现象是汉族风俗嫁接在"亚鲁王"上的产物。

在田野调查中，通过深度访谈厘清麻山苗族对死亡的态度，便可发现死亡于麻山苗族而言是一件幸福的事情，麻山苗族认为死亡并非是一件值得哀痛的事情，也不是与亲人天人相隔、永难相见，而是沿着祖先迁徙的路线回到鱼米肥美、水源丰盛的祖先故地去生活。产生这种风俗的深层次原因在于麻山条件艰苦，所以麻山苗族一直向往着能够回到故土去过富足的生活，就算生的时候不能回去，死了之后，也要举行这样的仪式让亡灵能跟随祖先的足迹回去，这样才能过上理想中的幸福生活。

此外，麻山苗族吸纳他民族风俗还体现于仪式细节中。一是传统丧葬仪式中，有亡人生前的情人为亡人送荷包的仪式，及在丧葬过程中对歌谈恋爱的程序，而当前更是加入了哭丧这一与麻山苗族传统民俗截然相反的仪式。二是撒纸钱，此种仪式是汉族丧葬中的一种仪式，纸钱是买路钱，是人们希望用钱财来买脚下的路给亡灵行方便的一种仪式，而麻山苗族是不需要买路财的，因为脚下的路是他们通过战争征服回来的土地，是自己的土地。

从仪式细节入手，可以发现，麻山苗族在与布依族、汉族长久的交往互通中，逐渐吸纳兼容他民族民俗，而这种兼容、包容正是麻山苗族"天人同一"思想中人类同源思想的体现，用东郎韦老王的观点就是：

> 我们都是一家人，要是觉得他们的（丧事）做得好，我们就拿来用，其实都是一样的，都是为亡灵办事嘛，是好的都可以用。

### （三）坚守核心文化的麻山苗族民俗变迁

当前，麻山苗族民俗已然发生重大变化，出现了诸多排挤传统民俗的现象，特别是丧葬仪式中道士与东郎共存、神性的阎王爷与人性的亚鲁王共存、哭丧等悲伤仪式与欢乐的对歌共存，从事实上反映了麻山苗族正经历着艰巨的文化自觉过程，在与他民族文化交互的过程中排挤外来文化、排挤自身文化，从而实现较为平稳的文化调适。

正如费孝通老先生所言："文化自觉是一个艰巨的过程，只有在认识自己的文化，理解并接触到多种文化的基础上，才有条件在这个正在形成的多元文化的世界里确立自己的位置，然后经过自主的适应，和其他文化一起，取长补短，共同建立一个有共同认可的基本秩序和一套多种文化都能和平共处、各抒所长、联手发展的共处原则。"麻山苗族并未彻底抛弃自身的文化核心，如同历史上的麻山苗族遭受战祸、天灾一般，始终没有放弃自身的文化，始终保持文化自觉的一种态度。就其"亚鲁王"来说，最为核心的部分当是亚鲁征战的部分，千百年来其余部分不论如何删减重复，亚鲁征战的部分却是丝毫不能改变的。在田野调查中，所有的东郎都一致强调，每一个东郎都必须牢牢记住亚鲁的这个部分，而且这个部分是不能变动的，其余的后辈子孙的部分可以随东郎的能力与记忆作适当的补充，这是自己的师父所交代的，而且每一辈都是这样的规矩。而就"亚鲁王"的仪式部分来说，唱诵"亚鲁王"是麻山苗族丧葬仪式中最为核心的部分，即使唱诵的时间变短，仪式中没有了砍马，或者增加了汉族丧葬中的一些仪式，但是最为核心的唱诵"亚鲁王"是不能没有的。

# 三　麻山苗族文化调适及其民俗重构的思考

## （一）文化调适是一个能动的扬弃外来文化的过程

2013 年 6 月的"全省殡葬改革推进会"提出该年年底全省 88 个县（市、区）实现殡仪公共服务全覆盖，实现集中治丧；到 2015 年，88 个县（市、区）城区将实现火化 100% 全覆盖。火葬制度在贵州的推进无疑给麻山苗族的丧葬文化带来了前所未有的威胁，长久以往的土葬及麻山苗族的"亚鲁王"信仰瞬间遭受到即将濒临灭绝的境况，这对刚刚发掘整理出《亚鲁王》的杨正江来说也是悲痛的，就在 12 月初见到杨正江，聊到此事时，他满怀愁闷地说："真不晓得实行火葬了之后，我们的'亚鲁王'该怎么办？我们苗族以后还怎么回去东方故国？"[①]

文化调适是一个能动的扬弃外来文化的过程，它是文化重构的终极目标。一个民族的文化在历史上无论经历过多少次重构，每次重构的前后之间都不会呈现一刀切的界面，它仅仅是淘汰、废除那些与新的生活方式有正面冲突且无法调适的文化因子，而将其与大多数文化因子继承下来。

## （二）核心稳定是当下民族文化重构调适的范例

笔者参与了 12 月 4 日在安顺市紫云县坝寨村的祭祀亚鲁王的活动，这次的活动是为 12 月 5 日在贵州饭店召开的"亚鲁王"文化论坛作准备，也是为了凝聚麻山苗族民族心理的一次重要的聚会。亚鲁王去世已久，麻山苗族去到埋葬亚鲁的地方举行仪式，将亚鲁的灵魂（将灵魂依附于泥土上）请回坝寨，然后进行祭祀，此次祭祀活动规模庞大，且严格按照传统的丧葬程序进行，周期大约为十五天，东郎每天于亡灵面前唱诵"亚鲁王"，在正式的仪式前一天，准备所有要用到的器具，砍马人会将马匹带到亡灵的灵屋前进行装扮，并鸣枪升旗（亚鲁族徽）。正是祭祀

---

① 　火葬之后。引自采访史诗搜集翻译整理者之一的杨正江的录音稿。

那天，客人纷纷前来有序祭拜，祭拜完之后食用准备好的"祖先的饭（黄豆、豆腐、鱼）"，大约下午三点进行砍马仪式，砍马仪式结束后将亚鲁的亡灵抬到墓地进行安葬，整个祭祀活动也到尾声。

从整个祭祀活动来看，虽然亡灵并不是以真实的肉体而是以灵魂所附物作为祭祀物体，但是祭祀的整个程序依然不受影响。为此，对于火葬制度的实行，笔者从这次的祭祀活动中看到了麻山苗族人民对于此种制度与该民族丧葬文化的矛盾下所作出的一种无意识的调适行为。"亚鲁王"在麻山苗族中具有不可替代的地位，作为麻山苗族的精、气、神，是麻山苗族的心理信仰与支撑，是麻山苗族历史的重要载体，是麻山苗族的家族谱系，为此，这可以看作麻山苗族在遭遇政策制度的冲击下，所作出的以自身文化为中心的一个调适的初步结果。

作为麻山苗族民俗文化代表的"亚鲁王"文化，它是麻山苗族历史与文化的载体，是被集体遵从的，反复演示的，不断演进的，具有增强民族认同、强化民族精神、塑造民族品格的功能。由于生产生活方式的改变以及现代文明的冲击，"亚鲁王"文化或多或少的都在进行着一些改变，但是总的来看，麻山苗族对自身文化认识的深刻性让其在变迁的过程中依然能保持核心部分，是少数民族文化在现代文明中重构和调适的一个成功的范例。

# 第十七章

# 仪式叙事与仪式变迁研究

　　弗雷泽在《金枝》中强调："如果我们分析巫术赖以建立的思想原则，便会发现它们可归结为两个方面：第一是'同类相生'或果必同因；第二是'物体一经互相接触，在中断实体接触后还会继续远距离的互相作用'。前者可称之为'相似律'，后者可称作'接触律'或'触染律'。"① "相似律"是仪式举行者的"理论"，他通过某一事件得出的经验，套用于另一事件，运用这样的模仿就能够实现仪式举行者的心中所想。而"接触律"则是仪式举行者认为可以通过一个实物来对一个人进行影响，一般这个实物是人身体的一个部分或者是被触摸过。仪式举行者在人们的应求之下通过这两种方式来进行仪式，以满足他们的需求，这样一种仪式在诉求者和仪式举行者那里都必须得到一致赞同，否则仪式就不能成立。

　　仪式是具有明确叙事目的的，仪式研究专家贝尔说："作为文化原动力的窗户，人们通过仪式可以认识和创造世界。"仪式叙事具有三个基本的表述功能：一是注释性的符号功能。该功能是仪式的研究者和调查者对仪式中的某一行为进行的解释。诸如仪式中要求使用糯米、小米、豆腐、鱼来祭祀祖先，这对于地域内民众而言具有特殊意义，这就需要研究者和调查者去了解当地民众并融于这一文化生境中去进行解释。

　　二是使用性的符号功能。该功能主要指在仪式中符号的使用方式及其产生意义。这些符号在仪式中所体现出来的价值，比如说符号使用时所采

---

　　① ［英］詹姆斯·乔治·弗雷泽：《金枝》，赵昭译，陕西师范大学出版社 2010 年版，第 19 页。

用的方式、使用动作、语言、情绪等，都需要研究者和调查者认真观察、询问及作出最后判断。

三是位置性的符号功能。该功能主要指观察者和研究者将仪式中的符号集体表述视为一种特殊的语境，用以确定符号与符号之间相同和相反的关系以及它们组成的格局，并以此来研究处于仪式中的这些符号之间的关系，追溯其来源及意义。一般来说，我们对某一仪式进行研究之时，只是对分散的各个小仪式进行了解和解释，而忽略了所有外在符号与仪式内部有着紧密的联系。因此，在进行研究时，我们不仅要重视分散在外的符号的功能，更要重视这些符号与仪式内部原型的密切关系，深入分析其内在动因。

利奇在《从概念及社会的发展看人的仪式化》中提出了三个论点：一是仪式语言和行为不可分割。二是仪式中所包含的信息与语言文字相比，具有浓缩性。同时，其内隐之意诸多，并不单指一个。这是同一范畴组合的不同变换所形成的特点，这在原始思想中也不例外。三是仪式的特殊性在于其信息适合面对面进行传递，仪式的传递者和接受者都处于共同的交际环境中且对语境有着共同的了解，才能理解符号在仪式中所表达的多种意思。因为符号、行为及事物的本身就具有多义性，在仪式当中，符号与其他符号或者与其他事物、其他程序可以构成不同的语境，进而使得符号产生新的意义。同时，符号存在于仪式中产生的结构意义和相互之间的对应关系，仪式过程具有连带性，所有大型的纪念性和祭祀性的仪式都具有社会性，人们在这种社会交往的过程中会有一套语言或者是行为模式，来表达他们对这个仪式或者是对参与者的评价。

按照戈夫曼"人生如戏"的观点，人们都是以各种各样的角色在社会这个舞台上进行着表演，而这种表演，实际上是建立在三种不同角色之上的——演员、观众及局外人，却由此引发了一个问题即"真实性"的问题。首先，我们很难保证仪式表演中"客观性"的绝对真实性。因为人们在根据客观来构建自己头脑中的"真实"的时候，其实这种"真实"已经偏离了客观真实即原型，哪怕我们相信并且承认这个"真实"是绝对客观的也无法避开这个问题，毕竟文化是在不断变化的。其次，传统的原生性和原型性是人们根据自己在社会中的现实需要来进行的发明和建构，实质上就带有"真实"与"非真实"的问题。最后，对于这种"真实"与"非真实"的界定，也只是人们看待某种具体事物的特定的视野和自身对其进行的解释。

在任何国家中，这些仪式曾经都广泛地被使用着，在中国这样的仪式也是被运用到任何场合。长寿是人们所期望的，人们为了祈求能够得到更长的寿命，曾经使用了许多复杂的仪式，例如老人在活着的时候他们的子孙就会为他们做好寿木，寿木通常都是选用寿命长的树木，树木拥有着生死轮回的魔力，它们在冬季枯萎，在来年春天就会发芽重生。人们将树木的生命力通过这样的仪式传送到老人身上，希望能够延长老人的寿命。在原始时期，人们在狩猎之前都会举行仪式，祈求丰收，仪式当中，有人身上画着各种动物花纹模仿动物的步伐走在前面，有的人则手持弓箭、长矛在后面追赶并将前面的"野兽""杀死"，这种对真实狩猎的模拟是人们对这次狩猎的期望，希望能够通过这样一种仪式，使得他们能在即将进行的狩猎中大获全胜。

探讨诸如文学起源或艺术起源一类的问题，从文学研究中的原型批评经验可知，迄今为止便捷而有效的重要途径便是借助于仪式所展开的文化记忆之还原。从神话和仪式的相互关系上来看，仪式可看作与文字和语言一样赋有文化意义的符号载体，也可以通过仪式来对文本进行解读。在继维克多·特纳、马莉·道格拉斯和吉尔兹等人之后，德国人类学家瓦尔特·伯克特将探索的目光转向了西方文明，撰写出《希腊神话与仪式中的结构和历史》这本大著，指示出一些被遮蔽的失落的历史信息也可以从神话和仪式中去发现。在书中的序言他这样写道："我们从希腊文明之中了解到存在一种类似于神话复合体的存在，它是一种被神话以特殊方式支配着的艺术文本，在多年的发展之后成为许多世纪的标准，成为了文化发展的主要的建设力量。在没有完全和神话相分离的状态下，理性的语言和思想是如何能够寻求到独立解脱的。即使世界上有着更大规模的和更加丰富多彩的神话复合体存在于许多的文化之中，也有更加奇异、更加精制的仪式活动存在于希腊之外的国度，但是，无疑希腊人所创造的文化能够代表古典时期最为先进的（文化），先进（文化）中最古典的。"在迄今为止的独一无二的历史过程中发展起来的现在的人类传统，其实就是被假定构成人类本性的那些东西。这样看来，最终人文主义和人类学是会相互融合，作为传承不息的一种叙事媒介，神话和仪式将会成为传承特定文化精神和观念的最佳媒介。

仪式需要具备以下几种特征：第一，民俗表演事件在特定语境中的意义。第二，文本的动态、文本复杂的形成过程和交流实际的发生过程。第三，讲述者、参与者与观众之间应当具有的互动和交流。第四，表演者具有的创造性与即时性。第五，考察表演的民族志，提出表演需要理解它所存在的特定的语境、地域和文化。而一个完整的仪式应当拥有以下几点要素：仪式、时间、结果和功效、演出者的神灵附体，与不在场他者的联系，集体创造、参与和信仰，权威不可否定，参与者狂喜状态。

对仪式的分析应当原原本本地还原到世界性的弃儿型神话谱系中，更深层次地挖掘出仪式中磨难背后所潜藏暗含的情感因素，不要仅仅只是停留在对于仪式的情节程式的简单对应的分析上，要挖掘出例如神话中生命二次孕育的观念，乃至是仪式磨难中蕴藏的哲理。本章通过传统"亚鲁王"仪式与现代"亚鲁王"仪式的比较，认为传统"亚鲁王"仪式的叙事内容涵括指引亡人返回祖先故地和模拟记忆苗族古代战争场面，强调尽管现代"亚鲁王"仪式发生变迁并呈现出文本结构新生性、事件结构新生性和社会结构新生性三个方面的特征，但其仪式的叙事内容并未发生变化。

《亚鲁王》在 2009 年被列为贵州省省级非物质文化遗产名录，在 2011 年被列入国家级非物质文化遗产名录。《亚鲁王》的发现填补了苗族迁徙史中的一段空白，也引起了学界广泛的争相研究。为此，本章以传统"亚鲁王"仪式与现代"亚鲁王"仪式的比较研究为切入点，探析"亚鲁王"葬礼仪式及其仪式叙事之变迁。

# 一　"亚鲁王"的仪式展演

"亚鲁王"演唱场域遍及麻山苗族生活空间，涵盖婚礼、葬礼、祭祖、祛病禳灾等场景，但完整的"亚鲁王"必须依存于葬礼仪式，其仪式展演主要分为四个阶段：唱诵《亚鲁王》、解冤、砍马、送灵。

## （一）唱诵《亚鲁王》

丧葬仪式紧密依托史诗《亚鲁王》，在丧葬仪式中，必须由亡者儿子亲带贵重礼物邀请东郎主持仪式。传统的仪式一般持续三天至五天，东郎在主持仪式之前必须更换装束，头戴斗笠、身着藏青色长衫、脚倒穿铁鞋、手持大刀，于亡人的棺材之前开始唱诵。东郎在唱诵的过程中十分投入，当唱诵到凄惨悲壮的部分时，东郎会触景生情、泪流满面。在葬礼当中唱诵的《亚鲁王》主要包括亚鲁王的征战功绩、亚鲁儿子的征战功绩、亚鲁孙子的征战功绩、亡者所属支系祖先的事迹直至唱诵到亡者本人。

### （二）解冤

解冤部分场面严肃、气氛肃穆。东郎与唱诵《亚鲁王》时装扮一样，立于一方桌之上，开始对亡者生前的冤孽一一进行了结。桌子面前站的都是与亡者生前有一定渊源的人，例如：有金钱纠纷的、有欠人情债的、有社会矛盾的，等等。东郎在桌子上就这样说道："各位与亡者生前有冤债的都过来，过来一一化解，如果不过来化解的，以后不能来找主人家麻烦，否则被杀被砍是应该的……"东郎通过解冤仪式为亡者了结生前的恩怨，让亡者能够安心地回到祖先故地生活。

### （三）砍马

在葬礼中，由亡者女儿及其家庭出资购入的马匹（一匹）或亡者生前饲养的马匹进行祭祀。仪式前，东郎们用斗笠、弓箭、糯谷种、糯米饭、宝剑、水、豆腐和鱼系在马的背上，在东郎解冤之后，东郎们就牵着装扮好的马进入砍马场，将马拴在立好的柱子上。一切准备就绪之后，先由妇女们挨个儿给马喂稻谷，再由唢呐队进入砍马场进行踩场，之后东郎们入场用鞭炮轰炸惊吓马匹，马匹由于受到惊吓，慌乱奔走，司职砍马的东郎手持大刀，在马奔跑的过程中一刀刀地将马砍至倒地，并将马头搬朝东方。

### （四）送灵

在砍马仪式完毕之后，丧家可以选择当天或者第二天将亡者抬往墓地进行安埋。这一程序中的仪式与汉族的仪式有很大的不同。在抬丧的过程中，亡者的棺材上挂有亚鲁族徽、糯谷种、稻谷种、鱼、豆腐等，亡者的儿子会穿上用竹子编织的盔甲、头上戴着头盔，手持弓箭在亡者前面行走并不断重复射箭的动作。

# 二　"亚鲁王"的仪式叙事

## (一)　唱诵《亚鲁王》仪式中的叙事

在麻山苗族的丧葬仪式中，是不能缺少唱诵《亚鲁王》这一仪式的。《亚鲁王》是他们沟通神人的经典，是让亡者能够回到祖先故地的唯一凭证，是麻山苗人的家谱，是麻山苗人的凝聚力。《亚鲁王》中记载的是麻山苗人的祖先亚鲁带领他们如何从富饶的故地一步一步迁徙到贵州麻山的历史，且通过一代一代的传承和丰富发展至今，已经成为麻山苗人不可或缺的精神信仰。

在葬礼仪式中唱诵《亚鲁王》的仪式具有两个方面的叙事信息：

一是为亡者指路。在麻山苗人的思维意识里面，认为死亡不是一件悲伤的事情，而是一件幸福的事情。于他们而言，生存已然是一件艰辛的事情，而死亡能与祖先团聚，幸福生活，是值得高兴和庆贺的事情。因此，在麻山死亡不是人们所认为的形神俱灭，而是跟随祖先的足迹回到故乡去过幸福的生活。于是，在麻山地区的苗族葬礼中，东郎就在葬礼上在亡者的面前唱诵《亚鲁王》，通过追溯祖先的迁徙史，让亡灵跟随祖先足迹一步一步地回到祖先身边。麻山地区，土少石多，生活困苦，《亚鲁王》就成为了他们心中的希望，使他们相信，不管最后怎么样都会回到祖先故地过好的日子。所以，纵使现在的生活百般艰苦，麻山苗族总是以顽强的精神坚持下去。

二是给生者讲述本民族的历史。由于麻山的地理原因，苗族的居住呈大散居小聚居的形式。平常的情况下，很少来往，于是在有葬礼的时候，该家支的人都必须聚齐，目的是为了送亡者、大家一起相聚。在东郎开始唱诵《亚鲁王》时，大家都会聚集在一起聆听，人们在聆听的过程中了解了自己的历史，也在一次又一次的聆听过程中形成了对东郎的一个评价系统。在这样的过程中，不仅密切了家族成员的关系，也加深了人们对自己历史的铭记。

### （二）解冤仪式中的叙事

在"亚鲁王"的仪式中，解冤仪式是第二个仪式程序，与之前的唱诵《亚鲁王》的仪式叙事一样，解冤仪式也同样具备两个方面的叙事信息：一是了结亡者生前恩怨。在"亚鲁王"的解冤仪式中，东郎手持大刀站立在方形桌子上，为亡者了结生前的恩怨。从现在的理解中来看，解冤仪式是东郎召集与亡者生前结有恩怨的人到葬礼场地上来了结，如果不来了结的今后也不能再来找亡者的家属算账，这样的目的就是为了让亡者能够了无牵挂地返回故地。二是对苗族古战场中点将出征的模拟。将解冤这个仪式置于整场仪式中来看，就会发现，这个仪式其实是苗族古时战争前夕的点将仪式的模拟。东郎的装扮是模仿亚鲁王出征时的装扮，而方形桌子则是点将台，桌子前方的解冤人则是古时士兵的象征。

### （三）砍马仪式中的叙事

"亚鲁王"仪式中的第三个仪式程序就是砍马，砍马对于许多人而言是血腥的、残忍的、恐怖的，但是对于麻山苗族而言却有着深刻的内涵。麻山苗人讲到，砍马是因为以前亚鲁王的战马偷吃了亚鲁城外的护城竹，亚鲁王欲将战马砍死，战马求饶说先别忙杀它，它愿意载亚鲁征战沙场，等到亚鲁老去的时候再将它杀死，好载亚鲁回归故乡。亚鲁的后世子孙，如果有人死去，就将战马的子孙杀死，载他们回祖先故地。于是，砍马这一习俗就这样一代一代地传下来。

而从砍马仪式的整个程序来看，则是战场厮杀的模拟。砍马的开场首先是苗族妇女们一一向战马喂食稻谷，是出征前为壮士和战马饯行的模拟；其次是唢呐队进入砍马场进行踩场，一支近十人的唢呐队进入砍马场地后，围着战马转圈并吹奏，是出征前的壮行行为模拟；再次就是燃放鞭炮来惊吓马匹，丧家的人点燃几串鞭炮后扔向马匹，马在受到燃放鞭炮声的惊吓之后围着柱子疯狂地转圈奔跑就算完成了这一仪式，整个场地就像是战火纷飞的战争场景；最后便是仪式的最重要的一个环节——砍马，东郎们依次手持大刀对马进行砍杀，但是砍马必须是要在马奔跑的时候进行，东郎们在旁边人的呼叫声中一刀一刀地将马砍杀倒地，在马倒地的一刻必须立即将马的头搬向东方。这一个环节对于不知情者而言十分残忍，但是在麻山，这个仪式是为了让族人铭记迁徙路线、铭记历史，让人们要珍惜今天的生活，知道现在的来之不易。马匹被砍杀的场景就是对苗族古代战争场景的模拟。

### （四）送灵仪式中的叙事

送灵是麻山苗族葬礼中的最后一个仪式，在将亡者抬到墓地的路途中，亡者的儿子会身着"战袍"手持弓箭，在亡者的前面不断地重复射箭的动作。而亡者的棺木上则挂有亚鲁族徽、糯谷种、稻谷种、鱼、豆腐等。据东郎所说："这是在为死去的人扫除障碍，让亡者能够在回去的路上顺利。"但是，结合整个丧葬仪式，不难发现送灵仪式的目的是为了让亡灵沿着祖先的迁徙之路返回故地生活，同时也是对祖先征战厮杀的模拟。在麻山苗人的认识里面，他们认为亡者是骑着战马、带着行李，在祖先的带领下，扫除路途中的障碍回到那个水草茂盛、鱼米富饶的故乡。于是，送灵队伍前面做射箭动作人物的任务就是带领亡者回归故土，其射箭行为是对古战场战斗的一种模拟，也通过这种模拟行为为亡灵顺利回归护行。从整个"亚鲁王"的仪式结构来看，"亚鲁王"的仪式既是对先祖的缅怀，也是对古代苗族社会战争场面的记忆。整个仪式就是对一场战争场面的真实重构，这或许就是因为苗族没有文字而采用的特殊的对历史记载的方法。

## 三　"亚鲁王"仪式叙事重构

任何一个动作或者行为，其目的都是要向我们叙述，让我们了解它所发生的动机、过程以及动作或者行为的目的。仪式亦是如此，我们常见的对祖先的祭祀仪式叙述的就是人们相信人死后能够具有神力保佑自己的后代，因此在特定的日期，人们就会用食物祭祀祖先，希望能得到祖先的保佑。

事实上，叙事作为人类了解自我、认知自我和深入自我的重要途径。正如洛朗·理查森写道："叙事是人们将各种经验组织成有现实意义的事件的基本方式……叙事既是一种推理模式，也是一种表达模式。人们可以通过叙事'理解'世界，也可以通过叙事'讲述'世界。叙事主义者相信，人类经验基本上是故事经验；人类不仅依赖故事而生，而且是故事的组织者。"① 传统的"亚鲁王"仪式从唱诵《亚鲁王》、解冤、砍马、送灵四个方面向人们讲述着苗族祖先的征战历史，并通过推理认为他们随着祖先迁徙到这里生活，在死后也会随着祖先回到之前居住的地方去。麻山苗族正是通过对祖先征战历史的记忆，逐渐形成一种对民族的集体认同，进而将"亚鲁王"发展成为麻山苗族的精神信仰和民族的标识。

同时，东郎作为仪式的主要参与者，在丧葬仪式中具有重要作用。正如人类学家道格拉斯在《自然的象征》一书中提到在"仪式主义社会"里，人际关系实际上是被社会左右的，社会有许多的框架来构建人与人之间的关系，并通过仪式来强调人与神灵之间的关系。而参与这一系列交往的是人，因此人的肉身被看作沟通人人、人神的一种自然象征。服饰的整洁、身体的修饰、发型的样式、人际交往时身体之间的距离以及各种生理习惯上的禁忌，都是表达人际关系的象征。同样地，在人与神交往的神圣仪式过程中，人体也表达一种象征意义。② 在"亚鲁王"仪式中，东郎就是人神交往的使者，通过仪式往往能与祖先对话，在麻山苗族社会里拥有崇高的社会地位。

随着麻山地区与外界联系逐渐频繁，"亚鲁王"的仪式也在潜移默化地发生着改变，仪式中出现了许多新增加的细节，也有对传统仪式删减的部分。

### （一）《亚鲁王》在唱诵中被压缩

当前，葬礼仪式中《亚鲁王》的唱诵时间多由传统的三天至五天压缩成了一天或者两天。根据东郎口述："虽然唱诵《亚鲁王》的时间缩短了，但是亚鲁部分的唱诵是没有变化的，师父交代过这一部分是不能随意更改的。"③

亚鲁是带领麻山苗族迁入贵州的首领，他创造了麻山苗族的历史，所

---

① ［美］伯格：《通俗文化、媒介和日常生活中的叙事》，姚媛译，南京大学出版社 2000 年版，第 110 页。

② Mary Douglas, *Natural Symbols*：*Explorations in Cosmology*, London and New York：Routledge，1970，p. 50.

③ 引自采访东郎陈小满的录音稿。

以在麻山苗族的心中他的功绩是不可磨灭的。《亚鲁王》整部史诗包括了创世纪、亚鲁王、亚鲁王与自然万物、亚鲁子辈业绩、亚鲁孙辈业绩五部分，随着《亚鲁王》的不断发展壮大，《亚鲁王》现在还囊括了麻山苗族支系的家族谱系。但是，在现代社会大环境的影响下，麻山苗族葬礼举行的时间也跟随着压缩。仪式的过程中，可能某些部分被删减，整个叙事结构被重新整合，但是核心叙事并未发生变化。

### （二）解冤仪式的缺失

解冤仪式的主要目的是为亡者化解生前恩怨，而其隐喻的内涵则是对古代苗族战争中点将出征的模拟，是麻山苗族对古代先民征战的历史记忆。而在现在的丧葬仪式中，解冤的仪式很少有了。主要原因有两点：一是解冤仪式主要依存于砍马仪式，而现在麻山苗族的葬礼中很少举行砍马仪式了。二是在现代社会的影响下，人们的观念在发生改变，葬礼的程序逐渐简化。

### （三）砍马仪式的可选择性

传统的麻山苗族丧葬中，砍马是必需的仪式，但现在人们通常是根据自身经济状况选择举行砍马还是不举行砍马。其原因主要有两点：一是经济原因，因为麻山的环境因素，麻山苗族生活困苦，生活富裕的家庭极少。因此，大部分家庭在举行葬礼的时候，都不砍马。在采访东郎的时候，东郎告诉我们他一年主持的葬礼仪式有几十场，但是砍马的就只有三四场之多。① 二是外界文化的冲击，特别是在佛教思想的影响下，外来思想与麻山苗族原有传统冲击，部分麻山苗人认为传统是封建迷信，是野蛮残忍，于是产生抵制传统的思想。

### （四）送灵仪式中的他民族仪式

在送灵仪式中，除了有亡者儿子在前面射箭之外还存在有抛撒纸钱现象，抛撒纸钱是汉族葬礼中常用的仪式，但是在麻山苗族传统的葬礼中是没有抛撒纸钱这一仪式的。在东郎的口述中有这样一段话："汉族在送灵

---

① 引自采访东郎韦老王的录音稿。

的时候抛撒纸钱，是因为这块地曾经不属于他们，于是需要交买路钱。而这块地是苗族征战获得的，所以在送灵的时候是不需要交买路钱的。"①至于之后的仪式中又加入这样的一个程序，是因为在与他民族长期交往的过程中的民族互融现象，麻山苗族认为苗族、汉族、布依族等都是一家，不存在民族之分，觉得他们的东西好就可以拿过来用。

随着改革开放大潮的冲击，原先封闭的麻山开始与外界发生交流，"亚鲁王"仪式也在与外界观念的矛盾下进行重构。但是，其内核并没有发生改变，《亚鲁王》依然不容动摇。

# 四　"亚鲁王"仪式表演的新生性

## （一）文本结构的新生性

《亚鲁王》是口传史诗，由于在传承过程中，东郎会受很多因素的影响，使史诗形成许多异文，因而其传承具有不稳定性的特点。理查德·鲍曼认为："对某一固定的传统文本的机械性记忆以及坚持一字不差的忠实性，在某些社区的表演体系中的确扮演着一定的角色。这里的问题在于：完全创新的和完全固定不变的文本代表了一个理想的连续统一体的两极，在两极之间，存在着一系列新生的文本结构，它们需要在经验性的表演中被发现。"② 史诗是一种结构庞大的叙事文体，对于史诗的记忆东郎们必须掌握史诗唱诵的要素即"大词"，东郎们通过对大词的掌握形成程式化的唱诵。《亚鲁王》这一口承文本与所有史诗一样，在演唱的过程中遵循内核不变的情况下，东郎会依据几个方面的因素进行调适：一是东郎当时演唱的情绪。东郎在演唱过程中如果情绪高昂，在唱诵史诗的时候就会使用很多精美的语言来描述史诗内容。如果情绪较为低落，那么在唱诵史诗的时候个人发挥的空间就比较小。二是听众的情绪。史诗的唱诵过程实际上是东郎与听众的一个交流的过程，也是东郎展示自己能力的平台。因此，在唱诵的过程中，东郎会关注听众所反馈的信息来对自己的唱诵进行

---

① 引自采访东郎陈兴华的录音稿。

② ［美］理查德·鲍曼：《作为表演的口头艺术》，杨利慧、安德明译，广西师范大学出版社 2008 年版，第 44 页。

调整。在听众比较关注的部分，东郎会充分发挥自己的语言能力来对该部分的内容进行扩充，使得叙事内容更为精致，向听众展示自己的能力。三是时间的限制。葬礼的时限主要是依据丧家的财力来的，富裕些的家庭葬礼举办的时间长些，家境稍显不好的举办的时间就短些。因此，东郎会依据丧家葬礼时间的安排来对自己唱诵的内容进行调整。

### （二）事件结构的新生性

所谓事件结构的新生就是指在一个新的表演事件中，表演者会通过已有的表演模式来适应一个全新的环境。在"亚鲁王"仪式中，事件结构的新生性主要体现在两个方面的新生：一是唱诵文本结构的新生性。在《亚鲁王》被搜集、整理出来之后，受到了广泛关注，许多专家、学者开始以史诗文本为基点进行田野调查。在政府的指导与引导下，东郎们开始脱离丧葬场域在公众场合唱诵《亚鲁王》，在这样一种情况下，东郎可以任意选择内容进行唱诵，不受传统唱诵模式的限制，《亚鲁王》文本以东郎的能力进行创造性的唱诵，其结构发生了新生性的变化。二是仪式叙事结构的新生性。传统的"亚鲁王"仪式在不断地受到外界的影响而发生着结构的调整：首先，受到他民族葬礼仪式的影响，麻山苗族的葬礼仪式中不断融入他民族的仪式程序，形成了兼收并用的现象；其次，在经济社会不断发展的今天，传统的葬礼仪式受到冲击，在选择保存仪式内核不变的情况下，"亚鲁王"葬礼仪式大部分只保留了唱诵《亚鲁王》仪式部分，仪式叙事只发挥了它的指路功能，弱化了它的历史记忆功能。

### （三）社会结构的新生性

在古代苗族社会中，东郎地位很高，主要承担族人葬礼主持的重任，同时还是历史文化的继承、传播者，有时还是为族人祛病禳灾的巫医。苗族东郎的选拔具有十分严格的程序，因而能成为东郎是作为苗族人十分骄傲的事情。在古代，社会领导结构由君、臣、师组成，东郎就是低于君与臣的师。理查德·鲍曼认为："表演的本质与表演中的社会结构的创造相关涉"，表演者即东郎在与听众交流的过程即演唱《亚鲁王》的过程中，获得了一定的威信与对观众的控制力，东郎通过这种方式证明了自己的能力，也获得了控制力。"如果表演者以此方式获得了控制力，他也就有可能获得转变社会结构的潜能。"于是，在千百年的生活中，麻山苗族在缺失法制治理的情况下依然能够有序、和谐地生活。东郎在成为东郎并通过表演即演唱《亚鲁王》之后，获得了与成为东郎之前不同的一个新的社会地位。但是，随着社会结构的变化和调整，以及处于经济社会的大背景下，东郎的社会地位发生了巨大的变化，因为民族责任东郎为族人主持仪式不收费用，再加之东郎在家庭中不承担主要劳动力的职责，使得东郎成为苗族社会中最贫困的人。东郎地位的变化与现代观念的影响，"亚鲁王"逐渐由主流变成了边缘与异常。

通过分析传统"亚鲁王"仪式结构与内容，认为仪式中的"唱诵《亚鲁王》""解冤""砍马""送灵"四个仪式程序都具有两个方面的叙事信息，一是为亡者返回祖先故地指路；二是对苗族古代战争场面的模拟与记忆。继而对比传统"亚鲁王"仪式与现代"亚鲁王"仪式，认为"亚鲁王"仪式中的四仪式程序都发生了叙事重构，并通过分析得出现代"亚鲁王"仪式具备了文本结构的新生性、事件结构的新生性以及社会结构的新生性三个方面的新生特性。

民俗学研究的对象往往是社会的"残留文化"，即社会遗存下来并继续在现在存活的历史阶段的残留现象或残留物。文化研究的目的，是要对经济社会的发展作贡献，但是民俗学研究的范围如果局限于对历史遗留物的研究上，则其学科的发展将会受到限制，其学科的价值也将无法体现。"亚鲁王"这个历史遗留的现象到今天依然是具有生命力的，它在发展的过程中与现代社会摩擦碰撞并进行改变，其今天的面貌势必焕然一新，且具有了社会赋予它的新的价值、新的意义。因此，对于这类事物的研究将拓宽我们研究的视角，丰富我们研究的内容，为民俗学的研究带来新的机遇。

# 第十八章

# 现代文明中民与俗的自我调适

民俗是人民在社会生活中不断形成的习俗，它是一门民间学问，专门指的是民间的习惯和风俗，与官方带来的风气是不同的。西汉的《礼记》一书中有所记载，上行（即官方）谓之风，下行（即民间）谓之俗。这就意味着民风与民俗是有着质的区别的，民风是官方引导的，有文字记载的，民俗则是民间自发形成的，无文字记录。虽然没有文字的记录，老百姓对民俗却是十分地重视，例如春节、婚礼、葬礼、中秋等民俗就是经过长期的积淀流传下来的。传统的民俗得到保存和流传必须具备三个方面的条件：首先是传统思维没有发生太大的改变，原始信仰还有留存；其次是民俗中的各个行为必须具有当地的特色；最后这些行为方式必须反复出现，让人记忆深刻，并得到大家的一致赞同。

民俗学概念中的民与俗，在现代文明的进展中已然发生改变，经历着从村民到全民、物俗到人俗的蜕变。正如黄永林先生所认为的："新时期民俗学要走出困境，必须突破传统的民俗学视角，采用整体研究、综合研究的视角。"[①] 事实上，在广泛而深入的田野调查中发现，"亚鲁王"这一民俗事象的自我调适深刻反映出现代文明中民和俗自我调适的现象，不论社会如何变迁，"亚鲁王"民俗以最适宜的姿态存活在麻山这片成长的沃土里。"亚鲁王"民俗从坚守—发掘—复苏—变通—转型，经历了五个阶段，但是因为民族坚韧的品格，使得"亚鲁王"文化在历史的洪流中并未消失殆尽，反而是越发的生机蓬勃。在一次又一次的危机时刻，它都能进行自我调整，实现革命性的转型，始终将那份民族的责任挑在肩上，在

---

① 黄永林、韩成艳：《民俗学的当代性建构》，载《华中师范大学学报》2011年第2期。

对民族复兴的希冀中默默坚守，完成了从村民到全民、物俗到人俗的战略性转型。

"亚鲁王"生长于麻山，直至 2009 年才进入人们的视野。它被人们定义为麻山苗族的史诗，具有口传史诗所具备的所有特点，即传统性、保守性、互动性、程式化倾向、音乐性、神圣性、延续性特征。所谓的传统性就是以口头的形式流传和保存，对比书面文学和作家文学，史诗的这一特征具有变异性和多样性两方面的特点。其保守性体现在其创作的保守上，鉴于史诗规模庞大，史诗歌手们不得不采用高度程式化的形式来表演，并在这个范围内进行一定的即兴创新。史诗歌手在唱诵史诗的时候会根据观众情绪来对所唱诵的内容进行适当的调整，且在不同场合、不同时间段，史诗歌手们会根据自己当时的记忆来对史诗内容进行增加或删减，这就使得史诗存在很多的异文，具有延续性的特征。由于史诗内容庞杂，史诗歌手们常常采用高度程式化的语言来对史诗进行记忆和唱诵，这是史诗在民间得以口头保存的重要原因。《亚鲁王》主要是在麻山苗族葬礼上以歌唱的形式进行唱诵的史诗，具有音乐特征，而正因为《亚鲁王》演唱场域的严肃性且其唱诵的是麻山苗族先祖也是英雄的光辉事迹，所以史诗《亚鲁王》具有神圣性和严肃性。

民俗不是一成不变的，它常常因为时间的关系而不断地发生改变，但是这种改变并不是没有规则的，而是有着分明的类型与模式。民俗应当说是一种来自于人民、传承于人民，却又对人民有着规范作用，深藏于人民的行为、语言和心理的隐性力量，使得我们虽然活在民俗的约束中，却又不觉束缚，并甘于在这样的模式下生活和发展。

精神民俗是民俗中最重要的民俗，如果精神民俗遭到破坏，物质民俗也会随着发生变化。精神民俗中的信仰民俗的变化也会随着时代的进步而发生改变，中国上下五千多年的历史，人们也不难看到，中国的习俗也正在与世界潮流相交融。民俗文化的传播并不是照搬照套的进行，通常是采取"采借"的方式，对外族文化的接受常常是要经历一段漫长的时间，这样的接受不是盲目的，而是将外族文化与本族文化有机地融合，去掉不适合的吸收有利的，反而简单机械的代替是十分罕有的。许多人可能会认为佛教是中国本土文化，但其实是外来文化，在魏晋南北朝之前，它是保留着印度原来的传播方式，但是经过唐代的改造，佛教在中国被变得世俗化，贴上了中国的标签，让其传播的速度和范围更加的广泛，甚至延伸至东亚的许多国家。

文化的变迁以及民俗的变迁都是不可抗拒的客观规律。以往人类生存在相对封闭的小环境中，民俗文化的传播和变化相当缓慢，而现在我们正处在全球信息化的时代，人类生存空间的距离感大大缩小，文化之间的交流、融合和变异急剧加速。面对这样的变化，民俗学研究应当正面面对，作出正确的选择，紧跟时代的步伐，关注民俗文化的变化，加强对现代新民俗文化的研究的同时抢救和保护传统的民俗文化，使得传统与现代化能够协调发展。

自然地理环境和人文环境的不同造就不同地方独特的民俗文化，而这些独特的民俗习惯也并非一成不变的，它们随着时代的变迁不断变化。自民俗"诞生"的时候开始，就注定了它的"变异性"，就如同一条流动的河，时时处处皆不同。民俗文化的变迁主要体现在两个方面，一是适应当前社会的发展，从中找出规律演变成新的民俗；二是通过挖掘和整理，实施抢救和保护。对于一个成熟的社会来说，民俗是不可或缺的，它寄托了不同地区人们的情感和文化，就像是一根纽带，让不同地区、不同国家人们的融合交流成为了可能。

# 一　"坚守"的亚鲁王：传承的韧性与民族潜意识的融合

所谓民俗就是指以民间传承的方式传播以口头、风俗或物质形式存在的文化。而作为麻山苗族民俗事项之一的"亚鲁王"，承载着族人的历史与信仰。它以民间传承为主要传播方式，依靠人们一代代的坚守，形成了今天让人为之惊叹的"活"史诗。

麻山地区囊括了紫云县一半以上的面积，人口总数约为 30 万人，是紫云县总人口数的百分之五十几。整个县内，山地丘陵多，平原地势少，土壤覆盖率低，具有高度发达的喀斯特地貌特征。因独特的地理特征，麻山地区交通极为不便，与外界联系甚少，加之当地苗族人民的坚守，才使得"亚鲁王"在今天能完整地进入广大人民群众的视野，成为学术界的一块璞玉。

"亚鲁王"的传承历经波折，但是麻山苗族坚忍顽强的品格让"亚鲁王"依然保存着生命的气息。通过纵向的梳理，认为"亚鲁王"的传承主要经历了传统传承、政策冲击下的传承两个阶段。

### （一）传统的传承模式

传统的传承模式有很多的仪式和程序，为体现其神圣性和严肃性，通常需要经过以下几个程序。

一是行拜师礼。族人中如果有人想习唱《亚鲁王》，就要事先与东郎沟通好，东郎如果同意就要准备好礼物——酒、鸡、豆腐等去东郎家中举行拜师仪式拜师。一般，东郎会让准徒弟在村口进行拜师，一方面是为了便于祭拜各方神灵，另一方面是为了告知寨中族人。

二是习唱《亚鲁王》。传统的习唱，东郎会根据徒弟的资质进行选择性的教授，以便于更好地领会《亚鲁王》精髓。而在之前，通常都是所有徒弟在同等待遇下学习一段时间，之后东郎会让几个徒弟抓阄，以确定大师兄的人选，倾囊相授。在确定人选的这个抓阄仪式实际上是一个占卜仪式，充满了神秘主义。东郎用鸡的内脏作为阄，对不同内脏来进行区分，抓住鸡心的则是大师兄的人选，是东郎的后继人，而抓住其他部位的徒弟则进行分工学习，辅助大师兄。

### （二）政策冲击下的传承困境

《亚鲁王》的传承并不是一帆风顺的，作为一种传统的文化现象，难以避免地要受到政治的约束，也会因为政策的原因受到冲击。

"文化大革命"期间，党中央的相关政策与各地民俗产生了一定冲突，并提出了要"打倒一切牛鬼蛇神""破四旧"等口号，《亚鲁王》被视为封建迷信和"四旧"，一度中止了传承，但是作为麻山苗族的信仰，麻山苗族人民将《亚鲁王》坚守了下来。在这一特殊时期，其传承带有隐蔽性。

一是部分东郎在此阶段放弃了《亚鲁王》的传承。由于政策原因，《亚鲁王》被视作文化糟粕，其生存受到了严峻的挑战。在麻山，几乎所有的东郎都去参加过"学习班"，被教导禁止传唱《亚鲁王》，大部分东郎为了生存选择了停止传唱《亚鲁王》。

二是部分东郎为了民族信仰继续传承。政策的实施没有让所有东郎停止传承《亚鲁王》，民族责任感让他们更加坚定对《亚鲁王》的传承，正如东郎王凤云所说："我们不学，大家都不学，这个东西就要没有了，以后哪家葬礼怎么举行仪式？"东郎们通过各种方式隐蔽地习唱《亚鲁王》，使其能得以传承下去。可以说，《亚鲁王》已然融于他们的骨髓之中。

三是东郎的进入渠道仍然保持稳定。虽然当时政策较紧，想要习唱《亚鲁王》的苗族青年们依然热情不减，他们通过各种手段完成了学艺过程，成功成为东郎。这当中，主要依靠东郎和史诗爱好者的睿智和信心，依靠各种手段习唱、传承《亚鲁王》，包括对拜师程序的简化、对习唱地点的选择、对习唱方式的变化，以及习唱时间的增加，都是两者为了传承民族文化所进行的适当的转变，是特定时期东郎人员增加的有力保障。正如东郎陈小满所述，政策冲击难以阻断《亚鲁王》的传承。

"我会根据师父的作息时间，带着一壶酒，尾随他去山里。他一边干农活，我就在一边求他，刚开始的时候他会拒绝，说自己已经忘记了、不会唱了。但是我会长此以往地去求他，他干农活的时候或在家里休息的时候都不放过，他看到我的决心，也不忍心自己手中的《亚鲁王》就此失传，就决定教我。于是，我们约定好时间，每天都去山上学习。"①

从《亚鲁王》传承方式的变化来看，《亚鲁王》在麻山的传承已经不仅仅只是作为一种风俗，更多的是作为刻在麻山苗族骨髓中的民族信仰。

## 二　"发掘"的亚鲁王：文化回归与市场经济的融合

### （一）市场冲击下的传承模式

《亚鲁王》存活于特定的民俗文化环境之中即麻山丧葬礼仪，而麻山的这类民俗又传承于封闭的自成文化体系的环境之中。但是，任何一项民俗都是处于不断发展的过程中，亦会受到环境的影响，麻山民俗"亚鲁王"也是如此。2011 年《亚鲁王》从麻山苗族的口中走向了世人的眼中，在与外界交流的同时，《亚鲁王》遭受到市场经济强烈的影响。正如其他

①　引自采访东郎陈小满的录音稿。

传统文化一样，由于"亚鲁王"禁忌多、仪式复杂、学习时间长，特别是受众小，在市场经济的冲击下，《亚鲁王》的传承正在经历艰难的转型。

根据东郎们的口述和实地调查，发现《亚鲁王》的传承模式正在发生变化。

一是拜师仪式简化。在市场经济的影响下，麻山的年轻人大多开始出去打工，习唱《亚鲁王》的人越渐贫乏，拜师的礼物简化为一瓶酒或一包烟，甚至没有也可以。

二是学艺程序的简化。没有了传统的抓阄程序，直接教授《亚鲁王》。进一步探索外来文化冲击下《亚鲁王》的传承情况，发现其传承遭受困境的关键问题在于传承人。通过田野调查，对麻山三个乡镇的东郎信息进行统计发现，大营乡东郎总数87人，外出打工东郎24人，占总数的27%，比例较小；猴场镇东郎总数215人，外出打工东郎139人，占总数的65%，超出了总人数一半比例；水塘乡东郎总数35人，外出打工东郎23人，亦超出了总人数一半的比例；三个乡外出打工东郎人数占总人数的55%。数据显示，外出打工的东郎人数比例大，同时还存在着曾经外出打工的情况，这一情况并未记录在内。

## （二）市场冲击下的传承困境

通过对市场经济下史诗传承模式的分析，认为《亚鲁王》的传承面临着多重危险：第一，东郎老龄化严重。通过紫云调查所得的东郎普查数据，目前东郎有三千多人，其年龄普遍偏大，呈现倒丁字形结构，经统计东郎年龄平均在60岁左右，主要集中于60—70岁这个年龄阶段，而30岁以下的东郎很少，呈现青黄不接的态势。

第二，民生改善的迫切要求。一是改善基本生活情况的强烈意愿。由于麻山高度发达的喀斯特地貌，自然环境恶劣，土壤覆盖率少，人民的生活基本依靠少量种植的粗粮解决，温饱成为关键问题。二是麻山苗族的传统饮食习惯使得他们对大米及糯米的需求意愿极强。在采访东郎的路途中，杨松曾讲述：

东郎们为改善生活条件而外出务工，耽误了《亚鲁王》传承使命。基本生活需求勒令当地人民外出务工，获取金钱购置当地不能自给的大米（糯米）。事实上，在地域文化中，麻山苗族人民的祖先以口感更好、营养更丰富的大米（糯米）为主食，但麻山的喀斯特地貌显然不能满足这一要求，只能种植土豆、玉米等粗粮，更有甚至恶劣的环境导致颗粒无收，远不如外出务工所获。同时，改善家乡面貌的诉求促使当地人民外出务工，传统干栏式吊脚楼人与畜同住，卫生条件以及生活舒适度不高，而砖瓦小洋楼显然能改善了这一情况。①

同时杨正江也补充道："看见乡里其他人住进了砖墙房子，苗族人骨子里不认输的精神促使他们也要自己修建砖房。因此大量人口外出务工挣钱，返回家乡建造砖房，在麻山与城市中往返直至房屋建好为止。"②

第三，缺少传承《亚鲁王》的文化精英。一方面，传承《亚鲁王》的东郎文化程度不高；另一方面，目前《亚鲁王》的传承已然不再保持封闭传承，"亚鲁王"的转型还须依靠政府主导、通晓苗汉双语的知识分子牵头、传承《亚鲁王》的文化精英积极参与来实现，史诗的活态性才能继续保持。就像大家都关注的，"亚鲁王"是麻山的精神信仰，但是在市场经济条件下，其社会内聚力如何发挥、活力如何彰显是我们必须重视的问题。麻山苗族如何在当前的社会环境下，区分封建迷信和传统文化，区分民俗与陋习，如何在现代社会保持"亚鲁王"的活力，让"亚鲁王"既能延续其文化传统，又能与现代相适应，都是需要我们深入探讨和研究的重大问题。正如杨正超讲述：

麻山缺少文化精英，通晓西部苗文的知识分子更是极端缺乏。杨正江是麻山唯一会西部苗文的知识分子，这是《亚鲁王》仅限于在麻山流传的重要原因。西部苗语晦涩难懂，即使会西部苗语，与东郎之间的交流也存在一定困难，因此时间和语言成为了搜集整理《亚鲁王》的最大难题；当地民众对《亚鲁王》的重视不够、宣传亦不够，年轻一辈的人们特别是受过教育的文化人甚至将"亚鲁王"视

---

① 引自采访东郎杨松的录音稿。
② 引自采访东郎杨正江的录音稿。

为陈规陋习、封建迷信，更不要说让他们去习唱了。最近几年，政府开始重视传统文化，人们才开始意识到"亚鲁王"的重要性，对《亚鲁王》的传唱渐入佳境。

以前，人们不愿意来学习《亚鲁王》，主要是认为它是封建迷信，是不符合科学规律的，虽然先祖们坚守信仰、铭记民族责任将其传承下来，但是在社会化浪潮的冲击下，物质生活的诱惑，让大多数人选择背离传统文化。随着生活条件的改善，人民开始重视自己的精神需求，加之国家对传统文化也越来越重视，人们又开始觉得《亚鲁王》是自己民族的根，应该在政府的支持下把如此重要的民族文化保护好、传承好。①

在市场经济的影响下，"亚鲁王"这一民俗，具体成了某一村寨中某一人的行为，严重脱离了民俗的本质。"民"成为了个体的"民"，"俗"又回到了"物俗"的误区。"亚鲁王"一度成了"遗俗"，成为民众的负担，而不是承载着民众心理寄托的精神信仰。

# 三 "复苏"的亚鲁王：文化自觉与民族信仰的融合

在今天国家政策的支持下，在苗族知识分子的带领下，"亚鲁王"再度引发了麻山苗人的思考。民俗是一个群体的内在凝聚力，一个民族的民俗自然也就是该民族凝聚力的体现。马林诺夫斯基曾经提出，神话的作用是去强化传统文化的作用与价值，我们对神话的追本溯源，能够寻找到最原初的事件本身。同时，促使我们强化对正义的保卫，对信仰的追随，确保礼仪的有效性，也包含着指导人们行为尺度的标准。《亚鲁王》作为麻山苗族的史诗、民俗文化，对麻山苗族的生活起到了规范、引导的作用。

## （一）"复苏"的亚鲁王仪式

随着《苗族英雄史诗〈亚鲁王〉》的出版，杨正江们的工作得到了肯

---

① 引自采访东郎杨正超的录音稿。

定，紫云境内的麻山苗族开始意识到，原来一直存在于自己周围的这样一种从古至今就有的东西是文化，是自己民族的精神，而不是之前所认为的是封建迷信和牛鬼蛇神。于是传唱《亚鲁王》的歌师们开始慢慢找回当时继承《亚鲁王》的原因，虽然当时有的只是遵从家中长辈的意愿，但是在当时看来习唱《亚鲁王》是出于一种民族责任，是一种精神的延续。还记得曾经采访过一位东郎，他说当时学唱《亚鲁王》是因为自己父亲的意思，当时父亲已经年老，寨中没有人学唱《亚鲁王》，为了将《亚鲁王》继续传承下去为寨中族人办事，父亲就强迫自己学习唱诵《亚鲁王》。当遭受政策的冲击，东郎们便不再大肆地传唱《亚鲁王》，有人来学唱的时候才偷偷传授。东郎陈小满就是这样一种习唱经历，他在拜师学艺的时候曾几次尾随师父到山里去偷学，在几番诚意的恳求之后，他就这样与师父在山里干农活时学唱《亚鲁王》。

正值《亚鲁王》面世，《亚鲁王》团队就趁势在紫云境内的麻山地区设立了17个传习基地，每个传习所由一到两位东郎负责，东郎们在传习所内负责定期教授想要学唱《亚鲁王》的苗族同胞，并执行东郎的责任——主持族人的葬礼。

在2013年11月，由杨正江领头的一行人在紫云县坝寨村毛龚组对亚鲁王及其两个儿子迪德伦、欧德聂举行仪式，将他们的灵魂引回亚鲁王城。通过对紫云县境内的麻山苗族进行调查，他们通过清理自己的家谱均认为，亚鲁王的儿子迪德伦与欧德聂是他们这个支系苗族的先祖。于是将他们的灵魂引回王城进行安埋，在他们看来是十分重要且庄严的一件事情。亚鲁王团队组织这次活动花费了半个月的时间，整个程序分为六个部分：

第一部分，请欧德聂王子、迪德伦王子的灵魂。在2013年11月22日下午3点50分，麻山次方言苗族东郎会集观音山工作站，举行神圣仪式请回欧德聂王子与迪德伦王子的灵魂，并将灵魂放置观音山工作站。在毛龚组寻找埋葬亚鲁王之子欧德聂与迪德伦的墓地。

第二部分，举行入棺仪式。2013年11月23日，宣布先祖死亡，并举行入棺材仪式。砍树搭建灵房。

第三部分，请亚鲁王灵魂。11月27日，请回亚鲁王的灵魂。

第四部分，入棺仪式。11月29日，为亚鲁王举行入棺仪式。

第五部分，葬礼仪式。东郎开始在灵堂中为三位先祖唱诵《亚鲁王》。

第六部分，砍马仪式。12月4日麻山苗族人民祭祀亚鲁王及其两个王子，并在当日下午4点举行砍马仪式，将三位先祖厚葬于观音山下。

12月4日，麻山苗族自发前来祭拜三位先祖，规模之浩大、场面之隆重，无不体现着在《亚鲁王》复苏的环境下，麻山苗族文化自觉与民族信仰的融合。

### （二）"复苏"的内在信仰

在《亚鲁王》工作进行中，坝寨村中的一名外出打工的苗族青年听说家乡要打造苗族文化，要搞"亚鲁王"，于是他辞去工作毅然决然回来为自己民族的文化事业作贡献。随着紫云县《亚鲁王》文化事业的不断推进，受到了越来越多人的关注，也受到了越来越多苗族同胞的支持。

在2014年的农历三月初三，当天下午两点左右，麻山苗族同胞又成群结队地来到三位先祖的坟前扫墓，并杀鸡祭奠。

当然，为何祭奠亚鲁王这一民俗事项能够在麻山这片土地上得以复苏？这是因为，一方面，《亚鲁王》的发掘整理，唤起了麻山苗族对历史的记忆，强化了他们对祖先和对民族的认同感，确保了对亚鲁王祭祀的有序性，增强了苗族的凝聚力。另一方面，功能学派认为，任何一种文化现象都有其功能，不管是抽象的还是具象的，都以满足人民的需要而产生作用。这些文化现象中的某一个个体都与其他现象之间有着千丝万缕的联系，相互作用、相互关联，是组成整体中的不可分割的一部分。麻山苗族千百年来生活在这穷荒肃杀的环境里，受尽了苦难的折磨，在现有国家政策的支持下，自己的民族文化开始繁荣起来，激起了他们内心的诉求，使他们找到了内心的归宿。

## 四　"变通"的亚鲁王：迷茫与排斥

在中国传统的思想观念里，人们注重的是人本主义和理性主义，而佛教的传入在结合中国传统作出调整后，在民众心中占领了一席之地。《亚鲁王》借着佛教的仪式即祭祀祖先的仪式，稳固且长久地流传了下来。

目前中国的非物质文化遗产保护运动风风火火地进行着，《亚鲁王》于2009 年进入省级非物质文化遗产名录，2013 年进入国家级非物质文化遗产名录，被纳入保护的范畴。

但是随着 2015 年全省实行火化殡葬，在葬礼中吟唱的《亚鲁王》将面临复苏之后最为严峻的挑战。"省民政厅有关人士介绍，近年来，一些丧葬陋习、封建迷信活动有重新活跃之势。少数党员干部违反规定大操大办丧事，借机敛财，热衷风水迷信，修建大墓豪华墓，浪费土地资源，损害了党和政府的形象。"在这样一种形式下，《亚鲁王》所依赖的生存形式将会面临逐渐消亡。这成为了刚刚把《亚鲁王》挖掘整理出来的人以及所有麻山苗族心中的担忧。

在这段过程中，他们开始排斥火葬，因为火葬会将他们的文化一起烧掉，这就像对一个刚释放出来的死刑犯宣告再次死刑一样，是多么的让人无所适从。在这一阶段，《亚鲁王》呈现出几点状态：

一是处在迷茫状态的困惑。《亚鲁王》刚刚复苏，正处于蓄势待发的阶段，但是在与国家政策相矛盾之后，《亚鲁王》就面临一个困惑的状态，其发展方向处于迷茫状态。首先，《亚鲁王》根植于丧葬礼仪，其意义在于为亡人指明回故乡的路，如果取消了丧葬祭祀活动，《亚鲁王》将失去了存活的土壤，于是《亚鲁王》文化的发展遭遇了第二次瓶颈。再一点，就是汉文化的植入，使得传统的"亚鲁王"文化在悄悄地发生着改变，在麻山的周边地区，苗族举办葬礼的时候，会将苗族的东郎与汉族的道士一起合用，而在苗族的传统文化中，这种现象是根本不可能出现的。因为，《亚鲁王》对于麻山苗族来说具有为亡人指路的作用，而且只有这一部史诗能为麻山苗人指路。其次，《亚鲁王》在逐渐的发展中，也具有了家族谱系的功能，每一个家族中必须有一个能人来肩负起唱诵《亚鲁王》的责任，为家族谱系的传承作贡献，这也就是为什么在麻山会有那么多东郎的原因。然而，随着汉文化的植入，麻山苗人开始渐渐地将汉文化融入自己的生活，形成了一种文化发展的迷茫态势。

二是在遭遇变化中的排斥。对亚鲁王及其儿子举行葬礼的过程，其实也就是《亚鲁王》在葬礼运用的一个转型。亚鲁王和他的儿子已经离世久远，要找出他们的尸骨来进行埋葬是不可能的事情，于是通过仪式将亡者的灵魂请回并依附在一个实物上，作为亡者的替代者来举行葬礼。其整个仪式并没有遭到什么改变，只是亡者的形态发生了变化。麻山苗族将政策与当地的民俗融合在一起，实现了《亚鲁王》葬礼的转型。

三是"亚鲁王"的转型还体现在表现形式上。《亚鲁王》之前是口头流传的一种形式，这种形式造成了其流传范围不广，且容易断层和消失的现象。于是在《亚鲁王》进行抢救的工作中就将《亚鲁王》记录形成书面文本，在翻译的过程中也尽量还原其本来的意思。这就是《亚鲁王》从口头走向书面的一种转型。

四是《亚鲁王》表现形式还运用了舞台剧的形式。在《亚鲁王》团队的工作中，他们将"《亚鲁王》文化送下乡"，采用的就是人们喜闻乐见的舞台剧形式，将史诗中的内容编排成剧幕更为直观地表现出来，也获得了群众的一致好评。

总之，《亚鲁王》在迷茫困惑中慢慢进行自我调适，使自己的文化适应现代化发展的需求，在坚守原貌的情况下将文化更好、更真、更受喜爱地展现给世人，这不仅促进了民族文化的复苏与发展，繁荣了民族文化市场，还以民族文化促进了民族的凝聚力，激发了民族的创造力，为国家的建设和发展做出了贡献。

# 五 "转型"的亚鲁王：坚守与变通

民俗是一种来自于人民、传承于人民、规范人民，又深藏在人民中的行为、语言和心理中的基本力量，一个民族缺失了民俗就等于失去了民族符号，那么该民族的标识就不具实际意义。在多民族相互影响、相互渗透的今天，具有标志性的麻山苗族民俗"亚鲁王"在坚持继承的同时，也在寻求多种途径进行创造性的延续。

## （一）文化的坚守

虽然再次遭受政策的冲击，《亚鲁王》并没有停止它的发展态势，而是将其发展的方向进行了调整。在市场经济的时代下对于文化的保护，其首要任务就是要将其挖掘整理，并将其形成文本作为一个可以永远留存于世的固化形态进行保存，当然这对于口头传承的文化来说并不是好事，这种做法限制了它的发展。但是这是就目前东郎年龄老化的状况而言，是最好的将文化保存下来的方式。

基于此，《亚鲁王》团队为之做出了很大的努力。《亚鲁王》团队是由十几个苗族同胞出于民族责任感组建而成，他们大多没有进行过系统的苗文培训，于是在进行后续的工作就必须教会他们使用苗文，队长杨正江担任了教授苗文的重任，在观音山工作站利用周末的时间进行苗文培训。在 2013 年 3 月份，《亚鲁王》团队开始了分组进行《亚鲁王》儿子辈、孙子辈的史诗翻译整理工作。

在此同时，重构《亚鲁王》史诗《行走的故乡》微电影拍摄，也在如火如荼地进行中，电影用苗语进行演绎，在传统的苗寨进行拍摄。麻山腹地很多房子都还保存着原有的结构，即以木板为原料进行搭建，底层为牲畜圈，上层为住房。微电影的拍摄更是到亚鲁王城进行一种复原式的重构，希望能用最贴近史诗原始环境的方式将史诗中所描述的原始风貌展现给世人。

### （二）文化的衍生

其他有关苗族的旅游开发，例如：格凸河风景区、蜘蛛人攀岩。在格凸河风景区自然景观和人文景观并存，其自然景观主要是沿河的山水风景，河岸的风景中有西南地区特有的方竹，还有裸露在外含有丰富矿物的呈铁锈色的泥土，大片的连接形成了类似"金属瀑布"的形状，在格凸河风景区的蝙蝠洞中，有两座癞蛤蟆形状的石头，十分奇特。人文景观主要是体现于苗族的民风民俗之中，在蝙蝠洞中很高的地方会有一口口樽樽小小的棺材，据说是苗族的悬棺的习俗，是为了使亡者的尸体不遭受野兽的侵犯和节约土地。在格凸河景区中有一处较为隐秘的寨子，里面是苗族居住的地方。寨子中间有一块较为宽敞的坝子，用于平时聚会时使用，坝子中间刻有一些特殊的符号，坝子上立有苗族特有的刀山，是在节庆时表演用的。蜘蛛人攀岩的前身其实是苗族在实行悬棺殡葬的时候，负责将棺木和尸体运送至悬崖安葬的一项技术，后来苗族还运用这种技术在山上摘草药，直至今天才被开发成为一项徒手攀岩的项目，而进行攀岩的人就被称为"蜘蛛人"。

### （三）文化的变通

在麻山，《亚鲁王》的工作开始从文化产业的方向发展，任何文化的发展只要能为经济发展作贡献，那么反之，其经济的增长也能促进文化的发展，"政治性的移植"在麻山还没有真正的开始，但是人们已经开始想要恢复亚鲁王城遗址，将其作为文化旅游的标志性建筑。"政治性的移植"是指在一个苗寨里移植或者新建苗族历史和文化的标志性建筑，并以此作为遗产旅游和回归传统的卖点。① 但是鉴于之前其他民族的一些模式，认为对《亚鲁王》文化的旅游开发，必须尊重民族的传统建筑结构，尊重民族的风俗习惯，不能妄加一些不符合实际的所谓的"民族符号"，构造一些虚假的民族文化"泡沫"。这样民族文化的传承才能长久，才不至于形成空壳的文化表象。

"亚鲁王"民俗从坚守—发掘—复苏—变通—转型，经历了五个阶段，但是因为民族坚韧的品格，使得《亚鲁王》文化在历史的洪流中并未消失殆尽，反而是越发的生机蓬勃。在一次又一次的危机时刻，它都能进行自我调整，实现革命性的转型，始终将那份民族的责任挑在肩上，在对民族复兴的希冀中默默坚守，完成了从村民到全民、从物俗到人俗的战略性转型。

---

① 张运巧：《浴"男"重生：一个羌族村寨灾难旅游和遗产旅游的案例研究》，中国民俗学网，2014 年 1 月 20 日。

# 结　语

# 传承的瓶颈与重生的绽放

　　少数民族文化作为中华民族文化的一支，是十分瑰丽和多彩的。在社会大发展、大繁荣的今天，市场经济以及政策的冲击促使许多少数民族文化被人类社会发展的大浪潮吹向飘零和散落，这是让人痛心疾首的问题。苗族史诗《亚鲁王》是近年来挖掘出的南方少数民族英雄史诗的重要代表作品，随着史诗的面世，越来越多的学者开始将研究的眼光投向了这部记载着苗族先民早期社会历史生活的史诗画卷。同样，《亚鲁王》也面临着其他民族文化所面临的问题，通过长期的田野调查，发现史诗在目前的传承上存在着几个方面的困境：一是东郎老龄化严重；二是麻山苗族对改善家乡面貌的强烈憧憬；三是缺少驾驭传承和转型的文化精英。正是这样的原因，我们把研究的目光投向了这部史诗。本书以苗族史诗《亚鲁王》为研究文本，从民间文学及民族学的角度对其进行史诗母题层面、人物形象层面及民俗变迁层面等三方面的解读，力求对《亚鲁王》史诗进行全面的把握，通过对人物形象的分析和母题的解读发现史诗传承的核心，并结合田野调查资料对当前社会中史诗的重构与变迁进行分析，探索出史诗传承中的自我调适模式，向其他民族文化提供一条可行的借鉴模式。

　　通过研究，我们认为本书具有以下几个方面的意义：

　　第一，史诗《亚鲁王》形象与母题研究有重要且巨大的作用。

　　母题是文化传统中最具传承性的文化因子，能够在文化传统中保持稳定并得到不断复制和传承，同时母题研究还是民间文学当中一种较为有效的研究方法。史诗产生于人类社会的童年时期，年代久远，内涵丰富，史诗当中存在着许多神话的叙述，让人畅游其中而莫辨真假，要对其进行研究就必须理性对待，辩证探讨。目前来看，麻山苗族人民在史诗的面世之后开始进行反思，重新审视自己的传统文化，充分认识到传统文化的重要性。正如费孝通先生所言，文化自觉是十分艰难的过程，人们只有在充分认识自己的文化，理解并接触到多种文化之后，才能够在多元文化的今天清醒地看到自己的位置，然后适应并与其成长，借鉴其他文化优秀的部分，共同建立一套众文化认可的，可相互携手共同发展的共处原则。所以，对新兴史诗《亚鲁王》形象及母题研究，将是建立此种原则的一种尝试，具有重要且巨大的作用。

第二，通过研究认为《亚鲁王》母题具有几个方面的特征。

一是人文性特征。史诗开始形成应该是在麻山的苗族先民还未迁徙至南方少数民族地区之时，史诗开篇带有大量的神话色彩，包括了英雄开天辟地及造日月、射日月的情节，后由于财产的争夺造成了部族的多次战争，这是在南方少数民族史诗中不曾有的。南方少数民族史诗多是反映开天辟地、自然灾害、神灵之类的，对于战争的反映几乎是没有的。南方少数民族英雄史诗体现的是重人文轻武功的思想观念，看重的是文化英雄如何为族人带来福音，如何给族人创造福祉。从史诗《亚鲁王》的文本来看，英雄亚鲁一切从族人利益出发的思维和力求和平的观念使得史诗更偏重于南方人文英雄史诗的特性。

二是现实性特征。整部《亚鲁王》史诗，神话色彩较淡且主要存在于前部分的描述当中，从亚鲁这一代的描述开始，史诗中的神话色彩几乎没有。对于英雄亚鲁的描述其出生都是与常人无异，无外乎在其出生那一刻出现了很多奇特的自然异象，这我们可以看作劳动人民对英雄所赋予的异于常人的能力，也是他们对于英雄为何成为英雄的简单且直观的解释。史诗中的战争也都是对自然的征服和部族之间的争斗，这是具有现实性意义特征的。因为私有财产的出现，存在于父系氏族社会，而人类社会发展到这一时期，先民们的认识水平也有了一定程度的提高，史诗在跟随人民发展的过程中也充分地反映了这一客观事实。所以我们可以认为，在这样的认知观念下和社会背景下，麻山苗族史诗《亚鲁王》中的母题具有现实性特征。

三是史诗人物形象具有现实性特征。在多数英雄史诗中，英雄人物往往被神化，他们或是神人托生，或是天赋异禀，并且在战争中都是无往不胜，所向披靡。在《亚鲁王》中英雄亚鲁则是人性的形象，更为强调的是后天的学习，在战争中亚鲁也有胜有负，对亚鲁形象的描写与《支嘎阿鲁王》中的阿鲁形象不同，阿鲁在史诗中一直都是完全的正面形象，但是在《亚鲁王》中亚鲁虽然肩负民族重任，并且善良正义，但是在面对能使族人安居的疆域面前，亚鲁也使了一点计谋，让亚鲁的形象更为丰满和真实。对于女性形象的塑造，史诗也是贴近现实，将传统的苗族妇女形象刻画得十分形象，同时女性兼并贤惠、聪明与愚笨、天真，而不是单一的某一种形象。

第三，人物形象及母题研究对民俗的发展具有重要作用。

一是对仪式的重构和新生。通过对史诗母题的研究，认为"亚鲁王"仪式中具有两个方面的叙事信息：一是为亡者返回祖先故地指路；二是对苗族古代战争场面的模拟与记忆。继而对比传统"亚鲁王"仪式与现代"亚鲁王"仪式，认为"亚鲁王"仪式中的仪式程序都发生了叙事重构，并通过分析得出现代"亚鲁王"仪式具备了文本结构的新生性、事件结构的新生性以及社会结构的新生性三个方面的新生特性。

二是对民俗的变迁具有稳定作用。"亚鲁王"文化在历史的洪流中面临一次又一次的危机，它都能进行自我调整，实现革命性的转型，始终将那份民族的责任挑在肩上，其原因是史诗内核没有消失或者发生变化，为此"亚鲁王"文化在对民族复兴的希冀中默默坚守，完成了从村民到全民，从物俗到人俗的战略性转型，对民俗的变迁和传承具有重要意义。

# 参考文献

论文类

1. 肖远平:《"支嘎阿鲁"史诗数字叙事探析》,载《贵州社会科学》2010 年第 8 期。

2. 肖远平:《传统文化与现代语境的交融》,载《民俗研究》2009 年第 1 期。

3. 肖远平:《苗族"人虎婚"故事的民俗文化分析》,载《贵州民族研究》2009 年第 3 期。

4. 肖远平:《物象审美的艺术回望》,载《西北民族大学学报》2009 年第 4 期。

5. 肖远平:《彝族英雄史诗支嘎阿鲁正能量文化精神研究》,载《贵州民族研究》2014 年第 5 期。

6. 肖远平:《壮族民间故事中的雷神形象及其文化解读》,载《时代文学》2009 年第 4 期。

7. 肖远平:《民俗的未来——多样化研究视角和方法》,载《民俗研究》2014 年第 5 期。

8. 肖远平、杨兰:《文化调适与民俗变迁——基于麻山苗族民俗转型的实证研究》,载《贵州社会科学》2015 年第 7 期。

9. 肖远平:《60 载倾情于中国故事学研究》,载《社会科学报》2014 年 6 月 16 日。

10. 肖远平:《神话的超越》,载《贵州民族学院学报》2009 年第 2 期。

11. 肖远平:《彝族"支嘎阿鲁"史诗母题探析》,载《贵州民族学院学报》2010 年第 4 期。

12. 肖远平：《彝族"支嘎阿鲁"史诗英雄业绩特征探析》，载《贵州民族学院学报》2013 年第 3 期。

13. 刘洋、杨兰：《〈亚鲁王〉英雄对手母题探析》，载《凯里学院学报》2014 年第 5 期。

14. 杨兰：《论〈亚鲁王〉中的女性悲剧命运——基于被骗母题的研究》，载《贵州民族大学学报》2014 年第 2 期。

15. 高森远、杨兰：《论〈亚鲁王〉射日射月母题——基于历史记忆的研究》，载《贵州民族研究》2014 年第 8 期。

16. 刘洋、杨兰：《〈亚鲁王〉英雄征战母题探析》，载《遵义师范学院学报》2014 年第 5 期。

17. 杨兰：《"亚鲁王"的传承方式及其社会功能》，载《亚鲁王论文集Ⅱ》，中国文史出版社 2014 年版。

18. 刘洋、杨兰：《苗族史诗〈亚鲁王〉心脾禁忌母题探析》，载《原生态民族文化学刊》2015 年第 1 期。

19. 黄永林、韩成艳：《民俗学的当代性建构》，载《华中师范大学学报》2011 年第 2 期。

20. 叶舒宪：《归根情结说》，载《天涯》1997 年第 2 期。

21. 许继霜：《共和爱国主义和文化民族主义——现代中国两种民族国家认同观》，载《华东师范大学学报》（哲学社会科学版）2006 年第 7 期。

22. 吴晓东：《〈亚鲁王〉名称与形成时间考》，载《民间文化论坛》2012 年第 4 期。

23. 潜明兹：《日、月神话的科学价值》，载《山茶》1980 年第 3 期。

24. 张艳：《"复生"母题的文化探析》，载《江西社会科学》2014 年第 3 期。

25. 呼日勒沙：《〈格斯尔传〉中的死亡与复生母题》，载《民族文学研究》1989 年第 3 期。

26. 乌日古木勒：《蒙古史诗英雄死而复生母题与萨满入巫仪式》，载《民族文学研究》2005 年第 1 期。

27. 魏晓虹、姚晓黎：《中国古代文学中死而复生故事的主题学分析》，载《山西大学学报》2006 年第 6 期。

28. 王立：《冥使错勾"具魂法"、"重生药"母题研究》，载《东疆学刊》2009 年第 4 期。

29. 郎樱：《英雄的再生——突厥语族叙事文学中英雄入地母题研究》，载《民间文学论坛》1994 年第 3 期。

30. 郎樱：《玛纳斯形象的古老文化内涵——英雄嗜血、好色、酣睡、死而复生母题研究》，载《民族文学研究》1993 年第 2 期。

31. 陈凯、黄梅：《〈西厢记〉与难题考验仪式》，载《安徽文学》2008 年第 7 期。

32. 徐晓光：《难题考验与成人礼俗——日本与中国西南少数民族神话的比较》，载《贵州民族大学学报》2008 年第 1 期。

33. 九月：《探析蒙古考验婚史诗与好汉三项比赛》，载《西北民族学院学报》2002 年第 2 期。

34. 王霄兵、张铭远：《民间故事中的考验主题与成年意识》，载《民族文学研究》1989 年第 3 期。

35. 吴光正：《西游故事系统中的色欲考验》，载《明清小说研究》2003 年第 3 期。

36. 程丽芳：《六朝隋唐神仙考验小说道教意蕴》，载《北方论丛》2013 年第 6 期。

37. 刘惠卿：《佛经文学与六朝小说修佛考验母题》，载《陕西理工学院学报》2012 年第 4 期。

38. 赵景梅、胡健：《尚武与嗜血——〈诗经〉和〈荷马史诗〉中的东西古代战争文化比较》，载《江淮论坛》2012 年第 4 期。

39. 宝音达：《〈江格尔〉所表现的英雄主义及其文化根源》，载《民族文学研究》2001 年第 1 期。

40. 郑琦：《〈荷马史诗〉与海盗精神》，载《黑龙江史志》2012 年第 17 期。

41. 万建中：《避讳型故事中禁忌母题的文化解读》，载《南昌大学学报》2000 年第 1 期。

42. 万建中：《民间故事禳解禁忌的方式和禁忌之不可禳解》，载《广西民族学院学报》2000 年第 4 期。

43. 万建中：《神谕型禁忌母题与民间凶兆信息传输》，载《宝鸡文理学院学报》2001 年第 3 期。
44. 万建中：《一场关于人与自然关系的深刻对话——从禁忌母题角度解读天鹅处女型故事》，载《北京师范大学学报》2000 年第 6 期。
45. 林继富：《守禁违约的背后——“猎人海力布”型故事解析》，载《民族文学研究》2000 年第 3 期。

**专著类**

1. ［美］理查德·鲍曼：《作为表演的口头艺术》，杨利慧、安德明译，广西师范大学出版社 2008 年版。
2. ［美］伯格：《通俗文化、媒介和日常生活中的叙事》，姚媛译，南京大学出版社 2000 年版。
3. ［英］詹姆斯·乔治·弗雷泽：《金枝》，赵昍译，陕西师范大学出版社 2010 年版。
4. ［英］马凌诺斯基：《西太平洋的航海者》，梁永佳译，华夏出版社 2002 年版。
5. 金耀基：《从传统到现代》，法律出版社 2010 年版。
6. 石朝江：《中国苗学》，贵州人民出版社 1999 年版。
7. 阿洛兴德：《支嘎阿鲁王》，贵州民族出版社 1994 年版。
8. 郭沫若：《中国古代社会研究》，人民出版社 1978 年版。
9. 鲁迅：《再论雷峰塔的倒掉》，人民文学出版社 2005 年版。
10. ［美］斯蒂·汤普森：《世界民间故事分类学》，郑海、郑凡、刘薇林、尹燕萍、冯晓坚、赵文相、杨福泉译，上海文艺出版社 1991 年版。
11. ［美］阿兰·邓迪斯编：《世界民俗学》，陈建宪、彭海斌译，上海文艺出版社 1990 年版。
12. 李廷贵：《苗族历史与文化》，中央民族大学出版社 1996 年版。
13. ［日］伊藤清司：《难题求婚型故事、成人仪式与尧舜禅让传说》，叶舒宪选编《神话——原型批评》，陕西师范大学出版社 1987 年版。
14. 苗族简史编写组：《苗族简史》，贵州民族出版社 1985 年版。
15. 苗青：《西部民间文学作品选 1》，贵州民族出版社 2001 年版。
16. 王宪昭：《中国民族神话母题研究》，民族出版社 2006 年版。

17. 中国人民政治协商会议紫云苗族布依族自治县民族宗教文史海外联谊委员会：《紫云民族风情（文史资料第二辑)》，内部资料，1999年版。

18. 陆群：《民间思想的村落：苗族巫文化的宗教透视》，贵州民族出版社2000年版。

19. 潘定智、杨培德、张寒梅：《苗族古歌》，贵州人民出版社1997年版。

# 附录 1

# 田野调查（日志）

| 调查时间 | 调查地点 | 调查对象 | 调查内容 |
|---|---|---|---|
| 2012/1/8—2012/1/14 | 赴贵州省紫云县文广局 | 杨正江 | 史诗《亚鲁王》的发掘历程 |
| 2012/6/10—2012/8/10 | 赴贵州省紫云县文广局、德昭村 | 杨正江、陈小满 | 《亚鲁王》团队的工作历程、陈小满基本情况及对史诗的传承情况、辅助整理档案 |
| 2012/8/13—2012/8/17 | 赴贵州省紫云县格凸村大河组 | 王凤云 | 王凤云的基本情况及对史诗的传承情况 |
| 2013/6/26—2013/8/2 | 赴贵州省紫云县文广局 | — | 史诗《亚鲁王》团队工作全貌、资料的搜集 |
| 2013/8/3—2013/8/4 | 赴贵州省紫云县文广局、宗地乡摆通村 | 韦老王 | 韦老王的基本情况、对史诗的传承情况 |
| 2013/8/5—2013/8/8 | 赴贵州省紫云县 | 陈兴华 | 陈兴华基本情况、对史诗的传承情况 |
| 2013/8/10—2013/8/15 | 赴贵州省紫云县水塘乡坝寨村 | 陈志品 | 陈志品基本情况、对史诗的传承情况 |
| 2013/8/16—2013/8/23 | 赴贵州省紫云县 | 岑仕伦 | 岑仕伦基本情况、对史诗的传承情况 |
| 2013/11/30—2013/12/5 | 赴贵州省紫云县坝寨村毛龚组 | — | 葬礼仪式 |
| 2014/2/10—2014/2/17 | 赴贵州省紫云县德昭村 | 陈小满 | 成为宝目的经历、宝目的工作内容 |

| 调查时间 | 调查地点 | 调查对象 | 调查内容 |
|---|---|---|---|
| 2014/2/18—2014/2/25 | 赴贵州省紫云县坝寨村 | 陈兴华 | 史诗演唱场域的范围、不同仪式中史诗的演唱情况 |
| 2015/4/19—2015/4/23 | 赴贵州省紫云县水塘镇 | — | 葬礼仪式 |
| 2015/7/12—2015/8/20 | 赴贵州省紫云县四大寨乡 | — | 葬礼仪式、对当地东郎和群众进行访谈 |

# 附录 2

# 田野访谈实录

## 录音材料（一）

访谈者：肖远平

被访谈者：杨正江

问：那你们有没有什么时间来做这个事，专门对亚鲁王事迹的？

答：如果没有多余的人来的话就是专门做这个事，这也是我特别担心的地方，等我把亚鲁王做完，那个民间故事、山歌、唢呐等相应的整套文化建立起来了以后，故事和山歌里面都会还是印着亚鲁王的影子，因为它的文化背景。

问：亚鲁王丧葬里面吹奏的唢呐和其他的有什么不同？

答：我们这边的丧葬的唢呐是倒着吹的，它的故事叙述是倒着的。那边的山歌是长篇幅的，一首山歌就唱几个小时，几个小时唱完一首歌，歌词还是传统的，又不是现在即兴创作，全都是传统的歌词。这一块毕竟还算神秘，还有大多数内容是唱到远古的事，远古的一些神魔、迁徙还有征战的，山歌里面还唱这些个东西。民间故事就凄凉悲壮，孤儿的故事特多，父母双亡的孤儿的故事就特多了。很多人在摆说孤儿的故事在场听的人都在掉眼泪呀，有一个痛苦经历的人都会掉眼泪。但是这个是我小的时候，民间故事我爷爷经常给我们讲，长大以后我们看电视的人太多了就逐渐没有人摆这个了，要听老人摆故事的人没有了，一旦听到，一些小孩子就会说你们又在编故事，电视里演的都是真实的都是真事，老人摆的都是假的。

问：宝目主要是负责什么工作呢？

答：这一类人的主要功能就是平时帮大家预测未来、占卜各种事情的人，进入一种朦胧的状态一种昏迷的状态的时候，进入一个和着阳间——所以阴阳了嘛，他进入一个阴间现在这个这样一种预测你的一生，包括比如说你们两个请他看拿一碗米、一个鸡蛋，看这个他就可以给你预测你的前半生，你的上半生的经历，你经历了什么大灾难他全部都给你讲出来。他有点像土家族的那种"请七姑娘"的那种感觉。嗯，这一类人他有两个功能，一个功能就是唱诵史诗，一个功能（是）给人占卜预测。

问：那就是说，通过拜师学艺的那种人他会不会占卜预测啊？

答：通过拜师学艺的那种人他就不能进入阴间的那种昏迷的状态，但是他能够用鸡卦、鸡卜呢就是用占卜和鸡卜来预测，用杀一只鸡然后用鸡腿来预言、来占卜这个。

问：哦，我们彝族也有这个，鸡卜。还有，就是那个为什么东郎学唱的时候都是在农历的正月和七月呢？

答：这是一个规定的习俗。

问：就是只是一个规定？

答：是一个规定，但是这两个时间其实还有一个特点，就是它们不是农忙季节。七月也是刚好玉米啊、秧苗啊什么的全部成长的时候，要到九月份才等到丰收，那么七月份农活刚好忙完。然后正月呢就是刚过春节，大家刚好休息。这两个季节大家正好都比较有时间，另外呢肯定是有一个另外的讲究，但是呢我们说劳动这个事情要优先。

问：哦，先从劳动。可能它还有别的那种。

答：欸，可能还有别的一些。所以在这两个季节我们去拜访歌师的话，他可以没有忌讳的唱诵。

问：今天下午我们去会不会碰上？

答：能，因为通过我们，实际上我们在做这个案例工作也是在破坏，也就是通过我们的影响呢，大部分百分之八九十的歌师能够接受我们，不管在什么场合叫他们唱他们都会唱。

问：是不是就发展得就像黔东南那边苗族那种了？

答：嗯，另外呢就是我们歌师在两年以前嘛，基本上就是濒危了，就是在很多葬礼啊很多仪式上都已经逐渐地减少了，但是通过我们这两年的我们的这个整理呢，今年，突然就像雨后春笋一样，一下子就兴盛起来了。比如说，就像我们葬礼上有一个砍马，过去基本上就不要求，可有可无的，但是今年以后呢，每一个人死了以后呢必须砍一匹马，突然就兴盛起来，而且在葬礼上他们还打着我们的横幅标语，亚鲁王啊什么的。

问：那为什么要砍马呢？

答：这个和我们的习俗有关，因为我们这个人的话，人死了以后就会骑着马的话回家就很快。

问：哦，就是那个骑回东方是吧？

答：欸，对，回老祖宗那个地方的话骑着马会走得快一点。我们在砍马的时候还唱了一个砍马的史诗就是马和亚鲁王之间的一个很长的故事。以前亚鲁王从集市上把马买来是拿来耕地耕田的，结果就不能耕田，后来呢亚鲁王又把马牵回去给卖马的人问，为什么你的马不能耕田呢？卖马的人说这个马是用来征战的，不是拿来耕地的。后来亚鲁王又买来很多马匹呢，他的士兵全部骑着马去征战，然后用苗话说怎么骑马去征战啊、怎么去修砌城墙城防啊之类的，等等，（是）很长的一段故事。后来亚鲁王战败迁徙南下，走的时候把马留在北方，然后马呢就追随着亚鲁王的踪迹南下也过了江，夜里来到亚鲁王的城墙外然后天还没亮，马呢就在城墙外转，城墙脚下有些竹笋生长起来了，然后马就把那些竹笋吃光了，第二天早上起来呢，亚鲁王的士兵报告给亚鲁王说外面来了很多马，把竹笋全都吃了，然后亚鲁王呢特别恼怒，出去准备把这个马给杀了。这里面有一个文化特质就是我们苗族人就是，村寨每生了一个小孩都是一棵竹笋，如果你把那个竹笋给吃掉了也就是说这个人的生命也即将结束了。所以这样把马给砍杀了。后来马说，我背负了你一生的征战啊，然后呢我也是因为想念你，想追随你在战场所以我才南下的啊，我吃你的竹笋是因为我肚子饿了没办法啊。然后就这样我就和你约定你今天先别忙着杀我。等你死以后你再杀我，我就把你的尸体你的灵魂驮回祖宗之地，然后以后你的后代死了就砍杀我，就是作为这个运输尸体的一个方法，灵魂通过这个坐骑回到我们的故国，所以有这么一段约定我们现在才砍马，所以歌师在要砍马之前要把这一段史诗唱完才砍，要告诉马我们不是没有人性啊什么什么的，是你的老祖宗和我们老祖宗之间的一个约定。

问：我想问一下就是说东郎神授和拜师这两个占多大的比例，就是哪一些多一些呢？

答：嗯，拜师的多一些，神授的可能占百分之二三十。

问：那就是说如果一个村同时有这个拜师和神授的人的情况下，一个村里他会优先请哪一个？

答：这个是要看情况，如果是主持葬礼的话就请拜师的。神授的这一类主要是解决生活的一些小事，比如说我的孩子生了一场怪病，拿去医院又救治不好了，这个时候神授的这个人呢举行这个仪式，那还有呢就是谁家的牲口比如说牛，牛的腿啊突然站不起来了，或者是猪啊钻到家里面睡到人的床脚下啊，还有狗啊，狗会爬楼梯上楼了，还有老蛇，蛇进到家里面来了这一类的。这种不吉祥的这些预兆啊，这个时候就要请神授的这个人来举行这个仪式唱诵。

问：哦，这个要就是说生活中的一些不吉祥的事，这些一般就是请神授是吧？

答：欸，对。

问：请问就是亚鲁王他不是有一条线索吗？然后他最容易变异的应该是哪些部分呢？

答：只能说是细节部分，比如说主干部分一般人都不会变异。但是在创世纪的部分因为涉及的人物太多，造天造地的时候，这段故事涉及的人物太多呢，我们很多歌师很容易把顺序给颠倒了，比如说唱的有一个应该是先甲后乙，但是他唱成先乙后甲这么唱。他会有一个，就是在不重要的一个细节上他很容易弄乱，但是重要的细节和人物呢他都会记住。比如说我们在另外一个平面来到这个空间，造这个天地的时候。第一个来的一个人物，后来影响最大的后来就造成功了的这个人叫董冬穹，我是音译过来的，就是像这个人物呢你不管走到哪里，所有的歌师都会记住这个人成功的。在亚鲁王本人的故事上呢，他变异的地方呢在细节上，比如说在描述亚鲁王在和野兽——龙，和这个龙战斗的时候这个部分，就有很多歌师比如说他们怎么磨箭、怎么射箭又怎么来搭建一个叫作射箭棚嘛——射箭的一个草屋，在等待龙的出现的这个过程的话呢描述不一样，但都是一个事件，这个事件是一样的就是描述为了杀一条龙。但是在杀的过程呢每个人有每个人的描述。有的很精彩，比如说平常时候这个人某个歌师他在生活上啊挺会说话挺有口才的，这种歌师在唱诵的时候呢语言特别丰富，比较精彩。但是他还有一个特点就是，你不管他，他丰富的也只是他自己修饰的那一部分，但还有一个主干部分呢，有一些古语古词，他还是同样出现，他自己同样也不知道是什（怎）么回事。

问：可能就是所谓的那种大词是不容易变的。就是那种比较重复的那种。

答：嗯，就是一般他都是存在一个变化。比如说这个家族他是家族延续的啊，那么像这个家族的他们说拜师的时候，这个歌师特别能说话口才好，那他可能会把他这一套传给他的徒弟。然后刚开始的时候徒弟学艺不精湛的时候可能会全部给背下来，但是当他徒弟自己能够熟练地运用的时候，他会感觉到有些话是他师父自己的话，他可能会不用，然后用自己的想法给表达出来，但他的主干部分是保留下来的。

问：你们现在大概收集到的有多少篇译文啊？就是光录音的。

答：我们光录音的译文啊有将近 100 个，但是翻译成文本的只有一个单页的一个文本，其他的我们一直没有机会翻译。现在我们做的工作是文本呈现，我们必须要在第一时间把这些论文呈现出来给外界。然后其他的译文以后再做。

问：我还是对东郎的那个比较感兴趣。

答：我们的东郎啊有个特点，就是在我们的生活里面，在这个苗族地区啊地位特别高。

问：那我就还有一个问题啊，就是东郎他就是除了演唱亚鲁王的这个时候，其他的时候跟村民在生活习俗上有没有什么区别？

答：他就相当于一个长辈，相当于一个单位的领导一样。比如说村子里面的争吵啊都要找他协调。地位很高很有威信。另外就是在唱诵的时候呢孝子要跪，比如说我的亲人过世了或者我的父母过世了，我要请东郎来主持仪式，那我们先到东郎家给他跪拜，请他来给我们主持仪式。

问：那既然东郎有着这么高的地位，那应该学也就是说去拜师学艺的人应该很多吧？

答：过去，在“文化大革命”之前甚至在“文化大革命”之后的那几年之间啊，就是这个东西还是有一个惯性。虽然在“文化大革命”期间受到了很大的打击，很沉重的打击，但是呢，民间这个习俗还存在一个惯性，所以在那一个期间（学唱史诗）属于一种时尚，年轻人七八岁到十几岁就开始拜师，那我们调查这一千多户大部分都是十几岁七八岁就开始拜师学艺，这就是一个时尚文化，相当于我们现在追求的这个时髦。以前年轻的时候会唱诵亚鲁王会做这个仪式的小伙子嘛很容易谈恋爱，追求他的女子很多。

问：还有就是说如果同一个寨子里学的人很多，那就是说怎么判断他哪一些可以当东郎，哪一些不能。

答：在过去吧，村寨的年轻人都一起去拜师，毕竟是一个时尚文化嘛。大家一起去拜师的时候的话，可能拜师的时候会有一个调查，一般都是三年以上，两年成功的人很少。这三年嘛，还有一个重点就是在习俗，在这种仪式上，这个女孩随时能看见你，会注意观察。你除了家门的拜师之外，这个平时候你还要多参加、多观察、多去听别人的唱诵。那么一般都是三年以后，有这个拜师三年以后，以什么方式来评判他成为一个歌师呢？比如说某一天，和师父师兄一起去在葬礼上，突然他想唱诵然后说师父我想来一段，那你自己来，当你能够自己独立地完成某一段唱诵的时候你就成为了一个歌师。就是在这个葬礼上主持仪式，你能够独立地唱诵某一片段，那个就是内容的篇幅很长，一个歌师他不能完成一个完整的唱诵，必须是几个人一起，轮流一个一段。那就是在拜师的时候，师父他会根据徒弟的记忆力，比如说谁背某一段的篇幅比较长的话就把这个交付给他做，你以后就专门学这个片段，反复地唱诵这个片段。然后拜师的话如果不是家门的话拜一个为师。比如说我们有三个伙伴，小的时候一起成长的玩得好的三个或四个伙伴，玩得太好了，那可能我们约好了一起去拜师。那可能我们先拜你，先拜你然后我们只要一个部分的内容，那拜完你之后我们又拜第二个又去要其他部分的内容，就这样拜。

问：那就是说他这个持有，可以说是有专门分工的，每一个人就专门负责一块。就是他不讲一整篇一整块的内容。

答：欸，几个人呢他每个人也不是说完整的，一个人不能唱诵长篇幅的这种史诗，所以要进行分工，拜师也是分工，在唱诵仪式上也要分工。但是在拜师的时候父也会有一个很特别的一个仪式。比如他会杀一只鸡，然后把鸡的内脏分做几块，然后煮在锅里，分别用一块小叶子包起来，徒弟们来抓阄，谁抓到哪一个部分就唱哪一个板块。

问：那么抓阄的时候鸡的内脏各代表史诗的哪一个部分呢？

答：他会分做心脏、鸡肝、肠子、鸡胃、鸡冠上的一小块肉还有鸡尾这几个部分。

问：你比如说杨兰，她抓到鸡冠上的肉我抓到鸡尾巴上的肉，那代表什么？

答：鸡冠上的肉就是掌门师兄，鸡尾巴上的就是最小的。

问：那这就是一个辈分的排定咯，但是排定了之后比如说你学什么？是学的比较重要的吗？

答：学的比较重要的是鸡心，抓到心脏的这个人呢就会学比较重要的部分，但他不是主持仪式的这个人。抓到鸡肠子的这个人，地位最低的，抓到鸡肠子的这个人就会没有记忆力，他只能在葬礼上做一些后勤方面的工作，他虽然也是一个团体但是他做的是后勤，做的是一些小的东西。我在2009年拜师的时候，我和我的师兄们一起抓阄，我抓到的是鸡肠子，然后师父就说我就知道你没有带着记性来和我拜师，你只是来随便玩玩。所以说到现在为止我根本不能完整的记忆，然后我背不了这个史诗的长篇部分也和我抓阄有关啊。

问：他不是说可以拜多个师父吗，比如说我拜这个师父我抓的是鸡肠，但是我拜下一个师父的时候我还需不需要再抓？

答：再抓。

问：再抓的话那要是我抓到鸡心怎么办？

答：但是一般都是这样的，拜师就是拜师只能是一次性的。但是比如说像我，我们带有目的性地拜师是不行的，但是呢民间的人他拜师只能有一次。

问：只能说你拜一个师父然后就跟着他学这一段？

答：嗯，比如说怎么来分谁是掌门师兄谁是什么什么的，拜家族。比如说你是我的家族的老师父了，我们一起来拜师，这个时候就定下了谁是什么什么，我们再拜下一个做程序的就没有必要回去再分位了，而且那个时候当我们不是他那个家族的我们去拜师的时候他也不要求我们分位，只是他会把他唱诵的时候他会说你们分好没有啊，谁来唱这一段，那比如说我的这个兄弟他想好了，我们就会陪他去帮助他记忆，由他来拜这个师父，拜你为师你就唱给他就好这样，这个时候我们就不用分类，因为是家族内的。

问：哦，是这样，他现在又提出了一个家族分类，那我想可能你说的抓阄是一块，因为这个单纯提到师父的话他可能会有点偶然性，他不一定一眼看出这个徒弟哪一个擅长哪一块儿，但是一旦提到家族就不一样，从小看着长大的哪一个比较聪明、哪一个比较怎么样他是清楚的。那他决定了以后再给师父说这样更合理哈。

答：这个我们传承情况在苗族社区是分家族的，以家族和村寨为单位，首先是以家族再以村寨还有区域，它的这个关系是特别复杂的。这里面又涉及很多了，家族内的，每个家族之间可以相互拜师，但是有一个部分是不能相互拜师的，教家族史诗也就是亚鲁的孙子这一代人，这个是不能相互拜师的。只能说我们唱创世纪、唱亚鲁王、唱亚鲁王的儿子的时候这一段所有人都是可以公用的，不管在哪一家的家族史诗唱诵的时候这一段都是主干，就像一棵树的树干，树干是大家共用相互拜师，但是枝叶张开的部分是有区别的，比如说你家，你家又是另外一个孙子的，另外一个王孙的后代，直接到你家的家谱里面了，那我家又是另外一个王孙了，我不可能去拜你的那个为师去记住你的家，我就只能够记住自己的家。

问：就是说到了他的孙子之后分支演唱是不一样的，就是我只记住我自己的就好，你的那个就是你去记住你自己。

答：对对对，就是前面的大家都通用，他把亚鲁王的所有王者的生平全部都唱了，唱了几十行、十几行之类的这个时候大家都可以相互用，但到孙子王孙以后，王孙呢就是我们没有姓氏，虽然我们姓杨啊、王啊、韦啊之类的这种姓氏，但是在我们的家族来不提姓氏，没有姓氏，这是一个很奇怪的文化现象。我们是以王孙的姓氏来为这个家族的，你是哪一支哪一支。比如说我们是"Hroum Deuf Nix"氏，"Dif Deuf Lenl"氏，"Hroum Deuf Nix"或"Dif Deuf Lenl"呢就是一个王孙的名字，比如哪一个你是哪一个孙子的后代，就以这个孙子的名作为这个家族的代号。

问：那在现实生活中他会取名字取姓名他用这个名字吧？

答：在以前的苗民是父子连名，全部都是父子连名来取名，到了新中国成立以后也就是改革开放以后呢，也就在20世纪90年代以后，这些孩子们的名字才开始有了汉名，以前全是苗名起名字。我们把有姓氏的这个名叫作学名，就是把有一个姓氏在前面的带一个姓氏叫作学名，而我们自己的名字没有姓。就是父子连名嘛，就是孩子继承父亲的名字的那种。

问：所以这个姓呢应该是后来的文化，应该是清末啊或者是民国初（年）进入我们的麻山里面的。

师兄我还有一个问题啊，就是刚才我听你们说他传承的时候根据他的记忆力就是有侧重和部分，也就是说就是这样一种传承的他的一种办法，他一直就是带一个徒弟，你有你的侧重的部分，他有他的侧重的部分，那相对他对其他部分那么薄弱，他在传的时候在他薄弱的部分他给他的徒弟比如说传得很片面很片段，就是这一代一代传下来是不是丢失的部分会比较多一些？

答：对，对，就会不断丢失了，非常遗憾的就是，我们现在这个年代在 21 世纪所听见的这个史诗，所遇见的所有的歌师，这一群歌师群体呢都已经是苗族社区的一个符号了。为什么说是一个符号呢？因为在"文化大革命"期间所有的歌师都被打入牛鬼蛇神封建迷信，全部进监狱进行劳动改造。那一个时候年纪大的就是六七十岁的老人也要进去，在里面干重活的时候，很多老歌师在监狱里面的劳动场上劳累死了。另外呢，劳动结束以后呢，这些歌师也被放回山里，但是他们很多年也没有忘记这个，还收徒弟，他们还在动员年轻人来学。那这个时候学艺的方式和时间就改变了，他也不是什么正月和七月了，每天晚上到了山洞里面躲着拜师就是，比如说你们两个小孩子来找我了，和你们约定了白天你们不要来找我了，我要去干农活，晚上到我们指定某一座山的某一个山洞里面去学这个，那就是整晚地教，白天就到村里面去干活。这种是"文化大革命"期间特殊的一种传习方式。另外一种方式呢，在夜深人静的时候所有人都睡着的时候，就到师父家，和师父一起睡，在床头师父和你悄声悄语地说。所以现在我们的档案上的这些歌师的学艺方式都是这样学来的。所以呢，这个时候呢，传授者他也不能长期给徒弟解读了，说这个东西是什么东西，他没有时间给他解答。学艺者呢，也没有这个机会和师父问这是个什么东西，反正师父只能告诉他，你记住了，现在国家管得很紧这个东西，你只能按这个方式把它记住了，什么也别问，多去想就耽误时间了。所以呢，我们现在很多歌师都是思路跟得上但是不知道是什么意思。在这么一个环境下学艺的话，肯定会丢失很多东西。所以现在我们听到的也只是一些片段。在史诗里面有很多断章，很难能找到一个完整的一个典型，在现在的歌师里面很难找到，它的一个完整的资料，篇章章节之间的衔接很少有这样的资料了。而且我们还有几段内容是空白的地方，还有几大部分的内容究竟是在什么仪式什么时候唱，而且是要把它插入哪一个环节，是空白的。有那么一段长的两个小时的唱诵，过去几年我一直沉溺于它的突破之中，我不知道这两个小时的唱诵应该插入哪一个片段，反复地听，一直到今年年初我才知道，这一段历史就是贵州史前历史，南方的史前历史，也就是亚鲁王部落进入南方之前南方的历史。很强势，我们叫作"heit"，那个时候是"heit"的天下，是一个"heit"的世纪、"heit"的朝代吧，和亚鲁王是有一些不等同了。这边我们这边讲究一个"Seis ndæx seix wuon（意思为：史前史）"，我们是讲究一个"Seis ndæx seix wuon"的编辑，为什么是"Seis ndæx seix wuon"呢，我们要就是说我们的亡灵我们的灵魂要离开这个土地之前，就要先告诉这个亡灵是吧，你既然在这个土地上生存了，你就要知道这个土地之前的历史，那我要把之前的历史告诉给你。这个我把它叫作史前史，亚鲁王的史前史。

问：那这个在亚鲁王的已经出版的这个有没有提及？

答：没有，我这块可能要单独做一个部分。

问：这样的话你可以参考湖北一个也是国家级的非遗，他这个也是唱开天辟地之前也是在葬礼上唱的，就是说他从开天辟地唱也是讲人的这种迁徙，最后唱的意思就是说指引这个人带回去，我听你说这个"heit"历史我觉得这部分非常重要，因为这是人对史前就是说他们就是认为天地刚开始的时候一种状况、一种认识、一种理解，它应该是非常古老的一种思想和信仰的一种体现。这块就是说我觉得是很重要的，如果有可能的话，尽量这一块也会引起学界的注意甚至轰动吧。因为这个，关于一般都是有这个时代，就是还想问一个就是这块的内容有多长？

答：大概唱两个小时。

问：两个小时大概是多少？

答：几千行，可能有个五千行吧。那这么长这本身就是说，在一个描述的环境也很特殊，这个时代的人到了南方，开发的时候，遇到另一种体质的人类，个子特别矮小，大概就是一米不到，大概就是这么小的一个，这种矮人专门来吃人的。他们部落刚进入南方的夜晚，这个小矮人就集体出动来把他们的人给吃了。这些内容。他这个唱诵得非常悲壮，因为小矮人来把他们吃了的时候，接触到这个情景的时候，他们喜欢弄篝火，烧一堆柴火大家一起唱歌跳舞的，然后站在周边的人被发现不在了，原因就是因为他们被矮人拖到森林里面、树林里面给吃了。这几年我们在拜访歌师的时候遇到过很神秘的现象，他们说这一类人啊在我们的山洞中还有棺材，还有棺木小个小个的。这个是很神圣的，然后我们就请省考古所来做调研。结果考古所的人过来的时候呢，被村民们拦了下来说不许进山。后来我们找了一个残疾人，拿了两百块钱给他请他带路。绕道进去，进去之后结果有一个小小的棺木，用一根木节挖了个槽形成了一个棺木，就是一根木，一根木头砍成一小截一小截的然后挖一个小槽一个小槽地放在山洞里面，里面还有一些骨头什么的，然后除了棺木什么都没有了。我们回来了之后，给我们带路的那个人就得了疾病后来死掉了，于是村民们就对我们的工作特别有怨气。

问：这个吧我觉得考古只是一个方面，重要的你要研究他的这种文化心理。你比如说他们为什么对其他人这么恐惧，当然这个是有原因的，为什么他们会把它当成是一种神圣的东西。

我们的考古的结果是，时代不长，可能只有几百年、五六百年的历史，那个为什么要用小棺木呢，可能是因为某一个家族的小孩子得了某一种疾病全部都死掉了，然后老人们可怜小孩子就做了这些棺木来葬送小孩子，他拿那个尸体放在棺木里。所以呢说史传的史诗啊，几千年前的史诗唱诵的事有吗？问题我还是刚才那个话，你有些东西以人为本，一种文化一种心理，它不能用单纯的科学、单纯的考古去解释，这个事我觉得既然考古上已经鉴定了估计已经没有什么意义再去做了，就是说你可以看一下人们怎么对那些棺木进行描述，他们是怎么看的。你比如说不准进。

答：他们说是小矮人时代的人。

问：欸，他们说是小矮人时代的人，那你就听取采集不同的看法，看看他们究竟是怎么说这个事儿的。

答：说得很神秘。

问：欸，对了，说得很神秘这个，那你比如说这个小矮人，那为什么他肯定要告诉你一些比较有灵验的有实证的一些事情，比如说你刚才说的这些事情。就看一下他们对这个（的看法）。实际上我就觉得这个可能联系到你这个黑暗时代，他可能作为一个外来民族，然后在迁入之后与本地的可能一些民族就是当地的一些，也有人可能就是说他也不是不一定是矮人，就是说可能是当地人他也只是现在的人对他描述成了小矮人。就是他当初是个什么情况，这个不一定，既然来了之后，那他的生活可能就跟当地人发生冲突。这个冲突之后，可能就相互的仇杀啊，这个可能有。那么如果从这种民族的文化心理去分析，你包括一直研究到现在。这就很奇特，为什么这种心理能够延续这么多年。你说这个你要去研究他这个考古论，那个搞文化人的心理不能单纯地用一种事实去检测的，这个是肯定的事。那这个是我的一个看法，如果可能你就去收集那个，你把他们的思想信仰这个弄出来的话，估计这也能写出一篇很好的文章，也能申请到不错的项目。

答：另外呢我们介绍的传承人，这个传承人在 21 世纪的这个时代的话到今天，唱亚鲁王的歌师的家庭的话，在这个经济时代的经济下，他们的生活差别非常的明显，村民之间的也很明显。是歌师的家庭百分之九十都是非常贫苦的。和村民相比差距很大，我们有个研究这么一个现象，后来我们发现，歌师他不在乎经济的，不在乎他唱诗的收入，现在他整个家庭的资产都是负债了生活在一种精神世界里，只要有一口吃的他也就不讲究了。那另外呢，歌师他每天都在重复这么一件事，他也没有多余的劳动力来从事经济的活动，包括养鱼啊猪啊这些都养不起，他要养鱼养猪的话，他就没时间出去出门了，他几乎是满天都是在门外，都在外面做事。而且歌师的话举行仪式的时候，钱是不收的，这是他的天职。比如说葬礼让他主持，完了之后他只能拿一点吃的一点肉，糯米饭大概半斤。所以他这个只能解决一次的问题，但是他还是不能解决全家人的温饱。整个家庭支持他的原因是因为他年轻的时候娶的妻子，妻子也是（歌师）。因为他是这样的一个家族，所以也影响了他整个家庭家族的儿女们。也不出去打工，也不进城镇里面去发展。所以我们一般走到歌师家，看到这个环境很心酸，有一些歌师的家里面我们要和他一起吃住睡的话，说实话我们同样也是山里的苗族，但我们生活的环境不同，我们也发现自己还是适应不了他们的这种生活方式。另外呢，唱诵亚鲁王的环境，是在人类生存所需要的三大条件，水、土壤、空气三个条件中的，麻山只有空气，没有土壤没有水，那么在这样一个环境下，整个民族是以什么样的一个精神生存到现在的？就是亚鲁王回归东方故国的这样一个精神意念支撑这样一个民族在山里面坚持几千年，他们从来没有把山里面当作真正的家，在他们的精神境界里面，叫"gus yaob"的一个家乡，每个人都梦寐以求的，对于死亡的那一天是梦寐以求的。所以在麻山葬礼上是看不到悲哀的，大家欢快，也不讲究一定要穿什么什么颜色的衣服，大家嘻嘻哈哈有说有笑，哭只是对亡灵的一个依恋，因为他离开了我们回家了，我们想念他，这个哭是短暂的离别而不是永久的离去。葬礼上我们观摩它的那些寓意，回家，整个道具呢都是回家的这么一个模式。还有一个葬礼吧，主持起来的一个仪式它就是一个战场模拟。比如亡灵要出发的时候还有壮行酒、有砍马，还有给亡灵准备的武器全部准备齐全，如果是有砍马的葬礼的话还要模拟马在战场上厮杀的这个（样子），在战场上飞奔的场面。我们砍马不是把一个马牵过来砍死了就是（行），砍马的仪式很长，就是千把条史诗唱完了之后还要放鞭炮在马蹄下，然后马就在鞭炮声里面跳，模拟马在战场上的样子，然后又用马鞭木条抽马匹，马在停下来不走的时候是不能砍的，要等它飞奔的时候才能砍，所以很讲究技艺的，各方面都很讲究。

问：那你说的这个歌师家庭非常贫困嘛，那在现在这种环境下，他的地位是不是还是像以前那样？

答：现在不是了，现在 21 世纪以后呢，我们山里面很多学者就是文化人群体，他们接受了汉文化教育后不会尊重人，最容易看不起家乡的、歧视家乡的人也就是读过书的人。反而没有上过学堂的人尊重歌师，最盼望家乡、最留恋家乡。我们山里面出来的人都有一种自卑心理，源于这个心理因素呢，我在 2003 年到 2009 年之间行走麻山呢都是受到嘲讽的，尤其是我村寨的伙伴，已经出来参加工作了，他们看不起我，他们对我的家人，可能会说你家儿是最没有出息的，你看他书不好好读整天在山里逛哈，哪家人死了就过来吊丧，怎么一个大学生成了一个吊丧的人了。另外呢就是 2009 年我组建了团队，我们当时就来了两个教师，也是山里面的，他们也和我一样经受同样的嘲讽。真的是我们在这个，可以说我们在二〇一〇年的上半年以前的工作，工作室的老师和我一起，在我们县城到乡下，有领导层次的，有知识分子层次的，有民间人士层次的，三个层次的人都对我们有不可理解的看法。由于亚鲁王到了现在我们县里面百分之七八十的领导还是不理解，为什么有这样一个普遍民间现象？为什么它会作为一个文化来传承？一旦我们局长出去开会他就会在单位上说亚鲁王那个叫封建迷信。所以我们在这么一个环境下做这个工作，现在我们的歌师在山里面的地位在逐渐地降低，没有之前的（高），但是同样在他们的身份（地位）受到威胁之后，受到削弱之后形成了另外一个负面影响，他们在仪式的唱诵上面就简短了。比如说在这个亡灵的家庭是有知识分子是吧，但是呢他家呢，因为你是苗族人，为了履行这样一个仪式，他就简单地邀请我去了，但是我去了之后呢他对我不尊重，他也没有给我跪拜，也没有给我倒茶水，也没有指责我，他说那是你们几个老头子的事儿你们自己上，那我睡觉去了，大半夜的他睡觉去了我们自己上，既然他睡觉去了我们一合计那就少唱一点嘛，就大家都相互少唱一点，然后唱完就歇着，就去休息，要让我接着唱我是不愿的，是不是，我也是履行了我的天职，但是我不给你唱完整。另外还有一个，就是传承上面的影响，知识分子的家庭请汉族的道士先生，他想让两种仪式结合，道士来超度亡灵，他办三天的话那么道士先生超度要用两天，只留一天半的时间给歌师来唱，那么为了抓紧时间的话，歌师们在给他唱的时候就会简短地唱。现在我们要在葬礼上看到一个非常完整的仪式的话，是很困难的。所以我们如果要是在葬礼上在仪式上去采集完整的录音，不可能的，我们只能做个参考，所以现在我们是用了一种非正常的采集方法，就是把歌师请到我们办公室，请到屋内的空间给他说好了，你的家里面的事情我们给你安排好了，你不用去考虑什么你还有什么牛啊羊啊什么的，还有半个劳动力，然后我们让他清楚了，我们说我们要拜你为师，你要全部地给我们唱了，这个时候呢这个歌师他会同意唱少年时代的唱诵而不是他现在进行仪式所进行的唱诵。那我就慢慢地回忆我哪个地方多了，然后慢慢地回忆慢慢地唱。

问：估计你录得也比较多。

答：欸，所以我们第一步就是在这么一个环境下面做出了第一步——把他请到我们文化馆，可能请他再唱，他下去的时候可能故意唱两三个小时，但是等他完全放开了之后他能够唱很长，有很多内容是你意想不到的，所以我们那时候说每天都有新的发现。

问：现在出版的这本书还是不完整的是吧？

答：还是不完整。

问：这个调查表上类型分东郎和宝目这个是？

答：嗯，两个，东郎的话就是主持葬礼，宝目的话他主要是在生活习俗和节日上。刚才说过的宝目就是"弥衲",宝目他实际上就是"弥衲",刚才我给他们解释了宝目这一类呢,他有太多功能呢就是神授的。它有一部分是家族的或者拜师的,但是有一部分是神授。神授就是一场怪病之后他自然习得的。他那个就是那个唱诗,它分为从家族里的那个还有,他现在唱主干唱整个民族的一个整体诗,然后到固定的时候就像一棵树一样,等长到顶端的时候他就走到枝叶的部分,这个时候是叫家族,这个是他的家族史,知道这个很重要。

问:有个问题就是这些歌师们有没有自己私下里的交往,平时没有事儿就相互地谈这些事儿?

答:他们就是,歌师见歌师的话,可以说他们几天不吃肉也很乐意,他们有相互交流不完的内容,而且呢只要三言两语他们就马上知道你是哪个家族的,然后是哪个家族的,它类别很明显。而且他们也同样陶醉于某一个人物的某一个环节,比如说当我说出某一个人物的时候,然后我说得详细的时候,其他人可能会过来听,然后来和我探讨,哦,竟然还有这么一种说法的?然后他们会在生活环境里面找一些相近的做印证,肯定就是那个地方。实际上我们所说的创世纪是很遥远的一个事了,不是在我们周围了,比如说我们说赛杜造天造地的时候他有一个锤子是吧,打地的一个铁锤,然后呢我们现在在周围有一个尖山像锤子一样,他会说你看那个锤子还留在那里你们去看,他们会去找这种相互的印证。然后还有亚鲁王战败了之后在一座山上写了一副对联,然后就往广西那个方向迁徙了。然后我们在大营乡芭茅村二龙山的地方找到了这么一匹山崖,刚好还有两副对联,就是他们很信任很相信这个东西。

问:这个是他们把这个史诗当成是一个真实的历史,真实的历史总要留下一些东西来证明这个东西是真实存在过的,然后那些东西就更加深了他对史诗的这样一种相信。

答:这个怎么说呢,现在就是说只能用他们的眼光去看问题,就是说现在你如果说单纯地想取得多少知识,这个东西好像是假的,那个东西好像是假的,这种东西没有任何意义。你只能分析说,他这种思想为什么会传承这么长的时间,他这种思想在这个族群中究竟发挥了哪些作用,他为什么会在这么一种困难的情况下维持了一个族群,这就是他的魅力所在,而不是说你是假的那个就没什么意思了。

问：所以你说的这些还都是很有意义的。还有个问题就是，他们相互切磋的这个结果对他们以后的演唱会不会有什么影响？

答：有，嗯，也没有。你比如说我和你切磋了，我知道你的内容是什么内容了，但是在我主持的那个葬礼上我同样要按照我的师父的那样来说。

问：是这样，比如说他因为就是说不同的师父传他可能有的人记得好一些，有的人可能记得就是说就是个大概，但是记住大概，不是像有些的特别完整。那么相互切磋的时候他会不会借鉴这个，借鉴比较完整的那个？

答：借鉴的只能占百分之一二十，十个中可能只有一个人善于借鉴，九个人可能虽然知道，但是他还是按照他师父教给他的那样唱。他有他的一个原则，他是不能独立去改变这个东西，他们相互讨论、相互切磋之后，他同样依赖于之前的原则，有百分之一的人就不和他原来的了。可能在他师父还在的时候他就按照他师父教的那样唱，但是当他师父过世之后他就会借鉴别人好的加进去。

问：我想问一下现在这个歌师年轻的人多吗？

答：二十几岁的只有一个，三十几岁的也只有两三个，咱们现在平均年龄就是六十五岁。

问：平均年龄六十五岁，那这个就是说如果我们不对它进行抢救和保护的话它会消失吗？

答：这个时代已经没有人拜师了，而且刚刚说的二十岁和三十岁的人是从来没有读过书的，也就是说从来没有人拜师。只要是上过学堂的人，他就不会拜师了，大部分是这样的，上过学堂的成绩好的人，一心想着念书的人，他也看不起这个文化也不会拜师。在葬礼上，在我们的歌师唱诵史诗的时候，知识分子从来没有参与过，我们工作室是一种意外。

问：他这就是说文化水平越高，这个传承就越困难。

答：对，它这个文化水平越高传承越困难。因为它很容易受外界的影响，就是我们小的时候老师们都老是爱给我们举个例子，当我们说到破除封建迷信的时候，老师就会给我们举生活周边的例子，说我们干的那些就是封建迷信，所以当孩子回到家看到人家做这些仪式的时候，就会说你们这个是封建迷信，就会不理他、不参与，甚至如果是父母的话，还不和他们一起吃饭。

问：我想问一下就是从 2009 年贵州省民委搞的那个，民族民间文化下课堂，紫云这边有没有把亚鲁王放在那个民族教材里面？

答：没有，我们这边亚鲁王是 2009 年才普查出来的非物质文化遗产。有这样一个现象，就是 2010 年的时候，我们有一个小伙子就是麻山的一个艺人嘛，唱歌，他呢在省外租了一栋房，后来在外面混不下去回家来，回家来在家乡的各个酒席啊餐厅唱歌，我们就发现这个小伙子唱歌特好，于是我们就把他长期招了过来，想让他唱做一下亚鲁王的歌，他从不喜欢到喜欢，从不爱到迷恋这样的状态，他也算是和我们是一个团队了。所以呢他又创作了亚鲁王的歌又唱，今年以来他又把这些宣传亚鲁王事迹的歌曲在山里面推广，然后还有我们镇里一个中学，今年突然想请他去学校，校长也是一个苗族人，去专门把亚鲁王的歌教给孩子们，已经是自发而不是领导。

问：因为民族民间文化的传承嘛，这个省里面非常多的扶持。

答：我们这个不是，我们这边还没有履行，所发生的这么一件事也只是自发的，这么一个人他自己在山里面的中学里面把亚鲁王的歌曲——他自己自创的一首歌曲，唱给孩子们。

问：可不可以这样呀，在每个学校聘请一个歌师当音乐教师？

答：这个是政府的事。

问：这个在那边有成功的案例，就是在龙家还有雷山他们就是请这些人一个星期五十块钱，一个星期请一次。

答：我们工作室从去年就有这么一个规划就是举办一个培训班，把知识分子全部集中然后我们把翻译的文本一行行地念，把这个内容让他们全部学习，就是说要让他们明白自己的历史，给麻山苗人评。来听课的人全部都是麻山出来的苗族知识分子，然后我们想把他们集中起来读给他们听，把这个作为一个名片就好。所以想做这么一个培训班，同时想把文本翻译文本发布给校方，让孩子们知道历史。

问：你这个规划做起来还是比较难，我建议你，我有一个建议我也不知道就是说你们把这个歌师请来，除了录音还有什么记录？

答：录像、录音。

问：重点呢我觉得就是录像，就是把他们的演唱过程录像，同时可以录音，我们可以把这个完整地保护下来，保护下来之后作为一种资料。还有一个就是一定要找到一些就是丧葬仪式上举办得非常好的完整的全过程全部录下来，这是一个民俗。

答：但是我们要在一个葬礼上完整地全部录下来的话，这是一个巨大的工程，你要有这个机会而且还要受到专业的，我们工作组都是我一边在做一边在带他们的，专业的人太少了。比如说你让他们录像画面不抖动就行了，你还要让他们做几个视角，哪个视角哪个分工什么的，另外我们的设备有限，这个还可能要完整地把一个葬礼至少要用五个机位，至少要从五个角度去来进行记忆，而且还要保证录音品质。所以这是一个很大的难题。

问：就是这个能做之后你就可以发到一些专业的网站上，一旦发到专业的网站上，点击率包括那些苗族出来的那些知识分子他就会去看，这些东西自己以前没认识到，这个你说的这个人员啊肖像啊你就和你们魏局长商量一下这个合作协议，如果在合作签署的情况下，咱们就可以说人员上可以互派人员，到时候如果有这个机会联系一下我们，我们就过来了。同时就是相关的设备我们也就是说尽可能（把）能带的带过来，就是这种我们这样的相互合作，因为我们有一些东西，人多一些。你们就是这个经验，咱都配合，这些东西如果要是做出来的话是非常好的。就是那个他们，我有几个这个民俗学的片，他们拍的，就是对一个节日一个习俗的拍摄。但是我觉得他们拍摄的那个题材，它的意义跟亚鲁王比恐怕远远不如，没有那么重大，文化内涵没有那么丰富。如果我们一旦把这个东西真的给做出来的话，这个将会非常好。

问：你有没有完整的丧葬视频？

答：没有。

问：这个只是传男不传女吗？

答：它也没有明确的规定说只传男不传女，但是女人的话你想一下，比如说一个葬礼场合主持仪式的话，它可能是受现代文明的影响，一个女的主持仪式的话，周边的农民怎么对她，想可能说是这个女的不太守妇道是吧，老是出门在外在公共场合主持这个仪式好像不太好。

问：就是你有没有问过现代的歌师他们以前的时代，以前多少代有没有这样？

答：他们也不清楚，但是为什么女的少，因为女的不方便出门嘛，如果长期出门在外，外面很乱。

问：那还有其他问题，就是现在我们要保护这个亚鲁王史诗，那现在保护的手段大概有哪几种？

答：现在我们请人做的就是抢救录音，呈现文本——文本还是次要的，重要的是抢救录音、录像，建立一个档案保存，我们面临一个无可奈何的现实——它毕竟是要消失的，你再保护，在这个时代随着山里面的文化生活水平的提高之后它就会逐渐消失没有的，除非你是政府的指导或者是强制性它必须要按这个生活，要不然要是像我们这样让它遵循自然发展的话终究有这么一天它们会逐渐全部消失。所以我们做的就是抢救录音。

问：那也就是说，我们现在所做的工作大部分是属于保存而不是属于帮助它的传承。

答：你帮助不了他啊，你要帮助他除非你要给他解决生存之路。因为他要生存发展啊，他的后代是吧，年轻人现在要出门打工，他不出门打工他家里人没钱用，他要盖房子他要生活，而且山里面条件那么差他必须要去打工才能挣钱回来，你要把他们弄回来传承这个的话，那你得要解决他们的住房和经济问题啊，所以现在他这个时代已经是不能住一个木房吃一些玉米面就能解决的，它的人的需求，这个时代摆在面前，谁不想过好的生活而是去读你的史诗啊，谁不想家里有个冰箱电视机啊，所以呢我们所谈的保护是空谈啊。

问：他既然已经申请了国家级非遗，那他应该有国家级传承人吧？

答：有啊。但是传承人他也是很无奈，他去传承民俗一年了，他也在努力，但是人家也就春节回来的那几天嘛，因为他是个老人啊，外孙还在的，尊重人家一下，春节的时候过来教唱一个星期人家还得回去。所以这个，这个无可奈何的现实，如果说是我们是一个生态保护区，那一个小范围小区域内，强制性地给他们解决相应的旅游，如果你要强制性的用旅游来带动他的经济的话那你这个就是破坏了。所以我们要有一个理想化的返璞归真的理想化的才能。所以我们现在的抢救录音非常重要。

问：那就是我们可不可以从其他的这个非物质文化遗产的保护方面来取经，就是说比如像西藏的唐卡这样的，他们现在的传承也越来越多了，那我们可不可以把亚鲁王也像他们一样这样进行保护。

答：这个和我们的生存环境有关，山里面的环境就这么一个环境，如果你让他生活在一个原始的状态里面的话，洪水猛兽，你不要让他生存在外界，他一知道山外人的生活，他还是不能回到山里的生活去，它和那深山不一样。

问：刚才提到的那个唐卡和亚鲁王是两个问题，就是虽然都是非遗但是两个是不同的种类，那个唐卡可以直接产生经济效益。我把这个收益传承下来之后，我做一个唐卡做好了卖出去可以卖好多钱，我这个在传承手艺的同时我可以把经济变得更好，而这个亚鲁王呢就是说学了之后对自己的经济条件的改善好像作用不大。

答：直接没有作用。还是有影响，因为你做了是义务劳动，耽误你时间。

问：所以在传承的这个少数民族工艺这一块好像比较容易传承，因为人们认识到它的价值都回去买，然后他就有钱了嘛。

答：除非我们山里的苗人能把请一个歌师来组织仪式，一次给他个一千块钱几百块钱可能也是一个推进作用了吧。就像那个看地啊那些一样。比如说我要付你高工资的啊，你来唱一天我给你两百啊，那可能拜师的人就多了。然后为什么这个民族习俗没有收酬劳的一个习俗，而且你现在要让一个农民家庭付几百块钱请歌师做仪式也不现实。而且这种本来就是一种破坏，因为他本来就没有收报酬这样一个规定。如果你说你去组织仪式我来付钱，那也不行。自发的拜师的话他会有少部分但是他不形成主流，当我们亚鲁王文化传承到今天，有很多年轻人为自己的历史为自己的先祖，很多人是自发来拜师但是毕竟是少数人，不能够改变一个民族的现实。早晚的事，那几个人他也只算是一个藕断丝连，已经年龄很大了，早晚都会消失。

现在趁着这些传承人多，能唱的人多，就抓紧机会宣传然后引起广大的重视，要不然那批人平均年龄六十岁，再过十年二十年，你看看那时候，肯定数量会大幅度地减少。我在做这个的时候，从来就没有在这方面抱有一线希望。而且我做的目的因为我知道是不现实的，那只是一个幻想，所以我真正的目的是提升一个民族的精神高度，恢复大家的一个自信，不要让人自卑。因此呢，如果说我的目的是要让这个文化传承下去的话我早就已经放弃了，那我们把它形成文本了以后的话，以后我们的后代包括现在我们了解历史会能够给大家自信，形成一个精神领域的提升，让它达到一个高度。之后我们就会有更多的活力和自信去参与社会的竞争，谋求未来的发展，未来的发展很重要。

问：所以这个，其实杨老师你这个工作其实有点悲壮，但是这个工作确实很重要。还有就是你们这个录像设备是有的，对吧？

答：有的。

问：所以我建议就不要光采取录音这种单一的手段。

答：对，但是我们有这样一种现象，录像一旦录了几个小时的话，我们只有磁带的那种，不够录。

问：有没有就是那种卡带的。

答：这个录像机就是省会借给我的，然后呢一个磁带是二十五块钱、三十块钱，你录一个歌师至少要十个磁带两百多块钱，所以我们也只能录一些然后印证说有这么一个现实，这就是录他的录音，完整地录完，然后建一个数据库，造一个录像录音的文件夹。

问：那我想你们这种能不能像韩国的那种丧葬仪式，他们把它做成一个舞台剧，但是要尊重原型，然后呈现在电视上。这样也可以引起大家的重视。

答：这个事我们也考虑过，但是我们要考虑这样一个事实就是，毕竟我们是按自己来做的这样不太好，我们需要外界的视角来做这个事，我们现在就是做来抢救这个传承，前期阶段的收集资料和整理。把影视资料啊什么的这些个做好了以后就等待外来者，用外来的视角来做比较好。

问：我想这个做好了以后对这个传承也是有帮助的。

答：那肯定会有一个缓冲，当这样一个影视被做出来以后对这个非遗的传承，对亚鲁王在苗族社会的传承会有一个冲刺一个惯性，它肯定会被复兴，在一个时间段里面出现复兴的这么一个状态和势头。但是会存在不久它又会改变了，向另外一个方向发展，不会是一个原生态原汁原味的了。它肯定会被加入一些外界的东西，按照外面的模式发展。

问：那也就是说，如果想要更好的或者说拿我们的话来说，就是要促进其传承的话，必须要改变亚鲁王它本身的一些原生的最根本的一些东西，才能够促进它，让它在我们现在这个社会有所发展。

答：传承方式、演绎模式全部都会要改变，才能够保留它、让它存在于民间，但是它已经是另外一个方向的了，不是原本的原汁原味的东西了。

问：你就是不愿意做这些改变是吧？

答：愿意啊，肯定。

问：你又不想破坏它。

答：它肯定是文化是不断变迁的，一旦它改变了之后它还是不是这个文化现象这又是另外一回事了。前面我们说不要让其他文化来阻挡它，任它自然的发展，但是如果说我们还要抱有一种，要让它回归到一种原始的状态，它原来的样子的时候它肯定不可能。因为亚鲁王在未来的发展它肯定是另一个方向的，这是毫无疑问的，必须是另一个方向。就是建议你一定要参加青海的那个国际格萨尔大会，并且不光是要介绍它目前现有的传承人的数量的稀少和集中，并且还要介绍目前存在的这种困难，就是把刚才说的这些整理一下，就是一个很好的发言稿，这就把这个一定给（说了），因为你只有这样说才能引起国际上的关注，因为现在在国际上别的国家对文化的关注还是比中国投入要多一些，一旦有了国外的这些专家学者的呼吁，估计可能对咱们的这些资金啊技术啊包括引起咱们县里政府的更加注意啊都有好处，所以你这次去是责任重大呀。我可以帮你支援，但是你一定要说不要让你写政府的论文，就是写它的一个发言稿，就是一个介绍，就是介绍亚鲁王它的一个传承的现状以及现在面临的问题，就把这些说一下。这些没说啥问题，但是关键就是你要把这个弄出来，这个你一定得说，我觉得这真的是一个很好的机会。咱们省里最近在弄一个什么中国东文化文化论坛，有个民族文化产业，不过非遗这一块只能为大去做，你有兴趣的话可以去结识一下那些专家，一定得加大宣传，你只是单纯地在县里面去宣传的话，那是远远不够的。

我有一个问题，就是刚才您说到的，就是我们把亚鲁王传播出去以后，它会引起一个短时间内传承的一个高峰，或者说是传承的一个复兴，那就是在前一段时间亚鲁王在国内是一个相当热门的话题，包括有著名学者，就是像冯骥才先生这样的著名学者，然后包括在人民大会堂也举行了这样一个仪式，在这样的一个宣传之后，就是对现在亚鲁王有没有一个传承方面的改变呢？

答：今年走北京去了以后呢，在山里面他们并不知道有这个东西有这么一个事情，但是呢从 2009 年到 2012 年三年时间，他们知道政府对这个东西高度重视，他们知道有这么一件事了，有政府重视我们了，而且我们还专门找了这么一个苗族团队来做这么一件事，使他们骄傲，他们也接受我们了，然后他们恢复了一种喜悦的心理状态，但是仅靠一个冲动来恢复是不会持久的。比如说政府现在重视我们了，我们就努力去做这个东西；有外面的人重视我们了，这使我们骄傲，使我们恢复。但是持续一段时间之后，它没有效益，单靠一个民族热情来恢复的话，时间太长了这些歌师包括这些参与恢复的人，他也会受经济的冲击，他还得面对这样一个现实，他还得要寻找生存生活的方式，所以恢复不能给他带来经济效益、不能改变他的生活方式的话，一段时间之后就没有了，比较起来它只是一个冲动。

问：所以你就是说影响它恢复的因素最重要的就是经济因素了。

答：是最主要的因素了嘛，如果他们的心理状态强大到能够接受过去的生活方式就是最好的传承方式，就是以前的那种精神高于物质的生活方式。如果是精神高于物质的时代的话，他们就会接受，但是现在是物质高于精神的时代，所以大家都追求物质。现在所出现的一个情况就是，因为"文化大革命"到 2009 年以前大家都遭受歧视，只是一个平反心理，就像一个囚犯刚从监狱里面出来的那种心情而已。这种冲动只是一种暂时的冲动而已，不久以后他还得面对现实，面对生活生存的问题。比如说现在很多歌师，他们会尽力去带着年轻的家里人去学这个，他也不分什么七月啊正月什么的了，他要抓紧时间传承，那很多年轻人也是听说政府在做亚鲁王啊，那是我们老祖宗的文化，听说后来还要演电影电视剧呢，所以我们赶紧去学。当你的电影一出来了对他们没有影响了的话，他们也就不会再去做了，好像我们没有效益啊，虽然播出了电影呈现了传承，但是也没有改变我们的生活啊。而且很多这时候我们的歌师为什么支持我们，因为他们也期待未来也能够有这么一天改变他们的生活，所以现在很多东郎歌师问我们，你们什么时候才给我们钱啊？你不问国家问我们要钱啊是吧，当进入国家的时候啊，当国务院高度重视的时候我们应该是有工资的啊？那我就只能说肯定啊。

问：但是有工资的毕竟是少数吧。那如果我们说要保护这个亚鲁王史诗的传承的话，你有什么建议呢？

答：没有好的建议，我只能是顺应时代的发展，先把它做出文本，抢救录音，然后呢召集新生一代的人，用新的一个方法来传承，让大家知道这么一个历史，以后葬礼的时候还要唱诵，你可以不要完整的口传相诵来背诵了，你可以按文本这么唱，但那么唱的话，你就改变了过去我们史诗传统原始的传承方式了，这样的话是一部死的英雄史诗，它不活了。为什么说它不活了呢？因为我们这个是照念照唱的话就没有变迁没有进步，史诗的语言啊各方面就不引起变化了，所以是一部死的史诗。虽然我们还在葬礼上应用，但没有意义价值了。但是可能我们在学术上要改变一下视线是吧，那我们可以告诉那个传唱的人，说你可以按那个为一个主框架，唱的时候允许你自己改编，细节啊什么的你想怎么说就自我发挥，顺口溜什么的都可以。那以后可能我们的葬礼包括他们歌师死了以后，在几年以后葬礼上没有人主持仪式的时候，我们工作室要完成这些东西的，自己要先拿文本先到葬礼上然后先唱先干，这些知识分子按照这个模式带头来做。就这个时代已经不可能有这个时间，几年十几年的时间来让你长篇幅地记忆一部史诗，他还要参与社会竞争，还要做很多事，这个时代哪里能安静下心来做这些事。所以这种传承方式就改变了，不是口头传承了。

问：那就是彝族有一个毕摩就是这样的，一种特殊的情况，他是一个小学教师，然后也身兼毕摩去主持丧礼，但是和东郎不一样的就是他们会获得酬劳。

那你说的那个毕摩他们还是有文字，就是还是照着唱的。彝族的那个毕摩和东郎的不一样就是文本的问题。

答：对，是文本，因为我也看了，去看了整个过程，觉得他的仪式保存得比较完好，但是主要就是他是一个文本的形式，然后这个毕摩会获得酬劳现金嘛，不像只获得食物的东郎这样。所以说，我觉得如果说要保存的话，估计他就不会保存原来的这种歌师去主持的这种情况，可能有一些性质会发生改变。这是我们必须面对的问题。

这个我也问过很多专家，真的改变传承方式，那也算是一个新的文化现象吧，我们的文化在变迁，就是另一个阶段了。在未来它还是要消失的，不管你以什么方式，这只是一种阶段性的，就像我们用文本来传承一样，过完了这个时期以后同样会消失，它会走向一个更新的文化，中华民族的大融合的文化。所以现在的话我们这群人再来谈返璞归真的话，这对我们几个人来说是不可行的。

问：那我们再换个话题，在葬礼上唱亚鲁王的时候肯定会有相应的仪式，那能不能大体地给我们简单介绍一下有哪些仪式？

答：它这个是捆绑在一起的，宗教和信仰是捆绑在一起的。你比如说一开始，应该有个主祭人吧，主祭人他应该怎么开这个头？大家先和亡灵一起吃最后一顿团圆饭，然后接着呢就是在家里祭拜，过了几分钟之后歌师就开始帮忙呼喊，呼喊的时候是要静场的，所以就要全场静音，开始进入唱诵的境界。歌师在这个时候要使出大刀、宝剑，全副武装，戴头盔、披斗笠，盛装，然后呢就举行这个唱诵。然后在那个歌师的面前，亡灵的魂前，还有干粮、所有的行装、行李全部都给他准备好，这是一个整体的仪式，至于具体的细节，那你还得在葬礼上具体的去观察。

问：我觉得要是把这些仪式全部记录下来，这也是一个好东西。

答：这个得我们亲自去了。有诗人到现场去观摩，现场评论，就是说真正的诗人他在这现场去的话情感会更丰富，我们国家著名的诗人在现场一听，马上眼泪哗啦啦地掉下来，然后吟诗，现场吟诗。他这个现场的感染力应该相当的感染人。

问：你说的那个是唱诵，那既然是唱诵，唱的话应该是有调的吧，有调的话应该也有音乐吧？

答：对的，而且调子很多，因家族和个人而异，比如说某些人他喜欢用固定的调，他就觉得那个调好听，然后他就会用那个调。有很多个调，但是他自己感觉他用他的那个调好听点，那就用他那个调，比较随意。

问：就有点像民歌或者山歌一样是吧？

答：有点像但不是，山歌那个是唱，而这个是唱念，也不像音乐。

问：他那个也就是说，在唱的时候是一直在敲鼓是吧？

答：没有，鼓的话它那个只能敲三五七九这样的单数，至少是三阵鼓。究竟要敲多少阵，是要根据这个哭丧也就是女人哭的时间来定的，还有这个歌师的准备工作来定。比如说他敲鼓的时候歌师还没有进入唱诵的状态，然后当他要敲到第四阵时，这时，敲完三阵了歌师还没有进入唱诵，那他还得要进入第四阵，进入第四阵的时候歌师已经唱了，但他不能停，他必须要接着敲到第五阵完了才能停。

问：那这些有关系的人还有朋友们他们应该做些什么？

答：听，听历史，现在一般都是老年人在听了，年轻人不听。老年人一听到，进入那种状态的话，他的眼睛都是湿润的，很多老年人都是这样。在21世纪，对于《亚鲁王》来说最大的遗憾应当是麻山的知识分子，知识分子在过去的时候从来没有认真听，麻山里面出来的苗人自己从来，文化人从来就没有来听过，要是他们能够来好好地听一听就好了。但是他们从来不听。

问：所以现在很多苗族人苗语都不会说了，就像我是彝族但是我不会说彝语。

答：另外下面的交通的话，最后一个通电村是2008年最后通电的，交通的话是到了21世纪以后才把路给修了进去，在2000年以后这里的生活才有改善，之前这里处于比较原生态、比较原始的生活方式，所以这个传承才能够保持到今天，也就是因为它的环境艰难恶劣，外界的学者一直没有进去。另外呢学者来到紫云县，观望之后觉得那是一个愚昧落后的民族，然后学者专家们就会望而止步了。

问：现在紫云县还有没有没有通公路的？

答：只能说是小村寨没有通的很多，但是村委会会通。那里有很多小村寨的，一个区域里面有若干个寨子，把他们分为很多个组，然后组与组之间是全部通路的。所以说虽然村委会通路了但是有很多寨子还没有通。

问：为什么当地的少数民族有些愿意花钱请汉族的道士先生也不愿意请他们？

答：这个很简单，原因是因为他们家里有个知识分子，知识分子是源于汉文化的，他看不起这些自己的文化，所以他宁愿花钱也要请这些汉人来做这个，他宁愿相信汉族的那个不是封建迷信，却认为自己的这个文化是封建迷信。另外呢还有一个原因就是他那个环境特别热闹，汉族道士先生的话，他有人给你跪拜，而且那时候敲锣念经咚咚锵咚咚锵的，满村落、满山谷全都是响声，显得他家很热闹，而且的话民间很好奇，对这个新进的文化很好奇，围观的人特别多，大家看热闹看稀奇的人比较多，人气特别高。所以人们喜欢弄这个，宁愿花钱也要搞这个，这样的话他家会很热闹。而我们用自己的歌几千年的传承来唱诵的话，现场非常冷清，没气氛。所以现在一般是当这边是歌师主持仪式，那边是道士进来的时候，所有的人全部一下子涌到那边看去了，这边都是冷场的。这也是一个从众性，大家都觉得那个好玩，就算哪怕他不认同，知道那个东西是汉人的不是我们的东西，但是他觉得好玩他也要去看。

问：那有没有这样一种情况，就是在一个村寨里面汉族人和苗族人住在一起，办丧事的时候苗族人给汉族人举行这种仪式的？

答：有，现在是这样的，在山里面的话，如果有那么几个汉族人和一群苗族人民聚在一起，那几个人汉族人就聚在一起，苗族人就给他们唱，他们听得莫名其妙的也不知道在唱什么，那就给他说这是改编自历史的史诗。所以我们苗族一般被他们请到了我们也会去唱，不唱家族史部分，但是前面的主干部分还是给他唱。苗族人认为苗汉这些所有的民族都是一个主体，都是从一个先祖、从一个人类起源开始繁衍的。歌师们都说可以的，我们都是一起过来的，所以也可以给你唱的，从创世纪、人类战争到亚鲁王这一段还是要完完整整认真地唱的。但是后面的家族史，后来不知道你们怎么分支所以不会唱。就结束了，结束了以后就送他回去，同样也是回到老祖宗的地方。

问：这个苗族的史诗本身就具有一种包容性是吗？

答：不是包容，在它的世界里面就是整个世界同源，都来自同一个枝干，一个主干，所以你不管是什么族，他就说告诉我们，亚鲁王的时候都还没有苗、汉、布依啊这些的分别，这些都是他的王孙子女的后代，亚鲁王之间的征战是亲弟兄之间的征战，后来和亚鲁王的后代繁衍成了现在的汉族和其他民族，亚鲁王的后代呢繁衍成了我们的苗族。这个就是史诗这样告诉我们的事实，大家都是一家人，所以你不管哪个民族都是亚鲁（的后代）。所以有时候就听得懂汉语的歌师他又认真听过汉族道士唱诵的歌师的话，他会知道这个是一样的，明显汉族的道士和我们这个也是一个模式，都是从一个人类起源来说。

问：那有没有这样一种现象，就是其他族的拜苗族的歌师为师？

答：没有的，并不是因为严格不要外族人，而是因为他不会说苗话，他要是会说的话是可以拜的。

问：那要是假如有一个汉族人他长期生活在这样一种环境里呢？

答：有，有这么一种情况，刚好有这么一个传承人汉族到苗族地区去上门的，到现在会说一口流利的苗话，现在还成为了一个东郎。我们2012 年 3 月份去普查的时候发现这样一种现象，一个东郎跑到一个布依族的家里面去给他举行仪式，当时我们还是觉得不可理喻的事，我们就问他，你们为什么要请苗族人来做这个事呢。他说苗族人来做和汉族人、布依族人来做不是一样的吗。然后更奇妙的是他说，我们是从江西来的嘛，不是一样的嘛。所以是从其他地方迁徙来的嘛。贵州的民族会喜欢说自己是从江西来的，这是一种文化现象。这你要问我为什么我也不知道，这边的民族你问他，他说自己是从江西来的苗族人也是莫名其妙。汉语说他其实不是江西，苗语说的意思不是江西但是说成汉语他就说是江西。你问他老人家你是从哪里来的呀，他说我们江西啊。这是一种文化现象，但是它不一定是真的。有考古的说苗族他们应该是从湖北那边过来的，不过现在有一些认为是江西。他所谓的江西只是一个汉语的概念，但是它其实是苗语里面的地名，过去的地名"Naf Jinb Pail Jinb"，这个地方它不是江西，但是呢不知道怎么翻译，但是很多汉人布依族他们都说他们是江西的，然后苗族一听说汉语说江西的，那么就应该是江西。

问：歌师为什么说鬼这个词呢？

答：找不到相应的，只能用鬼来替代。比如说像汉语词汇，我在做亚鲁王的翻译第一部里面，如果你们认真看里面会有很多注释，我为什么会有这么多注释呢，苗语的词汇要比汉语的要丰富很多，状词和形容词、动词，这几个板块的词汇比汉语要丰富得多。尤其是形容词，形容词我们的汉语真的是很缺乏，比如说我们的亚鲁王回家的过程啊，它就描述那个鸡汗流的过程又跟循着人走的艰难的过程，"jint jiut nis jint jiut"，就是形容鸡那么走，那么就好了，汉语描写一只鸡走路就只能用叽叽喳喳，叽叽叽叽这样走，只能是这样，你为什么找不到很丰富的形容词来形容它。另外还有战争的场所，很多烟雾，烟雾弥漫那种环境，铺天盖地的弥漫环境，我们的描述真的很丰富。

问：这个我领悟过你的话，他曾经用过二十多个形容词来描绘过故乡的场景，这个形容词多了就是，让我们觉得他们的感觉怎么会如此丰富，二十六七个形容词形容他们的故乡，高大的、尊贵的、华丽的然后什么神圣的，一共加起来二十多个。

答：这个是这边的大米饭，麻山苗人真的是七代羡农啊，大米饭就相当于我们现在的黄金一样，但是在这个环境里面，每当人死亡的时候，必须要去买大米饭、糯米来供奉、祭祖，因为这是老祖宗吃的粮食。我们这个玉米啊，不作为供奉、祭祀祖宗的粮食，祭祖的时候不用玉米、高粱，全都是用大米、糯米，这些就是麻山村的，全都是苗民。但是现在环境改变了，麻山苗呢有一种精神叫麻山精神，他们有一种克服困难、克服大自然的精神，你看他们，建筑，他们能够适应时代生存，就是说，这个时代开放了是吧，要向现代化发展了，他们完全可以抛开自己的精神家园去向外面追寻，使他们的环境达到这种境界。现在每家每户都盖起大楼房，但是屋子里面什么都没有，空旷的，就剩一个水泥框架，这水泥框架是十几年的血汗钱。修建麻山的通车公路是他们自己投工投劳，有一个叫杨金瓦的书记，那一年我来采访他的事迹的时候，他行走麻山每户苗人家他说，我们贫穷贫困落后几千年，现在共产党来了政策来了，我们要修公路，把路修通我们村寨，然后我们要奔向祖国的现代化，我们要把柏油路修通麻山的每个村落，这是宏伟蓝图，所以呢，在这个村支书的号召下，整个麻山的苗民全部响应起来，大家投工投劳不计报酬，县政府出炸药雷管，大家一起修路开山。叫开山，叫开天辟地了应该，不叫开山了，把这个山开出路来，把路一条条通向麻山的每一个村落，所以在 1998 年，全省学习冠军精神（1998 年我国获得了 83 个世界冠军）的时候还要学习麻山精神。但是这个村支书呢后来因为在这个路上视察公路，在他修建的路上掉下山崖死了，麻山苗民把他厚葬在这条公路的旁边叫名传千古，他也是苗人的一个英雄。在当时的时代，能有这种思想，才在 1998 年、1999 年这个时间，所以麻山最后一个通路的村是 2008 年，通电也是 2008 年，像对面的这种山路完全没有必要修，但是对面这个山路是苗民自己修建的不是政府修建的，自己一锤一锤挖出的路啊。所以刚才我们去看那个传承基地它还在，保存得很好的，真正的传承基地在山里面但是我们没有这个车，要骑摩托车走路，等等，要开着我们这样的面包车能进去找传承人的话只有那个地方了。很多传承人啊、歌师啊第一次见我们的时候，他们是回避我们的，他们以为我们来做黑名单，就是我们先来把人数登记了，然后呢解放军开车来抓他们。他们说我们晓得嘞，你们来登记我们然后解放军来抓我们去坐牢。

1991 年吧，在县里面召集三干会，他去参加这个会，他看到有一篇报告也就是报纸嘛，上面写搞科改的，引带来了好多好多的东西，把我们呢就组织了整个村里面的去开会，开过会了大家就去找县里面的搞个，县里面有个科改的工程，以工代赈的科改的工程，就找一些把以工代赈这个工程几根钢材就节约了，拿一分钱当两分钱用，拿一半的钱来给搞基地，一半的钱来搞路，就把我们这个路修通了，路修完之后他就过世。过世了以后呢，老百姓就买起砖来给他砌了个坟墓，老百姓就讲找个有文化的（给刻字）。2012年清明罗市长还过来给他献花，罗晓红市长。老百姓就给他说（刻）功德盖世，名传千古。老百姓就说给他起这几个字。就这样永远的记住了他给我们留下的路啊基地啊这些，2012年我站出来，把这个路重新铺一遍，把这个路铺好，搞得更好。

# 录音材料（二）

访谈者：杨兰

被访谈者：王凤云

问：缺失的大概都是哪一些的？

答：他家族这块的。他就只知道亚鲁王的这两个王子，开拓进麻山的这个历史，但是这两个王子的后代分布，就是他们的祖宗来源，他就不知道了，细化不到只有我们自己来，他又不能连接到他们的人，他们的名字不能连接，现在这个场面图也就五六个传承人，由长顺县来到，这是属于一个板块的。

问：其他的那几个人能不能说一下？

答：他算是记忆力最强的了，另外几个饮酒量特别大，年老了之后记忆力就逐渐衰退，另外再加上老支书的丈夫也是一个，不过经常出去打工，也算一个传承基因，他们的师父呢是老支书的哥哥，里面的这个李主任的哥哥。

问：那他还健在吗？

答：不在了。他们这一次的传承情况不是很好。

问：还有就是，那么他们当时同时学艺的有几个，出师的又有几个？

答：七八个同时学艺，后来出师了四五个。那个贵州省少数民族运动会，他到金阳去表演了，不是有一个叫亚鲁王之刀山火海的，然后他去唱，还要爬刀山。

问：那他们那个调子和其他的有什么区别。

答：不一样的，他们那个是正宗的诗歌的调子。

问：我想问一下，亚鲁王史诗您是拜师学的还是跟自己的长辈学的？

答：是跟大舅学的，我们是一家人，我们姓王他姓杨，那个师父是杨先维。

问：那学了大概多长时间呢？

答：我们三十岁学的，现在七十多岁了，学了四十多年了。

问：那您现在记得比较清楚的大概有多少？能唱多长时间？

答：唱完吗？

问：对。

答：老人一过世我们就依这个来唱，要唱七八个小时吧，要抓紧时间要不然就天亮了搞不成了。

问：天亮之前要唱完吗？

答：对，天亮之前要唱完。

问：那我还想问一下，您现在有没有徒弟？

答：有两三个徒弟。我和大舅他们三个师父一起教。

问：您的徒弟大概什么年龄？

答：四十多岁吧。

问：他们跟您学了多久了？

答：也是学了十几年了吧。

问：也差不多是二十多岁、三十岁开始和您学这个的了。那他们现在能唱多少，独立去演唱？

答：和我们一样的，他们都会唱的。

问：您的徒弟现在在干什么？在村里还是在外面？

答：大门那儿扫大路。

问：那现在您出去唱的时候带您的徒弟吗？

答：他们可以不去，我们去的时候主要还是我们唱。

问：那您的徒弟是您叫他们学的还是他们主动自己来学的？

答：他们自己来主动学的。

问：他们平时工作影不影响他出去唱亚鲁王？

答：影响呀，不过一般没有什么，老人过世的时候别人来找，到谁有空就会去，是自愿的。

问：这个寨子里一共有几个会唱啊？

答：四个。

问：年龄都多大了？

答：我们两个老的都七十几岁了，另外一个小的也都四五十岁了。

问：还有一个呢？

答：也是和我们年纪差不多。

问：更年轻的二十多岁的那些呢？有没有想来学这个的？

答：没有，年轻的他们不愿意来学这个，他们出门打工了。

问：他们不是同时来学的吗，那他们有没有什么分工？每人学一段还是都学一样的？

答：我们三个会的都是一样的，教给他们的都是一样的。

问：现在你们出去唱会一起去吗？一起的话那谁主持呢？

答：我们都是一个一个去的，但是我和我大伯一起我们两个一起先祭祖。

问：现在唱亚鲁王和以前唱亚鲁王有什么不一样的地方吗？

答：都是一样的，没有改变，硬要说有什么不一样的也就是声音好听点的唱起来好听点。

问：现在的人对亚鲁王（仪式）的举办方式还是像以前那样隆重吗？

答：对的，还和以前一样的，整套工序都是。正式的时候都还在做，一直没变过。

问：现在的人在唱亚鲁王的时候还是所有的人都穿那种传统的服装吗？

答：是的，我们唱的要穿正规的服装，至于周围围观的人就随意了。

问：那老人去世的子女亲属们他们穿不穿正式的？

答：穿的，像平常这里六十多岁、七十岁的这一批老人，老人过世以后他们都穿长衣等坐一天。至于年轻人们就随便了。

问：那像你们这样子这么一片地方，有老人死了不管多远他们都回来找你们吗？

答：就周围团转这些会，远一点的他们要找先生不找我们。越靠紫云越靠市中心就越少。

问：会不会有又请你们又请先生的情况呢？

答：有一些会的，他们用两样。不过我们一唱就是一整夜。

问：他们请先生是要看时候的，什么时候好，就会拖着到那时候，那你们这会不会有唱不完的情况？

答：要是唱完了的话就休息嘛，要是赶时间的话就抓紧嘛，开工早一点赶紧唱完把剩下的时间给他们。

问：那他们现在这种情况的话请先生是要钱的吧？

答：对呀。

问：那你们就是去唱完了以后，吃点饭喝点酒，收不收钱？

答：不收的。

问：你们出去做这个的时候是要吃素的吧，那现在还要不要吃素呢？

答：现在还是要过生活，已经不吃素了。

问：什么时候开始不吃的，你年轻的时候还吃素吧？那个时候还吃不吃？

答：那个时候一进去哪家有着一档子事儿，你一去全部都是菜油的嘛，没有菜油都是拿水花豆腐之类的。那个时候都还不吃的，现在就吃（荤）了。

问：现在基本上县城的已经没什么人喊你们去（做这个）了是吧，县城好像已经没咋做这些了是吧？

答：县城里也是有的。

问：县城里面比起农村来做这些还是要少一点吧？

答：那些兴苗的不要，不兴苗的就做的。

问：你会不会教自己的儿子或者是孙子或者是其他什么后辈唱这个吗？

答：我儿子和我学的，学的清楚得很。

问：您孙子呢？

答：孙子出去打工了。

问：那您孙子会不会唱呢？

答：他还小，十七八岁不愿意学。

问：那您想不想教您的孙子呢？

答：唉，他想学的话就学吧，不想学的话也不强求。有些人听就高兴，有些人听你这个不愿意听嘛。

问：有没有隔好远的人跑过来让你们教的呢？

答：远处的不来。懒得跑。

问：您当初怎么会想到学这个呢？

答：以前家里有事情跑去请人很麻烦，就想着自己去学学以后方便，本来想着以后可以别人家有事去做这个能赚点钱，但是这邻里附近都是一家人，哪家老人死了大家都去帮忙，讲什么钱嘛。

问：你们寨子里大概有多少人啊？

答：五十户人。

问：那别的寨子有没有人来请你们去唱亚鲁王啊？

答：请的。

问：你们都到附近的哪些寨子去过？

答：哈哈，请到的都去了的，我们去的话唱一个晚上三百六十块钱。我们自己寨子里面的做就不收钱，别的寨子不认识的就会收钱。

问：那您一年能到别的寨子里面去唱多少次？

答：这种事情几次几十次说不准的，看情况。老人家去世说不准的，有时候接二连三的，有时候等很久也没有一个。比如今年二月的时候连着唱了三场。

问：您最远的时候去的是哪里？

答：就外面的镇上，走了两三个小时，坐车也就几十分钟吧。

问：是不是只要他们来请，您一般都会去啊？

答：人家找到你，你不管怎样（尽量去），这附近一片就只有我们做这个，有时候一个好日子，我们几个人数量都不够分。

问：那要是你们寨的人请你的同时，外面的人也在同一天请了你们，你们会去哪一家？

答：只能答应一家啊，不能同时在一天做。

问：不是的，要是同时本家和外家一起找到你，那会不会分个先后？

答：这个看能够一起商量着能不能推迟一家到第二天做，现在的交通很便利，很快就能到第二家的。

问：以前一直就有外寨的人过来请你们吗？

答：以前就一直请的了，一直到现在。

问：那个时候只有你们师父一个人在做这个吗？

答：对的，那个时候其他寨子没有，他们就会来找我们做。本来以前有几个的，不过后来都不在了，周围的就剩我们寨子的现在这几个了。

问：那周围的寨子是怎么失传的呢？是没有徒弟吗？

答：他没有接班人啊，本来有人做这个的，但是没有接班人所以失传了。

问：那周围的寨子的人那个时候会的东西都是一样的吗？

答：也是一样的。唱的是同样的内容。

问：你知不知道你们唱亚鲁王的是不是拜师学会的，是一场大病以后或者做个梦以后忽然会了，有没有这一种？

答：没有的，都是和着师父一起学会的。

问：您有教过其他族的人吗？

答：没人来学，他们不会苗话，听不懂也讲不成。以前还有小孩子说，老爷爷你教我唱着歌，我说你都讲不成苗话我咋教你，你要讲得会苗话我才能啊。

问：现在就是，其他的民族比如说汉族还有布依族，他们有没有请你们去唱这个亚鲁王？

答：不唱，他要兴我们这种礼，我要知道他们的规格、祖籍，祖籍一样的他才喊我们去。他们礼节和我们不一样，他不会喊我们去的。

问：就是比如说，外族的来这方苗族的地方住久了，受你们苗族的这些影响，他会不会请你们去唱这个？

答：不要的，他们会请先生之类的，而且他们也听不懂我们讲的这些。

问：那要是他们请到你们你们会不会去？

答：那肯定嘛，人家请那就去嘛，还有钱赚呢。不过一般不会的。

问：你们这个寨子还有另外两个姓的一户廖家、一户魏家，他们是不是苗族的？

答：他们也是苗族的。是从附近外面来的苗族。

问：还有就是现在有些人请你们去，他们还请不请别的比如说道士啊之类的？

答：有的。

问：那跟你们一起的那些道士他们都干些什么？

答：我们都各做各的。两样一起做。

问：你会不会觉得先生他们讲的这些不正规啊？

答：不会，我觉得其实讲的都是差不多的，什么娘养的十月怀胎之类的都与我们讲的一样。

问：先生在讲的时候要不要讲什么祖先啊之类的？

答：我不懂他们这些的，搞不懂。

问：这些先生他们平时是干什么的，是一直做这个吗？

答：我和他们不认识，不知道。

问：他们现在来找你是要上门来呢还是现在有电话了用电话呢？

答：还是要上门来接的。而且还要下了定钱才去的，空口白话是不会随便出去的，要不然不给定金别人也来找我要是去了别人那里，你也不能说我不是。

问：他们一般给多少定金啊？

答：多少无所谓的，多少有点就是了，一二百元也是，二三十元也是。

问：有没有多给的？就是家里经济条件好点的觉得你们唱得好的给多点。

答：最低二百四（十）元，最高三百六（十）元，还有一只公鸡、三斤半的肉、一升米，这些都要，这是规矩。

## 录音材料（三）

访谈者：刘洋

被访谈者：岑仕伦

问：你学东西好快啊。

答：拼音他只教我声母没有教我韵母，到目前为止韵母我还生疏。

问：我读小学的时候也都还弄不清楚声母韵母。

答：到期末考试的时候说你先读第二册，然后到下学期你读第一册，到期末考试的时候我数学是99分，语文80分，语文只差两个题，读拼音写汉字，在汉字上面注拼音。就是韵母那里不会，就吃这点亏了。

答：进入学校，一段时间可能一两年，我又转学，白天去学校读书，晚上的时候呢，我有个姑爹，我经常去他家，我做完了老师布置的家庭作业——赶紧把那个作业完成了，然后十一二点钟的时候喊他教我，教我到一两点钟的时候他就说，不学啦，休息一下明天还要读书。我学了七八个晚上就开始唱。七八个晚上就唱得了。

答：年轻的主人不太安心，年轻的一旦办酒席的时候，老人太多了，年轻人太多了，我去唱山歌啊唱苗歌啊这些。

问：等你唱会了以后人家就来请你去了吗？

答：嗯，等学得了以后去哪里都喊我去的。

问：你也会砍马这些吗？

答：会的。

问：我看那个陈兴华老伯伯他说的他不砍马。那你砍马的时候你怕不怕？

答：不怕，有什么好怕的。

问：你砍马的时候有一个道具，就像这种一样，上面立个杆子，杆子这有个女人的衣服，上面有把伞，你知道这是什么意思吗？

答：先祖奶奶的意思。

问：这个祖奶奶是亚鲁王的谁呢？

答：亚鲁王的娘。

问：这个仪式是不是亚鲁王的妈妈去世了以后他给她办的一种仪式啊。

答：嗯。

问：我听陈志品说，这个是因为以前的歌师是女的，做这个道具来纪念她。你听说过这个说法吗？

答：我们没听说过，我们这个道具从来不是女是男。但是按照你给我讲的，造人是女的造的，是为了纪念造人的这个女祖，也有不同的说法。各个歌师流传下来的都不太一样。那个礼节是改方行礼，就是哪方就给那方的礼。

问：举办这个仪式——葬礼，都说的是送这个亡灵，也不是说是他走掉了，而是说送他回到原来的地方去。但是为什么还要这些女的来哭丧呢？

答：哭丧是哭送嘛，按道理应该不哭，应该是笑，他去到那个地方应该是欢欢乐乐地开开心心地去。

问：嗯嗯，但是我就看到他们拿着帕子盖在头上哭得很伤心的，好像又不对头，那它这个是向汉人学的呢还是原来就有的呢？

答：原来就有的。现在出现的这个失传，是现在的这些年轻人已经看清情势，没那么伤心，就像我们那些女儿些，到我们死了她们都不会哭的。现在很多人都不会了，会的人很少。

问：她只是不会数着哭吧，哭是会的吧。但是我不晓得哈，他们哭丧是因为觉得他们亲人是永远离开他们，还是觉得真的是送他离开，感觉把他留在这里不带他回原来的地方享福？

答：她哭的是几十年的养育之恩。你生我养我抚我养我，辛辛苦苦半辈子你就离开了我。

问：但是他也是回到原来的地方享福啊，这个我觉得也是有点像汉族的那种哭丧。这种意思我还是没有好好研究这个东西，感觉这种哭丧本来像苗族的理解，为他是回去享福了，应该是很开心地送他走，但是现在我看视频也是哭得很伤心，就有点（不是很理解）。

答：但是我们这个有一段，这个哭在那边听着的是笑声。

问：这一段是亚鲁王里面的唱诵部分呢还是哪一部分？

答：嗯，唱颂部分里面快要发丧的时候。你唱到快到那一段就喊他们哭。那边用笑声来迎接，这边用笑声欢送这样。

问：哦，那边用笑声来迎接，这边的哭就是那边的笑声，是这样子理解的啊。

问：那你唱的这一部分是亚鲁王的哪一个部分？

答：是送他到归仙的时候归西方的时候的途中，那边有人来迎接，这边也要送。

问：那你现在收徒弟没有呢？

答：有。因为这个愿意和我学，那些老师父在，但是那些老师父呢是凭记忆力，他教我，我才会记得，我为什么记得呢？是因为我把它写在书上，记不住了就去翻书，我就记着了。到现在他想教第二个，他搞忘记哪一段了，我就给他找那一段，那些徒弟愿意跟着我学，跟着我学他不会什么字，我就叫他写哪个字，教他写字。他说你这个不是教书嘛，不是教我们唱歌。感觉有点变味了。就像背书一样不得唱这个了。

问：杨春艳曾经来你家住采访你是不是？

答：对的，来这里十多天，第一次来了十三天她就返回，第二次来三天了正遇到我很忙的时候，我正在给村民征地种烤烟，整天跑东跑西的，然后第三天她给我说你太忙了，这一次她就先回去下次再来。她来我家是二〇一二年八月六号了，八月十几号回去。

问：她可能主要就是来看一下有没有葬礼吧？

答：嗯，来的时候就遇到了一个，就我家有个外公，死了以后呢，一家人经常出外，寨上的做什么都不参与，所以家里人客很稀少，杨春燕就说，哇，我看到好多好多都好闹热，就这里不闹热。

问：是啊，寨上的这些就是你经常帮人家，人家才会来帮你。

答：嗯，如果你经常在外不帮人家，人家就不帮你。

问：你这算是拜得两位师父哈。

答：嗯，应该是两个师父吧。要是算上砍马的话就是三个师父了。

问：砍马是和另外一个师父学的啊？

答：嗯。

问：那你之前和你姑爹学，后面初中读完了之后正宗地学的时候，是和姑爹学的还是和谁？

答：在我读书的那几年我姑爹就死了，五十六岁就死了，我非常可惜他，因为他死了还有一段我没有学到，有点可惜。

问：那后面拜的这个老师是谁呢？

答：也是姓杨，是一个老师父的一个徒弟。

问：杨老贵老师父的一个徒弟？

答：嗯，有一个徒弟叫杨通达。有四个人，有杨小二，已经死了，还有就是杨小凤、杨通达、杨通国这三个。现在这些老歌师年纪也大了。我就觉得他们那些就很清闲，我不在家，参加工作的这几年我有点奔忙，那么如果遇到砍马什么的我就跟着去了，要是没有的他们自己就去了，他们自己去的时候要是自己有几段搞忘记了他们也离不开我。但是我也只是帮那一段，因为我太忙了。

问：那你现在在做什么工作呢？

答：就是村里面的工作。村支书。

问：村里面的事情确实有点忙的。

答：多，拿钱不多管事不少。

问：现在工资，村里面应该是一千多元、两千元了吧。

答：没有的。就只有几百多元，支书九百五（十）元，主任九百元，副主任八百五（十）元。

问：我有个哥哥也是在村里做，工资也有领一千多元了。

答：这个要看当地的经济收入了。

答：我要保持我的记忆力，在我那时候呢，我计划到五十岁的时候写我的个人经历。

问：可以嘛，你也可以把你唱的啊，拜师父经历过哪些事情啊，主持过哪些仪式啊，内容啊这些都可以写进去的。

问：那您除了主持葬礼以外还主持别的事情吗？比如说人家生病了啊什么的。

# 录音材料（四）

访谈者：肖远平

被访谈者：陈小满

问：每一部分内容都有名字吗？

答：有的。

问：刚开始唱的第一部是叫开天辟地是吧？

答：嗯，它说的 hih ndongh hix dæb，hih ndongh hix dæb 就是开天辟地的意思。

问：第二部分是亚鲁王？那亚鲁王下面是什么呢？

答：亚鲁王下面是他的十二个儿子。分他的十二个儿子以后后面再开开天。

问：Hih ndongh hix dæb 就是开天辟地，那他是怎么开天辟地的呢？他是先开辟什么再开辟什么？

答：他是一个皇帝，开天辟地的时候有很多人来帮他。

问：他是问开天辟地是怎么开的？

……

答：这个是表达方面他还是搞不太清楚，等我家叔叔来他来把这个讲清楚，因为他对这个解释他们只会唱，解释还是不行。

问：你现在有哪家人办丧事你们还去唱不？

答：多，以我们为主怎么会不去。他们好多都去打工去了，我们大多数是去帮（忙）的。

问：你们说有的人出去打工去了，请别人来唱，那他不了解你的家谱他怎么唱？

答：他可以搞其他的嘛。家族的话有家族的，但是我们掌握了家族，他家族的话每个家族有一段的，族中各族人都有一段的，就是看你这家人姓什么，看选择唱哪一段。那个一般是本家的掌握本家的，我们帮的是其他的，亚鲁王啊帮开天辟地啊这些家家都用的。

问：亡灵在做完了仪式以后他们要回到哪里去呢？

答：上天去了。上天游一遍，最简单的也要唱五六十分钟的。

问：他送他上天了以后，他跟谁在一起？

答：是不是等我家老爷爷来解释，不好解释得，我们解释不了。

问：那你那几个徒弟都出去打工，他们都去哪儿打工啊？

答：广东、河南、宁夏、福建到处都去哦。

问：他们都是去做什么工作啊？

答：进的进厂，搞的搞菜场，搞的搞建筑。

问：他们拜你为师的时候，有没有做什么拜师仪式什么的吗？

答：没有的，他们想学就来学，因为都是内亲嘛。

问：有没有外亲或是其他那些村寨的人过来拜你（为师），比如说他只想学亚鲁王这样？

答：有的，他拿出一点酒来，斤把两斤菜就来（拜）。

问：拜师的时候他们的穿着什么的，有没有什么讲究呢？

答：没有，就像平时那样穿就好了。

问：最隆重的时候有没有送的，送什么东西？

答：就是提斤把酒就行了。

问：要是有两个人想和你学，一个年轻的，一个年纪大的，你愿意教哪一个？

答：年纪大了不太好学了，他年纪超过了五十岁就不好学了，最好的就是三十来岁、四十岁，学得最快的就是十七八岁、二十来岁这些了。年纪大了思想包袱重了嘛，各种事情多了不好学了。

问：有没有不是苗族的人来拜你为师？学唱亚鲁王？

答：不是苗族的他不会的。

问：那你教徒弟的时候是跟着你学还是遇到主持仪式的时候和你一起去？

答：跟着去的，平时也学，每个正月间的时候都和我学一个多月。

问：那除了主持仪式以外的场合，还有什么时候你会给他们唱，教他们唱这个？

答：口头上教，我唱一半然后他们听，听完了以后跟着唱。

问：哪个场合教？是在自家家里还是哪里？

答：自家家里。

问：那要是在唱的时候，本村落的其他人听到了可不可以来学？

答：可以的，他要是想学的话我可以教。

问：那要是平时没有人去世的时候，你在家里教徒弟唱这个，要是附近的人听到了，会不会误以为是有谁去世了这样的情况发生呢？

答：不会的，这个平时不能（在家里）唱，除了在别人去世的场合就只有在正月间那一段时间才能在家里唱。

问：为什么只有在正月的时候才能够教唱这个平时不准呢？

答：正月是大祭，大祭的话得记性好学得快。

问：大祭是祭祀亚鲁王吗？

答：对的。

问：那正月的时候祭祀的亚鲁王跟葬礼上唱的那个亚鲁王是不是一样的？

答：一样的，完全一样。

问：正月大祭纪念亚鲁王是全村人的一种活动还是？

答：没有的，只是每组，一个组的某个地方有歌师的话附近周围的人就会来祭祀。

问：哦，等于说就是所有歌师就是在教徒弟的时候各自就在各自家里，就只是说正月的时候大家都可以这样教。

问：那你们正月大祭除了要唱亚鲁王还有哪些活动？

答：Yengl qis，也就是说在三岔路口做交易之类的。

问：那大祭的除了刚才说的交易还有唱亚鲁王之类还做哪些事情？

答：还有很多。

问：那最重要的，也就是哪些是一定不能少的？

答：比如老人过世了，丧葬的时候唱亚鲁王，第二天唱的时候还要做一些交易——把死者的那些整理好的东西交给他。另外就是比如家里面有哪一个人又不舒服的，用蛋、米或者茅草看，所以你在没看之前预先你就要某种某种交易，哪个哪个人你要找到这个人，我们已经看到是你了你就放他好了这样，就交易——他不是解什么鬼他是做交易。这个我们也叫他宝目。

唱史诗的叫东郎，会交易的叫作宝目，但是做宝目的也有做东郎的也有不会的。

问：哪还有一种叫作偌的？

答：偌也是宝目来做的。

问：那有没有单独的独立的一种呢？

答：没有的。

问：在哪种情况下才会请宝目？

答：比如这个人，我们用米来看了身上四肢无力，看到魂魄不在身上，一个最简单的东西，都要请宝目来给他看一下喊一下魂魄。惹到那些不干不净的东西身体不健康了就可以请。还有比如说死得不正常的请来看，看蛋看米，看出这些就喊宝目来送嘛。死得不正常的除了这些还要多履行一个另外的仪式。不正常的话，像我们这些东郎——他又是东郎又是宝目，他首先要把死得不正常的人的身上先用宝目的功能来把身上不祥的东西清除干净，然后重新做人嘛。如果有些东郎他不会这个的话就会被惹。惹人就惹到这里了。所以这些死得不干不净的这种人啊，有没有哪个人供他，所以他找不到吃的，他就经常来骚扰镇上的这些人。所以他骚扰这些人呢，你就必然的就像我刚才说的交易来送给他。

问：那做交易一般拿什么东西来送给他呢？有没有什么规定的东西？

答：有，比如鸡呀、鸭呀、羊呀、马呀、牛呀、猪呀这些都是，不过该用什么就用什么是有具体对应的，他用不上的就不用。他这个不像汉族的是叫作解鬼。他是说，比如说这位同志身体不舒服了，那么我们就找一个宝目过来，这个宝目的话一看如果确实是某样东西，看清楚以后，这个东西也不是想来害他，但是它一来到他家以后，比如说它想要猪啊、牛啊、羊啊、马啊什么的，他的身体就会自然不舒服了，当这个宝目看出是某东西之后，就拿这些拿给它，之后它就会拿走这些离开，人就会自然平安无事了。它主要是想来要这些东西。

问：东郎都可以来做宝目吗？

答：东郎有东郎的那一套，宝目有宝目的那一套，有些东郎他不懂宝目的那一套，有些宝目也不懂东郎的那一套，但是还有些人呢两种都很精通。

问：刚才说的那个人死得不正常的话，要是先请东郎呢还是先请宝目来看？

答：先请宝目。如果东郎会这个的话就可以一起做了，要是不会的话就要先请宝目。

问：还有说的那个做交易为什么要是第二天再做呢？

答：第二天的意思说把史诗全部唱完了，那么要送给他的就是这一挑，上面有五谷这些东西，要交代讲说这个送给你的话你把它带走。他回到先祖的地方的话他才会有五谷有种的东西，他才会继续有耕作。

问：但是说的做交易的还有什么鸡啊羊啊？

答：有啊，第二天要把什么鸡啊猪啊什么的全部都交给他，还有女儿们做的什么花花绿绿的东西一并交给他。

问：那你根据这个人的意外死亡的什么情况，可以判断他身上是什么问题？这个一般来说你根据你的经验哪一种情况多一些呢？

答：这个很难讲了，你讲的死得不干净的这种，哪一种情况多一些的话，这个很难讲。在农村的话，一般就是从崖上跌落啊，从树上跌下来死的啊，捉鱼死的啊，被别人杀的啊，这些都是不干不净的。

问：那就是说非正常的死亡都是不干不净的咯？

答：是的。

问：那要是是病死的人正不正常呢？

答：正常的。

问：要是病死的人还蛮年轻的呢？

答：也是正常的。意外死亡的才是不正常。

问：那要是坐月子死的，是要判断用什么东西做交易帮她去除这个？

答：用鸭子，要一个笆笼，还有鱼，还有红布用来包脚。

问：每一种意外的死亡都会有对应的方式来交易是吧？

答：对的，意外死（亡）的方式不同，用的东西也是不同的。

问：有没有两种不同的意外死亡方式，他们交易的东西是有相同的东西？

答：没有的，每一种意外死亡的方式交易的东西都是完全不同的。比如说捉鱼死的，他天天在河里捞鱼可怜那就拿一只鸭子来帮他捞，完成他的任务，你拿红布包他的脚的话，他怕脏，他下河去怕脏他就不会下河，那只鸭子就帮他下河去捞鱼，笆笼就帮他装鱼。

（28：20……苗语）

他的意思是呢，坐月子死的话到了那边，那么他到了那边有人让他专门从事这个捕鱼的工作，然后你不用这种办法帮他解救的话，他一辈子就是捕鱼，所以你就要用鸭子来帮他捕鱼。

刚才说到那个三岔路口，是只要是个三岔路口就行是吧，那个三岔路口就是相当于一个小集市，人多，相当于是赶集。

问：那在这个仪式上需不需要唱？

答：要的。

问：那要唱什么内容呢？

答：唱也是唱一小段，差不多半个小时。

问：唱半个小时是唱什么部分？

答：唱就是说你来惹到这个，那我把这个东西交给你这样。

问：他这个鸭子啊这些东西做交易是在三岔路口卖给别人吗还是怎样？

答：宝目的这个东西不是卖给别人，而是要有这个东西，宝目呢就用一定的语言交代好，他不是真的要卖这个东西。他这个交易的对象不是真正的人而是相当于一个亡灵。

问：那这些用做交易的东西到三岔路口做交易然后要怎么处理呢？

答：这个鸭子是宰不得的，交易仪式结束了以后要放在河里的。然后红布要拿来给他包脚。

问：那笆笼要怎么做呢？

答：放在河边就好了。他这个红布是要来包脚，先包好了以后然后宝目再来做仪式。

问：那这个宝目扮演的这个角色就是说是沟通这些各个角色的中间人。他除了可以给人看病以外还可以给活的人看病是吧？

答：可以的，都可以的。

问：那给活的人看病也是要去三岔路口是吧？

答：不一定的，有些在家里就可以了。我给你讲，三岔路口的是饿饭死、挨枪挨炮打死的、被人杀死的这些不好的，都不能喊他进家里只能够去三岔路口。因为他这个是不吉利的东西，在家里做仪式会影响到家里人。生病死的那些就请宝目在家里头做仪式就行了。做这个仪式的话，先是宝目到三岔路口交易了，然后也不能抬到家里面，要抬到家门口，然后把这个仪式搞完了以后，干净了以后，再进行东郎的仪式。

问：你们用鸡蛋啊、茅草啊、剪刀啊之类的看病是用什么方式去看的，能不能说得详细一些啊？

答：比如说用蛋的话，拿一个碗这样，他固定东南西北，东方的是什么什么固定好，然后它起来了以后接近在哪里就是什么，把蛋打碎了倒在碗里的水里，然后它起来在哪边就是哪一方。但是大多看蛋的我晓得的规矩我学了，东方固定的是家里面的老祖宗，南方的是"tieet zel tieet zel"，我们这个是用汉话翻译不了，难讲了，西方固定的是那些死不干净的那些，北方的是药，所以他取在那里他一看就晓得了。苗话里面其实是没有东南西北这种说法的，他说这一方是太阳升起来的方，这一方是太阳落下去的地方这样的。如果是用剪刀的话，就找一条绳捆着剪刀，然后用嘴巴讲哦你是哪样某某人啊，比如说他看到的是老祖宗，他就说哦是三辈的老爷爷找了，如果是三辈的老爷爷找的话你就甩长绳然后手不动，他讲不要动，是的话就不要动，然后剪刀就不动了。这个要做三次，每一次的长短都要一样。bak bangt 的话就用小米放在碗里，bak bangt 站着，你是什么什么东西，你站着不要倒，如果是的话 bak bangt 就不动了。这个一次就可以了。

问：你们是不是经常会用剪刀来做这个？

答：Bak bangt 和草我不搞，我是用剪刀和鸡蛋望。

问：是不是亚鲁王分开的十二个儿子呢一个儿子做一样咯嘛，本来是这十二个儿子一个教一样给他的，亚鲁王交给他们一个做一样，十二个老摩公。

　　问：那他都交给这十二个儿子哪几样啊？

　　答：搞到的时间不是用苗话讲 gos los zik xiangt gos los zuk mul 了嘛，亚鲁王 gos los zik xiangt gos los zuk mul 这个是苗话。

　　问：就是他都交给他十二个儿子哪十二种？宝目算是其中一种，东郎算是其中一种。

　　答：还有木匠、铁匠、石匠，这些都是亚鲁王教给的，多得很的。还有做针线花线的这些都是亚鲁王教给的。

　　问：就是十二种职业了嘛。

　　问：那你能不能给我们详细地说这十二种都是哪十二种？

　　答：东郎宝目，铁匠、木匠、石匠、做针线的多得很，反正十二种，记不清了。

　　问：刚才说的那个偌是不是其中的一种？

　　答：不是。开田的、挖地的、当官的都是。

　　问：那有没有当医生的？

　　答：有的，这十二个里面含得有医生的。

　　问：那这里面的医生看病和刚才说的那个一不一样呢？

　　答：一样，差不多一样。

　　问：医生主要是用哪一种来治？

　　答：药，草药，以前是草药。

　　问：那他这个看病方法和你们一不一样？

　　答：不一样。

　　问：那医生怎么看病？

　　答：他看病就是摸血脉啊，摸耳朵之类的，摸热或冷，摸血脉跳不跳啊这样。判断应该用什么药来医。

　　问：他现在是这样，如果一个人生病了，他是先找宝目看还是先找医生？

　　答：那十二种里面包含得有（做）菩萨的。

　　问：那这菩萨主要是做什么的，有什么用呢？

　　答：（做）菩萨就是看病嘛。

　　问：他跟医生，那他是不是医生？

答：首先是菩萨看是什么病，然后医生再来医。宝目是送鬼嘛。

刚才他说的那个十二种是一个虚数不是一个实实际际的十二，它包含了很多种。它用十二来表示，但是它不只是那十二种，它有若干种。

问：就是如果一个人生病了，那他要先找宝目看呢还是先找菩萨看？

答：一样，菩萨和宝目都可以看。

不是，菩萨就是用我们苗语说就是偌、婉，他是那个菩萨仅仅是一个人能会占卜，或者是能够预测，或者采取某一种祭坛方式，在面前摆上一个坛子，然后就借着某一种比如说什么像还魂仪式什么的，他不是那种菩萨，苗语里面没有这个词的。

在进行那个仪式的那个人他回去，他通过寄魂或者是一种变态的方式走过去之后，通过不是像佛教的那个圣地他只是到祖宗的那里，他走的那个路程就是我们所说的，葬礼上歌师们唱诵的回家的路的那一段，然后那一段好像是有四十七个地名或者是四十九个，反正各个家族都不同的，就通过那个地名之后最后回到了祖宗 faid dul 和 wut lis 这两个老祖宗的地方再回，通过这两个关卡呢就又往前走，然后就回到我们祖宗居住的地方，然后他会跟着所有，就比如就通过这个路啊他在之前走的话是我找他，他去了之后他会看到我，这个人在某个地方丢魂了，就用我们看不见的一种形式，他会给你详详细细地说，到了祖宗那里的话，就是我的祖宗陈祖等一系列，如果他是我的陈祖某一个人就是我，需要向我的祖宗祈求什么或者说可以通过我向他跟他说话，然后他会跟我祖宗跟他说话，然后通过他向我们转达。这就是这个偌的功能。

偌和婉，这两个就相当于一个先知者啊。就是说站在一定的高度，然后你下面的这些人群啊你生病生什么病他都会知道，然后你问了他之后他就会告诉你该怎么做。然后你回来按照他给你的话做的话一切都会平安，相当于一个先知。

问：就之前说的那个宝目啊，他不是也会看病吗，他和偌这些有什么不一样的？

答：他在民间啊，在没有办法的时候，他记忆可能就要差一点，然后他在解决问题的时候就会通过最高处的偌还有婉来解决。

问：那到底要先请宝目还是偌啊？

答：先请宝目。如果宝目已经弄清楚了的话就不用了。

问：你说那个偌和婉他们是同一个意思？

答：对，他们是同一种身份、同一个意思，就是发音不同而已。

# 录音材料（五）

**访谈者**：杨兰

**被访谈者**：陈兴华

问：以前都是男性为主吗？

答：这一代才是以男性为主。经过女性为主的时代，因为那个时候只知道母亲不知道父亲，生长出来的人呆板而且畸形。就像昨天讲的偌和婉，这就是一种神人，就像现在所讲的 dangbeila，也就是不知道才问这些，喊过来就告诉她。她就说你哪样都行，不过你做人的话还是要找一个当家的才行，之后她才生出了亚鲁王几哥弟。

问：那在之前生下来的都是女娃娃吗？

答：她之前生的哪怕是男孩子也是奇形怪状的不成人样的，呆板了，这就是第一阶段，她通过考察最后才决定养育亚鲁王。就后来找了个男的最后才成功的，所以办红喜事的时候呢要细说一番。

问：那这个男人是她创造出来的吗？

答：不是，这是她找的，是那个神灵给她交代的，就是做什么都行，但是想要造人成功的话你要找个男人。

问：那偌和婉都是女性还是男性？

答：偌和婉是一种神灵，它就是按照现阶段所讲的就是弥衲，就相似于这种，不局限于男女。现在的弥衲确实是真实的人，以上的这个是固定的，现阶段确实也解释不清楚，是现实的这些人来做的这些事，用科学的事解释不清楚。

问：他唱的这个红喜事的时候，除了婚姻的根生要不要讲结婚这一家人的族谱呢？

答：先讲了（根生）以后，最后再来交代这家这两个属于亚鲁王的子孙后代，他要继承亚鲁王的遗志发扬亚鲁王的优良传统，所以趁着良辰吉日结合来履行亚鲁王的这个（传统），然后说些吉利的话，但是不会唱他们的族谱。

问：祭祖的时候要不要唱族谱呢？

答：接亲嫁女要接触但是祭祖的话（基本差不多但）调子不一样，祭祖的开头它也有这么一个交代。

问：祭祖的时候交代的是哪一方面呢？

答：首先要交代这个问题，把要做的事情交代清楚，它就说今天要来办这个喜事，然后请老祖公老祖爷来吃喜酒，然后就一一地敬嘛。但是在这前头还有一个交代，就是交代它的根生。祭祖的时候还要唱他们家族的族谱，在交代了根生以后再唱。而且在办喜事的时候也要交代这个的，不只是祭祖。不管是祭祖还是祭祀都要交代的，无非是前头交代清楚，要做什么事情，这个要交代清楚。

问：但是刚才您说在唱这个喜事的时候，只交代喜事的根生也就是它是怎么来的咯？

答：欸，对，然后最后你要来祭祖呀，祭祖也是在里面的。望老祖公老祖太保佑。

问：那办其他的一些仪式的时候祭祖都是必需的一个仪式是吗？

答：嗯，是必须有的，但是交代不一样，比如修房造屋什么的。比如说就来讲亚鲁王过去的话，英勇强大、聪明智慧，占了很多地方，战到哪里就修房修宫修殿在哪里，所以今天的某某人就点修房的人的名字，说某某他也是亚鲁王的子孙后代，他要来继承亚鲁王的遗志，要发扬亚鲁王的优良传统，所以今天呢他也来修房啦，所以过去亚鲁王修房造屋什么的他就来点一点数一数，最后呢就今天来喜庆，进新房了，最后又来请老祖公共同来喜庆。

问：那在点这个人的时候要说他是亚鲁王的哪一个哪一支不？

答：要说，都点嘞。

问：那七月半的时候就只是祭祖吗？

答：七月半的时候就说是，今天是良辰吉日，过大年。七月半又喊叫过年。

问：为什么七月半和正月你们都喊叫过年呢？是什么原因？

答：过年呢正儿八经地喊叫过年，七月半呢有另外的一个名字，但你在敬老祖公的时候仍然要讲过年。在我们当地七月半是非常隆重的，就像过年一样，吃的东西、置办的东西什么的，虽然只有一天，但这些人就像过年一样过。开始讲过年然后再讲的七月半这个名称，但是用汉话的话无法这么翻译，他就先说过年然后再加上半成了七月半。过年正儿八经地讲就是过年，七月半是首先讲过年然后最后有一句半嘛。我们喊叫 noax jinb hlæd lis，noax jinb 就是过年，hlæd lis 就是半，连起来就是七月半，过大年就叫作 noax jinb noax songl，开头的这个 noax jinb 是一样的，用汉话翻译的话都是过年，是一样的。noax songl 是没有意义的，就是为了把它们区分开来的。（注：七月半 "nuox guf bluob" ／ "nox hlæd him"，过大年 "nuox jinb" ／ "nox sanb"①）

问：我在想七月半是不是因为他的老人已经去世了，所以说七月半喊他们回来，这叫作一种过年，但是正月的时候，欸，不对，好像正月的时候也要喊他们回来过年啊……

答：平时要办什么事情的时候都是要请的，所以一般苗文化苗人的话，几乎上一天可能都要念到亚鲁王。你不管做什么事情，他们都要念叨，他们包罗万象，不光是在丧葬上。

问：那你们有没有像比如今年要开始种庄稼了于是要举行一个仪式，祈求庄稼丰收？

答：有的，有的，不过我们做得比较简单。也就是细说一下种庄稼的禾苗种子的来历，洪水滔天的时候这个种子不是都被冲完了吗，这个粮种是怎么来的都要讲一番，蝴蝶从深洞里面把种子带出来。

问：是不是在苗族人的世界里面每一样事物都有它的来历，蝴蝶也有它的来历，稻米、苞谷都有它的来历？都是亚鲁王开天辟地的时候创造的？那么蝴蝶是怎么来的呢？

答：当年的这个蝴蝶怎么来的我们也不知道，就是洪水滔天的时候是它去把种子带出来的，那个主人派了好多（人）去要种子都没要到，这个蝴蝶带出来的。因为当时洪水滔天，主人相当穷，蝴蝶要报酬，当时他说我已经很穷了，你给我带来粮种，那以后你产卵就产在稻叶上吧。所以现在蝴蝶才会产卵在稻叶上。这是当时的主人给它许的愿，那个主人就是

---

① 通过与紫云苗族布依族自治县亚鲁王文化研究中心工作人员杨正超、杨小冬、梁朝艳沟通最终确定了七月半与过年的苗文书写。但为尊重东郎口述，依然保留东部的语音记音，麻山苗语中的七月半也有 "noax jinb hlæd lis" 的说法。

亚鲁王的上一辈，亚鲁王的祖先。

问：那就是说在亚鲁王之前这些事情已经造好了？

答：开天辟地在亚鲁王之前的，人们所说的亚鲁王射日、射月并不是在那之后他真正做的，那只是一种神化。所以我们在唱的时候对这个可唱可不唱。

问：所以在你们看来唱的那一部分都是属于史诗咯？

答：嗯，后头的这些都是大家后来为了神化亚鲁王。

问：好像史诗里面描述的是射完日月之后他又要造日月是因为？

答：是因为当时亚鲁王的儿子，他的幺儿去世了，他很生气，而且亚鲁王当时还受了惩罚，他的小儿子作恶而他受罚，之后他一怒之下把日、月损伤了，后来说的造日、月都是为了神化，为了解释这个。具体损伤以后是谁来造的，因为不知道所以讲是亚鲁王来造的。他这个幺儿呢，是他把他的儿女都分派下去了，而他这个幺儿比较奸诈，就不走。他假装在周围附近听到这个消息就假装哭的样子跑进来说，哥兄姐妹们找到地方的找到地方去了，我一个人实在是出不去，然后就顺着亚鲁王的口气说我回来养你到老。当时的亚鲁王呢就说他们找到地方他们就去，你找不到地方你就回来，但是没有个伴。用苗话来形容，形容得很好，但是用汉话来翻译的话，无法翻译，所以他（亚鲁王）又去找了（收养）一个人，他不是苗族是外族外姓人，生来太直了，诚心诚意地忠于亚鲁王，但这个（亲）儿子狡诈得很，他最后收的这个养子，劳役打下手这些，到哪里都这样，所以把这个儿接过来了以后，他仍然履行他自己的职责，安排他一天做一个接收，收网。他的养子确实很老实地做事，但他亲儿子就吃，躲藏来吃，但是问他的话他就支支吾吾。他抱来的这个叫作 xies nongt，亲儿子叫 xies dis。他就问（他亲儿子）xies nongt 去的时候，天天去都收得来，你去怎么没有。这时候他就有点想陷害这个抱来的儿子，他就说可能是yit 或是 wuk 偷了，因为我去我在上坝，他们在上坝烧火，可能是他们偷了。实际上是他吃的，他这样就想得陷害，陷害抱来的这个，包括抱来的这个家族。亚鲁王呢就光听一面之词，只听信他的亲儿子。后来他就施了个法，第二天早上就喊两个人来问他们昨天晚上做的是什么梦，这两个人说做的这个梦呢是确实是这个亲儿子有责任。所以当天他（亚鲁王）就说是你们两兄弟今天不要出去了，他给他亲儿子说原来我都说了是你吃了，是你把这些鱼虾躲起来吃光了你愣是不承认，你说是他们吃的，所以我不晓得，我已经吃了，你今天不要出门我要去赶场。买九种蛇来解你这个法，就是他（亚鲁王）自己做的那个，而他那个已经养成习惯了，他德行已经不行了，他不听，他父亲去赶场去买东西的时候，那些雀鸟来吃果子些，他就用亚鲁王的箭射鸟来吃，之后被毒蛇咬死。死了之后，他媳妇很聪明，他媳妇和亚鲁王说，用苗话形容得很好，用汉话来讲就是，牛断角了牛走了，男人去了女的就走了，苗话形容呢很好听，但是用汉话翻译呢就是这个意思，但他老是舍不得她走，但按规则男人死了女人是应该走。

问：所谓的走是什么？

答：就是离开那里，不在原来住的地方，另外去成立家室。亚鲁王对她说你还年轻我也理解，你可以走，但是由于幺儿死了以后我们帮他办理后事呢，衣服裤子都很脏了，那能不能帮我们最后一个忙，帮忙把这些衣服裤子洗了再走。而他们把很多钱塞在衣服里面，意思是感谢这个媳妇等她带着走，交代她洗在浅处，不要洗在深滩和河里，要不然龙吸了我的汗我会感冒或者我会患疾。实际上不过是因为洗在浅处，好让她容易发现这些钱让她拿走，但这个媳妇心太好了，这些钱她一个不漏地物归原主，她说他命短，他吃完饭算完命他走他的了，所以我也应该离开，你的这些金银财宝是血汗钱我不能用，留给你家老人。所以亚鲁王更加感动，这个媳妇真的好难得，然后亚鲁王就用了各种招，给她说我们的粮米都晒完了让她把仓库的粮米都打扫干净整顿完了再走，之后又支他的抱儿去和她谈情说爱。他媳妇儿感到很不高兴过来向他告状，光天化日之下搞我害羞啊，然后他就将就着说不要张扬啊，家丑不可外扬啊，既然已经这样了，你们两个就赶快和好成家吧。这个章节的就是说明这个媳妇儿相当聪明，加上这个抱儿又老实忠诚于他，他就主动促成他儿媳妇和他抱儿，说明一个善有善报，这是一层意思。另外一层意思，他这个媳妇已经怀孕但是怎么都不依，这种事不好讲，但是没办法，你不讲就不许走，非得讲清楚，最后就把这个事情暴露了，才三个月之后他才说这个是好事，这个是我幺儿的种没有断，这个是好事不是丑事，这个听我的安排，把他的名字定下来。

问：这个娃娃是他家抱儿的？

答：不是，这个是怀的他亲儿子的，但是她已经配给了他的抱儿了。

今后孩子出世以后就是他亲儿子的份上，把定名字定姓定成现在的韦家，这就是现在韦家的来历，他们是属于亚鲁王小儿子的亲的后代。所以讲这一章的篇幅有点大，就说明的是人要善有善报恶有恶报，另外就是说明韦姓，你不能说是骂什么外族，你是外族养大的这样，要体现民族团结，不管是哪样姓都是亲。所以现在就流传到这样，就是客家不姓韦和汉族不姓韦，苗家不姓雷，但是姓雷的这个根源我就不知道。但是客家不姓韦就是这个了，姓韦，硬是要记住你不是苗族，但是你不能忘记你不是布依族抚养长大的就是汉族抚养长大的，因为当时他没说清楚，yit 就是布依族，wuk 就是汉族，弟兄嫂就找 yit 或 wuk 来代替来做伴，但他没讲清楚找的布依还是找的汉族。但是不是布依族就是汉族，这以后就体现民族团结不团结，都是一家。

问：苗家没有姓雷的是不？我好像记得有一个姓雷的苗族，黄坪那边的。

答：是啊，这个雷家是一种顺口溜什么的，但是这个韦家有根据的，雷家是顺口溜还是什么的不清楚。

问：亚鲁王家有几兄弟呢？他不是有十二个儿子吗？他自己家有多少个兄弟呢？

答：这个，他讲有十二个也好十七个也好，这些都不是绝对数字，这些都是讲他多，在史诗当中有的讲十二有的说七十有的讲十三有的讲十八这些，不是绝对数字。他是一种比喻，比喻很多。在亚鲁王史诗中讲的数据都不是绝对数字，而且现在史诗中出现的七十很多，因为七十和几十在苗话中是同音，定为七十是后人分不清楚所定下来的。只要理解就好了，你一个人想要改变这个唱词这个不现实，因为大多数人都能理解，可不能说是大多数人理解了之后你就来改变。比如，牛十三、马十八，这个讲的是价格，这个价格不是说是就是它本身了，他只是说他很多。有的讲亚鲁王的爱人有七十个有九十个有十二个，这些都不是绝对数。就算我们唱的他十二个儿子，实际正儿八经你也唱十二我也唱十二，那好多东西各人唱的都不同，这就说明大家为了应付这个十二就拼命凑出十二个来应付，是这个样，实际不是这个数字。

问：那唱词里面是不是有很多十二这个数字啊？

答：有，很多。特别是七十这个，七十这个有几十来个我改为七十，而且这些数字不是绝对数字。

问：那我看的史诗里面不是有说亚鲁王被他的兄弟不断地追杀吗？

答：嗯，主要是他三哥和四哥。亚鲁王有六兄弟他最小，他三哥和四哥欺负他。他大哥 sais lux，二哥 sais huix，三哥 sais yint，四哥 sais rat，五哥 yat qios。亚鲁还有一个别名叫 yangs lus yangs sal。

"就是三哥和四哥老欺负他，每到一个地方就去追杀他。"追杀他呢其实是因为亚鲁不好战，其实他是有能力制服他们的，因为是亲哥弟所以这样。

问：他们到底有什么矛盾呢？

答：它就是首先，亚鲁也是很穷的，但是由于他勤奋努力，而且他又经商，样样都经过，而且他又学农，大搞农业生产，在大搞农业生产之中就得宝了，得到了盐井，这以后就引起了他兄弟的嫉妒。实际上这就是亲兄弟之间的战争，早些时候他战败之后他就南下，南下之后又来侵占这些。当时是没有没有族别的，现在大家分析也就是说可能是（怕）影响民族团结。三哥和四哥是汉族，之前一直分开就是为了避免矛盾。还有就是大哥二哥是走出了外界、外县的，现在看来就是外国去了。当时亚雀王在之后来协助亚鲁王，在战争中莫名其妙地消失了，找不到了。有两个是到外国去了，当时是不叫外国叫作边界，找也找不到想也想不到了。现在分析的是去外国了，不很正确，但是推测大概是美国，因为现在美国也在进行亚鲁的这个，也在关注。美国上次也来了一个马克，前几年来的时候还和二关子们通话，从紫云过来的，他都听得懂。他也是太聪明，他不是听懂是真的太聪明，那天我接触他的时候发觉他很聪明，他是和你坐着的时候听你说，认认真真地听你讲话，可能他会记录，马上记下来以后慢慢地和你讲，他确实是聪明而且他的发音确实能发很多音。当然其他来的我没有接触，不过姓马的这个我是接触了的，是聪明而不是原来就会讲，他是来了以后接触以后听你讲话、记录，然后反问你慢慢地和你说。之前来的我没有见识过，不过这次的这个我是真佩服，他是真聪明，只会点简单的苗语然后现和你学，也善于问和记录。

问：我在史诗中发现这么一个问题，亚鲁王夫妻之间的称谓，亚鲁王的妻子会称亚鲁王为父亲，亚鲁王会称他妻子为女儿，这是为什么呢？

答：这个的话是跟着娃娃喊的，不是他们互相称谓的，就像是说小孩他爹小孩他妈这样。平时他们遇到不会称呼对方的名字，"你家爹过来咯嘛""你家妈过来咯嘛"这样，苗人有这么一种习惯，所以造成了一些误解，这也算是直译的一些问题吧。不过直译比较困难，先直译原原本本地剥离下来，然后再慢慢意译成准确的意思，直译是起着这么一种作用，如果你用直译来解释，苗人理解意思，但是不理解字面上的意思。

问：亚鲁受到他三哥、四哥的追杀，然后麻山的子民都是亚鲁的后代，然后是被追到这个地方来的吗？

答：不仅仅是麻山，它到处都散有，在这里集中。另外一个就是我们这里落后，没有过多接触外界，所以大家都还在继承，等你假如说是说像现在这些县一样，可能也是失传。

问：亚鲁迁过来的时候这个地方本来之前不是有很多的荷布朵的人，现在还有没有他的后代呢？

答：当然不一定准确，但是据我的分析，是全部到广西去了，广西壮族，我怀疑是广西壮族。在我们这里呢，人的继承没有，只有看到有些坟墓，名字前面有 heit，后面另外有名。有的地方也叫 hos，各个地方的发音可能不一样，但是都大致相似。就好像亚鲁王的名字各个地方音调都不一样，还有叫杨鲁的，后来经过专家的统一才叫的亚鲁。这是各个地方的语言（习惯）。

问：那你们看病的时候为什么要滚鸡蛋呢？

答：滚鸡蛋呢，身体衰弱，魂魄不在身都可以看出，老祖公、老祖太来找你他都可以看出来。高烧感冒都可以看出来，在我们地方人生病首先要看蛋，高烧感冒过度不看蛋的话，有些拿草药医就起反作用。最后高烧感冒才要送到医院打针，你不看蛋以后他就拿那些草药来医就失误了，起反作用了。

问：您平时除了主持看病仪式，您还做别的仪式吗？

答：安葬。讲起这个仪式的话就要说到汉文化了，牵扯到定日子这些，主人家为了方便，所以我也要在应付这方面。

问：那么您记忆中最早接触埋葬仪式的时候有没有受到汉文化的影响？

答：受汉文化的影响在丧葬上就是道士。他所谓的道士也就是我们搞的这个，直接是苗文化，而这个教礼、阴阳也就是地理，这些都夹杂着汉文化。在我小时候这些已经接受了汉文化的影响了，应该很早之前就已经有影响了。我的师父，姓韦的师父他会这一种，他也将就传给我，他说为了方便，要不然以后人家要找道士一帮，阴阳一帮，教礼一帮，也就是三帮先生来以后，增加主人家负担。另外就是先生们互相摩擦，那么为了方便就要学习这些来应付。它这个学的是五行学说，用金木水火土的变化来阐清吉凶祸福。要不然以后人家主人家一找就要找三帮人来，找来以后大家都谦让一点还好说，有些互不谦让的搞得主人家乱糟糟的，所以为了主人家安宁还是要学一些。所以我就姓韦的那个韦昌旭，他是在旧政府时期专门教书，不是教的现在这个，他是教的私塾，他专门学的易经八卦。

问：就是首先要选一个地点，那之后，就是在埋的时候还要唱什么东西？

答：扫，就是打扫，扫井，就是说你挖的那个井，井成了以后，你就把阳间的那些红白的钱打扫出去。

问：他这个扫使用什么扫？

答：三棵芭茅草。把阳间的东西各归各的，只限于这个亡灵才镇得住，这个虽然是汉文化，但是都少。至于说是择个期辰，这些都要不到，都不得哪家有这么随便，他有些是搞三天接葬这个都不看了。

问：还有就是这个一般来说是谁导，就是说请你来主持是你导呢还是必须是您导？

答：必须是我。

问：这个导有没有说怎么导，有什么顺序？或者说从哪边开始到哪边结束，有没有这个说法？

答：都从里头往外扫，往外扫出去以后又跑四方，跑四方就是根据当时那个地形，你站在哪里你就从那里开始一个方位往四方扫，不强调方位，就看你当时站的地形，有的是西朝东有的是南朝北，先一定要扫哪里这个不定。

问：这个扫的方位不定，但是他这个放的肯定头朝哪一边儿这是定的吧？

答：诶，这个是定的，扫的时候要从头扫起，然后扫到脚，然后不管哪一方顺着走四方的扫，一般都顺时针转一圈扫。扫一圈扫完之后就把棺木放回来，由孝子在棺木上跪着，跪着从头到尾（跪着）走三圈，从脚下来的时候顺便拿一把土，当作以后祭祀用的意思，之后该杀猪该做饭的就可以开始了，棺木也可以安葬了。

问：埋葬棺木填土是谁来填土？

答：都可以的，不过要先由孝子，他转到第三转的时候到这个位置的时候他就拿起一把锄头，挖一锄以后大家再动手，这个挖土呢是两边各挖一土。

问：他这个是先挖土还是先抓土？

答：他这个是他挖土最后一锄的时候顺便抓的，拿着个土来可以定三牲。

问：那拿这个土来，你怎么来看他要杀什么呢？

答：这个究竟是有什么作用也不知道，拿回去以后这个土放在一个钵里，不过放在里面起什么作用其实你也不知道是做什么的。它放在那个钵里，一直到把这些履行完以后，打扫除完以后。

问：这个钵放在哪里？

答：就是原来摆亡灵那里，然后履行最后一道，就开荤，大家来开荤搞结束以后就来打扫。把这个钵拿从桑林里的泥巴扫出去，就像是扫家头的扫椅子一样受灾受难地扫出去。说到开荤要先是孝子先开荤，然后大家才可以开始。

问：那就杀的这些牲口，开荤，是怎么来决定杀什么的？

答：东郎，他说的开荤要杀的什么，是一头猪还是一头牛，这个事前要和孝子们商量一下的，在前一天的时候要看他这些东西全不全，所以在交代的时候有哪样才点哪样，在前一天开堂的时候就那晚上在唱亚鲁王的时候，交代的时候，有哪样你就交代哪样，没有就不要讲。这个虚不得，不能乱念。所以有些没有写在文本上的，有几种情况，一种，确实是重复，而且很简单，一目了然的，也就不写了；另外一种就是刚才我讲的这种，要按照当时的具体情况来讲，所以这种的在文本上也略，但是不是略掉，而是要按照当时的人事环境这些才能念的，不然不敢乱念。比方像保佑这方面，要求亡灵来保佑后代儿孙这种，也不写在文本上。为什么？要在现场的具体情况，根据现实的具体环境，根据亡灵的年龄情况，亡灵的真实情况，才能来说的，所以这个平时不乱念，也不写在文本上。你写在文本上以后，因为这个不固定，这个你要随机应变。还有一种老人们说的故事，也是警戒，讲一个人老是拿这一棵树当对象念，念得久了那棵树就枯死了。当然我就不信你能念一棵树把它念枯死去，但是这是一种警戒嘛，劝诫人家不要乱拿别个当目标念。

问：还有就是开斋，就是杀了那些东西做好了以后，就是有一些东西做好了以后要给这些去世的人吧，这个就是哪些？

答：全部都给。但是实际上也是大家吃了，等第二天开堂亲戚朋友们就可以吃了。在吃之前要先开荤，然后给亡灵供一些吃的，喊他来吃，把东西放在原来棺木放的那个地方。在那个时候的位置放了一抔土和一个小钵，这些吃的就放在那个小钵里面。喊他来吃，吃剩了以后就把土扫将出去，把钵钵拿去倒掉。

问：那喊他来吃，这个具体怎么喊？

答：这个就和唱词，唱诵史诗的这个词就不一样了。唱史诗开始的时候。嗯，这个不知道在汉文化上叫什么，就像我们平时候遇到人的时候说的"ye，你来了"，这个"ye"就是哪样，这个字就有区别了。在上供的时候就轻声 ye～～～，就是说某个人来了。假如是说在唱亚鲁史诗的时候，这个 ye 字就音低下来。在唱亚鲁史诗的时候这个字也很讲究，一开始的时候高音 ye～呼喊他的时候就 ye～～，途中呼喊他的对话就音低下去 ye，总不可能全部都一个音 ye 这样。喊完他的名字以后就直接就喊老祖公的名字，从近到远地喊起来，这个顺序不能错。这个远近的范围到现在也已经简化了，现在也就是汉族所讲的五服之内，以上就记不住不喊了。喊这些也有规律，首先从近到远，从近到远中又从长到幼，这个顺序是错不得的。最好是能全部喊到，但是一般记不到这么多，像我们这样记性好点的最多就喊到九族，现在一般五服就好了，有些可能三族都成问题呢。喊完之后就结束了。

问：那亲戚朋友吃完了以后这个土钵钵什么时候拿出去呢？

答：等亲戚们离开之后马上就履行扫房，把钵钵扫出去。扫房是由东郎来主持的，扫房用活鸡，并没有颜色的要求，扫完之后就宰掉吃掉。之所以用鸡来扫呢主要是因为鸡的功能，它就是能把这些妖魔鬼怪不吉利的东西全部都扫出去。

问：那怎么用鸡来扫呢？是怎么扫的啊？

答：一是弄一个火把，二是找一个耙，用一个像猪八戒钉耙一样的耙把鸡装在笼子里挂在上面拖着走，扫来扫去，把这些不干净的东西扫出去，一个人在前面左手拿着火把右手拿着耙扫，然后东郎跟在后面唱诵，等弄完了以后主人家就彻底地打扫。东郎一出去家里就关门，随后彻底打扫。

问：那拿火把和耙的人是谁？有没有指定啊？

答：还是东郎，东郎有很多个的，两个东郎做起来都有点吃紧，起码要好几个才松和。一个点火，一个拖鸡，一个随后唱。

问：这个钉耙是平时用的还是？

答：不是的，这个是要用竹子现来编扎的，弄好以后要弄个仪式表示要把这些不干净的东西全部扫出去。比如说亡灵的尸水滴在家里还有其他什么不干不净的东西全部都扫出去。屋子里都要扫遍的，楼上可以不用去，只用扫一楼的。扫的时候从内到外就好了，还有就是根据门的位置决定走的路线，不要走重复的路。不过现在基本都是平房了，摆客可以摆到楼上了，那么楼上也要扫的。其实也就是有客的地方都要扫的，主管会负责记这个事情，扫的顺序也要从上到下，尽量从小门进从大门出，不能的话就大门进大门出。还有扫完以后不要回头。出去以后就拿到三岔路口，在那里吃，把鸡交给东郎，东郎来杀掉、吃掉。记得亡灵葬在哪个方向就往哪个方向走的。做完之后笼子、钉耙、钵钵什么的都丢在三岔路口了，晚上东郎也不用再回去了。钵钵是扫的时候抬出来的，到丢掉的时候要把钵钵倒着丢掉。而做鸡的那个锅先不能收过来的，要是可惜的话可以等几天，要是没有人拿走的话悄悄再拿回来，有人拿就算了。

当天晚上东郎是不能再回去的，就算东郎回不了自己的家也不能回去的，随便在寨子里一户人家住都可以的，反正不能再回去。以前的时候要给东郎回山，要送一摞糯米饭一只鸡回来，然后东郎就在那个新的坟墓那里给亡灵做一个祈祷，就用那个鸡和糯米饭去祭，还做一朵或者三朵纸花插在那个坟墓上面，时间一般是在下午，上午扫完家以后下午去。扫家的这个过程啊，在我们这边有没有那个簸箕啊，那个就是一个造天造地的过程。然后上面不是有那个亡人的那个衣服盖在上面，搭着一个十字架盖在上面，然后再把那三样东西，酒、肉、碗都放在里面，这其中之一就是代表了我们造天地的这么一个原理。除了衣服和簸箕并不需要其他什么东西，而且在下午做祭祀的时候，祭坟的过程又被称为回三。在当天的时候亲子都要打耙耙来祭祀，如果不祭祀的话当年就不能在自己的堂屋里面祭祀其他的阴魂。

问：那他这个祭祀需不需要东郎来主持呢？

答：这个就是需要东郎来主持的，其他人不敢主持，他们也不知道（具体怎么做）。但是有些要到第三天，而有的将就这个菜、剩的这个菜当天就回三了。祭祀在当天下午或者是第三天，如果是第三天它的期辰不好的话就会选在第一天做。这个也是插入了一个汉文化的结果。

问：那么如果东郎要去做这个的话，他具体需要拿些什么东西呢？

答：刚才说的那个糯米饭就是女儿和女婿的，还有自己的旧亲，自己的直系家族和寨上的邻居送过来的鸡和饭。这个鸡是已经被宰杀了的，东郎来的时候，点给他的时候就顺便宰杀了。

问：那么东郎拿这些东西以后需要说些什么呢？

答：这也算是给亲友的一种名誉，在祭祀的时候东郎会说这个东西，是某某亲友拿给你的，你要喊着和某某来一起吃。喊亡灵、老祖一起来保佑他家，这个祭祀的过程其实也就是一个祈福的过程。

这个祭祀的过程最多也就喊了五代以内的，不像唱诵史诗的时候年代唱起来几十代上百代都要唱诵。这个祭祀的过程主要是祈求从成祖之后的亡灵也就是五服之内的人的一个保佑。祭祀结束之后，这些米饭和鸡就可以全部打整了，在坟边弄好亲戚朋友哥兄姐弟们一起摆着桌子就在坟边一起把这些东西吃掉，回去之后再把一些粑粑摆在堂屋中间的桌子上，摆起来再祭祀一遍，从此之后每一年就开始用猪腿猪头摆在堂屋中间祭祀。这样每年过年过节好供祭他，不这样做的话每个季节你不能喊他的。在不举行这个仪式之前的话，这个亡灵是不能够喊的。把这个仪式做好之后就完全可以，吃饭的时候你想这个老人了，你完全可以喊他的名字不喊其他人，说我有好酒好肉吃了你快来吃。

问：那这个下午祭坟的东郎的装束，之前在唱史诗的时候是全身的那些，要扛着宝剑呀什么的。

答：那这个不用的，在这个阶段就不用了。扫屋的过程需要簸箕和那个钉粑的东西，但是扫成之后就不用了。下午祭坟的时候什么都不用的，直接就拿着糯米饭啊、鸡啊什么的过去了，东郎只要唱好了就好，其他的不用了，就在土头唱刚才祭祖的供头，也就唱几分钟，最多十多分钟的时间。

# 后 记

　　书稿完成已是深秋之际，昏黄的灯光映射着斑驳的树影，摇晃着秋日的思绪，仿佛是对合页之时的一丝叹息。

　　《亚鲁王》"被发现"以来，引起很多专家学者的关注，朝戈金先生指出，《亚鲁王》传承与传播有其独特的历时性轨辙和共时性流布，中国学者如果能长期深入麻山苗族地区，对这个极有价值的叙事传统进行持续而切近的观察，进行总结和凝练，将是有益的尝试。黄永林先生也曾告诫我们，《亚鲁王》的流布范围比较狭小，其地域性特征明显，对《亚鲁王》的研究，首先应当是进行扎实的田野作业，对其文化生境有着充分了解。专家们的意见和期许，成为我们开展《亚鲁王》研究的重要动力。

　　依稀记得 2011 年的炎炎夏日，还是研究生的杨兰深入麻山，初次与《亚鲁王》翻译整理者们的把酒言欢，而今却已相隔五年。五年来，《亚鲁王》与"亚鲁王"经历了坚守—发掘—复苏—变通—转型的巨大跨越；五年来，《亚鲁王》内涵不断丰富、外延不断拓展、底蕴不断深化，麻山人民的文化自信和文化自觉也在不断加强；五年来，我们多次抛开文本"参与"麻山民俗，"融入"麻山人民，"感悟""亚鲁王"信仰；五年来，我们与"亚鲁王"共同"成长"，并与传承群体建立了深厚友谊。毋庸置疑，"亚鲁王"是极具生命力的，它已然融入麻山苗族生活的血脉，人们的生活起居、庆典、节日、婚丧嫁娶、祭祀禳灾无不以"亚鲁王"为指导。

　　《亚鲁王》并不局限于文本，它嵌于仪式，活跃于各个场域，拥有强大的生命力。提笔写作之时，我们有过担忧，有过害怕，也有过憧憬，担忧的是书稿无从落笔，害怕的是无法回报麻山人民所寄予的期望，当然也憧憬书稿能够给南方少数民族史诗研究带来一丝益处。

感谢史诗翻译整理者杨正江同志给予的无私帮助，正江同志是我校少数民族语言文学专业的学生，毕业之后从事了与自己专业对口的工作，致力于少数民族优秀传统文化的传承，是我们民大的骄傲，他对工作的尽心尽力让人敬佩。感谢用民族责任、民族毅力坚守着本民族文化的麻山人民，你们用肩上的民族责任、口中的民族自信和眼中的民族未来感动了我们。感谢坚守在这块土地上的黄老金（2015 年 7 月 30 日去世）、陈兴华、王凤云、陈小满、韦老王、岑世伦、陈志品等东郎，是他们的默默付出与无私支持，成为我们书稿写作最坚实的后盾。

需要专门提及的是贵州民族大学学报编辑部的杨兰，杨兰是一位有思想有理想的年轻人，从迈入学术殿堂伊始，便专攻亚鲁王研究，获得了与亚鲁王研究相关的国家社科基金青年项目等若干课题，她牺牲了自己大量时间，在麻山一步一锄地耕耘，学习苗语，扎实完成了我们的田野调查构想和书稿的初写。同时还要感谢杨兰的先生刘洋同志，在田野作业中提供的技术支持，包括调研方法的梳理、调研数据的统计等。

2014 年 5 月，国家民委人文社会科学重点研究基地——南方少数民族非物质文化遗产研究基地的成立，成为了我们的重要平台，基地成立了亚鲁王研究中心，作为中心主任的刘洋与基地学者的交流畅谈，让我们得到了许多启发。

虽然书稿已完成，但是对史诗《亚鲁王》的研究才刚刚开始，很多问题都还需要改进和完善，还望各位专家、学者和读者给予批评指正！

肖远平

2016 年 9 月于花溪